ROTBUCH KRIMI

Grant Michaels, geb. 1947 in Lawrence, Massachusetts, lebt heute in San Francisco. Obwohl er sich nicht nur für Schauspielerei und Opern, sondern auch für Astrologie und Katzen interessiert, ist er kein Hippie. Wie alle guten Autoren kann er von seiner schriftstellerischen Arbeit allein noch nicht leben. Also stellt er seine zahlreichen Talente in den Rollen des Pianisten, Tänzers, Ballettlehrers und Schneiders unter Beweis. Stan Kraychik fingerte erstmalig in *Zum Sterben schön* (Rotbuch Taschenbuch Krimi 88) in Haaren, Mordfällen und anderswo.

Zu diesem Buch: Der Valentinstag naht, und jeder hat einen Herzallerliebsten. Außer Stanley Kraychik, dem hauchzart übergewichtigen Coiffeur eines Bostoner Prominentensalons. In der Hoffnung, wenn keinen Liebhaber, so zumindest einen guten Bissen am Büfett abzustauben, geht Stan auf den Empfang einer Süßwarendynastie, die zur Präsentation einer neuen Edelpraline die Bostoner High Society geladen hat.
Gerade hat Stan ein Objekt seiner unbefriedigten Begierde ins Auge gefaßt, als die Festivität empfindlich durch eine Leiche in der Küche und einen Zusammenbruch im Bankettsaal unterbrochen wird. Die neue Konfektkreation scheint wenig bekömmlich, und Stans Freundin Laurett, die als PR-Dame die Trüffel serviert hat, wird unter Mordverdacht verhaftet. Stan würde sich gerne raushalten, wäre er nicht Pate und nun unfreiwilliger Babysitter von Lauretts vierjährigem Sohn. Er hat es eilig, die Freundin vom falschen Verdacht und sich selbst von dem kleinen Monster zu befreien. Vorerst verwickelt er sich aber in die Intrigen eines alten Bostoner Clans, in verratene Lieben und bittere Erbstreitigkeiten.

GRANT MICHAELS
TÖDLICHE TRÜFFEL

Aus dem Amerikanischen von
Nora Matocza und
Gerhard Falkner

Rotbuch Verlag

Originaltitel: Love You to Death

Die Krimi-Reihe wird herausgegeben
von Gabriele Dietze
Umschlaggestaltung von
Michaela Booth
Gesetzt vom Offizin Andersen Nexö
Printed in France

ISBN 3 88022 347 5

1.
Die Fete ist vorbei

Haben Sie schon mal abzuspecken versucht?

Nicht mit solchem Iß-dich-schlank-Zeug aus der Dose oder Bofrost Schlanke Linie und diesen ganzen Tiefkühl-Fertigmenüs, so etwas meine ich nicht, sondern eine richtig ausgewogene Diät mit knusperfeinen Gemüsestäbchen und ballaststoffreichen Crackern und Wasser. Wasser, Wasser, Wasser – die gnadenlosen zehn Gläser zu achtzig Milliliter (oder sind es acht Gläser zu hundert Milliliter?) *agua* tagtäglich. Trinken und knabbern. Knabbern und trinken. Und ist man damit gerade nicht beschäftigt, ist man am pissen. Und während der ganzen Zeit bleibt immer noch das Verlangen nach etwas Richtigem zum Essen. Man träumt sogar davon – immer wieder kommen einem Visionen von dickbelegten Sandwiches, Pommes frites (mit einem Schälchen Roquefortsauce zum Stippen), oder auch Leichterem, zum Beispiel einem Stückchen Schokokäsesahne mit Amaretto, und dazu einem Schlückchen Brandy. Im Schlafen wie im Wachen schmeckt man regelrecht die fetten gefüllten Feinkostvorspiegelungen, um sich dann doch wieder nur Karottenstäbchen, Vollkornkekse und das verdammte Wasser einzuverleiben.

Und dann? Dann kommt doch tatsächlich die äußerste Bewährungsprobe: man wird zum Essen eingeladen. Genau. Nachdem man sich schon mit den diätischen Entbehrungen abgefunden hatte, nachdem man ganze Abende allein vor dem Fernseher am Knuspern war, nachdem man vom Drücken der Fernbedienung einen ganz schwieligen Daumen und von dem heißluftgerösteten butterfreien Popcorn einen wunden Gaumen bekommen hat – nach all dem soll man jetzt bei jemandem so ein todchices Diner zu sich nehmen oder eines dieser vom allerbesten Partyservice belieferten Feste mitmachen. Plötzlich ist man Der Begehrteste Knabe Der Stadt.

Und was macht man da?

Ich will's Ihnen verraten. Zunächst einmal sucht man sich die dunkelste Kluft im ganzen Kleiderschrank raus, die man noch über die Hüften bringt, ohne den Stoff aufzuschlitzen, oder aber man geht lieber gleich los und besorgt sich ein neues Outfit – etwas Blusiges mit vielen Fältchen, um den Speck zu kaschieren. Dann läßt man sich einen Haarschnitt verpassen, der die Ecken und Kanten des Gesichts besonders hervorhebt, wo immer sie sich auch verbergen mögen. Und dann GEHT MAN LOS.

Man nimmt sich fest vor, auf der Party anständig zu bleiben. Man murmelt diese absurden Beschwichtigungsformeln vor sich hin – du *bist* ein schlanker Mensch, ein *Leichtgewicht*, du brauchst *nichts anderes* als ein wenig blanchierten Brokkoli und natriumfreies Mineralwasser. Aber die Versuchung siegt, wie immer, und am Ende frißt man sich ins Koma, grabscht immer wieder in diesen herumwandernden Teller mit den Blätterteigpastetchen, schnappt sich gleich zwei oder drei mit einer einzigen graziösen Drehung des Handgelenks, und kaum ein buttertriefender Krümel fällt davon auf den dicken Plüschteppich, in dem man mit seinen Ziegenlederschuhen fast versinkt.

Können Sie sich's vorstellen?

Der Galaempfang wurde ausgerichtet von *Le Jardin Chocolatier*, einem exklusiven Süßwarenladen, der in Kürze am Copley Place in Boston seine Pforten öffnen wollte. Das konnte man perfektes Timing nennen, denn bis zum Valentinstag waren es noch knapp zwei Wochen. Da blieb also gerade noch genug Zeit für einen wahnsinnigen Süßigkeiten-Einkaufsrausch in dem neuen Laden, und damit wäre dann wieder mal ein Geschäft eingeführt. Die große Party stieg am Sonntagabend, nicht gerade der beste Zeitpunkt für die arbeitende Klasse, aber mein Gott, es kam ja auch nicht gerade die Arbeiterklasse. Ich konnte außerdem so tun, als gehörte ich mit dazu, da ich am nächsten Morgen auch keinerlei Verpflichtungen hatte. Für mich als Haar-Designer ist Montag mein freier Tag.

Dreihundert vornehme Geladene strichen geschmackvoll durch einen großen Festsaal im Hotel Copley Plaza, wo sie sich von einem Tanzorchester, vorzüglichem Essen und ihren gegenseitigen abgedroschenen Witzen unterhalten ließen. Ich fühlte mich wie ein stolzer Kuppler bei einer Hochzeitsfeier, denn ich hatte die beiden jungen Leute miteinander bekanntgemacht, die den neuen Laden schmissen. Beide waren sie Kunden im «Salon Snips», wo ich meine großartigen Haarschöpfungen tätige, in der Newbury Street in Boston, gleich neben dem Ritz Carlton Hotel.

Liz Carlini, deren wildes Rabenhaar ich stets so elaboriert trimme, war der geschäftliche Kopf hinter dem Unternehmen, und Dan Doherty, an dessen dunkle, elastische Locken ich einfach gern Hand anlege, der überragende Designer, der mit der Produktgestaltung und dem Firmenimage alles in der Branche weit hinter sich ließ. *Le Jardins* Thema waren Blumen, und Danny hatte es bis zur Größenordnung der Grand Opera gebracht. Eine Spezialität waren likörgetränkte, schokoladenüberzogene Rosenblätter, arrangiert in einer wunderschönen Blüte auf einem schlanken Zuckerstengel, der von Dornen aus Kristallzucker und Blättchen aus Marzipan vervollständigt wurde. Sie sind einfach göttlich, kosten allerdings auch ein Vermögen. Aber das tägliche Brot fürs Geschäft ist eine *truffe au chocolat*, uns Plebejern als Schokoladetrüffel bekannt – eine Kreation aus einem Tropfen dunkler Schokolade, Süßrahmbutter, Schlagrahm und Naturaroma, mit Kakao bestäubt oder nochmals in Schokolade getunkt. Das Zeug also, das dafür sorgt, daß die Herzspezialisten ausgebucht sind.

Für mich jedenfalls war die Fete eine großartige Möglichkeit, mich nach einer hektischen Woche im Laden zu entspannen. Hier gab es keine Termine in letzter Minute, keine jammernden Kunden, keine Überraschungen mit der Chemie: Ich brauchte nichts anderes zu tun, als mit einem Glas gutem Bourbon und einer Serviette voll dickmachender Snacks dazustehen und die illustre Gesellschaft zu beobachten – die Frisuren der Damen unter die Lupe zu nehmen und die gutaussehenden Männer ins Auge zu fassen. Doch leider, diese angenehmen Minuten wurden von einer vertrauten Stimme unterbrochen, die mich eines schändlichen Verbrechens bezichtigte.

«Stanley, das steht aber *nicht* auf der Liste deiner erlaubten Lebensmittel.»

Die Stimme gehörte Nicole Albright. Nikki ist die Besitzerin des Salon Snips, aber sie tut so, als wäre sie dort lediglich die Maniküre. Auf diese Weise kann sie nämlich ihre Klatschsucht am besten befriedigen.

Ich stopfte schnell die letzte von drei krabbengefüllten Bouchées in den Mund, kaute den köstlichen Leckerbissen und schluckte hinunter. Ein wenig hundertprozentiger Bourbon ließ das Ganze besser rutschen.

«Nikki», antwortete ich, «ich habe meine Liste der erlaubten Lebensmittel an der Eingangstür abgegeben, zusammen mit deiner. Beim Gehen können wir sie ja beide wieder mitnehmen.»

Nicole blickte mich kühl an. Ihr kastanienbraun gefärbtes Haar war heute abend glatt zurückgekämmt zu einem klassischen Chignon. «Versuch mich gar nicht erst in deine sinnlosen Schlankheitsexperimente mit einzubeziehen», murrte sie. «Ich esse, was ich will.»

Ich warf einen Blick auf ihre breitgewordene Taille, um die höchst luxuriös ein rubinrotes Cocktailkleid drapiert war. «Das sieht man, Herzchen.»

Eine gehobene Augenbraue – mehr vom Stift als von Haar geschaffen – war ihre Antwort, obwohl die Zeit von Nicoles Schlankheit tatsächlich schon lange vorbei war, sie hatte sie vor Jahren in Paris zurückgelassen, zusammen mit ihrer Karriere als Modell, lange bevor ich sie kennenlernte.

In dem Moment blieb ein gutaussehender junger Kellner mit einem Tablett voller Drinks vor uns stehen. Nicole ersetzte ihr leeres Champagnerglas durch ein volles, und ich verlangte noch einen doppelten Bourbon. Der Kellner zeigte ein devotes Lächeln und verschwand.

Nicole nippte an ihrem Champagner und suchte die Schar der Gäste nach attraktiven Männern ab. Ihre Augen blieben an einem distinguierten, tadellos gepflegten Herrn Mitte Fünfzig mit vollem, graumelierten Haar hängen. Diese silbrige Haarkrone paßte perfekt zu seinem Anzug, einem zweireihigen Jackett und einer Hose mit Bügelfalten in wundervollem preußischblauem Wollstoff. Er sprach angeregt mit Liz Carlini und Dan Doherty, und mir entging nicht, wie angetan Nikki von seiner Erscheinung war.

«Ich möchte doch gerne wissen, wer das ist», sagte sie, bereits erkennbar am Ränkeschmieden.

«Erkennst du ihn denn nicht? Er ist schon ein-, zweimal bei uns im Laden gewesen.»

«Das wäre mir bestimmt nicht entgangen.»

«Offenbar doch. Das ist Prentiss Kingsley.»

«DER Prentiss Kingsley? Von der Gladys Gardner Schokoladenfirma?»

Ich nickte. «Steinreich, Herzchen.»

«Hat er ein Haus auf Martha's Vineyard?»

«Sogar 'ne Menge. Außerdem ist er mit Liz Carlini verheiratet.»

«Verheiratet?» fragte sie enttäuscht und ungläubig.

Ich nickte.

Nicole fuhr fort: «Aber sie ist höchstens halb so alt wie er.»

«Nicht mal. Aber wer selbst im Glashaus sitzt ... schau dich doch an mit deinem Milchbart von der Harvard Business School. Wie heißt er noch gleich? Rod Love?»

«Er hat Jura studiert, Stanley, und er heißt nicht Rod Love.»

«Könnte er aber, nach allem, was du aus ihm herausholst.»

Nicole blickte finster. «Man weiß nie, ob man nicht mal 'nen cleveren jungen Anwalt braucht, und das ist Chaz in jedem Fall. Außerdem bin ich ja nicht mit ihm verheiratet.»

«Solltest du auch nicht sein, wenn du auch nur den geringsten Anstand wahren willst, Herzchen. Du könntest seine Mutter sein.»

«Das ist aber *nicht* der Grund, warum ich nicht verheiratet bin. Aber ich versteh' nicht, warum Liz Carlini nicht den Namen ihres Mannes angenommen hat. Hat man nicht mit ‹Kingsley› auf dem Namensschildchen freien Zugang zur Bostoner Society?»

«Vielleicht, wenn man sich viel im Athenaeum aufhält.

Ich denk' mir, daß Liz einfach nicht den Nerv hat, ihre ganzen Dividende-Schecks immer mit Elizabeth Anne Carlini-Kingsley zu unterschreiben.»

«Is' ja auch happig!» sagte Nicole.

Ich dachte noch darüber nach, als ein Tablett mit geräucherten Meeresfrüchten vorbeischwebte, und zwar auf den langen dunklen Armen einer schönen Jamaikanerin. Das war Laurett Cole, die ehemalige Empfangsdame im Salon Snips, die jetzt als Geschäftsführerin im neuen Laden von *Le Jardin* arbeitete. Für sie war dieser neue Job mit mehr Verantwortung und besserer Bezahlung ein Schritt nach oben, obwohl wir sie im Laden bereits ziemlich vermißten. Für den festlichen Abend heute hatte ich ihre üppigen, langen schwarzen Locken in einen glänzenden Wasserfall von Fingerwellen gelegt. Nicole zeichnete verantwortlich für die lackierten Fingernägel, die einen aufsteigenden Halbmond am Nagelansatz freiließen. Lauretts schimmerndes Make-up schließlich verdankte sie Ramon, dem knackigen Shamponierboy vom Salon Snips, der seine wenig vielversprechende Karriere in der Kunst des Toupierens aufgegeben hatte, um sich ganz der Ästhetik zu widmen.

Mit breitem Lächeln rief Laurett erfreut: «Genau euch zwei ich hab' gesucht!» Laurett hatte zwei Sprechgewohnheiten. Die eine war eine anziehende Kombination aus perfekter britischer Aussprache und fehlerhafter, etwas ungereimter Grammatik, und die benutzte sie, wenn sie sich entspannt fühlte und mit Leuten zusammen war, denen sie vertraute. Die andere Version war ihre, wie sie es nannte, «gute Sprache», die sie im Geschäft und Fremden gegenüber benutzte. Laurett hatte bernsteinfarbene Katzenaugen, die mit ihrem direkten und eindringlichen Blick entwaffnen konnten. Sie schob ihr riesiges Tablett auf den einen Arm und fuhr mit der freien Hand durch meine frisch geschnittenen roten Haare. «Die sind ja kurz wie Bürste.»

«Das ist das Neueste für tolle Typen», sagte ich. «Ein Bürstenhaarschnitt mitten im Winter in Boston.»

Nicole fragte: «Aber warum mußt denn *du* hier bedienen, Laurett?»

Laurett lächelte höflich – übertrieben höflich, so als würde sie sich über ihre untergeordnete Rolle lustig machen – und erklärte: «Miss Lisa möchte, daß ich bediene heute abend, damit sie mich schon kennen morgen im Laden, wenn ich wieder bediene.»

Ich sagte: «Laurett, sie heißt Liz, nicht Lisa.»

«Ich weiß, Vannos,» antwortete sie, breit lächelnd, wobei sie mich mit dem Namen ansprach, den ich im Frisiersalon trage. «Aber habe ich nicht schon dir erklärt, wer Miss Lisa ist? Ich meine, für mich?»

Doch, das hatte sie. Miss Lisa war Lauretts Spitzname für ihre ... na, sagen wir mal, für ihre weiblichen Teile. Haben Ihre unteren Körperregionen denn keinen Spitznamen?

Laurett fuhr fort: «Deshalb sage ich immer zu ihr Miss-Lisa-dies und Miss-Lisa-das.» Sie sprudelte nach diesen Worten ein kleines Lachen hervor, dann hielt sie mir die Platte mit den geräucherten Meeresfrüchten hin, als bediene sie einen der hochnäsigen Gäste. «Wünschen der Herr etwas Fisch?» Darauf lachte sie noch herzlicher, weil sie wußte, daß meine intimeren Vorlieben woanders lagen. Aber was das Essen betrifft, bin ich nicht so wählerisch, und ich nahm eifrig ein paar ziemliche Happen von allem Dargebotenen: Lachs, Auster, Aal.

Nicole gluckste: «Und die Diät?»

«Das reine Protein», antwortete ich, während ich die Auster verschlang.

Laurett bot Nicole die Meeresfrüchte etwas höflicher an, aber die schüttelte den Kopf und sagte, sie werde auf die Pâté warten. Laurett sagte: «Ich lasse etwas davon hier schicken», dann ging sie weiter und bahnte sich ihren Weg durch die Gäste.

«Das ist ja ein blöder Job, daß sie auf der Party servieren muß», sagte Nicole.

«Nicht aus Liz Carlinis geschäftsorientiertem Blickwinkel», antwortete ich.

Nicole richtete ihre Blicke jetzt wieder auf die drei Ehrengäste – Prentiss Kingsley, seine Frau Liz Carlini, und den Freund der beiden, Dan Doherty. Liz sprach inzwischen sehr ernst mit einem anderen Gast, der sich zu ihnen gesellt hatte, einem mürrischen alten Herrn, der aussah, als hätte man ihn extra für diese Gelegenheit aus einem Speicher am Beacon Hill herausgerollt und abgestaubt. «Schau bloß mal, wie die rangeht», bemerkte Nicole. «Sie wird fast handgreiflich mit dem armen Alten.»

«So was nennt man Beziehungen aufbauen, Herzchen, und Liz macht's mit geradezu religiöser Inbrunst.»

Nicole beobachtete, wie Liz Carlini sich an den älteren Herrn 'ranwarf, der unter diesem gesellschaftlichen Überfall immer kleiner wurde. Eine Braue leicht hochgezogen, sagte sie: «Das wäre jetzt vielleicht genau der richtige Zeitpunkt, mich dem distinguierten, reichen und gutaussehenden Mr. Kingsley vorzustellen.»

«Also, *das* nennt man ja wohl anschmeißen, das kommt natürlich deinem Geschmack mehr entgegen, mit allen brünstigen Nebenbedeutungen. Aber denk dran, daß sie verheiratet sind.»

«Stanley, versuch bloß nicht, deine Dorfschulmoral auf mich zu projizieren. Ich werd' mich ganz einfach nur dem Mann vorstellen und ihm zum Erfolg seiner Ehefrau gratulieren.»

«Ganz einfach tust du doch nie etwas, Nikki.»

Sie marschierte auf das Trio der Ehrengäste los, und meine Augen folgten ihrem charakteristischen Gang quer durch den Saal. Nicoles Haltung und Schritt waren wie die eines feinnervigen Dressurpferdes, das an den Preisrichtern vorbeiparadiert, eine alte Gewohnheit von ihr, noch vom Laufsteg in Paris.

In diesem Augenblick jedoch wurde sie, zumindest in meinen Augen, von jemand anderem ausgestochen – einem dunkelhaarigen und dunkeläugigen Fremden, der aus der Küche kam. Von seiner Nase abgesehen war er ganz aus dem Stoff der Filmstars aus romantischeren und zauberhafteren Tagen, als ein glühender Blick die Herzen mehr bewegte, als gespreizte Beine das je vermöchten. Er trug das Haar glatt zurückgestrichen, dennoch entdeckte ich unter dem Gel eine Tendenz zu natürlichem, barbarischem Gelock. Und auch seine Nase wirkte keineswegs scheu, sondern erinnerte im Profil an einen Adler. Er hatte eben die Schwingtür losgelassen, als er in meine Richtung schaute und meine bewundernden Blicke bemerkte. Er lächelte offen und winkte mir dann zu, als erkenne er mich wieder. Dann gab er mir ein Zeichen, ich solle zu ihm hinüberkommen, während er auf Danny und Prentiss und die anderen zuging. Ich machte mich also auch in diese Richtung auf und sah, daß er genau gleichzeitig mit Nicole dort eintraf, die immer noch hinter Prentiss Kingsley her war. Der schöne Fremde und Nicole stießen sogar regelrecht zusammen, aber er lächelte und nickte ihr höflich zu. Dann packte er Danny fest an den Schultern und zog ihn von der kleinen Gruppe weg in eine andere Ecke des Saals. Nicole ihrerseits schlängelte sich an Prentiss Kingsley heran, während Liz Carlini durch all die plötzlichen Eindringlinge etwas abgelenkt wirkte. Liz ältliches Opfer erkannte seine Chance, nutzte das momentane Nachlassen ihrer Aufmerksamkeit und verschwand in aller Stille. Da Danny und der schöne Unbekannte im Augenblick außer Reichweite waren, beschloß ich, mich eine Weile mit Liz zu unterhalten und ihre Aufmerksamkeit von Nicole abzulenken, die, wie ich genau wußte, schamlos mit Prentiss Kingsley flirten würde. Sie bezweckte damit gar nichts, außer vielleicht, Liz zu ärgern, die typisch coole, ambitionierte, asexuelle Karrierefrau, wie Nicole sie verabscheute.

Liz schien fast erleichtert zu sein, als sie mich sah. Wahrscheinlich tröstete es sie, daß sie wieder jemand neuen hatte, auf den sie sich stürzen und den sie überwältigen konnte. Sie warf einen kühlen Blick auf Nicole, die Prentiss Kingsley bereits auf einen großen Tisch zumanövrierte, auf dem die gesamte Produktpalette von *Le Jardin* üppig präsentiert war.

Liz sagte zu mir: «Ich bin überrascht, daß die Maniküre aus Ihrem Salon heute abend auch da ist.»

Ich antwortete geradeheraus: «Als Sie und Danny mich einluden, sagten Sie, ich könne einen Gast mitbringen. Ich dachte nicht, daß daran Bedingungen geknüpft wären.»

Sie blinzelte nervös hinter Nicole und Prentiss her, die in der Menge verschwanden. Es sah aus, als befürchte sie, Nicole werde ihren Mann in eine Ecke drängen und sich vor ihm entblößen, oder etwas ähnlich Ungeheuerliches. Allerdings, wenn man Nikki kannte …

Ich sagte rasch: «Nicole lernt zu gerne neue Leute kennen.» Ehrlicherweise hätte ich hinzufügen sollen «vor allem Männer», doch merkte ich bereits, daß sich ein leicht gereizter Ton in meine Stimme einschlich.

Liz nippte nervös an ihrem Getränk – ohne Zweifel reines, importiertes Mineralwasser – und fing zu reden an, bevor sie alles hinuntergestürzt hatte, was sie kurz husten und spucken ließ. Das schien sie in Verlegenheit zu bringen, so als hätten echte Businessprofis nicht dieselben Körperfunktionen wie normale Sterbliche. Selbst so natürliche Dinge wie Husten und Niesen waren unerwünscht. Sie blickte über die Leute hin, während sie ihr Husten wegerklären wollte. «Entschuldigen Sie bitte. Mich hat diese ganze Feier anscheinend doch ziemlich aufgeregt, ich fürchte fast, ich vergesse mich.»

«Wer immer das sein mag», dachte ich.

Die verirrten Tröpfchen trieben sich noch immer in ihrer Kehle herum, hin- und hergerissen zwischen Luftröhre und Speiseröhre, während Liz ungeduldig auf ihre Entscheidung wartete. Ich wollte ihr sagen, sie solle ihre Kehle sich erst mal beruhigen lassen, damit das Mineralwasser dorthin gelangen könne, wo es hingehörte. Stattdessen schwieg ich und sah mit an, wie ihr der Widerstand gegen den Hustenreiz die Tränen in die Augen trieb. Nach einem sehr beherrschten Räuspern begann sie schließlich wieder zu sprechen.

«Vannos, während dieses letzten Jahres gab es Momente, wo ich mich fragte, ob sich dieses Geschäft jemals in die Höhe bringen ließe. Sie machen sich keine Vorstellungen, was es da für Schwierigkeiten gegeben hat.» Sie nippte wieder an ihrem Wasser, wie um zu beweisen, daß sie nicht befürchte, nochmal einen Hustenanfall zu bekommen. Währenddessen machte ich mich bereit, an ihr den Dr. Heimlich-Rettungsgriff anzuwenden, falls ihr Schluckreflex noch nicht wieder in Ordnung sein sollte. Aber sie lächelte nur und sprach weiter. «Jetzt haben wir wenigstens die Investitionen wieder herein und können ans Geldverdienen denken.»

«Ich wußte nicht mal, daß Sie überhaupt Probleme hatten», sagte ich, da ich der Meinung war, ein neues Geschäft lasse sich leicht lancieren, wenn Geld überhaupt keine Rolle spielte. «Gab's Schwierigkeiten mit den Angestellten?» fragte ich.

Liz wandte mir abrupt das Gesicht zu. «Hat Danny etwas davon erwähnt?»

«Nein, ich frage nur so.»

Sie sah mich mißtrauisch an.

Ich fuhr fort: «Ich wollte Sie aber nicht ausquetschen.»

Liz Carlinis Überheblichkeit verletzte mich immer ein bißchen. Die meisten Kunden wollen doch mit ihrem Friseur wenigstens ein tiefes, dunkles, ernstzunehmendes Geheimnis teilen, vor allem, wenn man sich schon eine Weile kennt. Liz aber war in diesem Punkt komisch. Ich frisierte sie doch nun bereits seit zwei Jahren, und noch immer wußte ich so gut wie nichts von der Frau unter diesem Haupt voller glänzender, dichter schwarzer Haare.

Liz schüttelte heftig den Kopf, als versuche sie, unser Gespräch rückgängig zu machen, als stünden unsere Worte auf einem Computerbildschirm und sie müsse nur die Löschtaste drücken, um es verschwinden zu lassen, als habe das alles eben überhaupt nicht stattgefunden.

Aus dem Gewühl tauchte nun Laurett wieder vor uns auf, mit ihrem Meeresfrüchtetablett, das schon beinahe halb leer war. Liz sagte in scharfem Ton zu ihr: «Lassen Sie das jetzt, Laurett, und sorgen Sie in der Küche dafür, daß alles für die Abschlußpräsentation bereit ist.»

«Schon?» sagte Laurett. «Miss Lisa, es ist aber doch noch so viel Essen zu servieren.» Sie hatte ihre gute Sprechweise aktiviert.

«Keine Widerrede», sagte Liz. «Sie lassen jetzt nur noch diese Platte leeren, und dann gehen Sie in die Küche.»

Ich sprang hinzu und rettete die Platte aus Lauretts Armen. «Ich kann ein bißchen mithelfen», sagte ich und gab ihr heimlich einen Stoß mit der Schulter, um sie wieder in die Menge zu lotsen, in der auch ich jetzt gern untertauchen wollte, bloß weg von Liz Carlini. Ich drehte mich noch einmal zu Liz um und rief: « Also bis später! » Überrascht stellte ich fest, wie verloren sie auf einmal aussah. Kam das etwa von meinem plötzlichen Abgang?

Während ich Laurett durch die Menge bugsierte, fragte sie: « Was machst du denn? Willst du denn auch diese hungrige Ratten füttern? »

« Dieses Tablett ist für mich ein prima Vorwand, herumzulaufen und Leute anzusprechen. » Ich deutete mit dem Kopf auf Danny und seinen schönen Freund. « Vor allem den da », sagte ich.

Laurett schüttelte den Kopf und drohte mir mit dem Finger. « Vannos, du Schlimmer », sagte sie und ging zurück in die Küche.

Ich schob mich allmählich auf Dan Doherty und den exotischen jungen Mann zu, der mir vorhin zugewinkt hatte. Die beiden standen in einem ruhigeren Winkel und schienen sich zu streiten. Es geht nichts über einen kleinen Kampf, um herauszufinden, ob jemand was taugt, sage ich immer; also schlenderte ich mit meiner Platte geräucherter Meeresfrüchte zu ihnen hinüber, als stünden sie ganz zufällig an meiner Bahn. Beide sahen auf, als ich näher kam. Dan runzelte die Stirn, aber der andere Mann, mein obskures Objekt der Begierde, lächelte wieder sein bezauberndes Lächeln.

« Hallo, Christian! » rief er mir zu – er hatte einen starken Akzent. Franzose, dachte ich, und kein Wunder, daß er so freundlich ist, er verwechselt mich mit jemandem, vermutlich jemand Einflußreichem. Ich bemerkte, daß Danny etwas zu ihm sagte, aber der Fremde achtete nicht darauf. Er war ja zu sehr damit beschäftigt, mich anzulächeln.

Als ich vor ihnen stand, bot ich ihnen die Platte an. « Die letzten Meeresfrüchte. »

Danny schien überrascht: « Alles schon aufgegessen? »

« Nein, aber Liz will jetzt mit dem Anbieten aufhören und bald zum Dessert übergehen. »

Danny sagte: « Dafür ist es doch noch zu früh. Ich werde mit ihr reden. » Er wandte sich zum Gehen, sagte dann aber noch barsch zu seinem Freund: « Wir bringen das später zu Ende. » Dann ging er brüsk davon, verschwand unter den

Leuten, um Liz Carlini zu suchen, und ließ mich mit dem hübschen Unbekannten allein. Ich selbst hätte es nicht besser inszenieren können.

«Wie geht, Christian?» fragte er in reizendem gebrochenen Englisch.

«Ich heiße Stanley», antwortete ich. «Ich glaube, du hast mich mit jemand verwechselt.»

«Vielleischt. Abär ich sehe dein Haar. Ist kurz und wie Kupfer, wie bei Christian.» Er sprach das Wort «Kupfhäär».

«Ich hab' es gestern schneiden lassen.»

Er zuckte gleichmütig die Schultern. «So du bist nischt Christian, abär du bist nett.» Seine dunklen Augen tanzten und flirteten und verschlangen alles auf einmal – mich, die Party und die ganze Welt.

«Also, du scheinst auch sehr nett zu sein», sagte ich.

«Isch heiße Rafik», sagte er und streckte mir die Hand hin. Sein Name klang wie Rafîque.

Ich jonglierte die Platte auf meinem linken Arm und schüttelte ihm die Hand. Er hielt sie fest, auch nachdem ich den Händedruck gelockert hatte, und drückte sie ein paarmal kräftig. Dann, als er losließ, preßte er seine Finger in meine Handfläche. Ich spürte einen leichten Freudenschauer, denn seine Botschaft war klar. Teufel nochmal, in zwei Wochen kam der Valentinstag, und ich war, wie üblich, single. Meine letzte Romanze mit einem Balinesen hatte sehr plötzlich geendet, als er nach Kalifornien zurückkehrte, um sein Abschlußexamen fürs Modemanagement zu machen. Und da fast alle meine Freunde beliebig auswechselbare Hochzeitsklamotten haben, frage ich mich oft, wann ich wieder mal an der Reihe bin für eine Romanze mit all den Blumen und Süßigkeiten und Küssen und am Ende der wer weiß wie gearteten Körpergymnastik, die vielleicht der süßen, rührseligen, sentimentalen Zeit des Hofmachens folgt. Um die Wahrheit zu sagen, ich war genau in der Verfassung für eine totale und schmutzige Liebe.

«Bist du Franzose?» fragte ich.

«Ja, *non*», sagte er mit diesem Killerlächeln. «Isch bin gebohren in Paris, abär wachse auf in Montreal. Meinä Eltern ... ist sähr kompliziert.»

«Aber du wohnst jetzt hier?»

«Oh ja», sagte er mit einem Nicken – einem anziehenden und einladenden Nicken.

Es folgte ein kurzes Schweigen, und ich wurde etwas nervös, wie oft, wenn mich ein begehrenswerter Mann berührt hat. Er fragte: «Wieso du kännst Danny?» Er sprach es aus wie Dahnie.

«Ich schneide ihm die Haare.»

«Du bist Friseur?»

«Ja.»

«Abär du bist so *masculin*!»

Warum klang eigentlich dieses Wort mit französischem Akzent gleich viel überzeugender? Und was konnte der Grund sein für diese unerwartete Anhimmelung? War es mein kupferrotes Haar mit dem frisch verpaßten transsexuellen Haarschnitt? Vielleicht war es der rötliche Schnurrbart über meinen vollen Lippen, die gerne grinsen. Oder meine grünen Augen? Ich glaube, es lag an meinem großen kantigen Unterkiefer, auf den die Leute oft stehen. Obwohl mein Gesicht ja ein bißchen fleischig ist, besitzt es doch glücklicherweise eine Art Grobknochigkeit, wie sie normalerweise nur die Sportreporter im Fernsehen oder die Holzfäller haben, obwohl man ja sagt, daß auch solche Mann-Männer ganz leicht mal ausrutschen. Wie dem auch sei, mein Kiefer wirkt groß und männlich. Wenn man mich allerdings besser kennt, merkt man, daß er nichts weiter ist als eine Behausung für Zunge, Zähne und Spucke.

«Ich bin einer von der neuen Sorte», antwortete ich. «Keine schwächlichen Handgelenke mehr. Wir sind jetzt alles so stramme Kerle, die die Haare mit den Wurzeln ausreißen.»

Er gluckste und sagte: «Du bist sähr komisch.»

Ich ließ die Bemerkung durchgehen und fragte: «Woher kennst *du* Danny?», indem ich den Spieß umdrehte.

Er blickte einen Augenblick zu Boden, als müsse er sich eine schmerzliche Erinnerung erst wieder ins Gedächtnis rufen. Dann sagte er: «Wir uns träffen im Café.»

«Hier in Boston?»

«*En Montreal.*»

«Ihr seid also zusammen?»

Rafik schob sich auf seinen langen Beinen ein wenig hin und her. «Wir sind Freundä. Isch helfe mit Geschäft.»

«Du hast also einen Job?» So etwas zu wissen ist immer sinnvoll, besonders aber bei zauberhaften, gutaussehenden Männern.

Er zögerte. «Ja ...» Dann setzte er den Schlafzimmerblick auf. «Isch möchte disch sehen.»

«So schnell? Du brauchst wohl 'ne green card.»

«Was?» erwiderte er verdutzt.

«Bist du amerikanischer Staatsbürger?»

«Nein ...», antwortete er vorsichtig.

«Dann wirst du dich wahrscheinlich verheiraten wollen.»

«In Bett gehen?»

«Das vermutlich auch», sagte ich achselzuckend.

«Das mag isch», sagte er und zeigte alle seine weißen Zähne.

«Danny möglicherweise aber nicht so sehr.»

Hinter mir hörte ich: «Was mag ich nicht so sehr?»

Es war Danny. Das hatte er natürlich mitkriegen müssen. Soviel zu meinem Timing, wenn wir schon davon sprechen. Ich erklärte ihm mit etwas dämlichem Gesichtsausdruck, daß Rafik und ich nur herumblödelten.

«Sie können ihn gern übernehmen, Vannos. Ich hab genug von ihm. Kein Pfand, keine Rücknahme. Er gehört ganz Ihnen.»

«Danny, ich wollte nicht –»

«Wir waren sowieso gerade dabei, Schluß zu machen, als Sie mit Ihrem Tablett daherkamen, Ihr Timing war also perfekt.»

Ich stieß einen tiefen Seufzer aus. Meine Witzelei war mißverstanden worden, und jetzt bekam Danny einen Schwuchtelanfall. Warum sagte Rafik denn nichts, um die Sache zu bereinigen, um Danny zu beruhigen?

Ich seufzte resigniert und blickte auf mein Tablett hinab. «Ich denke, ich werd mal das Zeug hier noch rumreichen.» Aber als ich mich umdrehte, hielt Rafik mich am Arm fest.

«Entschuldigä?» sagte er und betonte es wie eine Frage.

Ich schaute ihm über meine Schulter hinweg in die Augen.

Er sagte: «Heißt du Stan oder Vannos?»

«Im Laden Vannos, im echten Leben Stan.»

«Also», sagte er mit diesem stets einladenden Schimmer in den Augen, «isch gehöre zum echten Leben für disch.»

Danny unterbrach unseren Verzögerungstango. «Mit dem Fischzeug da sollten Sie sich aber jetzt beeilen. Liz läuft in der Küche schon auf Hochtouren, damit gleich das Dessert serviert wird. Ich konnte es ihr nicht mehr ausreden.»

Auf dem Weg zur Küche bemerkte ich, daß Prentiss Kingsley jetzt einem anderen Mann in die Fänge geraten war – einem untersetzten, breitschultrigen Typ Mitte Vierzig, der einen einfachen braunen Anzug trug. Er sah aus wie eine ehemalige Eliteschul-Sportskanone, die etwas Fett angesetzt hatte. Der Mann schien über irgendetwas verärgert, als hätte ihm der feine Prentiss Kingsley gerade seinen Parkplatz für die Nacht weggeschnappt. Weder Liz noch Nicole waren in der Nähe zu sehen. Der Typ drängte Prentiss Kingsley in eine schmale, leere Besenkammer etwas abseits vom Hauptgeschehen. Schnell umrundete ich die Menschentrauben und stellte mich an den Eingang zu der Kammer. Ich spitzte die Ohren und bekam eine ganze Menge von der Unterhaltung mit.

«Prentiss, diese Party ist völlig dekadent. Du hast kein Recht –»

«Ich habe jedes Recht, John. Immer.»

«Du hast das Geld deiner Mutter nur aus Dusel gekriegt, nicht rechtmäßig.»

«Aber ich hab's gekriegt, John.»

«Und jetzt verschleuderst du es für Nichtigkeiten.»

«Dieses neue Unternehmen ist alles andere als eine Nichtigkeit. Tatsächlich hat bereits Van Gumpfe aus der Schweiz ein großzügiges Angebot für *Le Jardin* gemacht. Ich mische mich schließlich auch nicht in deine undurchsichtigen Geschäfte ein, *lieber Bruder*, halt also auch du bitte deine kleinlichen Vorwürfe und deinen ermüdenden Neid in Zaum.»

« Halbbruder, Prentiss. Wir sind Halbbrüder. »

« Stimmt genau, John. Hast du also endlich begriffen, daß der Name und das Vermögen der Kingsleys mir gehören, mir ganz allein. Dafür kannst du den Familiennamen Lough ganz allein für dich behalten, und dazu alles und jeden, der damit verbunden ist. »

Der Name reimte sich auf « raff » ... oder « baff ».

« Du und der Name deiner toten Mutter », sagte John Lough. « Aber vergiß deine junge Frau und ihre jungen Freunde nicht, Prentiss. Sie scheinen das Kingsley-Geld auch zu genießen. »

« Ich werde nicht dulden, daß du Elizabeth und Daniel beleidigst. »

Ihr Streit schien außer Kontrolle zu geraten, und plötzlich waren Prentiss Kingsley und John Lough aus der Besenkammer herausgekommen und standen mir Auge in Auge gegenüber. Sie hatten mich beim Lauschen erwischt. Ich blickte auf das Tablett hinunter. Die Meerestiere wirkten zwar schon ein bißchen schlapp, aber immerhin noch so, daß man sie Prentiss Kingsley und seinem Sparringpartner anbieten konnte. Ich versuchte so kellnermäßig wie möglich aufzutreten und fragte: « Hätte einer der Herren gerne noch Meeresfrüchte? »

Mr. Lough kniff vor Wut die Augen zusammen. « Machen Sie, daß Sie weiterkommen. »

Mr. Kingsley sagte: « Ich muß jetzt mal nach meiner Frau sehen » und ging davon, ohne von mir überhaupt Notiz zu nehmen.

John Lough dagegen sagte: « Gehen Sie wieder an Ihre Arbeit. »

Zutiefst gedemütigt durch die herrschende Klasse mischte ich mich wieder unter die Menschenmenge, wo Nicole mich abfing.

« Was war denn da los? »

« Hast du's mitgekriegt? »

Sie nickte. « Alles. »

« Der ehrenwerte Mr. Kingsley scheint Probleme in der Familie zu haben. Er hat sich mit seinem Bruder über Geld und Eigentum gestritten – die üblichen Partyscherze eben. »

« Aber du bist ja auch fündig geworden, Stanley. Wer war denn dieser dunkeläugige Schönling da bei Danny? »

« Dir entgeht aber auch gar nichts, Nikki. »

« Solche Männer jedenfalls nicht. »

« Der Dunkeläugige ist Dannys Liebhaber, und außerdem hat er ein paar knackige Arschbacken. »

« Willst du ihn aufreißen? »

« Nikki, wenn mir das nächste Mal die Eier wegen eines schönen Mannes zu klickern anfangen, dann fessel' mich einfach an Händen und Füßen und wirf mich in den Eiskübel. »

« Mit Vergnügen, Schätzchen. Aber ich muß darauf bestehen, daß man dich zuvor knebelt. »

« Na sicher, ganz wie es dir beliebt. Für einen Kumpel tut man doch alles. »

Sie legte den Arm um mich und drückte mich an sich, wobei sie die Servierplatte etwas ins Rutschen brachte.

« Stani », sagte sie – das war der Kosename, den meine tschechische Großmutter gern gebrauchte – « wirf doch das Zeug da in der Küche in den Mülleimer. Du bist der einzige weit und breit, der noch Essen rumträgt. »

Das stimmte. Seit ich Laurett die Platte abgenommen hatte, waren alle anderen Bedienungen längst vom Parkett verschwunden. Ich schlängelte mich durch die Leute zurück zur Küche. Auf meinem Weg aber tauchten immer wieder Hände von irgendwoher auf und grabschten sich die letzten geräucherten Meeresfrüchte vom Tablett. Als ich die Küchentür erreichte, war die Platte von den halbverhungerten Reichen abgeräumt.

Während ich eintrat, kam Liz Carlini heraus. « Servieren Sie denn immer noch Essen? » fragte sie barsch.

« Ich bringe nur das leere Tablett zurück, Liz. Sie sind wohl heute ein bißchen gereizt, nicht wahr? » Ich dachte, ein Schuß Ironie würde sie vielleicht etwas auftauen. Ganz im Gegenteil.

« Die Gäste brauchen vor dem Dessert etwas Zeit », antwortete sie trocken. « Im Saal darf mindestens eine halbe Stunde vorher nichts mehr gereicht werden. »

« Das klingt ja nicht gerade sehr gastfreundlich. »

«Wir sind nicht hier, um gastfreundlich zu sein. Wir machen eine Promotion für ein neues Unternehmen.»

Es war interessant, eine meiner Kundinnen draußen in der harten Realität außerhalb des Salons agieren zu sehen. Ich hatte mir schon gedacht, daß Liz Carlini ehrgeizig war, jetzt aber erkannte ich, daß sie unter Streß schnell die Haltung verlor. Das schien mir ein wenig günstiger Charakterzug für Öffentlichkeitsarbeit zu sein, noch dazu in einer Firma, die feinste Schokolade herstellte.

In der Küche setzte ich mein Tablett ab und wollte gerade wieder auf das Fest zurückkehren, als ich die Stimme von Laurett hörte, die sich mit jemand stritt. Der Abend schien wirklich voller zwischenmenschlicher Konflikte zu sein. Ich folgte dem Klang der Stimme, bis ich Laurett gefunden hatte. Sie versuchte die Vorbereitungen für den Nachtisch zu beaufsichtigen – und zwar gab es Schokoladetrüffel und nochmals Champagner, dazu Kaffee oder Tee für diejenigen unter uns, die lieber zu Fuß nach Hause gehen wollten. Aber neben ihr stand eine andere Frau, keifte sie an und hinderte sie an der Arbeit. Sie war Anfang Sechzig und klein und runzlig wie ein nervöser alter Terrier. Und sie trug eine Henna-Tönung im Haar, die nur im eigenen Badezimmer gemacht worden sein konnte ... oder in einer Autowerkstatt.

«Lassen Sie die Finger davon», schrie sie Laurett an, die eine große Platte Trüffel zu ordnen versuchte, die offenbar durcheinandergebracht worden waren.

«Sie brauchen mir nicht zu sagen, was ich machen soll. Ich arbeite nicht für Sie.»

«Sie verdienen es ohnehin nicht, hier überhaupt für irgendjemand zu arbeiten. Ihr Ausländer gehört dorthin zurückgeschickt, wo ihr herkommt.»

«Lassen Sie mich doch in Ruhe», schluchzte Laurett. Ich sah Tränen in ihren Augen.

«Und *den da* schicken Sie auch raus hier», kreischte die ältere Frau und zeigte auf einen Fremden, der halb verborgen in einer dunklen Ecke ein bis zwei Meter hinter dem Arbeitstisch stand. Dann wandte sie sich ab und stürmte an mir vorbei auf die Küchentür zu. Ihr wütendes Stampfen klang für eine so kleine Person viel zu gewichtig.

Als sie raus war, fragte ich Laurett: «Alles in Ordnung?»

Laurett nickte still.

«Wer war denn das?», fragte ich.

«Das ist Mary Phinney», sagte sie und versuchte ein Schluchzen zu unterdrücken. «Sie haßt mich, weil ich bin Geschäftsführerin von neuem Laden, und das will sie sein.» Dann begann Laurett, nachdem sie noch einen Augenblick um Fassung gerungen hatte, wieder an den Pralinen zu hantieren. Ich sah, wie sie eine winzige Zuckergußblüte sorgsam auf eine glatte Trüffel setzte. Daneben erblickte ich zwei weitere Trüffel, die bereits mit Blüten verziert waren und jede einzeln auf einem kleinen Tablett aus Sterlingsilber lagen.

«Sind die für die Ehrengäste?», fragte ich.

«Da-hast-du-recht», antwortete Laurett, wobei sie den Satz wie ein einziges Wort aussprach. Sie vollendete ihr Werk mit einer letzten winzigen Verzierung. «So», sagte sie mit einem kleinen Schniefer. Sie sprach mit der Praline, während sie sie auf das dritte Silbertablett setzte. «Jetzt bist du auch hübsch.»

In dem Moment kam der Fremde, der die ganze Zeit in der Ecke gelauert hatte, ans Licht und lehnte sich lässig an die Wand. Er stierte Laurett und mich an. Er war jung, Mitte der Zwanzig, sah gut aus und wirkte muskulös, sah aus wie ein verwöhnter hübscher Junge aus den Vororten. Aber er hatte auch den kalten, abschätzenden Blick eines Opportunisten. Er sprach mit einer schwachen, kratzenden Stimme, als habe er dringend ein Glas Wasser nötig. «Is' da keine für mich dabei, Süße?» sagte er und kicherte dann dümmlich über seine eigenen Worte, als sei er betrunken oder auf Drogen.

«Jetzt nicht», antwortete Laurett.

«Wer ist denn das?» fragte ich leise.

Laurett zog nur die Stirn in Falten und gab keine Antwort. Offensichtlich kannte sie den Mann, wollte ihn mir aber nicht vorstellen. Ich hatte das Gefühl, daß der nahende Valentinstag mehr Krieg als Liebe bei den Liebespaaren erzeugte, die mir an diesem Abend unterkamen.

Da ich Ärger kommen sah, fragte ich: «Soll ich in der Nähe bleiben?»

Sie schüttelte den Kopf. «Du gehst raus und amüsierst dich.» Aber ich merkte, daß sie sich dazu zwingen mußte, ruhig und beherrscht zu klingen.

«Wo's nichts mehr zu essen gibt, gibt's auch nichts zum Amüsieren.»

«Vannos, da gab's doch ein paar recht hübsche Männer draußen. Denk doch nicht nur ans Essen.»

Eigentlich hätte ich mich dagegen verwahren sollen, zu den Leuten gezählt zu werden, die ihren sexuellen Frust durch Essen kompensieren, aber das wäre vergeblich gewesen. Ich sah selber ein, daß die einzige Zeit, zu der ich heute abend nicht an Nahrungsaufnahme gedacht hatte, die des kurzen und vergeblichen Anbandelns mit Rafik gewesen war.

Der kernige Fremde in der Küchenecke ließ sich jetzt wieder hören: «Ey, Baby, wer iss'n die Trantüte, kannste den nicht abschieben?»

Als ich mir den Mann genauer ansah, kam er mir bekannt vor, aber ich wußte nicht woher. War er nicht mal im Laden gewesen?

Laurett funkelte ihn wieder böse an, dann sagte sie leise zu mir: «Vannos, bitte geh jetzt. Ich muß arbeiten.»

Etwas beklommen verließ ich die Küche und ging zurück in den Saal. Als ich aber eintrat, wandten sich mir jede Menge Blicke entgegen, als brächte ich eventuell doch noch eine neue Runde Snacks herein. Ganz gegen Liz Carlinis Vermutung wollten die Leute noch Futter. Und da viele davon Paare zu sein schienen und also vermutlich sexuell befriedigt waren, fragte ich mich, was ihre Gier nach unnötigem Essen wohl zu bedeuten hatte.

Ich sah, daß Nicole mit Liz Carlini sprach, oder genauer gesagt stritt. Als ich aber auf die beiden zuging, sah mich Liz, drehte sich auf dem Absatz um und ging davon.

«Liz scheint heute aber wirklich ganz schön gereizt zu sein», sagte ich.

«Stanley, diese Frau ist einfach unverschämt.»

« Was war denn nun wieder? »

« Sie bringt doch glatt Anschuldigungen gegen mich vor. »

« Doch nicht etwa solche, wie sie allgemein von Frauen kommen, deren Ehemann du kennengelernt hast? »

« Stanley, diese Bemerkung ist unangebracht. »

« Och, Nikki, auch wenn du blutjunge Studenten und verheiratete Männer bevorzugst, ich liebe dich trotzdem. Nebenbei gesagt hat Prentiss Kingsley seine eigenen Probleme, auch ohne daß du seine Ehe gefährdest. »

Nicole antwortete: « Soweit ich heute abend gesehen habe, ist sowieso keiner besonders gerne hier, als wäre das Ganze eher eine Verpflichtung als eine Fete. »

« Amen, Herzchen. »

In dem Moment flogen die Küchentüren auf, und eine lange Reihe von Kellnern kam im Gänsemarsch auf die Gäste zu.

« Wow », sagte ich. « Das große Finale. Das Dessert ist dran. »

Jeder Kellner trug ein Tablett, einige mit pyramidenförmig gestapelten Schokotrüffeln, einige mit Champagnerflöten voll schäumenden Inhalts, einige mit heißem Kaffee oder kompletten Teegedecken. Unter ihnen war auch Laurett Cole, aber sie ging geradewegs zu Dan Doherty, Liz Carlini und Prentiss Kingsley und reichte jedem von ihnen eine der besonders reich dekorierten Trüffel auf einem kleinen Silbertablett. Sie achtete sehr sorgfältig darauf, wer welches Tablett bekam. Nach ein paar Minuten hielt bereits jeder Gast im Saal eine Schokoladentrüffel in der einen Hand und ein Glas Champagner oder ein heißes Getränk in der anderen. Die Beleuchtung wurde gedimmert, hell blieb es nur rund um die drei Ehrengäste, die jetzt etwas abseits standen, als würden ihnen gleich Olympiamedaillen verliehen. Das Salonorchester spielte einen kleinen Tusch, und dann hielt jeder der drei eine kleine Rede. Prentiss Kingsley machte den Anfang.

« Dadurch, daß ich meine junge Gattin Elizabeth unterstützt habe, *Le Jardin* aufzubauen, knüpfen wir an die vornehme Tradition unserer Familie in Bezug auf Qualität und

Leistung an, die meine Urgroßmutter Gladys Kingsley begonnen hat und die in der Familie fortgeführt wurde bis hin zu meiner geliebten verstorbenen Mutter Helen Kingsley. Wir sind stolz auf diesen Augenblick ...» In diesem Ton fuhr er fort, eher sogar etwas zu königlich, und ich fand seine Rede insofern geschmacklos, als sie sich ständig auf lauter tote alte Kingsley-Damen bezog. Im Gegensatz dazu fand ich das stille Auftauchen Rafiks in meinem Rücken, der mir während der ganzen Chose heimlich in meine Hinterbacken kniff, ganz und gar nicht geschmacklos.

Als Liz Carlini an der Reihe war, sagte sie – und man muß der Frau wirklich schamlose Prahlerei in aller Öffentlichkeit konstatieren – «*Le Jardin* bedeutet eine neue Ära der Schokolade. Wir haben alle Traditionen weit hinter uns gelassen, um in der Kunst der Schokoladengestaltung neue Wege zu beschreiten. Die Tage der altmodischen Pralinen in der Schachtel sind gezählt.» Wie gesagt leeres Gerede, aber geschmacklich passend zu den Worten ihres Mannes. In der Zwischenzeit stellte Rafik seinen guten Geschmack in Hinblick auf Verführungstaktik weiter unter Beweis, indem er mir ins Ohr flüsterte und dabei sanft mit den Lippen über das Ohrläppchen strich.

«Vielleischt möchtest du meinen Laster fahrän?»

Das klang wie ein anzüglicher Witz, bis ich erfuhr, daß er tatsächlich der Fahrer des chicen neuen Lieferwagens von *Le Jardin* war.

Dann kam Danny dran, und nachdem er zu Rafik und mir herübergeäugt hatte, sagte er: «Ich bin dankbar für diese Gelegenheit, meine Ideen vor aller Welt zur präsentieren. Ich schulde Prentiss und Liz sehr viel. Genießt eure Schokolade, Leute.» Habe ich schon erwähnt, daß Danny jung und idealistisch war? Seine Worte mochten banal sein, aber wenigstens waren sie knapp und aufrichtig. Während Danny sprach, verdrückte sich Rafik, dieser Feigling.

Nun bissen alle drei Redner gleichzeitig in ihre Trüffel. Liz Carlini biß auch in ihre, beobachtete dabei aber Danny und ihren Gatten, gespannt auf deren Reaktion. Was Danny betrifft, so konnte man von Reaktion kaum sprechen. Ich glaube, für ihn war das einfach irgend so ein Brocken Schokolade. Prentiss Kingsley reagierte intensiver. Er war ja ein sehr gepflegter Herr, wobei seine Vornehmheit manchmal einen Zug von Herablassung hatte, allerdings nicht in diesem Moment. Er beugte den Kopf über das Silbertablettchen in seiner Hand und spie seinen Bissen Trüffel aus. Dabei wirkte er wie ein unartiges Kind, das den Geschmack von gegrillter Avocado einfach nicht ausstehen kann. Den Zuschauern stockte der Atem bei dieser eklatanten Verletzung des Benimms.

In dem Moment hörten wir alle einen langen, lauten Schrei aus der Küche.

Ich erkannte sofort Laurett Coles Stimme und rannte los, um ihr zu Hilfe zu eilen. Sie stand an einem der langen Edelstahltische und kreischte und schaute dabei auf einen Mann am Boden, der sich vor Schmerzen wand und laute, trockene, keuchende Töne von sich gab. Es war der Kerl von vorhin hier in der Küche, derjenige, der sie belästigt und mich beleidigt hatte. Ich näherte mich ihm, um zu helfen. Im Geiste drückte ich «Play», um in meinem Gehirn den Erste-Hilfe-Kurs ablaufen zu lassen, den ich vor ein paar Monaten besucht hatte. Der Hemdkragen des Mannes war bereits offen, aber ich hielt mich an die damals gelernte Reihenfolge und lockerte ihn noch weiter. Im Mund und um den Mund herum war geschmolzene Schokolade. Ich schob meine Finger hinein und untersuchte, ob etwas im Hals steckte, brachte allerdings nichts zum Vorschein. Außerdem hörte ich bei all dem Keuchen und Grunzen, wie die Luft rein und raus ging, und daraus schloß ich, daß die Luftröhre nicht behindert sei.

«Wo tut es weh?» Das schrie ich blödsinnigerweise, als könne er mich nicht hören.

Aber der Mann antwortete nicht. Stattdessen erbrach er heftig auf den Boden und fiel dann in Krämpfe. Ich räumte alles um ihn herum beiseite, damit er sich nicht verletzte. Vielleicht ein Epileptiker. Aber in Minutenschnelle war er krebsrot geworden, und dann regte er sich nicht mehr. Alles stand still – Arme, Beine, Kopf, Atem. Ich fühlte ihm den Puls, erst am Handgelenk, dann am Hals. Nichts.

Rasch bog ich seinen Kopf zurück, hielt seine Nase zu und begann Mund-zu-Mund-Beatmung. Den Lebensatem einzuhauchen war mir im Erste-Hilfe-Kurs so simpel erschienen wie ein Küssen durchs Diaphragma. Aber ich kann Ihnen versichern, im Ernstfall ist es eher unangenehm, wenn man versucht, durch einen schmierigen Mund etwas wiederzubeleben, von dem man fühlt und weiß, daß es eine Leiche ist.

Ich fuhr noch etwa fünf Minuten lang fort, ihn aufzublasen, und fügte mich dann in die Tatsache des Lebens. Der Bursche war tot.

Ich schaute auf, während ich da am Boden kniete. Nicole stand über mir, mit zwei von den Sicherheitsleuten des Festes. Hinter ihnen drängelten sich die Gäste und reckten die Hälse vor morbider Neugier. Ich sagte zu den Wachmännern: «Am besten, Sie sperren die Türen zu, bis die Polizei da ist.» Einer von ihnen funkte an die übrige Mannschaft, sie sollten den Saal und die Ausgänge des Gebäudes sofort abriegeln. Währenddessen stand ich auf, ging ans Telefon und rief die Bostoner Polizei an, um einen Toten zu melden.

2.
Eine alte Flamme

Während wir im Hauptsaal auf das Eintreffen der Polizei warteten, konnte ich beobachten, wie einzelne der Festgäste auf das unerwartete Eintreten des Todes reagierten. Prentiss Kingsley hielt seine Frau Liz Carlini fast zärtlich an sich gedrückt. Ich hätte nicht gedacht, daß so ein hochgestochener Typ zu so viel Wärme fähig ist, noch dazu vor allen Leuten. Andererseits trieben sie dieses Geturtel vielleicht auch nur, *weil* sie unter Leuten waren. Liz Carlini ihrerseits war bleich und zitterte. Ich fürchte, bei all ihrer detailgenauen Planung für den großartigen Rahmen des Abends hatte sie nicht damit gerechnet, daß der Tod als ungeladener Gast auf ihrem Fest erschien.

In ihrer Nähe und ebenfalls dicht nebeneinander standen Dan Doherty und Rafik. Sie wirkten verwirrt und verloren, als ob der plötzliche Tod ihnen das Drama ihrer scheiternden Romanze roh unterbrochen hätte. Der Vorhang war mitten im Auftritt gefallen.

Weiter hinten sah ich John Lough und Mary Phinney. Ich erinnerte mich, wie er vorhin noch mit Prentiss Kingsley gestritten und wie sie in der Küche Laurett angeschrien hatte. Diese ungleichen Zwei – ein brummiger Braunbär und ein kläffender gelblicher Schoßhund – schauten sich mißtrauisch unter den Gästen um, während sie sich mit zusammengekniffenen Lippen unterhielten. Ich konnte mir nicht vorstellen, welche Art von Verhältnis sie hatten. Waren sie Eheleute, Bruder und Schwester oder einfach nur Arbeitskollegen? Was immer auch zutreffen mochte, sie wirkten jedenfalls, als fühlten sie sich durch die Vorgänge persönlich belästigt, als hätten jetzt nur sie die Unannehmlichkeiten.

Nicole, Laurett und ich standen auch zusammen. Nicole tröstete Laurett, die leise weinte.

Währenddessen hatten die Sicherheitskräfte alle Hände voll zu tun, um den Rest der Gesellschaft einigermaßen ruhig zu halten. Ein paar blutrünstige Seelen wollten in die Küche, um den Toten mit eigenen Augen zu sehen, aber die meisten Gäste wünschten das Gebäude schnellstens zu verlassen. In ihrem sauberen, abgeschirmten Leben hatten sie selten so direkt mit dem Tod zu tun, und sie wollten daran auch in keiner Weise teilhaben. Für sie war der Tod wohl eher so eine keimfreie Erfahrung aus zweiter Hand per Telegramm oder Telefon, ein paar Beileidsworte zum stillen Verscheiden der Lieblingstante, verbunden mit der bitteren Nachricht, daß man nun Erbe der Liegenschaften in Martha's Vineyard oder Belvedere war. «Das ist aber traurig», murmeln sie dann kummervoll, innerlich aber hüpft ihnen das Herz vor Freude, und sie denken: «Super!»

Das geräuschvolle Eintreffen der Polizei erregte dann ein solch allgemeines Gefühlschaos, wie es sonst eigentlich nur einem Kurssturz an der Börse vorbehalten ist. Die Polizisten ihrerseits zelebrierten unnachahmlichen Stil – nichts als schwere Schritte, laute Stimmen und quäkende Funkgeräte. Ein solcher Auftritt kann einen Menschen, der zu Hysterie neigt, zu einem Anfall treiben. Aber vielleicht ist das Absicht.

Der Anführer der heutigen Truppe entpuppte sich als ein Bekannter, ein gewisser Detective Lieutenant Vito Branco. Ich war ihm früher schon begegnet, und wir ... na ja, sagen wir mal, wir haben viel Energie darauf verwendet, miteinander zurechtzukommen.

Was seine Vorzüge betrifft: Branco ist ein mediterranes Traumschiff – groß, gut gebaut und mit Muskeln wie ein Athlet, olivfarbener Haut, schwarzen Locken und glitzernden graublauen Augen. Außerdem ist er hetero, was ihn zum idealen Objekt für die Phantasie macht. Wie er mich begrüßte?

«Christus, nicht schon wieder Sie.» Also sprach der liebende Held zu sîner Frouwe.

«Hallo, Lieutenant», sagte ich und winkte melancholisch mit der linken Hand. «Is' schon 'ne Weile her.»

Branco reagierte mit einem Grunzen, das war seine Art, schnell zu antworten. «Nicht lange genug», murrte er. Dann fragte er: «Was war hier los?»

Ich beschrieb die Vorgänge so klar und ruhig wie möglich.

«Ich war mit den anderen Gästen hier draußen im Saal. Da hörten wir alle einen Schrei, und ich erkannte Lauretts Stimme, deshalb rannte ich in die Küche, um nachzusehen, was los war.»

«Wo liegt die Küche?»

Ich zeigte in die Richtung, und Branco schickte ein paar Bullen hin. Dann wandte er sich wieder mir zu. «Wer ist Laurett?»

«Eine Freundin von mir.» Aber als ich auf sie zeigen wollte, war sie von Nicoles Seite verschwunden. «Sie war eben noch hier», versuchte ich zu erklären, aber Branco wandte sich zu einem seiner Assistenten und raunzte einen Befehl.

«Sucht sie!»

Und als wollte er die nächste Runde in einem fortwährenden uneingestandenen Wettkampf zwischen uns gewinnen, sagte er zu mir: «Das ganze Haus ist umstellt. Sie wird kaum entwischen.»

«Lieutenant, sie versucht ja gar nicht zu fliehen. Sie hat nichts damit zu tun.»

«Das müssen wir entscheiden. Fahren Sie fort.»

«Selbstverständlich», sagte ich und sah ihm direkt ins Gesicht – ein kurzer Blick, der mich aber doch wieder nötigte, zuzugeben, daß dieses herrliche Geschöpf, das einen betäubenden Duft nach Sandelholz zu verströmen schien, rein technisch gesehen der Feind war. Nach einem Moment des visuellen und balsamischen Entzückens fuhr ich fort: «Laurett versuchte dem Mann zu helfen, aber er reagierte nicht.» Das stimmte nun zwar nicht so ganz mit dem überein, was ich tatsächlich beobachtet hatte – sie hatte ihm ja gar nicht zu helfen versucht. Aber ich wollte, daß sie schuldlos dastand, also bog ich die Fakten ein wenig zurecht.

«Und dann?» fragte Branco.

«Dann hab' ich mich hingekniet, um ihm zu helfen. Ich dachte, er würde vielleicht ersticken, und ich hab Erste Hilfe gelernt, aber ich konnte nichts mehr für ihn tun. Er war in wenigen Minuten hinüber.»

Branco drehte sich um und sprach zu den übrigen Festgästen. «Am besten, Sie machen sich's ein bißchen bequem, meine Herrschaften. Das hier wird noch 'ne Weile dauern.»

Einer aus der Runde erhob Widerspruch. Es war John Lough. «Kann man das denn nicht irgendwann anders erledigen?» sagte er. «Einige von uns können es sich nicht leisten, so lange hier herumzutrödeln, wie es Ihnen beliebt.»

Belieben wäre kaum das Wort, daß ich im Zusammenhang mit Branco benützen würde. Er antwortete kalt, als zitiere er aus einem Leitfaden für Polizeibeamte: «Wir werden Sie alle hier und jetzt verhören, einen nach dem anderen.»

Mit so etwas durfte man den Anwesenden natürlich nicht kommen. Tödliche Zwischenfälle spielten in so einem pastellzarten Leben keine Rolle. Als es ihnen aber endlich dämmerte, daß sie diese unangenehme Angelegenheit nicht an einen Subordinierten delegieren konnten, begann ein Murren und Grollen. Branco hob seine rechte Hand, um sie zum Schweigen zu bringen, und verdammt nochmal – es wirkte, sie alle hielten den Schnabel. Dann gab er seinem Wachtmeister Anweisung, das Verhör vorzubereiten. Er drehte sich wieder zu mir herum und sagte: «Sie bleiben hier. Ihre Geschichte möchte ich zuerst.»

«Oh, ich bin also Klassenbester?»

Branco verzog spöttisch den Mund und hielt mir seinen Finger anklagend ins Gesicht. «Kraychik, fangen Sie bloß nicht wieder mit Ihrer Klugscheißerei an. Davon hab ich das letzte Mal schon genügend runterzuschlucken gehabt.»

«Mea culpa, Lieutenant», antwortete ich, aber ich hörte seine barschen Worte kaum. Nein, ich war selig – denn Branco hatte sich meinen Namen gemerkt. Es war wie damals auf dem Gymnasium mit meinem Sportlehrer, einem etwas verkommenen, aber muskulösen ehemaligen Elitesoldaten mit einem militärischen Haarschnitt, der fast wie meine eigene derzeitige Kurzhaarfrisur aussah. Er würdigte nur die besten Sportler der Klasse und mich, die Klassenmemme, indem er sich unsere Namen merkte. Und wieso das? Hatte ich doch bei jedem einzelnen Sportabzeichen, das das Gesundheitsministerium vorschrieb, glorios versagt. Aber das machte ich wieder wett, als die Turnhalle für den alljährlichen Frühlingsball ausgeschmückt werden sollte. Ich begnügte mich nicht mit lausigen Dekos aus Kreppapier, um meine großartigen Vorstellungen zu verwirklichen. Unter meinen Händen verwandelte sich das Basketballfeld in eine richtige Bühne.

«Lieutenant», fuhr ich fort, «ich habe dem Mann einfach nur zu helfen versucht. Viel mehr kann ich Ihnen dazu nicht sagen.»

«Ich werd' Ihnen schon noch auf die Sprünge helfen. Und wenn Ihre Freundin auftaucht, dann sagen Sie ihr bitte, sie soll sich gefälligst nicht von der Stelle rühren.» Dann ging Branco los, um sich um einen Raum für die Verhöre zu kümmern, wo er dann nachhaken und Druck ausüben und sehr persönlich werden konnte, aber nur, um Fakten zu sammeln, Fakten, Fakten.

Nicole, die Branco und mich beobachtet hatte, schlenderte hinter der Menge herum. Ich fragte sie verstohlen: «Wo zum Teufel steckt denn Laurett?»

«Auf der Toilette.»

Ich schüttelte den Kopf. «Nicht gerade der beste Zeitpunkt.»

«Die Nerven, Schätzchen.»

«Es wirkt aber verdächtig.»

Da fragte Nicole mit einem plötzlichen Gurren in der Stimme: «Die Hoffnung währet ewiglich, stimmt's?»

«Wie bitte?»

«Hast du dich gefreut, den Lieutenant wiederzusehen?»

«Nikki, du weißt so gut wie ich, daß der Mann straight ist. Krankhaft straight.»

«Spaghetti sind auch straight, jedenfalls, bis sie naß werden.»

«Herzchen, der würde eher sterben, als sich einem Mann erotisch zu nähern.»

«Ach, Stani ...» Da war er wieder, dieser Diminutiv von meinem richtigen Namen, Stanislav. Nikki wollte wohl unbedingt diese Runde in unserem Große-Schwester-kleines-Brüderchen-Spiel gewinnen. «Mir kannst du's doch verraten, Schätzchen. Hegst du nicht insgeheim den Traum, dem

Lieutenant auf einer hübschen, völkerverbindenden Hochzeit das Jawort zu geben, während beide Familien euch mit Geld und Geschenken überschütten?»

«Und dazu eine weinumrankte Laube? Nicole, deine Phantasie hat überhaupt keinen Bezug zur Realität.»

«Aber auf die Weise träumt es sich am schönsten.»

Ein weiterer Polizeibeamter erschien, um mich in den Untersuchungsraum zu führen, der sich als winzige Vorratskammer direkt neben der Küche erwies. Sobald Branco und ich allein da drin waren, mitten zwischen Stahlregalen und Großpackungen für das Gaststättengewerbe, fing der Spaß erst richtig an ... für mich war es jedenfalls ein Spaß. Ich genieße ja absurde Situationen, wie etwa, die Stimme der eigenen Mutter auf dem Anrufbeantworter zu hören, während man sich in wüstem Tantra-Sex mit dem UPS-Paketboten auf dem Wohnzimmerteppich wälzt, oder aber seine Katze zu erwischen, nachdem sie sich heikel alle frischen Krabben, und zwar nur die Krabben, aus der Platte mit Appetithappen herausgefischt hat, die man gerade abgestellt hatte, weil eben die ersten Gäste zum Cocktail erscheinen, oder einen zwei Quadratmeter großen Raum mit einem Polizei-Macho der verschärften Sorte zu teilen. Wie auch immer die Absurdität geartet sein mag, ich versuche etwas draus zu machen und mich dabei zu amüsieren. Aber leider war Branco an diesem Abend nicht sehr kooperativ. Hier einige Beispiele für seine phantasievolle Befragung: «Kannten Sie das Opfer? Warum waren Sie in der Küche? Berichten Sie noch einmal ganz genau, was geschah. Kennen Sie irgend jemanden, der Grund gehabt hätte, das Opfer zu verletzen oder zu töten?»

Da saß er also vor mir und ritt auf seinen albernen Fragen herum, auf der Suche nach einer Antwort, die ganz gewiß nicht von mir kommen konnte. Er erinnerte mich an die lästigen Fragen eines eifersüchtigen Lovers, wenn man nur eben mal zum Einkaufen aus dem Haus war. Man hat die ganzen Arme voll mit Tüten, lauter Sachen, die man für *ihn* gekauft hat. Man taumelt und strauchelt und balanciert alles hinein, während er gemütlich am Küchentisch sitzt und eine Tasse frischen Kaffee und ein leckeres Hörnchen zu sich nimmt. Und da hat er doch glatt den Nerv, einen zu fragen: « Wo warst du denn so lange? » oder « Bei wem hast du dich denn wieder herumgetrieben? » und « Es gab wohl viel Anmache auf dem Markt? » Schon eigenartig, wie sehr sich ein Polizeiverhör und die Vorwürfe von einem Liebhaber ähneln ... und der Krach mit ihm.

Als Branco schließlich einsah, daß das Ausquetschen von dieser Fee für den Augenblick keine weiteren Tatsachen mehr zutage fördern würde, hatte er endlich Erbarmen und sagte: « Sie können jetzt gehen, aber ich möchte, daß Sie die Stadt nicht verlassen. »

« Jawohl, Sir », sagte ich salutierend. « Tja, dann muß ich wohl das Wochenende in Sitges streichen. Aber, Lieutenant », sagte ich, als ich aufstand, um zu gehen, « wenn Sie als nächstes Nicole verhören würden, könnte ich auf sie warten, und wir könnten gemeinsam gehen. »

Ohne aufzuschauen schlug Branco in seinem Notizblock eine neue Seite auf und sagte: « Ich mach das in meiner Reihenfolge. » Dann rief er seinen Wachtmeister, der mich hinausbringen sollte. Das alles geschah mit geradezu faschistischer Ungerührtheit. Als ich aus dem Verhörzimmer hinausgeführt wurde, wurde Laurett hineingeführt. Sie versuchte sich loszureißen, und mir war es für sie äußerst peinlich, vor allem, da sie auf der einen Seite von einer Polizeibeamtin festgehalten wurde. Ich trat ganz nahe an Laurett heran und sagte leise: « Nicht wehren. Einfach nachgeben. »

« Wieso nachgeben, Vannos? Ich hab' doch nichts getan! »

« So hab' ich's auch nicht gemeint. Aber du mußt verhört werden, wie alle anderen auch. »

« Ich hab' ihm keine Schokolade gegeben. Er hat sie sich selber genommen! »

« Sprich jetzt nicht, Laurett. Warte, bis sie dich fragen. Du machst die Sache nur schlimmer. »

« Vannos, sie werden mich ausweisen. Und meinen Jungen auch. Was soll bloß aus meinem Sohn werden? »

« Laurett, hör mir zu. » Es lag auf der Hand, daß sie sich unbedingt beruhigen mußte, deshalb versuchte ich sie dazu zu bringen, tief zu atmen. Sie widerstrebte, aber ich gab nicht nach. Während ich sie an mich drückte, die Lippen dicht an ihrem Ohr, murmelte ich ein beruhigendes Mantra – natürlich nicht mein eigenes, persönliches Mantra, sondern etwas Einfaches und Beruhigendes. Aber es war hoffnungslos. Meine Polizeieskorte zerrte mich von Laurett weg, während die Beamten auf ihrer anderen Seite ebenfalls zerrten, allerdings heftiger. Mittlerweile kam Branco aus dem Abstellraum und hörte gerade noch, wie einer der Polizisten zu mir sagte: «Bleiben Sie weg da, Mister. Jetzt gibt's keine Geheimnisse.»

«Ich versuche sie ja nur zu beruhigen.»

«Sie wird 'ne Menge Zeit haben. Da wird sie schon Gelegenheit dazu finden.»

Branco trat zu dem Beamten und der Beamtin, die Laurett festhielten. «Da habt ihr sie ja», sagte er zu dem Wachtmeister. «Gut. Ich werde mich später um sie kümmern, wenn wir hier so weit fertig sind.»

«Lieutenant», sagte ich, «sie ist ganz verstört.»

Er starrte mich kalt und unbewegt an.

Ich fuhr fort: «Sie wird Sachen sagen, die sie gar nicht so meint. Wer weiß, in was sie da hineinrasselt.»

Branco ignorierte mich und befahl den Beamten, Laurett hinaus in einen Streifenwagen zu bringen. «Wir machen das schon, Kraychik.» Seine Stimme war völlig gefühllos, es lag nichts als Machtkalkül darin.

Laurett schaute sich nach mir um, als sie von der Polizei weggeschleppt wurde. «Vannos, sag meinem Jungen Bescheid! Bleib' bei ihm. Er wartet auf mich.»

Ich nickte ihr zu. «Ich werd' mich um ihn kümmern, Laurett.»

Lauretts Sohn war ein aufgeweckter Vierjähriger namens Tobias. Als Laurett noch im Salon Snips arbeitete, hatte ich Tobias oft bei mir, manchmal sogar zu oft. Vermutlich war ich so etwas wie sein Taufpate – oder sagen wir mal, seine Taufpatin – wenn Sie an so etwas glauben. Den ganzen Abend bei Tobias auszuharren, war eigentlich nicht so ganz das, was ich mir für heute nacht vorgestellt hatte, aber wozu hat man schließlich Freunde? Ich wollte Nicole wissen lassen, was geschehen war und wo sie mich finden würde, aber die Festgesellschaft war im großen Saal eingesperrt und die Türe bewacht. Ich würde sie später anrufen müssen, von Lauretts Wohnung aus, denn meine Polizeieskorte bugsierte mich rücksichtslos auf den nächsten Ausgang zu.

Da draußen in der schmerzhaft kalten Februarabendluft war die ganze Straße voller Menschen und Streifenwagen. Überall Blaulicht und krächzende Funkgeräte – die Miniaturausgabe des geordneten Chaos, das die Polizei so geschickt zu schaffen versteht. Ich trödelte noch ein paar Minuten herum, in der Hoffnung, doch noch zu Nicole hineinschlüpfen zu können, aber die Polizisten hier draußen machten mir klar, daß ich in der Umgebung des Tatorts nichts verloren habe. Da hatte ich mich nun als guter Staatsbürger erwiesen, hatte sie gerufen und sie zu unterstützen versucht, und was war der Lohn? Ich wurde rausgeschmissen und wie ein Penner fortgejagt.

3.
Ganz plötzlich kam der Storch zu mir

Zu Lauretts Wohnung hätte ich ja ein Taxi nehmen können, aber ich entschloß mich, zu laufen. Ich spürte, daß sich in meinem Körper Spannung aufgebaut hatte, und mir ist seit langem klar, daß sich die am besten abbauen läßt, wenn ich meine langen Beine etwas in Bewegung bringe und meinen Skalp etwas Frischluft spüren lasse. So empfand ich heute abend die eiskalte Luft als erfrischend, obwohl ich sonst immer über den Winter in New England klage, der in Boston gute fünf Monate währt. Mein Gesicht und der frisch geschorene Kopf prickelten in den trockenen, kalten Windböen; und das Knirschen meiner Schuhe auf dem schneebedeckten schmutzigen Gehsteig brachte mich wieder zu körperlicher und geistiger Beweglichkeit.

Eine Viertelstunde später kam ich zu Lauretts Wohnung im nicht sanierten Bereich von Bostons South End – einer Gegend, die ich die Gürtellinie von Bostons Innenstadt nennen würde, weil sie die Grenze zwischen den oberen, sogenannten sauberen und den unteren, unanständigen Stadtvierteln bildet. Mein Marsch endete vor einem großen, blockartigen Backsteinbau, der zu einem Sozialwohnungsprogramm für Minderverdienende gehört, wo die Mieten euphemistisch als «erschwinglich» bezeichnet werden. Am Sonntagabend gegen zehn Uhr war die Straße dunkel und verlassen, erhellt nur von etwas Licht, das hier und dort aus den Fenstern fiel. Ich läutete bei Laurett, in der Hoffnung, die Babysitterin ihres Sohnes werde mir öffnen, aber das funktionierte nicht. Also läutete ich an allen anderen Wohnungen des ganzen Gebäudes. Da in dieser Gegend jedes Streben nach Sicherheit längst erloschen ist, drückte jemand den Türöffner, ohne mich zu kennen und ohne zu fragen, wer ich sei. Zum Glück kam ich in ehrenwerter Mission.

Drinnen stieg ich die vier Stockwerke bis zu Lauretts Wohnung hinauf. Genau wie ich wohnte Laurett in der obersten

Etage eines fünfstöckigen Hauses. Ironischerweise gab es bei ihr sogar einen Lift, aber er funktionierte nie.

Ich klopfte an ihre Wohnungstür, und nach ein paar Minuten hörte ich dahinter die Stimme eines Mädchens.

«Hallo?» sagte sie, und sie klang wie ein scheues, verletztes Lämmchen.

Ich sagte ihr, wer ich sei, und daß ich zu Tobias wolle.

Das Mädchen antwortete: «Missus Cole sagte, ich soll niemand die Tür aufmachen außer ihr selbst und meinem Papa.»

«Das ist ganz richtig, aber mir kannst du schon trauen. Tobias kennt mich ja.»

Ich hörte Geflüster hinter der Tür. Dann die wohlbekannte Stimme eines Jungen «Onkel Stan?»

«Tobias, mach' die Türe auf.»

«Warum bist du denn da?»

«Deine Mama hat mich gebeten, bei dir zu bleiben, bis sie nach Hause kommt. Laß mich bitte rein.»

Wieder flüsterten die beiden leise, dann wurde die Stimme des Mädchens etwas lauter. «Nein, Toby, nicht!»

Der Türknopf drehte sich, aber die Tür ging nicht auf. Ich hörte, wie Tobias sagte: «Aber das ist doch Onkel Stan. Er darf schon rein.»

Wieder gab es ein Hin und Her hinter der verschlossenen Türe, dann hörte ich schließlich, wie das Sicherheitsschloß entriegelt wurde. Die Tür öffnete sich einen Spalt breit, soweit die Sicherheitskette es gestattete. Tobias' braunes Gesicht tauchte auf.

«Onkel Stan?» sagte er und blinzelte verschlafen.

«Hallo, Tobias.»

Das noch dunklere Gesicht der Babysitterin erschien über seinem. Sie war noch kaum ein Teenager, und sie traute mir ganz und gar nicht. Aus großen Augen blickte sie mich mißtrauisch an.

Tobias sagte: «Is' okay. Das ist schon er.»

Die Sicherheitskette wurde ausgehängt. Ich hatte mir meinen Eintritt erkämpft. Zu allererst rannte das Mädchen jetzt ans Telefon. «Wen rufst du an?» fragte ich.

«Meinen Papa.»

Ich spürte, daß ich am Hosenbein gezogen wurde, sah hinunter und erblickte Tobias. Obwohl er erst vier Jahre alt war, wußte ich, daß er mit seinem kaffeebraunen Gesicht, den blonden Locken und strahlenden grünen Augen den Leuten schon den Kopf verdrehte. Wenn er mal groß ist, wird er sicher ein umwerfender Typ und ein fürchterlicher Herzensbrecher.

Er hatte einen Flanellschlafanzug an, und ich sah, daß auf dem Sofa sein Bett hergerichtet war. Tobias hatte schon geschlafen, und ich nahm mir vor, ihm die Lage, in der sich seine Mutter befand, nur sehr behutsam beizubringen. Ich wollte nicht, daß mein nächtlicher Bericht seine kindliche Psyche durcheinanderbrachte.

«Wo is'n meine Mami?» fragte er, als habe er meine Gedanken gelesen.

«Sie wird erst etwas später kommen, Tobias.»

«Ist sie auf der Polizei?»

Wie kann ein Vierjähriger bloß so gescheit sein?

Ich nickte. «Es gab ein bißchen Ärger. Deine Mama ist jetzt auf der Polizei.» Ich vermied es absichtlich, ihm vom Tod des Unbekannten zu erzählen. «Sie hat mich gebeten, bei dir zu bleiben, bis sie kommt.»

«Okay», sagte er, kletterte verschlafen auf das Sofa zurück und kroch unter die Bettdecke. Er war fast sofort wieder eingeschlafen. Morgen früh würde ihm unser langes Gespräch vielleicht wie ein harmloser Traum vorkommen.

Inzwischen hatte die kleine Babysitterin ihren Mantel angezogen, und noch immer schaute sie mich angstvoll an. Sie kam mir viel zu sanft und zu unschuldig vor, um in so einer brenzligen Gegend auf einen kleinen Jungen aufzupassen, aber wahrscheinlich hatte Laurett Cole keine große Auswahl an vertrauenswürdigen Babysittern.

«Schon in Ordnung», sagte ich zu dem ängstlichen Mädchen. «Du kannst dann gleich heimgehen.»

«Tu ich auch», sagte sie «sobald mein Papa da ist.» Dann fragte sie vorsichtig, während ihr Kinn immer noch zitterte: «Ist sie tot?»

«Wer?»

«Missus Cole.»

«Nein», sagte ich scharf. Mir tat es aber sofort leid. Ich hatte ja absichtlich bisher keinerlei Einzelheiten erzählt und sie so sehr im Unklaren gelassen, daß das Mädchen das Schlimmste annehmen mußte. «Nein», wiederholte ich, diesmal sanfter. «Laurett geht es gut. Es hat nur heute abend auf dem Fest einen Zwischenfall gegeben, und sie mußte mit auf die Polizei.»

Draußen hörten wir ein Auto laut und anhaltend hupen. Ich schaute zum Fenster hinaus und sah es neben den an der Straßenseite aufgepflügten Schneehügeln in zweiter Reihe parken. «Ist das für dich?» fragte ich die Babysitterin.

Sie kam ans Fenster und spähte hinunter. «Ja», sagte sie, dann knöpfte sie nervös ihren Mantel zu und rannte aus der Wohnung.

«Warte mal», rief ich ihr nach. «Du kriegst doch noch Geld.»

Das Mädchen hielt mitten auf der ersten Treppe inne und kam zurück. «Hab' ich ganz vergessen», sagte sie. «Missus Cole zahlt immer, wenn sie zurückkommt.»

«Wieviel kriegst du denn?»

Sie sagte es mir, und ich gab ihr doppelt so viel.

«Das ist dafür, daß es etwas länger gedauert hat, und dafür, daß du die Ruhe bewahrt und mir getraut hast.»

Sie nahm das Geld. «Danke», sagte sie, und es klang, als fielen Schneeflocken auf weiche Wolle.

«Dank *dir*», antwortete ich.

Sie ging und ließ mich und den schlafenden Tobias in der Wohnung zurück. Ich war schon ein paarmal hier gewesen, um Laurett zu besuchen, oder um Tobias mal für einen Nachmittag abzuholen. Aber das heute war etwas anderes. Ich hatte das ziemlich beklemmende Gefühl, daß Tobias und ich mehr Zeit miteinander verbringen würden, als wir uns vorstellten, oder sogar, als uns lieb sein würde.

Ich rief Nicole an, um zu sehen, ob sie schon zuhause war. Den Anruf nahm ihr Auftragsdienst entgegen – Nicole war nicht die Frau für anonyme Maschinen. Ich hinterließ eine Nachricht, daß ich in Lauretts Wohnung sei, und die Telefonnummer. Dann setzte ich mich bequem hin, begann meine

Nachtwache und wartete, daß Laurett heimkäme. Da es zu spät war, um noch einen meiner Freunde für einen kleinen Plausch anzurufen, hielt ich mich an das Fernsehen, das elektronische Betäubungsmittel.

Das Telefon schreckte mich auf. Ich tastete nach dem Hörer und erwartete Nicole in der Leitung, aber es war Laurett. Sie klang aufgeregt und wütend.

«Vannos?» fragte sie besorgt, wobei sie wieder meinen ‹Geschäftsnamen› verwendete. Es ging ihr einfach nicht ein, daß mein richtiger Name Stan war. «Vannos, wie geht es Tobias?»

«Der ist völlig in Ordnung, Laurett. Er schläft.» Wie mein Hirn.

«Vannos, ich hab' totale Schwierigkeiten. Sie wollen mich hierbehalten.»

«Warum denn?»

«Sie sagen, ich lüge.»

«Laurett, sie können dich ohne Haftbefehl nicht dortbehalten.»

«Oh, sie haben ja einen Haftbefehl. Und dann sie sagen, ich kann einen Menschen anrufen, also rufe ich dich an. Vannos, ich brauche einen Anwalt.»

«Jetzt?»

«Natürlich jetzt! Deshalb rufe ich dich an. Ich brauche Hilfe.»

Ich versuchte, mich dieser Verantwortung zu entziehen. «Naja, ich probier's, Laurett. Ich weiß aber nicht, ob ich um die Zeit jemanden auftreiben kann. Es ist ja schon ziemlich spät.»

«Ich bleib' jedenfalls, wo ich bin.»

Während jetzt mein Hirn langsam wieder zu etwas mehr Klarheit erwachte, erkannte ich, daß es gar keine andere Möglichkeit gab, als ihr zu helfen. «Ich mach' ein paar Telefonate, Laurett, dann ruf ich dich wieder an und sag' dir Bescheid.»

«Vannos, du kannst mich hier nicht anrufen. Du mußt schon persönlich herkommen. Die stellen mir hier keine Sekretärin.»

Wie dumm von mir. Seit wann gibt's auf der Polizei private Telefone für die Häftlinge?

Ich sagte: «Ja, dann glaube ich, daß später jemand auf dem Präsidium vorbeikommen wird.»

«Vannos, du mußt noch etwas machen, und zwar sofort. Du mußt meinen Jungen von dort wegbringen.»

«Warum?»

«Weil sie vielleicht hinkommen und ihn mitnehmen werden. Bei dir zuhause, er ist in Sicherheit.»

«Aber Laurett –»

«Willst du, daß sie ihn in ein Heim stecken?»

«Nein, natürlich nicht.»

«Dann versprich mir.»

Ich zögerte. Worauf ließ ich mich da bloß wieder ein?

«Okay», sagte ich widerstrebend. «Ich nehm' ihn mit zu mir nach Hause.»

«Und Vannos», fügte sie hinzu. «Nimm ein paar Klamotten mit für ihn, und nimm mein Geld. Es ist unter der Spüle in so einer Drano-Dose.

«Ich glaube nicht, daß ich Geld brauchen werde.»

«Wenn du's nicht nimmst, nimmt's die Polizei.»

«Okay, Laurett, okay, aber ich denke, wir kriegen das alles heute nacht noch hin.» Große Worte, leicht gesagt, aber würde ich ihnen auch gerecht werden können? In was für einen Schlamassel brachte mich meine Vorstellung von Pflicht und Schuldigkeit da bloß wieder?

Plötzlich sprach Laurett verstohlen und ganz leise. «Hörst du mich noch?»

«Ja», antwortete ich ebenso leise.

«Da sein noch Schokolade, beim Telefon versteckt. Nimm sie mit.»

«Schokolade?»

«Trüffel. Nimm alles mit.»

«Natürlich, Laurett, aber –»

«Mach das einfach. Und gib *auf keinen Fall* meinem Jungen welche.»

«Aber –»

«Beeile dich, Vannos, bevor die Polizei kommt hin.»

« Okay, Laurett, ich werd's erledigen. »

Dann legten wir auf.

So viel jedenfalls zu der weitverbreiteten irrigen Vorstellung, Haardesigner würden nur Glamour und High Life zu sehen bekommen.

Nach ein paar Sekunden schellte das Telefon erneut. Als ich abhob, schimpfte eine ärgerliche Stimme aus dem Hörer.

« Mit wem quasselst du denn so lange, verdammt? Kannst du nichts anderes machen wie telefonieren? »

Das war Nicole, die mich da anschrie und auch noch « wie » statt « als » benutzte.

« Das war gerade Laurett. Im übrigen wollte ich dich im Moment nochmal anrufen. »

« Also ich bin jetzt endlich zuhause, und eines kann ich dir sagen, das war wirklich kein Honigschlecken. »

« Hier auch nicht. »

« Stanley, nachdem du weg warst, entpuppte sich dieser Lieutenant Branco als sowas von stumpfsinnig und ungehobelt, wie so ein richtiger Schreibstubenhengst. »

« Nikki, das ist er ja auch. »

« Ich glaube, er braucht dich als Herausforderung. Es scheint, du holst noch das Beste aus ihm heraus. »

Ich ignorierte ihren Spott. « Liebes, hör' mit bitte zu. Laurett hat echt Schwierigkeiten. Die halten sie in U-Haft, und sich braucht einen Anwalt. Kann Charles da nicht weiterhelfen? »

Ich hörte, wie Nicole sich eine Zigarette anzündete, und beneidete sie. Irgendwie erwischt sie immer genau den richtigen Moment zum Rauchen, zündet sich eine an und genießt es wohl wirklich.

« Schätzchen », sagte sie, und ich sah ihr förmlich den Rauch über die Lippen strömen, « Chaz macht Wirtschaftsrecht, keine Kriminalfälle ».

« Ich glaube, so groß ist der Unterschied nicht. »

Schweigen. Rauch ausatmen.

« Er ist mir allerdings noch einen großen Gefallen schuldig », sagte sie.

« Gut. Zieh doch mal ein bißchen Nutzen aus diesem edlen Juradiplom. Kannst du ihn anrufen? »

«Jetzt?»

«Perry Mason würde auch nicht zögern.»

«Ich bin mir noch nicht ganz sicher, ob ich seinen großen Gefallen dafür verwenden möchte, Stanley.»

«Nikki, es gibt bestimmt noch andere Gelegenheiten, wo du deinen Lustknaben zu deinem eigenen Nutzen einspannen kannst. Aber jetzt im Moment braucht Laurett Hilfe.»

«Und welche Rolle spielst du in diesem häuslichen Drama?»

«Ich hab' ihr versprochen, daß ich mich um Tobias kümmere, bis sie wieder raus ist, was, wie ich hoffe, noch heute abend der Fall sein wird. Ich nehm' ihn jetzt mit zu mir.»

«Warum wartet ihr nicht lieber alle beide hier bei mir? Dann kann Chaz, wenn er Laurett rausgekriegt hat, gleich mit ihr hier vorbeifahren und Tobias mitnehmen. Und wir sind wenigstens alle beisammen.»

«Du rufst ihn also an?»

«Dir zuliebe, ja.»

«Und du meinst, er wird sie da heute abend noch loseisen?»

«Schätzchen, ich habe vollstes Vertrauen zu ihm.»

«Danke, Liebes.»

Darauf hängte Nicole grußlos ein, wie das so ihre Art war. Ich rief ein Taxi, ein Unterfangen, für das die Chancen in Lauretts Stadtviertel fünfzig zu fünfzig stehen: fünfzig, daß der Fahrer nicht hält, wenn er entdeckt, in welchem Viertel er ist, und fünfzig, daß er gar nicht erst hinfährt.

Ich weckte Tobias und erklärte ihm ganz ruhig, daß wir lieber in Nicoles Wohnung warten wollten, bis ihn seine Mutter abholen käme, wobei ich ihm das Ganze so ein bißchen als nächtliches Abenteuer zu verklickern versuchte. Während er sich dann allein anzog – so selbständig ist er schon – ging ich in die Küche, um das Geld zu suchen, von dem Laurett gesprochen hatte. Natürlich hatte ich nicht vor, es anzurühren, aber meiner Ansicht nach war es doch besser, alles Wertvolle – oder Verdächtige – aus Lauretts Wohnung zu entfernen, bevor die Polizei kam und sie durchsuchte.

Mit den Zwillingen als Tierkreiszeichen habe ich ja ziemlich geschickte Hände, aber ich konnte trotzdem auf den Tod nicht rausfinden, wie sich die Tür des Schränkchens öffnen ließ. Nach einem kurzen, aber geräuschvollen Kampf mit der Kindersicherung des Schlosses hörte ich Tobias hinter mir sagen: «Willst du an Mamas Gelddose?»

«Ähm, ja, Tobias.»

«Mach ich schon.» Mit einer einfachen Druck- und Drehbewegung, wie sie angeblich nur die Hand eines Erwachsenen auszuführen vermag, entsiegelte Tobias das Schloß und öffnete die Tür des Schränkchens. Er kroch hinein und holte die Drano-Dose heraus.

«Vorsicht, Tobias. Das ist giftig.»

«Das da nicht.» Er machte die Dose auf – auch hier wieder die berühmte kindersichere Verschlußkappe – und holte ein dickes Bündel Geldscheine heraus. «Hier – Mamas Geld», sagte er mit selbstzufriedenem Grinsen.

Ich nahm das Geld und stopfte es mir in die Hosentasche. Dann ging ich zum Telefontischchen und suchte die Schokolade, die da irgendwo versteckt sein sollte, wie Laurett gesagt hatte. Nach einigen Minuten fruchtloser Suche fragte mich Tobias, was ich da suche. Als ich mit der Antwort zögerte, rief er: «Ich weiß schon was! Wetten, daß ich's weiß!» Dann zeigte er mir ein kleines verborgenes Fach im Fußboden unter dem Telefontischchen. Allein hätte ich das nie so schnell gefunden. Während er zwei Schachteln Schokoladentrüffel aus dem Versteck da unten herauszog, erklärte er: «Mama hat Angst, daß man rauskriegt, daß sie die mitgenommenen hat, ohne zu bezahlen. Sie meint, ich weiß das nicht.»

Ich fragte ihn: «Hast du davon welche gegessen?»

«Nein. Mama zählt immer nach.»

Ich spürte, wie sich diese Fakten ihren Weg in meine slawische Datenbank suchten und einklinkten.

Anschließend mußte ich noch ein paar Sachen für ihn zusammenpacken. Wenn Charles so gut war, wie Nicole behauptete, wären diese ganzen Vorbereitungen zwar überflüssig, weil er Laurett noch heute abend herausgeboxt hätte. Aber ich hielt mich an meine Devise, nichts zu erwarten und mich überraschen zu lassen.

Ich packte Tobias warm ein, und wir warteten darauf, daß das Taxi für uns hupte. Gnädigerweise kam es bald.

Nicoles Penthaus-Suite in den Harbor Towers bietet eine phantastische Aussicht auf den Hafen der Stadt und den besten Blickwinkel auf die Skyline des Zentrums. Wie sie sich so eine Wohnung leisten kann, ist eins der Geheimnisse, die sie sogar mir gegenüber wahrt. Vielleicht wird sie mich eines Tages für würdig erachten, mich einzuweihen.

Es war bereits elf Uhr vorbei, als ich bei ihr eintraf. Sie machte die Türe auf, um mich zu begrüßen, war aber total baff, als sie mich so bepackt sah, denn ich war beladen mit dem schlafenden Tobias und den zwei Pralinenschachteln und einem kleinen Koffer mit Tobias' Kleidung. Als ich mich durch den Eingang quetschte, stellte sie ein Glas Champagner auf einem Hepplewhite-Tischchen in der Diele ab.

«Was hast du denn da alles dabei!» rief sie. «Gib ihn mir, Stani.»

Als sie mir den schlafenden Vierjährigen aus den Armen zu nehmen versuchte, bewegte sich Tobias ein wenig und sagte: «Mami?»

Nicole verzog bei dieser Anrede das Gesicht. «Nein, mein Liebling. Ich bin's, Nicole. Erinnerst du dich nicht an mich? Aus dem Laden.»

«Mami?» wiederholte Tobias.

Nicole ließ von ihm ab und nahm stattdessen die Schokolade. «Damit bin ich wahrscheinlich besser bedient», sagte sie und öffnete eine Schachtel.

«Nein!» kreischte ich. «Rühr sie ja nicht an.»

Auf mein Geschrei hin begann sich Tobias in meinen Armen zu rühren. Mit übertriebener Vorsicht schloß Nicole die Pralinenschachtel, die sie aufgemacht hatte, und schichtete dann beide wieder oben auf Tobias in meine vollen Arme.

«Schon gut, Schätzchen», sagte sie gallig. «Mach' du nur lieber alles selber.» Sie nahm das Champagnerglas und schlenderte zurück zu ihrem Platz auf der riesigen Couch, die auf achteckigen Grundriß maßgearbeitet, mit rosa Shantungseide bezogen und so groß war, daß sie fast den ganzen tiefer gelegenen Wohnbereich ausfüllte. Nach einem raschen Schluck fügte sie hinzu: «Falls du Kaffee willst, oder was Alkoholisches: du weißt ja, wo alles ist.»

« Ach Nikki, werd' jetzt bloß nicht eigensinnig. Ich erklär' dir gleich alles. Nimmst du bitte mal die Pralinen, damit ich den Jungen ins Bett bringen kann? »

Widerwillig stand sie nochmal auf und tat, worum ich sie gebeten hatte.

« Und während ich das Kind unterbringe, kannst du mir ein wenig irischen Whiskey in einer Tasse unterbringen mit einem Schuß von dem frischgemachten Kaffee, den ich aus der Küche rieche? »

Nicole nickte.

Ich brachte Tobias ins Gästezimmer und packte ihn ins Bett. Ausziehen mochte ich ihn gar nicht erst, da ich ja immer noch annahm, daß Laurett ihn später abholen würde. Ich ging in die Küche, wo Nicole mir einen starken Irish Coffee zubereitet hatte.

Sie reichte mir die heiße Tasse und sagte: « Ich hab' Chaz gleich angerufen, nachdem wir miteinander gesprochen hatten. Er sagte, er werde zur Polizeiwache gehen und eruieren, was Laurett braucht. »

« Sie braucht nur eines: rauskommen », sagte ich, nahm einen großen Schluck Irish Coffee und verbrannte mir den Mund: « Aua! »

« Zu heiß, Schätzchen? »

« Ja – im Gegensatz zu meinem letzten Rendezvous vor sechs Monaten. »

« Schätzchen, kannst du nicht mal für einen Moment dein dürftiges Liebesleben aus dem Spiel lassen? Ich glaube, Laurett denkt heute abend auch nicht an ihres. »

« Vielleicht doch, Nikki. Ich vermute nämlich, daß das ihr Liebhaber war, der da vergiftet wurde. Ich bin beinahe sicher, daß das derselbe Kerl war, der sie dauernd belästigt hat in den zwei Jahren, die sie bei uns im Laden gearbeitet hat. »

Nicole dachte einen Augenblick nach und zog dann die Brauen zusammen. « Ich kann mich erinnern, wen du meinst, er war wirklich eine Pest. Sie bekamen immer größere Schwierigkeiten miteinander. »

« Schwierigkeiten ja, aber hätte Laurett den Typen deswegen umgebracht? »

«Unterschätze den Überlebensinstinkt einer Frau nur nicht.»

«Ich kann mir nicht vorstellen, daß sie jemanden töten würde. Obwohl, wenn ich so an meine große Liebe denke, und wie dann alles schiefging, und wie ich mir immer neue Wege ausdachte, ihn aus der Welt zu schaffen ...»

«Stani, an sowas denkt jeder mal.»

«Ich weiß, und manche führen's dann auch aus. Da fällt mir ein – die Pralinen!»

«Jene geweihten, die ich nicht mal anrühren durfte?»

«Genau. Die waren nämlich in Lauretts Wohnung versteckt. Sie bat mich, sie verschwinden zu lassen, da sie ja wußte, daß die Polizei ihre Wohnung durchsuchen würde.»

«Und – was ist damit?»

«Sie sehen doch aus wie Trüffel von *Le Jardin*. Tobias meint, sie hat sie mitgenommen, ohne sie zu bezahlen.»

«Na und? Man sollte doch meinen, jede Schokoladenfabrik würde es ihren Angestellten erlauben, wenigstens die eigenen Produkte zu essen.»

«Denk ich auch, und deshalb kommt es mir irgendwie verdächtig vor, daß sie sie verstecken wollte.»

«Stanley, du hörst dich ja an, als könnte Laurett wirklich was getan haben.»

«Nikki, schließlich *war* der Typ ja tot», sagte ich und trank noch etwas Kaffee. Mein verbrühter Mund tat jetzt nicht mehr weh. «Wie denkt Charles darüber?»

Nicole schwieg einen Augenblick. Dann gab sie eine Erklärung ab: «Schätzchen, er zieht es vor, Chaz genannt zu werden.»

«Ich weiß schon, was er vorzieht, aber er ist nun mal kein Chaz. Er ist ein Charles.»

Nikki ignorierte meinen Standpunkt wieder einmal. «Wie ich bereits vermutete, glaubt Chaz nicht, daß es schwierig sein wird, Laurett heute noch freizukriegen. Er ist sich sogar ganz sicher.»

«Ist er ja immer.»

«Also, er war immerhin in Harvard.»

«Dort wird man offenbar drauf programmiert, sich immer sicher zu sein.»

« Nimm doch die Hilfe einfach mal an, wenn sie dir geboten wird. Ich hab ihm gesagt, er solle sie von der Wache direkt hierher bringen. »

« Hoffen wir, daß er halten kann, was er verspricht, und daß ich die Klamotten für Tobias umsonst gepackt habe. »

« Du wirst schon noch Abbitte tun, wenn Chaz nachher mit Laurett ankommt. Ich garantiere dir, daß sie mit ihrem Kleinen heute noch zuhause sein wird. »

Wie aufs Stichwort klingelte es an der Tür. Nicole ging öffnen, und ich folgte. Es war Charles. Ohne Laurett.

Nicole blieb mit ihm in der Diele stehen, während ich still ins Zimmer zurück und außer Sicht ging. Charles mag mich nicht besonders, was auf Gegenseitigkeit beruht, aber ich wollte die Hilfe, die er für Laurett sein mochte, nicht aufs Spiel setzen. Charles war im Moment eben Lauretts Retter, deshalb machte ich mich unsichtbar und lauschte nur vom Wohnzimmer her. Nach ein wenig erotischem Geplänkel, bei dem auch davon die Rede war, daß er Nicoles Bitte gleich erfüllt habe und ob er nicht ein guter Junge sei, erläuterte Charles, jetzt ganz kaltblütig, daß Laurett der vorsätzlichen Tötung angeklagt sei, daß sie dem Fremden absichtlich vergiftete Schokolade gegeben haben solle und ihm offenbar, auch wenn sie ihn nicht habe töten wollen, zumindest eine schwere Erkrankung habe zufügen wollen. Sie saß im Frauengefängnis. Eine Kaution von zweihundertfünfzigtausend Dollar war ausgesetzt worden.

« Was! » sagte ich.

Als Charles mich hörte, flüsterte er Nicole etwas zu, was ich nicht verstand, was sie aber zum Kichern brachte. Dann hörte ich das Geräusch von Küssen aus der Diele. Dann nochmal Geflüster und Gekicher, diesmal von beiden. Schließlich traten sie ins Wohnzimmer, Vorspielus interruptus.

Charles hatte sandfarbenes Haar, blaue Augen und ein glattrasiertes Gesicht, er war groß, braungebrannt, elastisch und gepflegt. Ich haßte ihn dafür, daß er so gut aussah und so selbstsicher wirkte. Gab es denn in diesem ganzen arroganten Körper nicht ein einziges Molekül des Zweifels? Und was sah Nikki in ihm? War das was rein Körperliches?

Er nickte mir zu, sagte aber keinen Gruß. Wahrscheinlich verdiente ich in seinen Augen keinen, weil ich schwul war. Wir hatten uns schon mal im Laden gesehen, als er zur Maniküre kam. Dabei hatte er auch Nicole kennengelernt. Der Rest ist jüngste Geschichte.

Nicole fragte ihn: « Chaz, Liebling, was muß nun als nächstes geschehen? »

Er antwortete brüsk: « Untersuchung des Falls, Anklage, Verhandlung, Verurteilung. » Wie simpel sich doch das Leben für einen smarten jungen Anwalt darstellte, wo alles mit vier Worten auf die Reihe zu bringen war. Nicht zu vergleichen etwa mit der Welt eines Haardesigners, der mit Variablen wie Farbe, Konsistenz, Feuchtigkeitsgrad, Wuchs und Lockenbildung zu tun hatte, und außerdem noch mit den beiden allerunberechenbarsten: dem verborgenen Selbstbild des Kunden und den Launen der Mode.

Nicole erzählte Charles, daß Tobias hier sei, daß es ihm soweit gut gehe und daß ich mich um ihn kümmern wolle, bis Laurett wieder raus wäre.

« Das würde ich nicht raten », sagte Charles. « Er sollte lieber unter gerichtlichen Gewahrsam gestellt werden, bis ein gesetzlicher Vormund für ihn ernannt ist. »

« Laurett ist eine Freundin », sagte ich.

« Und Gesetz ist Gesetz », antwortete er, was mich an Brancos Logik erinnerte und außerdem bewies, daß Bullen und Advokaten aus demselben Stall kommen, wobei die Anwälte das Oberhaus darstellen und die Bullen das Unterhaus.

Charles sagte zu Nicole: « Ich wollte ja eigentlich ein bißchen bleiben, aber wo du bereits Besuch hast ... »

Hatte er da ein abfälliges Grinsen im Gesicht?

Nicole begleitete ihn zur Tür und erklärte, vielmehr *entschuldigte sich*, daß sie mit mir einiges zu besprechen habe und ihn später anrufen wolle. Wann denn später? fragte ich mich.

Endlich ging er, und ich spürte, daß irgendwas falsch lief. Laurett konnte keinen Menschen getötet haben. Es war einfach so, trotz Nicoles Theorie über den weiblichen Überlebensinstinkt. Allerdings schien mir jetzt das Dringendste, daß Tobias einen Menschen hatte und einen Platz, wo er bleiben konnte, bis seine Mutter von dieser absurden Anklage befreit sein würde.

«Ich glaube, da lag er falsch, was, Liebes?»

«Erklär' dich näher, Stanley.»

«Bis vorhin ward ihr beide, du und er, noch fest überzeugt, daß Laurett freigelassen würde. Jetzt haben sie sie eingelocht. Und was soll jetzt mit Tobias passieren, bis sie wieder freikommt?»

«Du hast ihn ja gehört. Chaz glaubt, daß er von den Behörden in Obhut genommen werden sollte.»

«Und ich glaube, daß das Verrat an einer Freundin wäre. Nikki, es ist doch für Laurett. Sie ist in Schwierigkeiten. Schließlich hat sie über zwei Jahre lang bei uns gearbeitet. Bedeutet das denn gar nichts?»

«Das bedeutet nur, daß sie ihren Job gut gemacht hat und von mir dafür bezahlt wurde. Rein technisch gehen die Verpflichtungen darüber nicht hinaus. Ich führe schließlich diesen Salon nicht, um die Bedrängten und die Bedürftigen mit milden Gaben zu versorgen.»

«Aber zählt diese ganze Zeit, die wir gemeinsam verbracht haben –»

«Alles vorbei und vergessen, Stanley. Außerdem handelte es sich ja immer nur um Arbeitszeit. Im Gegensatz zu dir lasse ich mich nie auf persönliche Beziehungen ein bei Leuten, mit denen ich arbeite. Gefühl und Geschäft muß man trennen.»

«Aber mit mir bist du doch befreundet.»

«Du bist die berühmte Ausnahme von der Regel.»

«Und – tut es dir leid?»

«Jeden Tag.»

«Freundschaften können auch zu Ende gehen.»

«Unsere nicht, Stanley. Uns verbinden die Sternzeichen. Wenn du nicht schwul wärst oder ich ein Mann wäre –»

«Dann hätten wir wahrscheinlich so ein Haus im Maisonette-Stil und einen Kosmetiksalon mit drin, und außerdem zwei Hunde, eine Katze, einen Kombi, zwei Videogeräte, eine Satellitenschüssel –»

« Wahrscheinlich wären wir schon geschieden. »

« Ich hätte mir jedenfalls Mühe gegeben », sagte ich. Dann hob ich meine Tasse und brachte einen Toast aus. « Auf alle Tunten und andere Damen im Schwulentroß », sagte ich, « und möge ihre Freundschaft dauern ».

Nicole erwiderte: « Ich hätte es anders ausgedrückt, aber ich trinke auf das Konzept. »

Wir saßen einen Augenblick still da und ließen den Alkohol wirken.

Ich dachte an Nicole und Charles und ihre Affäre, an mein verödetes Liebesleben und daß ich so viel allein war. Ich sagte: « Vielleicht sollten Tobias und ich heute nacht hier bleiben. Er mußte heute schon ganz schön was durchmachen, und du hast ja wirklich genug Platz.

Nicole schob das Kinn vor. « Allerdings, Stanley. » Sie gebrauchte normalerweise meinen vollen Namen nur, um anzudeuten, daß sie es ernst meine. « Aber das heißt noch lange nicht, daß ich ihn als Schlafplatz zur Verfügung stellen muß. »

« Aber sind wir nicht irgendwie verpflichtet, uns um ihn zu kümmern? Denk doch nur, wie er immer im Laden ankam und die Lockenwickler und Kämme aufhob, die an meinem Platz runterfielen. »

» An *deinem* Platz, mein Lieber. Mir war er nur immer im Weg. »

« Aber das ist doch jetzt was anderes. Seine Mutter sitzt im Gefängnis. »

« Stanley, ich fürchte, das ist deine höchsteigene Angelegenheit. »

« Aber allein krieg' ich das nie hin. Könnten wir nicht einen Zeitplan aufstellen, daß du ihn auch manchmal nimmst? »

« Ich wünsche mir kein Kind. »

« Aber es ist doch nur vorübergehend, und du könntest mal für kurze Zeit das Vergnügen der Elternschaft auskosten. »

« Aber, aber, aber, Stanley. Was ist denn mit dem Wort ‹ nein ›, das du nicht zu verstehen scheinst? Ich habe kein Interesse. »

« Aber denk' doch bloß mal dran, wie das bei deiner Kundschaft ankommen würde. »

Diese Bemerkung erregte nun doch ihre Aufmerksamkeit. Bei der Erwähnung des Geschäfts fühlte ich ihre Abwehr ein kleines bißchen nachlassen, also verfolgte ich das weiter.

«Nikki, wenn die über *ihre* Kinder reden, kannst du dann doch Erfahrungen aus erster Hand beisteuern.»

«Da liegst du aber falsch. Der Wettbewerb von Profieltern, was ihre Kinder angeht, ist absolut gnadenlos, Amateure sind da nicht wettbewerbsfähig.»

«Liebes, der einzige gnadenlose Wettbewerb, den es hier in der Stadt noch gibt, ist die Orchideen-Schau im Gartenbaucenter.»

«Ich bleibe dabei, der Junge gehört dir, und zwar dir ganz alleine.»

«Bitte ...?» winselte ich.

«Hör auf zu winseln. Du weißt, daß ich das nicht ausstehen kann.»

«Okay, okay. Ich winsle ja nicht», also schmollte ich.

«Und hör auf zu schmollen.»

«Nikki, ich probier' einfach alles durch. Ich bin am Verzweifeln.»

«Bist du nicht. Du bist am Manipulieren.»

«Aber dennoch bezaubernd.»

«Wenn ich's mir so ansehe, bis du vielleicht wirklich am Verzweifeln.»

«Nikki, wie wär's, wenn du Tobias wenigstens hie und da nähmst? Sagen wir mal, jeden zweiten Tag?»

Sie seufzte erschöpft. Dann trank sie ihren Champagner aus und sagte: «Also gut. Ich sag dir, womit ich einverstanden wäre.» Sie hielt inne, um sich eine neue Zigarette anzuzünden, ehe sie ihre Bedingungen diktierte. Großer Augenblick. Leichte Zigarette. «An den Tagen, wo du im Laden arbeitest, kann Tobias auch da sein, und wir kümmern uns beide um ihn. Zwei Abende pro Woche nehme ich ihn, aber nicht über Nacht. Die restliche Zeit bist du zuständig.»

«Aber dann hab' ich ja keine Nacht ohne ihn.»

«Stimmt, aber was würdest du auch schon groß damit anstellen?»

«Das war ein Tiefschlag, Liebes. Nur weil du einen heißen

jungen Liebhaber hast, heißt das noch lange nicht, daß der Rest der Menschheit rumsitzt und sich mit Schattenboxen verlustiert.»

«Es war ja schließlich nicht meine Idee, für Tobias zu sorgen, Stanley. Mein Angebot steht. Du kannst es annehmen oder ablehnen.»

Ich stöhnte. «Das ist natürlich so unverbindlich wie eine beschränkte Haftung, aber naja, ich denke, ich kann damit leben. Du bist nicht gerade verrückt nach Kindern, stimmt's?»

«Und du wirst garantiert bald rauskriegen, warum.» Darauf drückte sie ihre Zigarette mit peinlicher Sorgfalt aus und stand auf. «Ich glaube, für heute haben wir so ziemlich alles getan, was wir konnten.»

«Ist das jetzt ein Wink für mich, daß ich Tobias nehmen und mich verziehen soll?»

«Wenn's recht ist. Chaz wollte noch kurz vorbeikommen. Ich zahl' dir das Taxi nach Hause.»

«Diese Bestechung nehme ich an. Es liegt mir fern, das Sexualleben einer Freundin zu beeinträchtigen.»

Nikki rief ein Taxi, während ich wieder in meine Wintersachen schlüpfte und den schlafenden Tobias warm einpackte. Die Arme wieder so voll wie zuvor, verließ ich ihre Wohnung. An einem einzigen Abend, der wie eine ganz normale Party angefangen hatte, war ich ohne Vorwarnung zu einem alleinerziehenden Elternteil geworden. Und ich ahnte, daß ein Zerwürfnis mit meiner besten Freundin bevorstand.

Ich wohne im fünften Stock eines Hauses ohne Lift in der Marlborough Street an der hinteren Hafenbucht, in einem geräumigen 2-Zimmer-Apartment mit einem Fenstererker zur Straße hin, einem Kamin, der funktioniert, einem riesigen Badezimmer mit den originalen, noch unbeschädigten Marmorfliesen, einem Silberstreifen vom Charles River in meinem Schlafzimmerfenster und Mietpreisbindung. Jahrelang war für das Gebäude eine Umwandlung in Eigentumswohnungen im Gespräch, aber wir Mieter sind ja nicht blöd. Wir haben unsere Rechte ausgeschöpft und unsere Wohnungen behalten. Und was macht das schon, daß ich jeden

Abend vier Stockwerke hochsteigen muß? Schließlich habe ich ja gute Beine. Und die brauchte ich heute auch, mit allem, was ich zu schleppen hatte.

Als ich die Türe öffnete, erwartete ich die übliche Begrüßung meiner Mitbewohnerin, Sugar Baby, einer graubraunen Birmakatze von fast derselben Karamellfarbe wie die gleichnamige Süßigkeit. Statt eines Mauzens und Miauens aber sträubte sie das Fell und sauste davon, als sie Tobias in meinen Armen sah.

«Entschuldige, Baby», sagte ich. Das war ein langer Abend gewesen, und wahrscheinlich fühlte sich meine Katze vernachlässigt. Und anstatt heimzukommen und ihr meine ganze Aufmerksamkeit zu widmen, erschien ich spät und brachte jemand sehr seltsamen mit. Begriff sie wenigstens, daß Tobias keine erotische Eroberung war?

Ich steckte ihn in mein Bett, dann richtete ich für Sugar Baby das Abendessen her. Und danach mußte ich nur noch eines tun, bevor ich das Sofa richten und darauf zusammenbrechen konnte. Ich trug die beiden Schokoladentrüffelschachteln zum Küchentisch und öffnete sie. Ohne die Süßigkeiten zu berühren, inspizierte ich jedes einzelne Stückchen, wie es da in seinem gerüschten Papierkörbchen lag. Ich suchte nach einem Hinweis, ob mit den Dingern irgendetwas angestellt worden war, aber auf keinem waren Fingerabdrücke zu sehen – was mich letztlich nicht überraschte, da ja Schokoladenhersteller gewöhnlich mit Plastikhandschuhen arbeiten. Jedoch trugen etliche Trüffel Verzierungen, die entweder ungeschickt angebracht oder ungeschickt verändert worden waren. Ich fragte mich, warum Laurett wohl wollte, daß ich sie mitnehme. Hatte sie irgendetwas mit ihnen angestellt? Konnte es sein, daß einige der Trüffel mit Zyanid gefüllt waren? War das der Grund, warum sie sie vor Tobias verstecken wollte? Und die schlimmste Frage war für mich: Sollte ich das Zeug, das eventuell Beweismaterial gegen meine Freundin enthielt, der Polizei übergeben, um diesem schönen, attraktiven, muskulösen Typ zu helfen, dem Lieutenant Vito Branco?

4.
Süßes fürs Kindchen

Ich erwachte aus tiefstem Schlaf, weil ich Sugar Baby in der Küche kläglich mauzen hörte. Ich erkannte gleich, daß da etwas nicht stimmte, denn die Dame schläft gewöhnlich unter der Bettdecke vergraben und erwacht erst fünf Minuten bevor ich in den Laden muß. Dann geruht sie mein ungemachtes Bett zu verlassen, mir um die Beine zu gehen – um sowohl ihren Duft als auch ganze Büschel ihrer graugelben Haare auf meinen schwarzen Hosen zu hinterlassen – und mich mit großen traurigen Augen anzublicken, um mir zu verstehen zu geben, daß die Portion feinsten Qualitätskatzenfutters, die ich ihr gerade auf ihrer Meißener Porzellanschale angerichtet habe, heute eventuell nicht so ganz nach ihrem Geschmack sein mochte, und ob ich nicht bitte in der Nähe bleiben könne, im Falle sie doch etwas anderes wünsche? Ach ja, meine Katze ist verwöhnt und lebt in höheren sozialen Sphären als ich. Warum auch würde ich sonst so hart arbeiten?

Als ich sie also, offenbar noch mitten in der Nacht, in der Küche diese unfeinen Töne von sich geben hörte, war mir klar, daß da etwas nicht stimmte. Ich sprang aus dem Bett, wie gewöhnlich nackt, aber das war ja gar nicht mein Bett, es war die Couch. Warum es die Couch war, darüber hatte ich jetzt keine Zeit nachzudenken. Ich stolperte in Richtung Küche, wo Licht brannte. Ein Einbrecher? dachte ich schlaftrunken. Aber statt eines dunkelgekleideten Fremden in der Küche sah ich zusammengekniffenen Auges einen kleinen Jungen auf allen Vieren. Es war Tobias. Was machte denn *der* in meiner Küche? Träumte ich? Da brachen die Vorfälle des vergangenen Abends alle gleichzeitig über mich herein, und ich erinnerte mich an alles.

Tobias hatte Sugar Baby in die Enge getrieben und knotete gerade ein Baumwollbändchen um ihre eine Hinterpfote. Obwohl sein *modus tormenti* für die Katze keine Gefahr bedeutete, fühlte ich mich ganz zerschmettert über seinen Spaß daran, der Katze das Leben zur Hölle zu machen.

«Hör auf!»

Er drehte sich um und sah mich ruhig an, was Sugar Baby die Gelegenheit gab, sich davonzumachen, wobei sie das lange Band hinter sich herzog.

«Laß ja die Katze in Ruhe.»

«Sie hat mich aufgeweckt. Hat an meinem Gesicht geschnuppert.»

«Du lagst ja auch in ihrem Bett.»

«Wo ist meine Mama?» fragte er.

Gestern abend hatte ich mir vorgenommen, Tobias die schlimme Nachricht am Morgen bei einem netten familienmäßigen Frühstück mitzuteilen – wollte ihm erst mal ein Gefühl der Wärme und Geborgenheit und Sicherheit vermitteln, um ihm dann ganz ruhig die Tatsache klarzumachen, daß seine Mutter gestern abend wegen eines Mordes eingelocht worden war.

«Sie ist immer noch auf der Polizei», erklärte ich schnell.

«Ist es wegen Trek?»

«Trek?» War da eine neue Droge im Umlauf? «Was ist Trek, Tobias?»

«Mein Papa.»

«Trek ist ein Mann?»

«Na, ein Vater muß doch ein Mann sein, oder?»

«Stimmt», sagte ich und wunderte mich wieder, wie Tobias in vier kurzen Jahren so viel aufgeschnappt haben konnte. Aber mit einem leisen Frösteln kam mir dann der Gedanke, bei diesem weißen Fremden, der gestern abend vergiftet worden war, könne es sich um Tobias' Vater handeln. Der schlimmen Nachricht war eine noch schlimmere gefolgt.

Tobias starrte mich an: «Hat er Mama was getan?»

«Nein, Tobias.» Wie konnte ich ihm sagen, daß wohl eher das Gegenteil zutraf?

«Wo ist sie dann?»

«Hab' ich dir doch schon gesagt, auf der Polizei.»

«Im Gefängnis?»

«Tobias, soll ich uns nicht erst mal Frühstück machen, und wir besprechen es dann, ja?»

Er hing mit den Blicken an mir, still, aber trotzig. Dann bemerkte er aus heiterem Himmel: « Onkel Stan, du hast aber einen goldigen Pimmel. »

Zu spät bemerkte ich, daß ich vergessen hatte, mir was drüberzuziehen. Verflixt nochmal, schließlich war ich ja zuhause, oder? Warum sollte ich mich ausgerechnet in meinen eigenen vier Wänden sittsam und keusch aufführen? Na warum wohl! Weil ich einen vierjährigen Gast im Hause hatte, der bestimmt nicht ahnte, daß so eine Sache wahnsinnigen Ärger bringen konnte, wenn sie publik wurde. Ärger für mich natürlich. Und bei Tobias' Mundwerk konnte ich sicher sein, daß jeder, der heute in Hörweite kam, erfahren würde, daß sein Onkel Stan heute früh in die Küche gerannt kam und mit seinem Glied dem unschuldigen Knaben vor dem Gesicht herumgeschlenkert habe. Ich griff schnell nach einem Küchenhandtuch und hielt es mir über die glückliche Handvoll Leben zwischen meinen Lenden. « Hör zu, Tobias, ich hab' nur gerade vergessen, mir was überzuziehen. Das hat aber gar nichts zu bedeuten. Es war nur ein blöder Zufall. Ich wollte nicht, daß du mich so siehst. »

Tobias sah mich an und zuckte gleichmütig mit den Schultern. « Trek ist auch immer nackig. » Er sprach es ‹nack-kick› aus. « Er zeigt gerne sein Glied, genau wie du, Onkel Stan. »

Am liebsten hätte ich die kleine Ratte mit einem Keuschheitsgürtel geknebelt. Es war unerträglich, ihn ausgerechnet über die Dinge so locker plappern zu hören, auf denen meine römisch-katholische Erziehung ihre heiligen Narben hinterlassen hatte. An Tobias war noch keine Gehirnwäsche hinsichtlich der Sünde Sexualität vorgenommen worden; der Glückliche! Dann kam in mir eine andere quälende Frage auf: Und wenn jetzt dieser Trek, der ja offensichtlich Tobias' Vater war, ein bißchen zu weit gegangen war, immer unter dem Deckmäntelchen der Sexualerziehung? Wo zogen Eltern da die Grenze? Biologisch gesehen sollte das eigentlich egal sein. Aber wir armen Menschenwesen müssen uns mit dem Ballast der Psychologie und Theologie – oder einfach dem guten alten Gewissen herumplagen.

Ich holte mir meinen Morgenmantel aus dem Schlafzimmer, wo sich Sugar Baby von dem teuflischen Band an ihrer Hinterpfote befreit und nach alter Gewohnheit wieder unter die Decke begeben hatte. Darauf kehrte ich in die Küche zurück, um Frühstück zu machen. Es war halb sieben, aber im Winter denkt die Sonne in Boston um diese Stunde noch gar nicht daran, aufzugehen. Ich setzte Kaffee auf, wärmte Milch für Kakao, steckte Toastbrot in den Toaster und deckte den kleinen Tisch in der Eßecke. Als ich nach Tobias rief, gab er keine Antwort. Ich ging ins Wohnzimmer und rief ihn noch einmal. Als Antwort vernahm ich ein Schnarchen vom Sofa her. Das kleine Monster war da unter die Decke geschlüpft und wieder eingeschlafen. Das war's dann wohl gewesen mit seinem Frühstück und unserem aufrichtigen Gespräch von Mann zu Mann. Aber was mich betrifft: wenn ich erst mal wach bin, ist es hoffnungslos, daß ich nochmal einschlafen könnte. Also nahm ich den Toast wieder raus, duschte rasch und ging dann zurück in die Küche, um allein zu frühstücken. Das Radio war auf einen Sender am unteren Ende der Skala eingestellt, und zwar auf einen, der den Sendetag mit sanften Tönen von zwitschernden Vögeln im Wald beginnt, Tönen aus der Natur, wie man sie sonst in der Innenstadt von Boston selten hört. Danach spricht dann eine höchst distinguierte aber irgendwie schwächliche Stimme die Nachrichten. Obwohl man bei diesem Sender peinlich darauf achtet, Sensationsmeldungen zu vermeiden, war das Hauptthema heute morgen der gestrige Mord an dem Mann, der den glanzvollen Empfang von *Le Jardin Chocolatier* verdorben hatte. Namen wurden genannt, und daß Laurett Cole für diesen Mord an Trek Delorean verhaftet worden sei. Der Name klang wie ein Straßenrennen in Europa.

Ich war froh, daß Tobias wieder schlief. Ich hatte gehofft, ihm weniger unverblümt sagen zu können, was wirklich zwischen seiner Mutter und seinem Vater vorgefallen war. Aber wußte ich es denn? Doch wie sich herausstellte, stand Tobias in der Tür und hatte die Nachrichten gehört.

«Hat Mama Papa umgebracht?»

«Nein, Tobias.» War es etwa eine Lüge, solange man den genauen Hergang ja noch nicht kannte?

«Das Radio hat gesagt, er ist tot.»

«Ist er auch.»

Er starrte eine Weile brütend zu Boden, dann irrte sein Blick ziellos umher, als suche er Sugar Baby. «Wie lange muß ich denn hierbleiben, Onkel Stan?»

«Bis die Polizei deine Mutter freiläßt.»

«Und wann?»

«Tobias ...» ich seufzte schwer. «Das kann eine Weile dauern.»

«Werden sie mich wieder in ein Heim stecken?»

«Das laß ich nicht zu. Du kannst hier bei mir bleiben.»

«Aber Mama sagt, du kannst keine Kinder haben.»

«Rein hydraulisch gesehen stimmt das nicht, Tobias. Allerdings ist mein Drang zur Fortpflanzung auch nicht besonders stark.»

«Was soll'n das heißen?»

«Das heißt, wenn ich je Kinder will, adoptiere ich vielleicht welche.»

«Adoptierst du dann mich?»

Seine Direktheit überraschte mich. «Du wärst jedenfalls ganz oben auf der Liste.»

Mit dieser Antwort schien er zufrieden zu sein und kletterte hoch, um mit mir am Tisch zu sitzen. Er nahm eine Scheibe Toast von der Warmhalteplatte und verteilte ungeschickt Butter darauf. Dann biß er ein riesiges Stück ab und kaute mit weit offenem Mund. Ich sah zu, wie das gebräunte Brot sich drinnen in seiner kleinen rosigen Mundhöhle zu einem grauen Brei verwandelte.

«Mach den Mund zu, wenn du kaust, Tobias.»

«Warum?»

«Weil es unhöflich und unschön ist.»

«Mama verlangt das aber nicht von mir.»

«Das liegt daran, weil sie alle deine Körperfunktionen in- und auswendig kennt, das macht sie toleranter. Wenn du bei mir ißt, bleibt der Mund zu.»

Da preßte er die Lippen zusammen und rammte die Scheibe Toast dagegen, wodurch er sie auf seinem ganzen Gesicht zerdrückte.

« Was machst du denn da? »

Er tat so, als würde er sprechen, und dann stieß er sich den Toast wieder ins Gesicht, wobei er noch mehr über den Tisch und auf den Fußboden bröselte.

« Tobias, hör auf damit! »

Er öffnete die Lippen einen winzigen Spalt und sprach durch die gebutterten, fettigen Krümel um seinen Mund herum: « Mch dhn Mnd zhu. »

« Beim Kauen. »

Er fing an zu lachen, nahm dann einen Bissen vom restlichen Toast und ließ ihn auf der Zunge liegen, den Mund weit offen, den Kiefer herunterhängend. Ich starrte ihn an, und er sagte: « Ich kaue nicht, also kann ich den Mund offen lassen. »

Ich wollte ihn fast noch einmal zurechtweisen, aber da begriff ich, daß ohne Zweifel seine Terror-Taktik beim Frühstück nichts anderes ausdrückte als seine Angst, was aus ihm ohne Mutter und Vater nun werden solle. Statt ihn also weiter in Tischsitten zu unterweisen, fragte ich, ob er noch Hunger auf einen weiteren Toast habe. Er sagte nichts, sondern schüttelte nur den Kopf. Ich kniete mich neben seinen Stuhl und sah ihm direkt ins Gesicht.

« Tobias, das mit deiner Mama kommt ganz bestimmt bald in Ordnung. Sie würde sicher wollen, daß du stark bist, solange sie weg ist. » Dann umarmte ich ihn. Ein wenig Gehirnwäsche und Pawlow'sche Konditionierung bringen manchmal mehr als eine Runde Katz und Maus. Manchmal. Immerhin fühlte ich mich im Augenblick als Sieger, da ich der Versuchung widerstanden hatte, ihm den Rest des Toasts auf dem Kopf zu zermantschen à la Clifton Webb mit seinem Wurfgeschoß aus Teig in *Sitting Pretty.*

Nachdem das Frühstück beendet war, bereitete ich Tobias auf ein rasches Schaumbad vor, wogegen er heftig protestierte. « Meine Mama macht das doch auch nicht », japste er.

« Ich weiß, Tobias », sagte ich und schnupperte in die Luft. « Und meine Nase weiß es auch. Aber wenn du hier bei mir bleibst, wirst du jeden Tag gewaschen. Und es wäre ganz toll, wenn du lernen könntest, das selber zu machen. »

«Ich wasch' mich aber nicht.»

«Dann wird's wohl so aussehen: ich bin größer, ich bin stärker, und ich mach's.» Eventuell waren die sanfte Tour und das ewige Verhandeln über alles in der Erziehung tatsächlich weniger effektiv als der Ansatz, der auf blanke Machtausübung baute. Ich überlegte mir, ob das vielleicht auch Brancos Denkart sei. Dann wiederum überlegte ich entsetzt, ob mir das Baden eines kreischenden Kindes als unsittliche Belästigung ausgelegt werden könnte.

Bei all den Possen dieses Morgens plante ich doch den Tagesverlauf. Das ist auch so ein Vorteil, wenn man ein Zwilling ist: der eine Teil kann sich einer Sache widmen, während der andere ganz woanders ist. Als erstes würde ich heute morgen im Salon Snips vorbeischauen, obwohl ich frei hatte. Ich wollte Tobias dortlassen, während ich meine Beine ein bißchen rührte. Nicole ahnte noch nicht, daß sie und der Salon heute eine Nebenbeschäftigung als Kindertagesstätte hatten.

Tobias und ich gingen also zusammen zum Laden, der nur ungefähr sechs Blocks von meiner Wohnung entfernt liegt. Sobald wir draußen in der Öffentlichkeit waren, wurde Tobias wieder zu der kleinen Persönlichkeit, die ihn so liebenswert machte. Er war ja ein fricher, aufgeweckter, fröhlicher kleiner Junge mit blonden Locken, glatter bronzefarbener Haut und einem angeborenen Schauspieltalent, das die ganze Welt zu seiner Bühne und die erwachsene Bevölkerung zu seinem Publikum machte. Nur leider mußten einige auch seine Launen hinter der Bühne erdulden. Andererseits aber, wer würde glauben, daß die Mutter dieses Jungen im Gefängnis saß, weil sie im Verdacht stand, seinen Vater ermordet zu haben?

Wir kamen ungefähr um halb neun im Geschäft an. Nicole hatte schon geöffnet und bewies damit, daß sie notfalls durchaus neben dem Rest der weckerabhängigen Welt bestehen konnte.

Sie begrüßte uns so herzlich, als wären wir ihre Lieben, die nach langer Abwesenheit endlich zurückkehrten, was zu ihrem nüchternen und kühlen Verhalten gestern nacht in krassem Widerspruch stand. Sie hob Tobias hoch, drückte ihn fest an sich, knabberte an seinem Ohr und sagte: «Mmm, du riechst ja zum Reinbeißen gut, junger Mann.»

«Onkel Stan hat mich gebadet», war seine Antwort.

Nicole hob eine Augenbraue und sah mich an.

Ich erwiderte: «Er hat gestunken, also hab' ich ihn gewaschen.»

«Onkel Stan hat einen hübschen Pimmel.»

«Tobias!» kreischte ich.

«Pimmel, pammel», sang er und kicherte gehässig.

Nicole hielt ihn an sich gedrückt und sagte zu mir, meiner Ansicht nach zu kühl angesichts des Gerüchts, das da lautstark über mich verbreitet wurde: «Vielleicht sollte ich mich lieber *doch* um den Jungen kümmern, Stanley. Die beruhigende Gegenwart einer Frau ist möglicherweise weniger traumatisch für ihn.»

«Nikki, die Sache ist ganz anders, als sie sich anhört.»

«Spar dir die Mühe», sagte sie und setzte Tobias ab. «Sag' mir nur, warum du schon da bist, wo du doch heute frei hast.»

«Ich hab' heute 'ne Menge zu tun, und ich kann niemanden dabei brauchen.» Ich warf einen Seitenblick auf Tobias.

«Und du nimmst an, daß ich dir helfe?»

«Mhm, da du ja sowieso hier sein mußt.»

«Wohin mußte du denn so dringend?»

«In die Frauen-JVA, wo ein gewisser Jemand wie Charles sagte, die letzte Nacht verbringen mußte.»

Nicole warf mir einen Blick zu, der sagte, sie habe verstanden, daß es sich um Laurett handelte und daß ich Tobias von meinem Besuch bei seiner Mutter nichts wissen lassen wollte.

Ich fuhr fort: «Und ich glaube, das anwesende junge Gemüse würde nicht viel Spaß an diesem häßlichen Unternehmen haben.»

Nun wieder etwas friedlicher, legte Nicole Tobias die Hand auf den Kopf. «Eigentlich hätte ich diesen jungen Mann hier ganz gern ein wenig bei mir. Was sagst du dazu, Tobias?»

Der kleine Junge schaute zu uns beiden hoch. «Wenn Onkel Stan allein sein will, ist das schon okay.»

Ich rollte die Augen und schüttelte den Kopf. Das Einfühlungsvermögen dieses kleinen Bengels war wirklich beunruhigend.

Nicole bemerkte: «Ich bin sicher, daß er rechtzeitig zurück ist, um dich zum Essen auszuführen, Tobias. Stimmt's, Onkel Stan?»

Ich seufzte schwer und nickte. «Ja, Tante Nik.» Dann suchte ich die Adresse der Justizvollzugsanstalt für Frauen heraus und macht mich auf, Laurett im Gefängnis zu besuchen.

5.
Wer narrt hier eigentlich wen?

Ich nahm ein Taxi zur Justizvollzugsanstalt für Frauen, die in der Asylstraße liegt, was ein etwas wunderlicher Name ist, im tiefsten South End, in dem das Elend des Bostoner Industriezeitalters noch fortlebt. Sogar im Gefängnis herrscht Sexismus. Irgendwann war ich mal in dem Zuchthaus in der Charles Street, wo die männlichen Häftlinge einsitzen. Das ist ein kaltes und brutales Haus. Im Gegensatz dazu wirkte das Frauengefängnis, wenn auch nicht direkt heimelig, so doch eher wie ein etwas ödes Verwaltungsgebäude als wie eine Haftanstalt. Und anders als im Männergefängnis mit seinem muffigen, beißenden, metallischen Geruch strömten die Wände der JVA für Frauen eindeutig den Geruch von langem Haar aus, das seine zweihundert Bürstenstriche täglich bekommt.

Ich wurde problemlos in den Besucherraum vorgelassen. Laurett war immerhin nur in Untersuchungshaft und nicht etwa eine verurteilte Schwerverbrecherin, deshalb hatte sie auch alle Besuchsrechte. Der lange, rechteckige Besucherraum besaß sechs Kabinen in einer Reihe, fast wie in so einem altmodischen Sprachlabor. Jede Kabine zeigte zur Seite der Gefangenen hin eine Glasscheibe in der Größe einer LP von etwa drei Zentimeter Dicke.

Lauretts schönes Gesicht erschien in diesem Fensterchen, und ohne die mildernde Wirkung des Make-up erschienen ihre kräftigen Gesichtszüge fast abweisend. Das erste, was sie sagte, war: «Wie geht's meinem Jungen?» Ihre Stimme kam über einen kleinen Lautsprecher, der in die hölzerne Tischplatte unter dem Fenster montiert war.

Ich schrie zurück: «Gut!»

Sie legte den Zeigefinger auf die Lippen, um mir zu verstehen zu geben, daß ich leiser sprechen solle. Dann zeigte sie auf einen abgewetzten schwarzen Knopf neben dem Lautsprecher, aus dem ich jetzt wieder ihre Stimme hörte. «Drück auf den Knopf, Vannos.» Ich drückte darauf und hörte ein leises Knacken über den Lautsprecher. «Besser jetzt?» fragte ich.

Laurett nickte. Ich hätte ja gerne gewußt, wieso sie sich mit der Sprechanlage so gut auskannte. Wer hatte sie sonst noch besucht? Oder war sie schon mal hier gewesen? Mit Bedauern stellte ich fest, daß ich selbst bereits an meiner Freundin zweifelte.

«Wo ist er jetzt?» fragte sie.

«Im Geschäft bei Nicole.»

«Warum hast du ihn nicht mitgebracht?»

«Ich dachte, er sollte dich vielleicht lieber nicht so sehen.»

«So – wie? Vannos, mein Junge wird lernen müssen, wie es zugeht in der Welt. Nächstesmal bringst du ihn mit, er soll sehen, was sie mit seiner Mutter machen. Versprochen?»

Ich nickte widerstrebend.

Nachdem die obligatorischen Floskeln ausgetauscht waren, kam ich sofort auf das zu sprechen, weswegen ich hier war. «Laurett, der Mann, der gestern abend gestorben ist – war das derselbe, der dich immer im Salon besuchen kam?»

Laurett nahm gleich eine abwehrende Haltung ein. «Wer?»

«Trek Delorean.»

«Wer?» sagte sie wieder, und ich merkte schon, daß sie sich dumm stellen wollte.

«Ich kann mich erinnern, daß du einen Freund hattest –»

«Na und? Ist das verboten?»

«War Trek Delorean der Vater von Tobias?»

«Hat das mein Junge gesagt?»

Ich nickte.

Lauretts Augen wurden schmal und hart. «Für so ein kleine Mann er hat verrückte Vorstellungen und große Klappe.»

«Er erwähnte einen Typen namens Trek, und so hieß ja auch der Tote, deshalb dachte ich, es sei derselbe. Er sagte, Trek sei oft bei euch gewesen.»

Laurett forschte argwöhnisch in meinem Gesicht. «Was noch hat Tobias gesagt?»

Ich fühlte, daß ich errötete. «Daß Trek gerne nackt herumgelaufen ist.»

Laurett brach in wildes Gelächter aus, in das sie immer aufs Neue verfiel, auch als der Witz längst vorbei war, was immer er gewesen sein mochte. Schließlich sagte sie: «Du erwachsener Mann glaubst was vier Jahre alte Bengel dir erzählt?»

«Leugnest du es?»

«Der Vater dieses Jungen ist in Jamaica, wo ich ihn habe verlassen.»

«Aber –»

«Ich muß doch wohl kennen den Vater von meine eigenen Jungen, oder?»

«Ja, Laurett», gab ich etwas belämmert zu, «aber Tobias hat ganz offensichtlich Blut von einem Weißen in sich, und Trek war ein Weißer ...».

Laurett grinste. «Mr. Vannos, es gibt viele weiße Männer in Jamaica.» Sie war auf der Kippe zu einem neuen Lachanfall, aber diesmal war ich das Opfer des Witzes; da ich mich ganz unbeabsichtigt aufgrund der Umstände zu einer dummen rassistischen Bemerkung hatte hinreißen lassen.

«Aber Laurett, die Praline, die du dem Typ gegeben hast, war mit Zyanid gefüllt.»

Ihr Gesicht spannte sich sofort. «Vannos, ich habe ihm nicht gegeben. Er hat genommen.»

«Aber ich hab' gesehen, wie du sie hergerichtet hast.»

«Ja, klar, aber ich habe ihm die nicht gegeben, und ich habe ganz bestimmt nicht Gift hineingetan.»

«Aber wie ist das Gift dann hineingekommen?»

«Ich weiß nicht. Jemand hat hineingetan, bevor ich die Blüte heruntergenommen. Dann hat Trek gegessen, als ich die Küche verlasse.»

«Moment mal», sagte ich. «Du hast die Dekoration von der Blüte *heruntergenommen*?»

«Natürlich. Die Praline war ganz voll Fingertapser. Die kann ich nicht auf Silbertablett tun. Also habe ich die Blüte auf eine neue gesteckt.»

«Also war die Trüffel, durch die Trek umkam, für jemand ganz anderen bestimmt, für einen der Ehrengäste?»

«Da-hast-du-recht.»

«Und zwar für wen?»

Laurett sah mich völlig ausdruckslos an.

Ich drang in sie: «Also?»

Sie behielt ihren steinernen Blick bei.

«Laurett», drängte ich, so ruhig ich konnte, über das Mikrophon, «wer sollte diese Trüffel kriegen?»

Endlich, nach einem langen Schweigen, wurde ihr Gesicht weich und zeigte Trauer, und sie sagte: «Sie war für Mr. Kingsley.»

Das war also der Schlüssel. Jemand hatte Prentiss Kingsley töten wollen.

Laurett erzählte weiter. «Diese Trüffel, Mandeltrüffel, war für Mr. Kingsley, aber sie sah ganz ramponiert aus, also ich habe ausgetauscht gegen eine andere. Das ich machte gerade in der Küche als du bist hereingekommen. Wie ich trage alle anderen hinaus zum Fest, Trek hat diese gegessen. Aber es war ein Unfall.»

«Nein, Laurett. Das war kein Unfall. Das war ein Fehler. Die tödliche Trüffel erreichte einfach nur den Falschen.»

«Aber ich habe nicht gemacht, Vannos.»

Ich mußte ihr glauben, nicht wahr? Was sollte ich denn sonst tun? Lauretts natürliche dunkle Schönheit verschaffte ihr den Vorteil, daß man ihr einfach glauben mußte. Genau das Gleiche ist es mit gutaussehenden Männern. Schöne Menschen können einem glattweg ins Gesicht lügen, aber ihr eigenes Gesicht ist eben ein solches Wunder an Textur und Schattierung, daß man dazu neigt, alles zu glauben, was über diese Lippen kommt, selbst die bezauberndsten Lügen.

«Laurett, wessen Aufgabe ist es, diese Trüffel zu machen?»

«Die alte Kratzbürste selber, Mary Phinney. Sie ist die Chefin in der Fabrik.»

Ich überlegte einen Augenblick und erinnerte mich, diesen Namen schon gehört zu haben. «War das nicht die ältere Frau, mit der du gestern abend in der Küche gestritten hast?»

Ihr Gesicht verhärtete sich wieder. «Bevor Sie weiter fragen, Herr Staatsanwalt, ich werde es erklären. Mary Phinney ist schon seit über hundert Jahre bei Gladys Gardner beschäftigt.» Laurett kicherte leicht über ihren eigenen Witz. «Sie war nicht sehr glücklich über den neue Laden.»

«Aber wieso sollte sie deshalb auf dir herumhacken?»

«Weil Mr. Kingsley und Miss Lisa und der junge Herr Danny alle wollen *mich* haben, und Mary Phinney will diesen Job selber.»

«Geschäftsführerin von *de Jardin* zu sein?»

«Mm-hmm», antwortete Laurett mit einem buddhaartigen Grinsen und einem geziertem Ton, wodurch sie persiflierend darstellen wollte, wie so eine hennagefärbte alte Scharteke einen solchen Nobelladen wohl führen würde.

«Laurett, da es ja deine Aufgabe war, diese Extra-Trüffel zu servieren, mußt du doch noch wissen, welcher Geschmack den beiden anderen Ehrengästen zugedacht war, oder?»

Laurett nickte mit einem hinterhältigen Grinsen. «Nicht einmal die Polizei hat mich danach gefragt, Vannos. Der junge Herr Danny hat Orange – Grand Marnier, genau gesagt – und Miss Lisa ...» Laurett lächelte über ihren absichtlichen Versprecher. «Miss Lisa hat ohne Geschmack, das paßt gut zu ihr selber. Heh-heh.»

«Was hast du der Polizei sonst noch erzählt?»

«Nur was sie mich fragen. Aber haben sie vielleicht geglaubt ein Wort? Nein, sie denken, ich will einfach die Schuld auf jemand anderes schieben. Also, warum sollte ich? Sag du mir das.»

Da ich in dieser Richtung keine anständige Fortsetzung der Unterhaltung sah, wechselte ich das Thema. «Nicoles Freund, dieser Rechtsanwalt, hat gesagt, er werde bei der gerichtlichen Voruntersuchung dein Verteidiger sein.»

Laurett grinste breit. «Seine Augen zeigten große Überraschung, als er gesehen hat, daß eine schöne dunkelhäutige Frau hier auf ihn wartet.»

«Einem geschenkten Gaul schaut man nicht ins Maul, Laurett», sagte ich. Aber ich dachte, daß ‹nicht in den Arsch› für Charles der passendere Spruch gewesen wäre. Ich schlüpfte in meinen Mantel. «Ich gehe jetzt, Laurett. Ich verdank' dir ein paar neue Anhaltspunkte.»

«Und ich danke dir, Vannos, daß du sorgst für Tobias. Ich

werde mich revanchieren, wenn ich hier raus bin, das verspreche ich.»

«Mach dir darüber keine Gedanken.»

Ich stand auf und verließ den Besucherraum. Auf dem Weg nach draußen überdachte ich die neuen Tatsachen, die ich von Laurett erfahren hatte. Branco mußte sie auch kennen. Ich fragte mich, ob er wohl über die eine oder andere selber Nachforschungen anstellte, insbesondere über die, daß eigentlich Prentiss Kingsley das Opfer hätte sein sollen. Oder gab sich der großmächtige Branco damit zufrieden, den Fall abrollen zu lassen bis zum Prozeß, der das beweisen würde, was er sowieso von vornherein gewußt hatte? – nämlich eine häusliche Auseinandersetzung in einer ethnisch gemischten Partnerschaft mit tödlichem Ausgang.

Ich rief Nicole aus dem Gefängnis an, um ihr zu sagen, ich würde Tobias nach meinem nächsten Zwischenstop abholen, nämlich einem Besuch in den Gladys Gardner Schokoladenwerken, wo ich mit Prentiss Kingsley sprechen und ihn warnen wollte, daß jemand es eventuell auf ihn abgesehen habe. Es könnte auch nicht schaden, wenn ich Mary Phinney dort ebenfalls treffen würde, da sie ja höchstwahrscheinlich für die Herstellung der Pralinen verantwortlich gewesen war. Als aber Nicole von meinem Vorhaben hörte, sagte sie: «Ich glaube, eine Führung durch eine Schokoladenfabrik wäre für einen kleinen Jungen eine ganz tolle Gelegenheit, ein bißchen Zeit mit seinem Onkel Stan zu verbringen.»

«Aber Nikki, ich muß mit Leuten reden. Wie soll ich das denn machen mit einem Kind im Schlepptau?»

«Darüber hättest du eher nachdenken sollen.»

«Und was ist, wenn ihm etwas passiert? Das fällt dann auf dich zurück, weil du nicht auf ihn aufgepaßt hast.»

«Was sollte ihm denn passieren, Stanley?»

«Ich glaube nicht, daß es in seiner Größe kugelsichere Westen gibt.»

«Deine Einwände sind zwecklos. Ich führe einen Haarsalon, keine Kinderkrippe.»

«Ich sehe den Kleinen förmlich vor mir, wie ihn eine verirrte Kugel trifft ...»

« Stanley, hör auf mit diesem Räuber-und-Gendarm-Quatsch. Du kommst jetzt her und nimmst den Jungen mit.»

« Jawohl, Ma'am », sagte ich.

Sie legte auf.

Draußen versuchte die strahlende Morgensonne den gefrorenen, verschneiten Boden zu erwärmen, aber ohne Erfolg. Der Februar bedeutet in Boston Kälte, und zwar durchweg. Ich marschierte zum Laden zurück, verwirrt von meinen wachsenden Zweifeln an Lauretts Unschuld. Vielleicht stimmte ja ihre Geschichte über Prentiss Kingsley, aber die Trüffel, die ich aus ihrer Wohnung entfernt hatte, machten mir noch zu schaffen. Hatte sie sie mit nach Hause genommen, um daran auszuprobieren, wie man sie am geschicktesten vergiftet? Dann wiederum, wen hätte sie töten wollen, und warum?

6.
Auf verschlungenen Pfaden

Etwa um halb elf war ich wieder im Geschäft. Tobias wollte bereits zum Mittagessen. Zugegeben, er hatte bei mir nicht gerade viel gefrühstückt, aber ich selber hatte noch keinen Appetit, zumindest nicht auf Essen. Mir saß noch das üppige Mahl von gestern auf den Rippen und den Hüften. Worauf ich aber Appetit *hatte*, das waren weitere Hinweise zu dem Mord. Und ich wollte Prentiss Kingsley warnen, daß die tödliche Trüffel von gestern abend eigentlich für ihn bestimmt gewesen sei. Wenn Laurett die Wahrheit gesagt hatte, schwebte er jetzt in Lebensgefahr, und wenn nicht, na ja, dann wollte ich das auch herausfinden. So vertröstete ich Tobias für den Augenblick, daß wir irgendwo auf dem Weg zu den Gladys Gardner Werken etwas essen würden. Insgeheim hatte ich aber bereits entschieden, daß wir erst auf dem Rückweg von Leckerland essen gehen würden, wenn ich meinen Teil der Aufgabe erfüllt hatte.

Wir nahmen ein Taxi zur Fabrik. Aus irgendeinem Grund hielt der Fahrer Tobias und mich für Touristen und empfahl uns, an dem Kiosk für Fabrikverkauf zu halten, wo man die berühmten Gladys Gardner Schokoladenprodukte zum halben Preis erstehen konnte. Mein Herz und mein Wanst erbebten ob dieser Möglichkeit, aber meine neuen Diätvorschriften verboten solche Gelüste. Tobias jedoch hüpfte auf dem Sitz auf und ab und bestand darauf, daß wir da hingingen. So opferte ich denn meine ernährungstechnische Selbstdisziplin einzig und allein, um ihn zufriedenzustellen. Außerdem würde ihn ein Stückchen Schokolade noch eine Weile durchhalten lassen. Schließlich wirkt das ja sogar bei abgehärteten Hochgebirgsskifahrern.

Das Taxi ließ uns an dem kleinen Laden aussteigen, der etwa hundert Meter vom Haupteingang der Fabrik entfernt lag. Das Ladeninnere erwies sich als ein halbwegs mißglückter Versuch, das romantische Idealbild einer alten Küche von Neuengland herbeizuzaubern, so einer Küche, wie Großmutter sie einst in der Kolonialzeit in Vermont benutzt haben mochte. Aber die resopalbeschichtete Ladentheke und der Kamin aus Plastikklinken – in dem statt eines anheimelnden Kaminfeuers ein Haufen leerer Verpackungen zu sehen war – schufen nicht genügend Stimmung, um gegen die mit angegilbten Isoplatten beklebte Decke, die flackernden Neonröhren und den staubigen gestrichenen Estrich anzukommen. Lediglich das Glas der Vitrinen glänzte inmitten all dieser Schäbigkeit. Und die Luft war geschwängert von Schokoladenduft, was um diese Stunde eher unangenehm wirkte. Das war nämlich nicht so ein köstlicher Duft, der einem den Tagesanfang erleichtert, wie etwa der nach Kaffee mit Toast oder frischen Brötchen. Vielmehr wirkte dieser konzentrierte Geruch nach Schokolade hier geradezu sexuell beunruhigend. Der Einkauf in diesem Laden würde Tobias vielleicht eher wieder umtriebig machen als ihn beruhigen, wie ich gehofft hatte.

Die Frau hinter dem Ladentisch sah aus wie das Modell für das unechte Ölgemälde der alten Lady Gardner, oder wer auch immer es sein sollte, das hoch oben hinter dem Ladentisch hing, strategisch so plaziert, daß es den Blickpunkt des Ladens abgab. Was man hier verkaufte, waren nicht so sehr Süßigkeiten als vielmehr ein bestimmter Geist, und zwar das zärtliche Gedenken an eine tattrige, liebevolle, fürsorgliche Großmutter, wie es sie in jedermanns Erinnerung gab. Und selbst wenn es sie nicht gab, konnte man sich nun doch einbilden, es habe sie gegeben. Ich überlegte kurz, ob sich das Image der Lady Gladys wohl je so aufpeppen lassen würde wie das von Betty Crocker, aus der man eine großstädtische Superfrau gemacht hatte, so eine, die mit zartgetönten Lidern und wahnsinnig hohen Stöckelschuhen staubsaugt oder vielmehr staubsaugen *läßt*.

Gladys' lebensechte Kopie lächelte uns wohlwollend zu, aber ich konnte mir denken, daß ihre zurückhaltende Höflichkeit an der Ladenschwelle begann und endete, nur für Kunden und nur zur Geschäftszeit. Sie erwartete, daß wie etwas kaufen, und zwar schleunigst. So starrte sie uns eine Weile hoffnungsvoll an, und als wir nicht sofort bestellten, wandte sie uns den Rücken zu und kniete sich hinter dem Ladentisch hin. Ich schielte sehnsüchtig auf den Inhalt der Vitrine. Eine innere Stimme sagte: ‹Na los, du hast es dir verdient›, während eine zweite konterte: ‹Setzt alles sofort an, du Fettarsch.› Hinter dem Ladentisch hörte ich, wie schwere Kartons knirschend über den sandigen Zementboden gestoßen und gezerrt wurden. Nach ein paar Minuten tauchte die Frau mit vor Anstrengung etwas gerötetem Gesicht wieder auf.

«Wollen Sie irgendwas?» fragte sie pampig. Ihr Blick war kühl und gleichgültig, schlug aber plötzlich um in blankes Entsetzen beim Anblick von etwas, was hinter meinem Rücken geschah. Ich drehte mich um und sah, wie Tobias sich nach einer riesigen rotsamtenen, herzförmigen Pralinenschachtel streckte. Das Ding hatte bestimmt einen halben Meter im Durchmesser und fünf Pfund Gewicht. Er zog von unten daran, wo es, auf einen Ständer aufgebaut, im Regal stand.

Die Frau kreischte: «Finger weg!»

Aber die Riesenbox rutschte bereits aus ihrem Plexiglasständer. Alles schien in Zeitlupe abzulaufen und erinnerte mich sofort an diese entsetzliche Zeit in der Schule, wenn ich während des Sportunterrichts beim Softball mitmachen mußte und immer ins Außenfeld kam. Immer wenn ein Spieler ausholte und den Ball schlug, folgte ich mit den Blicken der Flugbahn und bewegte mich wie zufällig, aber mit voller Absicht *aus* der Schußlinie. Die Sportfreaks aus meiner Klasse brauchten nicht lange, um meine Taktik zu durchschauen, und dann schlugen sie den Ball immer absichtlich in meine Richtung. Verflucht, das wurde garantiert ein base hit, wenn nicht sogar ein home run. Ich glaube, in gewisser Weise habe ich sogar das Meine dazu beigetragen, ihre Großmut gegenüber Schwächlingen zu kultivieren.

Aber die drohende Gefahr, für fünf Pfund Valentinstags-Pralinen wenn auch vielleicht nur den halben Preis zahlen zu müssen, spornte mich zu geradezu heldenhaftem Einsatz an. Sekundenlang stellte ich mir vor, ich sei ein Baseball-Profi, dessen Leben davon abhing, ob er diesen einen Ball fing oder nicht. Kreative Visualisierung nennt man sowas. Und ich, der ich noch nie im Leben einen Ball erwischt hatte, ich tauchte ab und stieß vor und schlitterte und ... ja! ... fing das Prachtstück fast ohne Beschädigung seines Kunstsamtüberzugs.

Noch dort auf dem harten Boden, das große Herz sicher im Griff, nahm der Film meines Lebens wieder seine Normalgeschwindigkeit an. Ich erhob mich und stellte die Schachtel zurück in ihren Ständer, wobei ich sie aber weit von der Kante des Regals zurückschob. Mit allen anderen Schachteln in Tobias' Reichweite machte ich das Gleiche.

« Neugier kann Kopf und Kragen kosten », sagte die Frau in warnendem Ton.

« Und beinahe auch noch sämtliche Trinkgelder von einem halben Tag », fügte ich hinzu.

Ohne die mittlere Krise, die er gerade hervorgerufen hatte, überhaupt zur Kenntnis zu nehmen, bemerkte Tobias: « Ich möchte was Süßes, Onkel Stan. »

Die Frau fragte mit plötzlichem Interesse: « Ist das Ihr Neffe? »

Ich nickte vorsichtig. « So was Ähnliches. »

« In diesem Fall », sagte sie, « finden wir doch bestimmt was für den kleinen Mann ». Sie hatte wieder von der griesgrämigen Verkäuferin auf die freigiebige Omi umgeschaltet, was ihren begrenzten schauspielerischen Talenten bereits das Äußerste abverlangte. Jetzt reichte sie Tobias ein einzelnes Stück Schokolade über den Ladentisch. Er nahm es wortlos, also drängte ich ihn:

« Wie sagt man denn, Tobias? »

Er begutachtete die Schokolade schweigend. Ich knuffte ihn leicht: « Sag danke, Tobias. »

Stattdessen bohrte er seinen Finger in die Unterseite des Schokoladenstückchens. Als eine blasse, orangefarbene Creme herausquoll, sagte Tobias « Das mag ich nicht », und gab der Frau das Geschmiere zurück. « Ich will die da » verlangte er, preßte seine nunmehr verschmierten Finger an das fleckenlose Glas der Vitrine und zeigte auf ein Arrangement von dunklen Schokokaramellen und dann auf eine Pyramide aus Schokoladenwürfeln.

Demütig sagte ich: « Ich denke, ich werde ein Viertelpfund dunkle Karamellen nehmen. »

Hinter dem Ladentisch klaubte die Frau eine Handvoll Pralinen aus einer Schachtel zusammen, um die Dekoration in der Vitrine nicht zerstören zu müssen. «Wir wollen doch nicht, daß der Junge enttäuscht von hier weggeht, nicht wahr?» sagte sie. Aber ihr Gesichtsausdruck sagte viel eher: Hier haben Sie Ihren Hut, müssen Sie denn schon gehen?

Ich griff nach meinem Geldbeutel, aber die Frau schüttelte den Kopf. «Sie haben Ihre Schokolade, und nun Guten Tag», sagte sie brüsk und faltete die Hände auf dem Ladentisch. Die gütige Omi hatte sich zurückverwandelt in die böse Gouvernante, deren Geduld über Gebühr strapaziert worden war. Tobias und ich verließen den Laden. In Sekundenschnelle hatte er die Tüte offen und sich vier Pralinen in den Mund gestopft. Seine Backen schwollen an wie die eines gierigen kleinen Hamsters. Ich schnappte ihm die Tüte weg und sagte: «Das reicht einstweilen.» Schokolade war für seinen leeren Magen nicht so ganz das Richtige.

Ich führte ihn an der Hand auf das Hauptportal der Fabrik zu, das nicht weit von uns entfernt lag und aus zwei massiven eichenen Türflügeln unter einem riesigen Granitbogen bestand. Während wir darauf zugingen, tauchte aus dem Nichts ein leuchtend lavendelblauer Lieferwagen auf und hielt mit quietschenden Bremsen neben uns am Randstein. Auf der Seitenwand des Wagens legten sich von Hand gemalte Irisblüten in kräftigem Violett rings um einen höchst kunstvoll in Kursivschrift ausgeführten Schriftzug ‹*Le Jardin Chocolatier*›. Selbst mitten im Winter schien diese strahlende Farbe gegen jeden Straßenschmutz gefeit. Das Fenster auf der Fahrerseite ging herunter, und ein bekanntes Gesicht erschien. Es war Rafik, dieser aparte Franko-Kanadier von dem Fest gestern abend.

«Stani!» rief er mit breitem Lächeln. Woher kannte er die Koseform meines Namens? Nur Nikki und meine Großmutter mütterlicherseits durften sie ungestraft verwenden. Naja, und jetzt vielleicht auch noch Rafik.

«Was machst du denn hier?» fragte ich, und meine untere Region regte sich freudig.

«Isch arbeite.»

«Aber arbeitest du nicht für *Le Jardin*?»

«Alles die gleiche Firma.» Er deutete auf die Gladys Gardner Werke.

«Ach, tatsächlich?»

«Ja, klar. Aber vielleischt *Le Jardin* wird schließen.»

«Du meinst, nach der Geschichte von gestern abend?»

«Ist große Skandal, nein?» Dann zeigte Rafik auf Tobias und fragte: «Ist das deine Junge?»

Ich schüttelte den Kopf. «Ich mag nur Männer. Weißt du das nicht mehr?»

Rafik zuckte die Schultern. «Viele Schwule haben Kinder.»

Ein Beweis dafür, daß Sexualität und Logik getrennte Wege gehen.

«Warum du kommst hier?» fragte er.

Ich erklärte, daß ich Prentiss Kingsley sehen wolle. Als Antwort hob Rafik eine Augenbraue, ganz so, wie es Nikki oft tat. War das am Ende ein Pariser Erkennungszeichen?

Rafik sagte: «Leider nischt möglich. Mr. Kingsley – er ist nischt hier heute.»

Verflixt! Der ganze Weg umsonst. «Weißt du, wo er ist?»

«Isch denke, vielleischt in seine Sommerhaus.»

«Mitten im Winter?»

«Ist wirklich sehr schön dort.»

«Wo?»

«Heißt Abbey-gail, isch glaube.»

«Abigail», sagte ich. «Abigail-by-the-Sea.»

Rafik nickte, und recht hatte er auch. Es war sehr schön dort.

Da zwinkerte Rafik boshaft. «Vielleischt willst du sehen wie sie machen Schokolade heutzutage?»

Ich zuckte die Achseln: «Warum nicht? Wo wir schon mal hier sind.»

«Isch bringe euch hin.»

«Aber es ist doch gleich da vorn.»

«Einsteigen», befahl er.

Ich öffnete die Beifahrertür und schob Tobias auf den Sitz hinauf, dann quetschte ich mich neben ihn. Rafik trat das

Gaspedal durch, und wir brausten im besten Gangsterstil los, mit quietschenden Reifen.

«Wo brennt's denn?» fragte ich.

«Brennt nischt», sagte er grinsend. «Isch fahre gern.»

Rafik raste zur Rückseite des Gebäudes und bog scharf in die Lieferanteneinfahrt ein. Das plötzliche Einschlagen brachte Tobias und mich aus dem Gleichgewicht und warf uns auf seine Seite. An der Laderampe parkte er den Lieferwagen mit quietschenden Reifen ein und schrammte dabei gegen die Gummischutzplanken der Rampe. Es geht doch nichts über einen rasanten Autofahrer. Er hieß uns warten, während er hineinging, um die Firmenbesichtigung zu organisieren. Ein paar Minuten später kam er wieder aus dem Gebäude und rannte zum Wagen zurück. «Alles klar», sagte er voller Elan und öffnete die Wagentür. «Geht dort hinein.» Er zeigte auf einen Eingang an der Rampe. «Fragt nach Mary.» Dann fügte er hinzu: «Ist gut, daß du hast den Jungen dabei. Dann wundert sich der Chef auch nischt.»

Diese hintergründige Logik war mir bisher entgangen, aber nun erkannte ich ihren Wert, vor allem bei Nachforschungen in einer Schokoladenfabrik. Im Stillen dankte ich Nicole, daß sie darauf bestanden hatte, mir Tobias mitzugeben.

«Kommst du nicht auch mit?» fragte ich.

«Isch muß jetzt arbeiten. Kannst du allein zurück?»

Ich nickte. «Ich bin schon ein großer Junge, Rafik.»

Er antwortete mit einem Zwinkern. «Isch hoffe.»

Ich nahm Tobias bei der Hand und führte ihn in die Fabrik. Rafik winkte zum Abschied und verschwand durch ein anderes Tor.

Drinnen war ich völlig verblüfft, wie absolut industriemäßig alles aussah. Hier wurde ein Produkt hergestellt und Arbeit verrichtet – ganz im Gegensatz zu dem Laden für Fabrikverkauf, wo nur Geld und Waren und Lügen ausgetauscht wurden. Die Luft hier drinnen war kühl und führte einen bitteren, wenn auch nicht unangenehmen Geruch mit. Ich hatte einen viel süßeren erwartet, ließ mich aber später belehren, daß ich offenbar den Geruch von gekochtem

Zucker erwartet hatte und nicht das etwas stechende Aroma von Schokolade, während sie verarbeitet wird.

Mit Tobias stand ich ein paar Minuten an der Tür und versuchte, mich wieder etwas zu fassen. Ich fühlte mich ein wenig verloren, und bestimmt war ganz deutlich zu sehen, daß wir nicht hierher gehörten. Ein kleiner elektrischer Gabelstapler, dessen abgeplatzter gelber Lack mit Schokolade bespritzt und verschmiert war, hupte und surrte viel zu nah an uns vorbei. Ich sprang zurück und zog Tobias mit mir, und dann sah ich, wie der junge Fahrer über diesen Erfolg seiner angeberischen Einschüchterungstaktik selbstzufrieden grinste. Vielleicht war das eben seine Art, ein bißchen Schwung in sein ödes Leben zu bringen, indem er so tat, als sei der Gabelstapler ein Sportwagen oder ein Skateboard.

Während wir auf eine Frau namens Mary warteten, die uns bei unserer Tour durch die Anlage führen sollte, schaute ich mich um und versuchte zu erraten, was hier vorging. Von dort, wo ich stand, sah ich durch ein großes Fenster fünf Frauen unterschiedlichster Herkunft (allerdings keine Weiße) Pralinen in Schachteln packen. Sie taten die Arbeit im Stehen, und ich war fasziniert von den weich gleitenden, flinken Bewegungen ihrer Hände, die von derselben magischen Kraft gelenkt schienen, die auch die besten Coiffeure bei ihrer flinken, aber gleichzeitig äußerst präzisen Arbeit leitet. Ein Fließband führte pausenlos unendliche Reihen von leeren Schachteln an den Frauen vorbei, während jede einzelne eiligst ihr Sortiment Pralinen in einzelne Schachteln füllte. Das war das glatte Gegenteil von dem bekannten Sketch, in dem Lucille Ball die Pralinen von einem mehr und mehr ins Rasen kommenden Fließband klaubt. Im echten Leben werden die leeren Schachteln vom Fließband befördert und nicht die Pralinen. Mir schien, daß die Frau, die am Schluß der Reihe stand, den schwierigsten Job hatte, weil sie mit den letzten Stücken genau in die wo immer noch verbliebenen Lücken treffen mußte, und das exakt in der vorgegebenen Zeit. Vielleicht gab's ja eine merkwürdige Berufsbezeichnung, die ihren besonderen Talenten Rechnung trug, wie etwa Oberendverpackerin.

Als unsere Führerin schließlich erschien, erkannte ich sie sofort. Es war Mary Phinney, die ich gestern abend auf dem Empfang gesehen hatte. Klein und drahtig, mit einem Schritt wie ein gereiztes Tier, näherte sie sich uns argwöhnisch, als wären wir unberechtigt in einen Hochsicherheitstrakt eingedrungen.

« Sind Sie das, die eine Betriebsbesichtigung machen wollen? » fragte sie. Ich nickte und bemerkte, daß sie ein folienbeschichtetes Namensschildchen mit einem Foto angesteckt hatte – einem Foto, das offensichtlich aus einer Zeit stammte, als die kreppartige Haut und der runzlige Hals noch nicht aufgetreten waren – gefolgt von einer Zahl, einer sehr niedrigen Zahl, die auf eine lange Betriebszugehörigkeit im Dienste der Firma hindeutete und somit eine Art Statussymbol war. Mary Phinney trug dieses Ausweisschildchen mit Stolz.

« Sind Sie nicht mehr? » fragte sie mit hoher, kratziger Stimme.

Ich fühlte mich versucht, ihre Grammatik zu korrigieren, widerstand aber. Sie stellte sich vor mich hin, die Hände auf den Hüften, mürrisch.

« Nein, nur wir zwei », antwortete ich.

« Es sollte aber doch eine Gruppe hier sein. »

« Wir sind die Gruppe », sagte ich.

Sie warf Tobias einen mißbilligenden Blick zu und sagte: « Ist das Ihrer? »

Tobias warf stolz ein: « Das ist mein Onkel Stan. »

Aus Mary Phinneys Augen sprang die Genervtheit einen Augenblick förmlich hervor. « Daß ihr Leute euch heutzutage immer mit anderen Rassen rumtreibt – ich begreif' das nicht. »

« Ich bin sein Taufpate. »

Mary Phinney sagte nichts. Vielleicht hatte das Wort Taufe sie zum Schweigen gebracht. Ich sah voraus, daß es nicht einfach sein würde, dieser Frau gegenüber die Ruhe zu bewahren, aber ich sagte mir, daß ich schließlich herausfinden wollte, wer die Trüffel für die Feier gestern abend gemacht hatte. Insbesondere wollte ich wissen, wer die drei speziell dekorierten gemacht hatte. Allerdings war mir auch schon klar, daß ich mit ihr nicht allzu weit kommen würde. Mein erster Eindruck erwies sich als falsch: Mary Phinney war kein kläffender Terrier, sie war ein regelrechter Kampfhund.

Sie lief schon fünf Meter voraus, bevor sie Tobias und mir ein Zeichen gab, daß wir ihr folgen sollten. «Kommen Sie», rief sie uns über die Schulter zu. «Und sagen Sie Ihrem Jungen, er soll die Hände in den Hosentaschen lassen. Hier gibt's keine freien Kostproben.»

Ich schwenkte die kleine Schokoladentüte, die wir uns vorhin im Fabrikverkauf erobert hatten. «Die hatten wir schon dabei», sagte ich und hielt die Tüte hoch, «also sagen Sie später nicht, wir hätten sie gemopst».

«Hmpf!» machte Mary Phinney, während sie uns durch eine Reihe luftdichter Türen in die Fabrikhalle führte. Die Innentemperatur war kühl, etwa bei 10° Celsius, für uns jedoch immer noch relativ warm, da wir von draußen kamen. Wir gingen an Regalen voller Plastikbehälter entlang, die genau wie 10-Liter-Kanister mit Frostschutzmittel aussahen. Auf den Etiketten standen zwar Sachen wie ‹Natürliches Rumaroma› oder ‹Himbeerkonzentrat›, aber die Aufzählung der Chemikalien, die dem folgte, klang auch sehr nach Frostschutzmittel.

Wir gingen weiter zu einem großen offenen Areal. Unterwegs kamen wir an langen Reihen von Metallgestellen auf Rädern vorbei. Alle Fächer darin waren leer, und ich fragte unsere verdrießliche Führerin, warum.

«Das waren alles Bestände für den Valentinstag, die wurden schon vor Monaten ausgeliefert. Wir sind gerade dabei, die Osterproduktion fertig zu machen.»

Das war offenbar das Gleiche wie in der Modebranche, wo auch alles, was hinter den Kulissen produziert wird, dem, was die Leute gerade kaufen, um viele Monate voraus ist. Und auf der großen freien Arbeitsfläche, der wir uns jetzt näherten, wurde mir völlig klar, was im Schokoladengeschäft ‹hinter den Kulissen› bedeutete. Die erste Veränderung, die man wahrnahm, war, daß es da drin eine Spur wärmer war, wenn auch trotzdem nicht warm. Vielleicht kam der Temperaturanstieg von all den Maschinen und dem ganzen Hin und Her in diesem Areal, das einem im Maßstab verkleinerten Rummelplatz glich, mit seinen Treibriemen und Rädern und Drehscheiben und Plattformen, die allesamt Tausende von Schokoladeprodukten herumwirbelten, schwenkten, drehten oder kippten.

Eine ganz besonders gemeine Maschine erregte die Aufmerksamkeit von Tobias. Sie ähnelte der Schallplattentrommel einer gigantischen Musikbox, aber anstelle von feinen Nadeln, die süße Töne aus diesem metallenen Instrument hervorlockten, gehörte zu dieser Trommel ein Sortiment von Plastikgußformen – Häschen und Entchen und Hühnchen –, die alle hilflos auf ihrer Oberfläche festsaßen. Das Drehen und Schleudern und Schütteln, dem diese armen Schokoladentiere ausgesetzt waren, erinnerte mich an die Torturen, die Astronauten im Training ertragen müssen, um ihr Gefühl für Schwerkraft zu überwinden.

«Wozu ist das?» fragte ich Mary Phinney.

«Ein Rüttelwerk», bellte sie zurück. «Das paßt die Schokolade genau in die Gußformen ein. Alles automatisch. Jedes spuckt zweihundert Stück pro Stunde aus.»

Das klang beeindruckend. Nun kamen wir an ein Fließband, das gebleichte, weiße Kokosnußcremehäufchen Reihe um Reihe auf ihrem schicksalhaften Weg zu einer geheimnisvollen Maschine dahintrug. Jedoch unmittelbar bevor die Cremehäufchen in der dunklen Kammer verschwanden, wurde eine Reihe nach der anderen auf ein zweites Fließband aus großmaschigem Drahtgitter übergewechselt. Als ich in die Maschine hineinspähte, um zu sehen, was passiert, spürte ich, wie Tobias mich am Hosenbein zog.

«Möcht' ich auch sehen.»

Ich hob ihn hoch, und wir schauten zusammen in die Maschine. Zunächst tauchte das Gitterfließband leicht in einen flachen Trog mit geschmolzener Schokolade, die die Unterseite der reihenweise eingefahrenen Kokosnußcremehäufchen mit Schokolade überzog. Danach wurden die Opfer voll durch einen Vorhang aus geschmolzener Schokolade gezogen, der den Rest umhüllte. Die überschüssige Schokolade rann durch das großmaschige Band ab, während die schokoüberzogenen Cremehütchen auf ein anderes Band umgewechselt und in einen Kühltunnel befördert wurden. Ich erwischte gerade noch Tobias' Ärmchen, als es sich in die dunkle Kammer stehlen wollte, um so ein frisch überzogenes Kokosei zu stibitzen.

Mary Phinney kriegte das spitz und schnappte: «Ich sag' Ihnen doch, er soll die Hände in den Taschen lassen.»

Als nächstes sahen wir eine Sonderanfertigung für ein katholisches Mädchenpensionat am Ort, und zwar für die Spendensammlung im Frühjahr, wie den Papierhüllen zu entnehmen war. Es handelte sich um Kreuze aus Vollmilchschokolade mit einem Jesus aus weißer Schokolade. Ich fragte Mary Phinney: «Gibt's die auch als weißes Kreuz mit einem dunklen Jesus?»

Sie antwortete mir nicht.

Vor einer Wand bemerkte ich eine Reihe von großen Metallfässern, wie die, in denen man Rohöl liefert, worauf in großen Schablonenbuchstaben REINES KERZENWACHS stand.

«Was ist das?» fragte ich.

Mary Phinney antwortete: «Wachs.»

«Für den Fußboden?»

«Für die Schokolade.»

«Sie geben Wachs in die Schokolade?»

«Das muß sein», sagte sie und schüttelte ärgerlich den Kopf. Es war deutlich zu sehen, daß sie Betriebsführungen nicht mochte, und ich fragte mich, warum sie's überhaupt tat. Sie erklärte uns das mit dem Wachs. «Können Sie sich vorstellen, wie schwierig es ist, so ein Qualitätsprodukt herzustellen? Ein oder zwei Grad zu wenig, und es wird fad und griesig, es fehlen Glanz und Glätte. Man müßte ein chemisches Labor haben, um es immer exakt hinzukriegen. Können Sie sich vorstellen, was das kosten würde? Mit ein bißchen Wachs aber kommt es nicht mehr so genau drauf an, und man erzielt immer noch ein gutes Produkt.»

«Aber das läuft ja darauf hinaus, daß man Wachs ißt.»

«Das schmeckt man aber gar nicht.»

«Und ich wette, daß es viel billiger als Kakaobutter ist.»

Mary Phinney wollte dem gerade zustimmen, hielt sich dann aber doch zurück. Inzwischen überlegte ich mir, wieviel Wachs man wohl brauchen würde, um Champagnertrüffel am häuslichen Herd zusammenzubrauen. Ich kapierte hier schnell, daß Schokoladenherstellung nichts weiter als eine andere Sparte der Schwerindustrie war, die gelegentlich ein eßbares Produkt auswarf.

«Entschuldigen Sie, Miß Phinney, aber ich wüßte gerne –»

«Mrs. Phinney. Mein Mann ist verstorben.»

«Das tut mir aber leid», sagte ich und kam wieder auf meine Frage zurück. «Ich würde gern sehen, wo die Trüffel hergestellt werden.»

Sie stellte sich stramm auf ihre Beinchen und sagte: «Die sind nicht von uns.»

«Ich dachte, die von *Le Jardin* werden hier gemacht.»

«Sie haben nur die Räumlichkeiten und die Einrichtungen gemietet, das ist alles.»

«Ich kenn' die Leute, denen das Geschäft gehört.»

«Dann lassen Sie sich doch von denen führen.»

«Ich will ja nur wissen, wer die Trüffel für den Empfang gestern abend gemacht hat.»

Sie richtete ihre boshaften kleinen Augen auf mich. «Warum?»

«Weil in einer Gift war, und das könnte hier gemacht worden sein.»

«Davon weiß ich nichts», sagte sie.

«Beaufsichtigen Sie nicht die ganze Arbeit in diesem Betrieb?»

«Wer hat Ihnen das gesagt?»

«Laurett Cole.»

Sie fletschte die Zähne. «Dann fragen Sie doch die danach!» sagte sie. «Sie hat sie nämlich gemacht.»

«Nein, sie hat sie nur arrangiert. Ich möchte wissen, wer sie gemacht hat.»

Mary Phinney drehte sich plötzlich um und blickte mich an: «Was wollen Sie eigentlich hier? Wenn Sie ihr damit helfen wollen, ist es jetzt dafür zu spät. Sie hat ihr Kontingent an Sonderbehandlung in dieser Firma ausgeschöpft.»

«Wer hat die Trüffel vergiftet?»

Die Frau zuckte zurück. «Ich sag Ihnen doch, es war Laurett Cole. Die Sorte kennt doch keine andere Möglichkeit, Probleme aus der Welt zu schaffen, wenn sie welche haben. War ja klar, daß man sie dabei erwischt, das dumme Weibsstück.»

«Das ist aber meine Mama», rief Tobias aus, und blitzschnell war er bei ihr und stieß und trat sie mit der ganzen Kraft seines kleinen Körpers.

Mary Phinney schrie laut um Hilfe und kreischte mich dann an: «Halten Sie diesen kleinen Bastard zurück!»

Ich hätte ja nie gedacht, daß gute irische Katholikinnen so etwas sagen würden, allerdings bin ich auch sehr behütet aufgewachsen. Ich zog Tobias von ihr weg, strengte mich dabei allerdings nicht besonders an. Ich wollte, daß er noch ein paar tüchtige Hiebe und Tritte plazieren konnte, ehe ich ihn davon abhielt. Inzwischen hatten sich ein paar Arbeiter um uns versammelt, die neugierig waren, was diese plötzliche Attacke wohl zu bedeuten habe. Ich bemerkte, daß keiner von ihnen Mary Phinney zu Hilfe kam. Sie standen nur einfach dabei und schauten zu, wie ich Tobias von der alten Frau wegzerrte.

In dem Moment trat aus einem verglasten Büro, von dem aus man die ganze Fabrikhalle überblicken konnte, ein Mann heraus. Ich erkannte sofort John Lough, den ich gestern abend bei dem Empfang auch gesehen hatte. Wieder hatte ich den Eindruck, daß sich Bärenkräfte unter seinem von der Stange gekauften Geschäftsanzug verbargen, und keineswegs schwabbeliges Fett. Er kam zu uns herüber, zu der Arena, in der die alte Hexe von dem wilden kleinen Jungen malträtiert worden war.

«John!» keuchte Mary Phinney. «Ruf die Polizei! Der Junge hat mich angefallen!»

Der Mann sprach einen Augenblick lang nicht, sondern überschaute die Situation wortlos und mit scharfem Blick. «Das ist bestimmt nicht nötig, Mary», sagte er mit der Unparteilichkeit eines Richters. Er ließ seinen Blick eine Weile auf Tobias ruhen, dann wandte er sich mir zu. «Darf ich fragen, wo das Problem liegt?» fragte er ruhig.

Auf seinem Namensschild stand, daß er Erster Vizepräsident der Produktionsabteilung war, und ich hätte gern gewußt, wer er war, wenn er das Schildchen nicht trug.

«Ich heiße Stan Kraychik», sagte ich. «Und das hier ist Tobias Cole, mein, äh, mein Neffe. Wir waren gerade hier bei der Betriebsbesichtigung, als diese Frau Tobias' Mutter beleidigte. Sie provozierte ihn, und da reagierte er natürlich.»

«Alles Lüge!» schrie Mary Phinney. «Er hat mich einfach angefallen!»

John Lough wandte sich der Gruppe Arbeiter zu, die sich um uns angesammelt hatte. «Hier ist schon alles in Ordnung. Geht wieder an eure Plätze und arbeitet weiter.» Er gab seine Anweisungen gutmütig, viel lockerer als Branco und ohne diese scharfe Betonung. Vielleicht war John Lough von Natur aus eine bessere Führungskraft. Vielleicht brauchte man als Polyp aber einfach ein gleichbleibendes Quantum unterdrückter Wut, was Branco ja auch im Überfluß besaß.

John sah uns drei an – Mary Phinney, Tobias und mich –, dann führte er Tobias und mich sanft, aber bestimmt auf sein verglastes Büro zu. «Warten Sie bitte kurz hier», sagte er und ließ uns in dem Glaskasten allein.

Er selber ging wieder hinaus, um mit Mary Phinney zu reden. Durch die Glaswände sah ich, wie sie sprachen und gestikulierten, aber ich hörte kein Wort. Mary Phinneys Mund bewegte sich ununterbrochen, und manchmal schlugen dabei ihre Kiefer so hart aufeinander, daß der ganze Kopf hüpfte und erschüttert wurde. John Lough stand still da, während sie vor ihm tobte. Dann sagte er etwas zu ihr, was sie mitten im Satz verstummen ließ. Einfach so. Sie preßte die Lippen zusammen, drehte sich um und ging. Ich hätte gern gewußt, welchen Zauberspruch er wohl zu ihr gesagt hatte, welches Psycho-Knöpfchen er gedrückt hatte, daß er sie so mühelos verstummen lassen konnte.

Er kehrte zurück zu seinem Büro, wo Tobias und ich warteten. Als er eintrat, lächelte er kurz und etwas gequält. «Alles in Ordnung. Und als kleine Entschuldigung möchte ich Ihnen jetzt gern etwas zeigen, was nur wenige Leute zu sehen kriegen.»

Er führte uns aus seinem Büro und durch die Fabrikhalle in einen anderen Teil des Gebäudes; durch Türen hindurch, Aufzüge hinauf, abknickende Korridore entlang, weit weg von der Schokoladeproduktionsmaschinerie, die wir eben gesehen hatten. Wir gingen durch mehrere Stahltüren, und ich hörte ein seltsames, rauh knatterndes Geräusch von irgendwo weiter drinnen. Nachdem wir noch einige Stahltüren aufgestoßen hatten, befanden wir uns plötzlich an der Quelle dieses Geräusches, und zwar in einer langen, engen Höhle, die an den Heizraum eines Dampfschiffs erinnerte. Aber konnte man das, was hier auf unsere Ohren traf, überhaupt noch Geräusch nennen? An den Wänden des ziemlich dunklen Raums standen zwanzig Maschinen nebeneinander, die wie überdimensionierte Trommelwaschmaschinen aussahen. Alle zwanzig Kupfertrommeln drehten sich langsam, und sie ratterten, als wären sie mit Kies gefüllt, mit ganzen Tonnen von Kies. Der Lärm war furchtbar und geradezu schmerzhaft. John Lough reichte Tobias und mir zwei Paar gepolsterte Ohrenschützer, um den Lärm zu dämpfen. Wir legten sie an und fühlten uns sofort erleichtert. So konnten wir an den zwei Reihen der Maschinen entlanggehen. Ich hob Tobias hoch, damit er hineinschauen konnte, und was wir beide sahen, waren ... Smarties. Es müssen Tausende, nein, Millionen gewesen sein. Jede dieser Riesenmaschinen überzog und glasierte die Dragees nur in einer Farbe. Eine Kupfertrommel enthielt rote, eine andere rosane, dann gelbe, weiße, orange, grüne, lilane – zwanzig Farben alles in allem, wie bei einer großen Packung von Wachsmalstiften. Oh Gott, dachte ich, schon wieder Wachs.

Wir verließen den Raum auf der gegenüberliegenden Seite, stiegen endlose Treppen hinunter und gelangten schließlich wieder in einen kühleren Bereich, wo weitere Osterartikel verpackt und zum Versand bereit gemacht wurden. Ich sagte zu John Lough: «Ich hatte eigentlich gehofft, Sie würden mir zeigen, wo die Trüffel für *Le Jardin* hergestellt wurden.»

Er antwortete rasch, aber höflich: «Ich fürchte, für heute habe ich keine Zeit mehr, aber ich kann es einrichten, daß Sie ein paar Kostproben mitnehmen.»

Tobias sagte: «Sie hat gesagt, keine Kostproben.»

«Ich kann da schon 'ne Ausnahme machen», sagte John Lough im Vertrauen auf seine Autorität. Aus den Regalen mit den Osterartikeln nahm er einen riesigen Schokoladehasen und einen großen Korb voller kleinerer Sachen – Häschen, Küken und Eier. «Ich fürchte, das war alles ein unglückliches Mißverständnis», sagte er. «Bitte nehmen Sie meine Entschuldigung an.»

Tobias griff nach den Schokoladenwaren und bedankte sich bei Mr. Lough, aber ich fügte hinzu: «Wir verzichten damit aber nicht auf unsere Rechte, in aller Form gegen diese Dame Beschwerde einzulegen. Sie hat den Jungen gequält. Wer weiß, was für ein Trauma sie bei ihm ausgelöst hat? Ich bezweifle, daß ein bißchen Schokolade das alles wieder in Ordnung bringen kann. So einfach ist das nicht.»

Tobias stupste mich und sagte: «Sei still, Onkel Stan.»

«Jawohl», sagte John Lough, «der Junge ist intelligent. Ich hoffe, Sie sind es auch». Dann brachte er uns noch zu einem Ausgang in der Nähe, und plötzlich standen wir wieder draußen, mit Blick auf den Parkplatz der Gladys Gardner Schokoladenwerke.

«Komm, Tobias», sagte ich und schleppte ihn über den feuchten Asphalt zur U-Bahn-Station, wo wir einen Zug zurück in die Stadt nehmen wollten. Er bohrte bereits in seinem Osterkörbchen. Da hatten wir's, es war noch nicht mal Valentinstag, und der Knabe wickelte bereits die Alufolie von den Schokoladeostereiern. Ich nahm eins, biß hinein, spuckte es aber sofort wieder aus. Bohnerwachs, schoß es mir durch den Kopf.

Während wir am Bahnsteig auf den Zug warteten, fragte mich Tobias: «Ist meine Mami auch tot?»

Es geht doch nichts über ein direktes Verhör. «Nein, Tobias», entgegnete ich. «Wie kommst du denn darauf?»

«So wie die alle über sie reden.»

«Mein Ehrenwort, daß es ihr gut geht, Tobias.»

«Kann ich zu ihr?»

«Wir gehen ganz bald mal hin.»

Meine Antwort mußte ihn wohl für den Augenblick zufriedengestellt haben, denn er fragte nicht weiter, sondern konzentrierte sich auf seine Beute. Er wickelte das Zellophan von dem Schokoladehasen ein Stück auf und knabberte genüßlich an den Ohren. Was mich betrifft, begann mein Geist durch diesen Wirrwarr von Fragen und neuen Beobachtungen langsam abzuschlaffen. Mein Kopf fühlte sich schon fast wie die rotierenden Dragee-Glasiermaschinen an, die wir gerade besichtigt hatten.

Als wir zu meiner Wohnung kamen, fand ich vor der Tür eine große, flache, schmucklose Pappschachtel, aus der ich nicht schlau wurde. Kein Wort drauf, kein Aufkleber, nichts. Nichts außer einem schwachen Schokoladenduft aus ihrem Inneren. Ich nahm sie mit in die Wohnung. Sugar Baby wartete schon, um mich zu begrüßen, jagte aber sofort davon, als sie Tobias sah. Kluges Mädel, sie hatte seinen Anschlag von heute morgen nicht vergessen. Ich schüttelte die mysteriöse Schachtel, aber der schwere Inhalt machte keine Bewegung und gab keinen Laut. Ich schüttelte nochmals daran. Es war Schokolade, soviel stand fest, vielleicht auch mit Alkohol. Keine Bombe also, dachte ich, es sei denn, die werden neuerdings auf Lebensmittelbasis hergestellt. Ich öffnete die Schachtel und fand darin ein großes samtbezogenes Herz. Es war echter Samt, mit feinem Flor, vielleicht sogar echte Seide, nicht so etwas wie der verstaubte Kunstsamt auf der Schachtel, die Tobias heute vormittag in dem Laden für verbilligten Fabrikverkauf fast kaputtgemacht hätte. Ich lüftete den Deckel des Herzens und sah darin eingebettet zwei Dutzend große Schokoladentrüffel von *Le Jardin*. Wer hatte mir die wohl geschickt? Hatte ich vielleicht endlich einen geheimen Verehrer? Oder warb etwa jemand um mich mit vergifteten Delikatessen?

Ich rief Nicole im Snips an und versuchte ihr klarzumachen, daß sie auf Tobias aufpassen müsse, während ich Lieutenant Branco zu erreichen versuchte. Ich wollte ihm nämlich berichten, was für Neuigkeiten ich erfahren und was ich auf meiner Schwelle vorgefunden hatte. Aber Nicole weigerte sich, mir zu helfen. Also machte ich, bevor ich Tobias wieder einpackte, damit er mit mir zusammen der abenteuerlichen Außenwelt entgegentreten konnte, etwas Tee für mich – und Kaba für Tobias –, um uns auf unseren nächsten winterlichen Streifzug vorzubereiten. Da hörte ich plötzlich seltsame Geräusche aus dem Wohnzimmer. Ich schaute nach und sah Tobias auf dem Sofa würgen und husten, den ganzen Mund ringsherum mit Schokolade verschmiert. Er begann zu weinen, als sein kleiner Körper von schnellen zuckenden Krämpfen geschüttelt wurde. Mein erster panischer Gedanke war, daß er eine Trüffel aus der mysteriösen Schachtel gegessen hatte, die gerade angekommen war. Hatte er sich versehentlich vergiftet? Aber genauso schnell wurde mir klar, daß das, was er tatsächlich gegessen hatte, fast ein ganzer, zwei Pfund schwerer Schokoladenhase auf nüchternen Magen gewesen war und daß er jetzt im Begriff war, dieses für ihn auch beinahe giftige Produkt zu erbrechen. Ich riß ihn hoch und rannte mit ihm zur Toilette, wobei ich auf dem ganzen Weg versuchte, seinen Mund zuzuhalten und den warmen, geschmolzenen, wachsdurchsetzten braunen Schleim daran zu hindern, auf den frisch gereinigten Perserteppich zu tropfen.

7.
Süßes für den lieben Papa

Nachdem er fast den ganzen Schokoladenhasen wieder erbrochen hatte, ließ sich Tobias mit schläfrigen Augen auf das Sofa plumpsen und bereitete sich auf ein verfrühtes Nachmittagsschläfchen vor. Ich rief rasch bei der zuständigen Beratungsstelle für Vergiftungen an und schilderte seine Symptome, falls er doch Gift zu sich genommen haben sollte. Auch gab es ja, bei der haarsträubenden Menge von Zucker, die Tobias zu sich genommen hatte, die Möglichkeit, daß eine noch unerkannte Diabetes vorlag. Aber die Zuständigen vom Krankenhaus versicherten mir, daß es an den mit Süßigkeiten überladenen Feiertagen wie Valentinstag und Ostern ein durchaus übliches Syndrom sei. Das beste Mittel dagegen sei, auf Zucker erst mal völlig zu verzichten und den Körper in Bewegung zu halten. Das war genau, was ich hatte hören wollen, da ich plante, sofort zur Station E des Bostoner Polizeihauptquartiers aufzubrechen und dem Detective Lieutenant Vito Branco gegenüberzutreten, diesem stattlichen Polizeimann, dessen Pfad wieder einmal den meinen kreuzte ... oder kreuzte meiner den seinen?

Ich schüttelte Tobias sachte.

«Tobias, wach auf. Wir müssen nochmal los.»

«Nö-ö», stöhnte er. «Ich bin jetzt müde.»

«Wir müssen gehen, und ich kann dich hier ja nicht einfach allein lassen.»

«Dann bleib' halt mit hier.»

«Das geht leider nicht.» Ich zog ein bißchen an ihm, und er wehrte sich zäh mit dem ganzen kleinen Körper. Es wurde eine Art Spiel daraus, bei dem er sich schlafend stellte und ich ihn sanft aber nachdrücklich wachzukriegen versuchte. Schließlich war er durch die bloße Konzentration auf die Gegenwehr wieder so weit wach, daß wir aufbrechen konnten. Zum, wie mir schien, tausendsten Mal in diesem Winter legte ich die ganzen schweren Klamotten an, um einen Ausflug ins Polizeiquartier zu machen. Auf dem einen Arm trug ich ein schläfriges Kind, auf dem anderen jonglierte ich die eben eingetroffene Packung mit Valentinstagstrüffeln. Wieder überlegte ich, ob ich Branco nicht auch die Pralinen bringen sollte, die ich gestern abend in Lauretts Wohnung mitgenommen hatte. Einerseits wollte etwas in mir wissen, ob das Zeug vergiftet war oder nicht, aber andererseits wäre ich mir wie ein Judas vorgekommen, wenn ich eine Freundin verraten hätte, der ich Hilfe versprochen hatte. Also entschloß ich mich, dieses Indiz noch ein wenig zurückzuhalten. Ich rief ein Taxi und fuhr zur Polizeistation E. Kaum waren wir im Taxi, schlief Tobias auf der Stelle wieder ein. Er hatte den Tiefpunkt seines Zuckerzusammenbruchs erreicht.

Die Station E des Bostoner Polizeihauptquartiers ist ein Kronjuwel unter den restaurierten Gebäuden der Altstadt. Pfeiler und Portikus aus Granit erwecken den Eindruck von staatlicher Autorität und von Schutz und Treu und Glauben, wie in längst vergangenen Zeiten, den sogenannten besseren Zeiten. Sie liegt im selben Viertel wie das neuentstandene Bostoner Kulturzentrum, beinahe wie eine Ermahnung an Schauspieler, Musiker und Publikum, zu viel Vergnügen zu meiden. Und da das Gebäude der Station E offiziell unter Denkmalschutz steht, müssen alle Arbeiten zu seiner Unterhaltung und Renovierung im Einklang mit seiner originalen Ausstattung stehen: keine Dachverglasung, keine getönten Scheiben, keine Neonbeleuchtung in den öffentlich zugänglichen Bereichen; und es droht keine Gefahr, daß das Ganze in Eigentumswohnungen umgewandelt werden könnte.

Ich bezahlte den Taxifahrer und trug Tobias hinein. Er lag in tiefem Schlaf, sah aber fast wie bewußtlos aus. Jetzt hätte ich den AN/AUS-Schalter betätigen sollen, aber ich fand ihn nicht. Der diensttuende Wachtmeister fragte besorgt, ob der Knabe Hilfe brauche. Ich versicherte ihm, daß Tobias nur müde sei, daß aber die Dringlichkeit meines Besuchs bei Lieutenant Branco es erfordert habe, das Kind mitzuschleppen. Der Wachtmeister antwortete freundlich, ohne die übliche Schroffheit, die ich gewöhnlich von hart arbeitenden Hetero-Männern erfahre. Vielleicht umgab mich allein die Tatsache, daß ich einen kleinen Jungen in den Armen hielt, mit einer Aura von Zeugungsfähigkeit, also jener Art von Fähigkeit, die das zuchtfähige Männchen für seine alleinige Domäne hält. Ein männliches Kind zu haben, das besitzt vermutlich so seine Vorteile.

Der Wachtmeister rief Branco an, um mich zu melden, und zu meiner Überraschung ließ Branco sagen, ich solle sofort zu ihm kommen. Ich hatte vermutet, daß er einen Vorwand finden würde, mich nicht sehen zu müssen, denn wenn sich jemand wie Branco mit jemandem wie mir einläßt, wird aus jeder Maus ein Elefant.

Der Wachtmeister bot mir an, Tobias in der Kindertagesstätte der Station E zu lassen, während ich mit dem Lieutenant sprach. Die Tagesstätte entpuppte sich als fensterloser Raum – ehedem vielleicht ein Verhörraum –, in dem es ein Kinderbett, einen Wickeltisch, einen Laufstall und ein Plastik-Dreirad gab. Das also war der offizielle Versuch der Stadt Boston, fortschrittliche Einrichtungen für werktätige Eltern zu schaffen. Positiv zu Buche schlug allerdings, daß Tobias, da heute keine anderen Kinder da waren, den ganzen Raum für sein kleines stilles Ich mit Beschlag belegen konnte. Er war so verschlafen, daß er es nicht einmal bemerkte, als ich ihn verließ. Was für ein friedlicher Anblick.

Ganz im Gegensatz zu meinem Besuch – vielleicht wäre auch Konfrontation der bessere Ausdruck – bei Branco. Als ich sein Büro betrat, saß er am Schreibtisch, in seinen eichenen Drehstuhl zurückgelehnt, und telefonierte. Ich fragte mich, warum er immer telefonierte, wenn ich zu ihm kam. War er wirklich so beschäftigt? Oder lag ihm lediglich daran, der Begegnung von vornherein die richtige Note zu verpassen, nämlich daß er hier das Sagen hatte? Ich erkannte, daß es Ärger geben würde, als er seine langen Beine hob und seine Füße auf die Schreibtischkante legte. Diese Pose zeichnete deutlich die langen Linien seiner muskulösen Schenkel und die straffen, kräftigen Hinterbacken unter dem Stoff seiner feinen Kammgarnhosen ab. Allerdings zeigte diese Pose auch einen seltsamen Widerspruch: Trotz seines ganzen Macho-Gehabes und -Getues bevorzugte Branco an den Füßen nicht den stumpfen Schaftstiefel, den Polizisten sonst am liebsten tragen, sondern einen schmiegsamen, hochglanzpolierten schwarzen Halbschuh. Und er hatte den rustikalen Mokassin-Stil gewählt, wie er in Maine hergestellt wird, und nicht diese geschmäcklerischen italienischen Slipper.

Er beendete das Gespräch mit einem schiefen Lächeln und lebhaften Augen, und ich war ein bißchen neidisch auf den glücklichen Jemand, dem er so ungewöhnlich viel Wärme entgegenbrachte. Dann warf er den Hörer auf, setzte seine Füße auf den Boden und starrte mich kalt an. «Was wollen Sie hier?»

«Also, Sie verstehen es wirklich, einem das Gefühl zu vermitteln, daß man gern gesehen ist, Lieutenant.»

«Ich leite hier kein Mädchenpensionat. Wenn Sie mir was zu sagen haben, dann schießen Sie los.»

«Gut. Aufgrund welcher Indizien wird Laurett Cole wegen Totschlags festgehalten?»

«Sind Sie ihr Anwalt?»

«Gewiß nicht.»

«Wie kommen Sie dann dazu, hier herumzuschnüffeln?»

Die einzige Stelle im Raum, an der ich gern herumgeschnüffelt hätte, hätte mich ins Gefängnis gebracht.

«Sie ist meine Freundin, Lieutenant. Haben Sie sowas schon mal gehabt?»

«Ich habe Freunde», sagte er. Dann lehnte er sich mit selbstzufriedenem Lächeln in seinem Stuhl zurück. «Aber sie bringen niemanden um. Laurett Cole hat den Typen ja vielleicht nur erschrecken wollen, aber der Schuß ging ihr nach hinten los, und jetzt ist er tot.»

«Aber das war nicht ihre Absicht.»

«Daß sie ihm Gift gab, schon.»

«Das können Sie nicht beweisen.»

Branco beugte sich vor und preßte seine phantastisch starken Hände auf die unglückliche Platte des alten Eichentischs. «Kraychik, sie hat zugegeben, daß sie ihm die Schokolade gab. Was das Labor in seinem Mund und Magen an Zyanid gefunden hat, hätte genügt, um fünf gesunde, ausgewachsene Menschen zu töten. Sie kann froh sein, daß die Anklage nicht auf vorsätzlichen Mord lautet.»

Mir hatte Laurett etwas ganz anderes erzählt. Wieder einmal fragte ich mich, hatte sie es etwa wirklich geplant, ihren Freund oder Ehemann oder was er auch war zu vergiften? Das Einzige, was sie zu so einer verzweifelten Tat hätte treiben können, wäre eine Bedrohung für Tobias gewesen, und nach allem, was der mir von dem Toten erzählt hatte, schien mir sexueller Mißbrauch sehr wohl möglich.

«Lieutenant, Laurett hat mir erzählt, wie das mit den Pralinen gestern abend alles abgelaufen ist. Eine der Trüffel, die sie überreichen sollte, war etwas verunstaltet worden, offensichtlich von dem, der das Gift hineingetan hat, deshalb ersetzte sie diese Trüffel durch eine neue. Sie hatte nicht die Absicht, damit irgend jemand etwas anzutun. Dieser Typ nun nahm die Trüffel und aß sie, als Laurett die Küche verlassen hatte. So hat er die Dosis Zyanid abgekriegt, aber in Wirklichkeit sollte Prentiss Kingsley diese Trüffel bekommen. Ich bin extra hergekommen, um Ihnen das zu sagen, unter anderem.»

Branco lehnte sich wieder in seinem Stuhl zurück und betrachtete mich mit zusammengekniffenen Augen. Er schürzte die Lippen und schüttelte langsam den Kopf, als wolle er sagen: «Davon müssen Sie mich erst überzeugen.» Ich spürte förmlich, was er über mich dachte. Vermutlich konnte es gar nicht anders sein, als daß jemand mit meinem genetischen Make-up jemandem wie ihm das Blut in Wallung brachte: ich war Coiffeur, er Polizist, ich konnte mich jeder Situation anpassen, er war unbeugsam, und ich bevorzugte Männer, während Branco keine erkennbaren sexuellen Vorlieben hatte. Noch seinen Begriffen konnte er mich nicht als vollwertigen Mann nehmen, aber genausowenig konnte er mich der hilflosen Hälfte der Menschheit zurechnen, die seinen Schutz brauchte, der Hälfte, die Frauen, Kinder und alte Menschen umfaßte.

Er atmete tief ein und hielt einen Augenblick die Luft an. Ich sah seine Backenmuskeln hervortreten. «Kraychik», sagte er und stieß die Luft ganz langsam aus, als wolle er einen quälenden inneren Druck lösen, ohne zu explodieren, «ich möchte, daß Sie auf der Stelle mein Büro verlassen, und ich will Sie hier nicht mehr sehen, bis ich Sie rufen lasse. Ist das klar?»

«Jawoll, Herr Lieutenant, dabei versuche ich aber doch nur, ein braver Pfadpfinder zu sein und für Wahrheit, Gerechtigkeit und den American Way of Life zu kämpfen.»

«Raus!»

«Aber ich hab Ihnen was mitgebracht.» Ich hielt ihm die Schachtel Trüffel hin.

Der schöne Polizist schüttelte den Kopf und murmelte: «Christus!» Dann verfinsterte sich sein Gesicht. «Was ist das?» fragte er kühl.

«Schokolade. Ich dachte, Sie wären froh darüber.»

«Soll das ein Witz sein?»

«Nein, Lieutenant. Es ist ganz ernst. Nehmen Sie's.»

Er setzte sich in seinem Stuhl auf und verschränkte die Arme über seinem großen Brustkasten – die klassische Abwehrhaltung in der Körpersprache.

Er sagte: «Ich habe nie etwas getan, Sie zu einem solchen Verhalten zu ermutigen.»

«Ich tue nur, was ich tun muß, Lieutenant.»

Er schüttelte den Kopf. «Aber ich will es nicht.»

«Was soll ich dann damit machen?»

«Geben Sie's jemandem, der die gleichen Neigungen hat wie Sie.»

«Aber es könnte für Sie ein Beweisstück sein.»

Brancos Augen mit ihrem wunderbaren Leuchten weiteten sich. «Was soll das heißen?» fragte er.

«Das lag heute vor meiner Wohnungstür. Ich weiß nicht, wer es geschickt hat, aber es ist ganz sicher Ware vom *Le Jardin*. Deshalb dachte ich, da könnten einige Hinweise für Sie dran sein.»

Branco ließ das einige Augenblicke auf sich wirken, dann gluckste er nervös. «Ich dachte, daß vielleicht ...» Er lächelte vage. «Ich dachte, weil ja Valentinstag ... und weil Sie doch ... ich dachte ...» Dann lachte er tatsächlich. Es war das erste Mal, daß ich Branco je hatte lachen hören, und diese neue Situation weckte in mir den Wunsch, daß er noch mehr lachte, und daß ich mit ihm lachen konnte. Aber er mußte meine Gedanken erraten haben, denn er beherrschte sich sofort und war gleich wieder ganz Bulle.

«Das ist also kein Geschenk?» fragte er.

«Warum sollte ich Ihnen ein Geschenk machen?»

Er nahm die Schachtel steif entgegen. «Danke», sagte er. «Ich werd' sie ins Labor runterschicken.» Dann erhob er sich plötzlich und zog seinen Mantel an. Das war ein langer Überzieher aus schwerem anthrazitgrauem Loden. An jedem anderen hätte er einfach nur wie eine schicke Kluft ausgesehen, aber an Branco hatte er die Aura eines heiligen Gewandes. Er öffnete die Tür und gab mir mit der Rechten ein Zeichen, daß ich gehen solle. «Jetzt ist Schluß hier.»

«Spätes Mittagessen?»

Branco blickte finster. «Ich hab' für heute frei.»

«So zeitig? Es ist doch erst 3 Uhr.»

«Kraychik, wenn Sie hier den Aufpasser spielen wollen, dann notieren Sie doch auch, daß ich seit gestern morgen um 8 Uhr früh im Dienst bin.»

«Morgens um 8 Uhr früh ist ein Pleonasmus, Lieutenant.»

Branco grunzte.

Ich wollte ihm gegenüber ja eigentlich nie sarkastisch sein, aber es passierte mir einfach immer wieder. Manchmal wünschte ich mir, wir könnten Freunde sein, verschworene Kumpel, die sich zwanglos anfassen und zusammen ein Bier trinken gehen und sich ihre kleinen Siege und Niederlagen erzählen. Aber wenn Branco mich je berühren würde, oder ich ihn, würden, fürchte ich, die Charakteristika *meiner* Art und Weise, mich mit Männern zu verbrüdern, zu offenkundig werden.

Auf seinem Weg aus der Polizeistation durchquerte er einen überfüllten Korridor, und ich versuchte, mit ihm Schritt zu halten. Mit seinen langen Beinen bewegte sich Branco leicht, aber sein Schritt war auf dem Marmorboden fast unhörbar, gar nicht der typische autoritäre Tritt. Sein offener Mantel umwehte ihn wie ein großes dunkles Cape.

«Lieutenant, ich war heute morgen in den Gladys Gardner Werken, und ich glaube, die haben da was zu verbergen.»

«Mir egal, Kraychik. Ich bin außer Dienst.»

«Aber sie wollten mir nicht zeigen, wo die Trüffel für *Le Jardin* gemacht werden.»

«Auch wenn Sie's nicht glauben wollen: das ist deren gutes Recht, daß sie ihre Privatangelegenheiten für sich behalten, besonders solchen Leuten wie Ihnen gegenüber.»

«Aber ich glaube, die vergiftete Trüffel kam dort aus der Firma. Irgend jemand da drin hat die Trüffel mit Zyanid gefüllt.»

«Das hätte auch überall sonst gemacht werden können. Tatsächlich ist da manches recht seltsam – wir haben Laurett Coles Wohnung durchsucht und dort nicht ein Stück Schokolade entdeckt. Finden Sie das nicht auch komisch, bei einer Frau, die ein Süßwarengeschäft führen sollte?»

«Naja ...» antwortete ich zögernd, da ich selbst ihm schließlich dieses spezielle Beweisstück vorenthielt. «Vielleicht hat sie das Zeug schon so über, daß sie's einfach nicht auch noch in der Wohnung haben will. Bei mir liegen zu Hause ja auch keine Lockenwickler und Trockenhauben herum.»

«Aber für den Jungen hätte doch ein bißchen was da sein müssen.»

«Nein, nein, Lieutenant. Seine gesunde Ernährung geht ihr immer vor», log ich. «Ich glaube eher, es war so: Sie haben in Lauretts Wohnung nach belastenden Hinweisen gesucht und nichts gefunden. Und statt dieser Tatsache Rechnung zu tragen, ziehen Sie es vor, anzunehmen, daß an der Sache etwas faul ist.»

«Das sagen Sie.»

«Könnte es nicht sein, daß Sie auf der falschen Spur sind?»

Branco blieb stehen und sah mir ins Gesicht.

«*Sie* sind auf der falschen Spur, Kraychik. Wir haben eine Leiche, eine Verdächtige und ein Motiv. Und Sie haben nichts als ein paar verrückte Ideen.»

«Aber –»

«Ich sag' Ihnen doch, ich bin außer Dienst.» Er wandte sich verärgert von mir ab und ging auf eine Tür mit der Aufschrift MÄNNER zu. Was blieb mir übrig, als ihm zu folgen?

Drinnen waren die Wände dreiviertelhoch mit grauem Marmor gefliest und auf der restlichen Fläche mit glänzender, zart kornblumenblauer Emailfarbe getönt. Den Fußboden bildete ein makelloses Mosaik winziger fünfeckiger weißer Fliesen. Alles wirkte nüchtern und funktionell. Sogar in der kühlen Luft lag ein leichter Geruch von Kiefernadel-Desinfektionsmittel. Branco postierte sich vor eines der beiden Pissoirs, während ich mir die Hände wusch. Ich wasche mir immer vorher die Hände. Und wenn Sie die Hände den ganzen Tag in den Haaren anderer Leute hätten, würden Sie das auch. Aber keine Angst – im Laden wasche ich mich auch hinterher.

Branco schaute kurz zu mir herüber und heftete dann seinen Blick auf die Marmorwand direkt vor sich. Ich stellte mich an das Urinoir neben ihm. Komischerweise schien dieses gemeinsame Tun uns beide, Branco und mich, irgendwie freundschaftlich zu verbinden, als würden wir damit einem archaischen Ritual folgen: gleichgültig, was wir tun oder wen wir mögen oder wie es uns geht, so pinkeln Männer nun mal eben. Ich stehe also da und schlage mein Wasser ab mit meinem üblichen lauten Plätschern und grüble über alle möglichen Arten menschlicher Entwicklung nach, und daß sich gerade dieser Akt durch die Jahrtausende hindurch kaum geändert hat, daß Billionen von Männern so gepinkelt haben und daß, wenn es gut geht, noch Billionen so pinkeln werden. Das heißt, ich dachte eigentlich nicht direkt an Sex. Aber was passiert? Branco wendet sich plötzlich ab und geht in eine der leeren Kabinen. Drinnen schließt er die Tür und verriegelt sie, als habe er Angst, er könne sich in meiner Gegenwart was holen. Ich brach schier zusammen. Aber dann, als ich ihn zögernd pinkeln hörte, begriff ich sofort, was dahinter steckte. Lieutenant Vito Branco, dieses männliche Tier ohne Nerven mit dem phantastischen Körper und dem starken Willen, dieses Prunkstück des italienischen Machismo, war pinkelscheu.

Er kam aus der Kabine zurück und wusch sich die Hände am Waschbecken, während er seinen grimmigen Blick im Spiegel übte. Ich tat so, als würde ich mir in einem anderen

Teil desselben Spiegels die kurzen Haare richten. Branco zog die Stirn in Falten, als sein Blick meinem Spiegelbild begegnete. Ich schaute seinem Spiegelbild direkt in die Augen, und mein ganzes Gesicht war ein einziges dämliches Grinsen. Fast hätten sich seine Lippen auch zu einem Lächeln verzogen, aber stattdessen begann er im Spiegel methodisch seine Zähne durchzuchecken.

Draußen in der kalten Luft glitzerten Brancos lockige schwarze Haare in der strahlenden Sonne. Der Typ hätte in seiner Jugend ohne weiteres als Fotomodell durchgehen können, aber damals wagten es die Herausgeber noch nicht, so sinnliche Männer auf der Titelseite zu bringen. Ich folgte ihm zum Auto, einem alten Alpha Romeo Coupé, dessen ehemals leuchtender, sportlich grüner Lack jetzt ausgebleicht und matt wirkte.

«Lieutenant, werden Sie die Leute von der Schokoladenfabrik wenigstens vernehmen?»

Branco sah mich müde an. «Kraychik, ich sag's Ihnen jetzt noch einmal: hören Sie auf, sich einzumischen. Ich weiß, daß Sie Freunden helfen wollen, aber Sie sind uns nur im Weg.»

«Ich finde immerhin ständig Fakten heraus.»

Branco schüttelte den Kopf. «Sie wiederholen doch nur, was andere Ihnen erzählen. Und nach dem, was Sie wissen, scheint jeder Sie anzulügen. Warten Sie doch mal bis morgen, um zu sehen, mit was für einer verqueren Theorie Sie dann wieder daherkommen.»

«Morgen könnte es zu spät sein, Lieutenant. Es gibt nämlich hier irgendwo einen Mörder, der Prentiss Kingsley tot sehen möchte. Warum sollte ihn die Tatsache, daß Sie müde sind, davon abhalten?»

«Wenn es stimmt, wird ihn das sicher nicht abhalten.» Branco stieg ins Auto. «Aber ich glaube nicht, daß es stimmt.»

Er warf die Tür zu und startete, während ich vergeblich mit der Fingerspitze an einer Stelle der Motorhaube herumpolierte. «Müßte mal gespritzt werden, der Wagen, Lieutenant.»

Ein blaues Rauchwölkchen stieg aus dem Auspuff.

«Und die Kolbenringe ausgewechselt kriegen», antwortete er und fuhr davon, wobei er den Alpha aufheulen ließ, um das unverwechselbare wilde Dröhnen zu erzeugen.

Ich trat nach der rußigen Schneewächte am Rand des Gehsteigs, dann bog ich in die Berkeleystraße ein und ging zurück zum Laden. Ohne ersichtlichen Grund und trotz des erwartungsgemäßen Wortwechsels mit Branco fühlte ich mich wie von einer Last befreit. Ich ging leichter als jemals seit dem Mord gestern abend und merkte, daß meine Beine wieder wie üblich weit ausgriffen. Immerhin eine Gemeinsamkeit zwischen Branco und mir, daß wir beide lange Beine hatten. Das war doch schon mal was, oder? Das Laufen tat mir gut, und ich dachte, daß ich, wenn ich das öfter machte, vielleicht wirklich noch irgendwann die Extrapfunde um meine Taille verlieren würde. Erst als ich im Geschäft ankam und Nicole begrüßte, bemerkte ich, was ich getan, vielmehr, was ich nicht getan hatte.

«Wo ist denn Tobias?» fragte sie.

Wortlos ging ich zum Telefon. Ich rief schnell die Polizeistation E an und sagte, daß ich meinen Schützling bei ihnen vergessen hätte.

Der diensttuende Wachtmeister gluckste ein bißchen und sagte: «Kein Problem. Der kleine Lümmel hat uns recht gut bei Laune gehalten.» Es war schon komisch, daß dieselben Leute, die Laurett Cole eingelocht hatten, sich jetzt mit ihrem Sohn amüsierten. Der Beamte fuhr fort: «Wollen Sie ihn hier abholen, oder sollen wir ihn mit einer Streife vorbeibringen?»

«Wenn Sie ihn hier absetzen könnten, wäre das wunderbar», sagte ich, aber Nicole unterbrach mich:

«Meinst du nicht, daß der Junge heute schon genug hinter sich hat?» fragte sie.

Verwirrt und hilflos zuckte ich die Schultern.

Nicole runzelte unwillig die Stirn. «Sag' ihnen, daß ich den Jungen abhole. Sieht so aus, als wäre in dieser Situation eine *richtige* Frau vonnöten, um die Sache zu schmeißen.»

Ich erklärte dem Wachtmeister, daß Nicole in Kürze Tobias abholen werde. Dann legte ich auf und drehte mich zu ihr um.

«Liebes, ich bin wirklich völlig gestreßt. Es war einfach ein Fehler.»

«Steht dein Streß in irgendeinem Zusammenhang mit dem Lieutenant?»

Wie sollte ich ihr begreiflich machen, daß diese scheinbar unschuldigen Augenblicke mit Branco auf der Toilette mein sexuelles Selbstvertrauen aus der Bahn geworfen hatten? Aus dem Nähkästchen zu plaudern liegt mir eigentlich nicht so, aber diese paar Minuten allein mit Branco hatten eine neue Saite in mir zum Erklingen gebracht. Voller Schrecken fragte ich mich, war ich am Ende ein verkapptes Piss-Schwein?

«Nikki», sagte ich munter, «ich hab' heute frei, ich bin dir keine Erklärungen schuldig.»

«Sonst doch auch nicht. Aber was deinen freien Tag betrifft: geh doch bitte an deinen Arbeitsplatz und befasse dich mit der Dame, die gerade unangemeldet gekommen ist.»

«Aber, Nikki –»

«Stanley, ich habe dir heute früh einen Gefallen getan, und jetzt tust du mir auch einen. Es ist also bestimmt nicht zu viel verlangt, oder?»

«Aber wir haben doch noch andere, die sich um sie kümmern können.»

«Aber ich möchte, daß *du* dich um sie kümmerst, und ich möchte, daß du sie auf jeden Fall in ihrem Sessel festhältst, bis ich mit dem Jungen zurück bin.»

«Wieso?» fragte ich – aber als ich die Frau sah, wußte ich die Antwort. Wir im Salon Snips nehmen auch mal unangemeldete Kunden an, vorausgesetzt, sie entsprechen unseren inoffiziellen, ungeschriebenen Erwartungen. Explizit nach einem von uns zu fragen, ist zum Beispiel von Vorteil. Was allerdings diese Frau hier betrifft, so war das, was ihr bei Nicole Tür und Tor geöffnet hatte, ihr knöchellanger Chinchillamantel. Nicole war richtig geblendet von dem Wogen des frostgrauen Fells, als die Frau sich jetzt aus einem der mächtigen Clubsessel im Wartebereich erhob. Mit lässigem Schwung legte sie den Mantel ab und reichte ihn Nicole.

«Passen Sie gut drauf auf, ja, meine Liebe?» sagte sie zu

Nicole in herablassendem Ton, obwohl sie ein paar Jahre jünger als Nicole zu sein schien, die jenseits der fünfzig ist.

Nicole lächelte breit. «Ich versichere Ihnen, ich werd' ihn nicht aus den Augen lassen.»

Die Frau fuhr fort: «Mein Freund würde einen Schreikrampf kriegen, wenn der wegkäme, obwohl er *selbstverständlich* versichert ist.» Sie warf den Kopf zurück und lachte, als wäre das besonders witzig. Es entging ihr völlig, daß Nicole und sie in etwa dieselbe Größe hatten, und daß der Mantel anprobiert – vielmehr: *getragen* werden würde, und zwar zur Polizeistation E, um Tobias abzuholen – während ich mich um das strapazierte Haar der Dame kümmerte. Warum das so aussah? Sie war von diesem mörderischen Blond – offenbar von eigener Hand gebleicht – und brauchte dringend eine Farbauffrischung und eine gewaltige Haarkur. Ich gab ihr eine Frisierrobe und zeigte ihr, wo sie sich umziehen konnte, dann kehrte ich zu Nicole zurück.

«Du mußt der nur mal durchs Haar fahren, Liebes, da kannst du dir glatt den Nagellack ruinieren.»

Nicole nickte und streichelte den Pelzmantel, den sie immer noch im Arm hielt. «Sie ist nicht von hier, aber ihr Freund kommt aus Boston.»

«Wie hast du denn das rausgekriegt?»

«Sie hat mir seinen Namen gesagt, und sogar, wo er arbeitet», antwortete Nicole, womit sie wieder einmal bewies, daß sie nahezu alles aus jedem herauskriegen konnte. «Ich wette, daß sie ihn gerne mit mir teilt.»

«Nikki, ich würde es mir zweimal überlegen mit so einem Pelzmantel. Diese Tierschützer können ganz schön rabiat werden.»

«Stanley, das Fleisch und die Knochen werden zu Tierfutter verwertet, es wird also der ganze Körper verwendet, wie bei den Eskimos oder den Indianern.»

«Nein wirklich?» rief ich in spöttischem Unglauben.

«Ich schwör's. Sie hat es mir gerade erzählt. Frag' sie selber. Ihr Freund arbeitet für die Kürschnerei Kouros. Sie wohnt zur Zeit in der Gesellschaftssuite im Ritz.»

Wie konnte ich erwarten, daß Nicole auch für die weniger

glanzvolle Seite der Tiere Sympathien aufbrachte? Für sie lebte alle Kreatur auf Erden in einer simplen Hackordnung, deren oberster Rang von den edlen Menschenwesen eingenommen wurde, deren oberste Schicht wiederum aus Maniküren bestand. Alles, was weiter unten rangierte, war lediglich dazu da, daß das Darüberliegende sich bedienen konnte. Ich hatte ihr oft schon klarzumachen versucht, daß Küchenschaben und Ratten sich den Rang *über* uns teilten, daß sie aber so klug waren, uns nicht zu vernichten, sondern von uns zu leben.

Ein Taxi hupte am Lieferanteneingang, und Nikki schlüpfte durch die Hintertür. Ich erhaschte noch ein flüchtiges Aufblitzen von Grau, als sie verschwand, in den flauschigen Pelz gehüllt. So wäre sie wenigstens warm eingepackt, wenn auch politisch nicht superkorrekt, auf ihrer barmherzigen Mission, Tobias zu retten.

Als die Frau nun in meinem Frisiersessel Platz genommen hatte, begann ich, ihr diplomatisch, aber unerbittlich einen Vortrag über den Hausgebrauch von Haarfärbemitteln zu halten. Sie erwiderte: «Aber ich mach' mir das Haar doch nicht selber. Mein bisheriger Friseur ... naja, er hatte Probleme mit Drogen.»

Was ihr frittiertes Haar immerhin erklärte. Unglücklicherweise ist der Mißbrauch von Chemikalien nicht auf die Waschbecken und Frisierstühle in den Haarsalons eingeschränkt. Das Personal ist ebenfalls dafür empfänglich. Ich hatte Glück, daß meine Abhängigkeit sich in der Hauptsache auf Essen beschränkte.

Ich begann meine Arbeit an dem Haar der Frau damit, daß ich nur an den Wurzeln kunstfertig gemischte Farbcreme auftrug. Die Haarschäfte selbst benötigten viel eher liebevolle Pflege als weiteres Ammoniak oder Peroxyd. Diesen Bereich würde ich also später gesondert behandeln. Während ich die Farbe auftrug, grübelte ich über die Fakten nach, die ich bisher zu dem Mord von gestern abend wußte. Wenn man mit seinen Kunden nicht müßig daherplappert, kann Haaremachen sehr meditativ sein. Glücklicherweise summte diese Frau nur vor sich hin, was mir half, im Stillen nachzudenken. Mich beschäftigte immer noch stark, daß die vergiftete Trüffel gestern abend auf Prentiss Kingsleys Tablett hätten kommen sollen. Wenn das stimmte und alles wie geplant abgelaufen wäre, wäre Prentiss jetzt bereits tot, und der Fall würde sich ganz anders darstellen. Wartete also jetzt der Mörder auf die nächste Gelegenheit, ihn umzubringen? Oder versuchte Laurett nur, von sich und ihrem vorgeplanten und ausgeführten Mord an Trek Delorean abzulenken? Hatte ich mich ganz naiv von ihr täuschen lassen? Es schien stets auf das Gleiche hinauszulaufen – was die Polizei glaubte, war die eine Seite, und die Einwände der Opfer oder der Täter waren die andere Seite. Ich meinerseits mochte es gar nicht, daß in mir Zweifel wuchsen. Ich konnte mir nicht vorstellen, daß eine Freundin von mir, und auch noch ausgerechnet Laurett, vorsätzlich oder zufällig in diesen Totschlag verwickelt sein sollte. Die Polizei hielt sie für rundweg schuldig. Ich aber konnte das nicht glauben.

Ich war damit fertig, der Frau Haarfarbe aufzutragen, hüllte ihren ganzen Kopf in eine Plastikhaube und ließ die Chemikalien sich nun allein ihren Weg zu einem Wunder bleichen. Während das alles still vor sich hin köchelte, ging ich ins Hinterzimmer und schenkte mir eine Tasse Kaffee ein. Und dieweil ja heute eigentlich mein freier Tag war, gab ich einen Schuß von Nicoles Cognac dazu. Während der Arbeit war zwar Alkohol verboten, aber Nicole war ja nicht da, um mich zurechtzuweisen. Außerdem hatte sie in dieser Hinsicht auch ihre eigenen Regeln. Während ich also an meinem Gebräu nippte, überlegte ich mir, was als nächstes zu tun sei. Prentiss Kingsley sollte das Opfer sein, aber ihn hatte ich ja schon vergeblich zu finden versucht. Vielleicht wußten Liz Carlini oder Dan Doherty etwas, das erklären konnte, warum jemand ihn umbringen wollte. Ich entschloß mich, Dan Doherty als nächstes aufzusuchen, da er in der Stadt wohnte. Ich würde bei ihm vorbeischauen, sobald Nicole mit Tobias zurück war.

Um die Kundin noch etwas länger auf meinem Frisierstuhl festzuhalten, schlug ich eine leichte Tönungswäsche vor, die ihre übel zugerichteten Haarschäfte ein wenig färben würde, ohne sie noch weiter zu schädigen. Auf diese Weise hätte das Haar Gelegenheit, wieder gesund nachzuwachsen. Auch schnitt ich die beschädigten Spitzen um etwa zwei Zentimeter zurück.

Wie durch ein psychologisches Wunder tat ich gerade die letzten Handgriffe am Haar der Frau, als Nicole mit Tobias im Schlepptau wieder durch die Hintertür von Station E zurückkehrte. Die Frau wäre nie auf die Idee gekommen, daß ihr Mantel ohne sie einen Ausflug quer durch die Stadt gemacht hatte. Als ich fertig war, hatte ihr goldblondes Haar einen seidigen Glanz, wie sie ihn noch nie gesehen hatte.

Tobias rannte in den Laden und umschlang meine Beine.

« Onkel Stan, du hast mich vergessen. »

« Tut mir leid, Tobias. War ein Versehen. »

Meine neue Kundin musterte mich im Spiegel. « Ihr Neffe? »

Ich nickte und spürte gleich darauf, wie sich ein Unterarm mit vertraulichem, vielsagendem Druck an meiner Hüfte rieb. Wenn man mit Menschen arbeitet, hat man viel Berührung mit ihnen. Manchmal zufällig, manchmal freundschaftlich, manchmal lasziv.

« *Phantastisch*, was Sie mit meinem Haar gemacht haben », sagte sie.

« Es hat nur bekommen, was es gebraucht hat. »

Sie blickte mir im Spiegel tief in die Augen. Dieser unverblümte Blick beschwor vor meinem geistigen Auge all die halbseidenen Erfahrungen ihres bisherigen Lebens herauf, und jetzt fragte sie auch noch:

« Haben Sie bei anderen Körperregionen auch so viel Talent? »

Ich zwinkerte und lächelte. « Man sagt so. »

Sie stand auf, um die Kleider zu wechseln, und nahm dann ihren Pelz von Nicole wieder entgegen. Nachdem sie am vorderen Tisch meine exorbitante Rechnung bezahlt hatte, kam sie nochmal an meinen Platz zurück und griff in ihr kleines Perlentäschchen, das nur gerade so groß war, daß ungefähr zweitausend Dollar hineingingen ... und ein Lippenstift. Ihre manikürten, juwelenbeladenen Finger zogen einen knisternden Zwanzig-Dollar-Schein heraus. «Sie sind ein Genie», sagte sie. «Ich komme nächste Woche wieder.» Dann verließ sie den Laden mit einem Aufwirbeln des üppigen Fells von den toten Tieren. »Hüte dich vor Leuten, die hohes Trinkgeld geben», sagte Nicole.

«Nur keine Eifersucht, Liebes. Du kannst immer noch den Freund haben.»

«Du vielleicht auch.»

«Ich könnte nie was mit so einem Tierschänder anfangen, noch dazu, wenn er straight ist.»

«Straight hat dich doch sonst noch nie abgehalten.»

Da schon fast Ladenschlußzeit war – montags schließen wir früher – setzte ich mich zu Tobias in den Wartebereich. Ich las ihm aus einem Modemagazin vor, weil ich mir vorstellte, ich könne sein Stilempfinden frühzeitig und in die richtige Richtung lenken.

Nikki fragte: «Gehst du denn noch nicht?»

«Ich hab' mir gedacht, ich bleib' noch einen Augenblick und trink' was mit dir.»

«Dann bist du wohl wieder auf einen Gefallen aus?»

Das stimmte, aber ich wollte es noch nicht zugeben. Kurze Zeit später, nachdem der Laden geschlossen und abgesperrt war, tranken Nicole und ich im Hinterzimmer einen Cocktail. Tobias blieb im Laden und spielte ganz glücklich mit den Aluminium-Lockenwicklern und Plastikstäbchen von meinem Arbeitsplatz irgendwelche intergalaktischen Kriegsszenen auf dem Fußboden. Nikki zündete sich eine Zigarette an, einen von den Glimmstengeln in ihrer feinen Spezialmischung von Perretti's in pastellfarbenem Reispapier. Heute abend hatte sie blassestes Taubenblau gewählt, und sie machte aus dem Anzünden und Rauchen ein Ritual, wie es gemeinhin der japanischen Teezeremonie vorbehalten ist. Inzwischen konzentrierte ich mich darauf, mit ihr zu klären, was heute nacht mit Tobias geschehen solle. Dieses Problem der Kinderverwahrung, das ständig auftauchte, mußte mit besonderem Takt und Diplomatie behandelt werden, vor allem heute abend, wo ich Zeit brauchte, um Dan Doherty zu besuchen und ihn über die Intrigen und Taktiken zwischen den Gladys Gardner Schokoladenwerken, der alten Matrone, und *Le Jardin Chocolatier*, der kleinen frechen Schwester, auszuquetschen. Nicole hatte sich ein für alle Male ausbedungen, daß sie Tobias nicht über Nacht nehmen müsse. Aber das war gestern abend gewesen.

«Ähm, Liebes …?» begann ich vorsichtig.

«Nein, Stanley», antwortete sie scharf. «Du kriegst keine Zigarette. Du hast es schon oft genug probiert und immer versagt. Wenn du Zigaretten vergeuden willst, dann nimm so eine ‹Leicht›-Marke aus dem Automaten, aber verschone meine.» Um diesem Satz dramatischen Nachdruck zu verleihen, nahm sie dazu einen großen Schluck Cognac.

Ich schwenkte meinen Bitter Bourbon in seinem, dem Ambiente angemessenen Glas. «Es war eigentlich was anderes, Liebes», sagte ich und starrte gedankenverloren in meinen Drink.

Nicole spähte vorsichtig zu mir herüber. «Du willst wahrscheinlich, daß ich den Jungen heute nacht nehme.»

Ich nickte und machte ein bedrücktes Gesicht. Nicole fuhr fort. «Weil du ein paar Leute zu dem Mord ausquetschen willst.»

Ich nickte wieder, wenn möglich noch düsterer.

«Und der Lieutenant hilft dir schon wieder nicht.»

Ich schüttelte verzweifelt den Kopf, aber innerlich war ich froh und erleichtert, da sie alles, was mir schwergefallen war, an meiner Stelle gesagt hatte.

Nicole seufzte, streifte sacht die Asche, die sich angesammelt hatte, von ihrer Zigarette, nahm noch einen tiefen, genüßlichen Zug und sagte: «Okay, Stanley. Ich paß' heute nacht auf ihn auf.»

«Oh, danke –»

Sie hob mahnend den Finger. «Still. Das sollte der Junge nicht hören.»

«Ich revanchier' mich, Nikki.»

«Nicht nötig, nachdem es das einzige Mal sein wird. Es wird sich keinesfalls einbürgern. Ihn in Obhut zu nehmen, das war deine Idee und nicht meine. Obwohl ich es auch nicht für richtig halte, daß er unter gerichtliche Vormundschaft gestellt wird, will ich doch kein Kind in meinem Leben, vor allem nicht in meinem Alter.»

«Dann betrachte ihn doch als liebenswerten Enkel.»

Sie funkelte mich an: «Du bewegst dich da auf sehr dünnem Eis, du undankbarer Jugendfetischist.»

«Entschuldige, Nikki. Ich brauch nur furchtbar dringend Zeit. Wie üblich hat Branco den Fall schon so gut wie gelöst und abgeschlossen, und doch glaube und hoffe ich immer noch, daß Laurett nicht wirklich jemanden getötet hat, und versuche es zu beweisen.»

Nicole hob mir ihr Glas entgegen und sagte: «Stanley Kraychik, der Volksheld.»

«Oder größte Volksdepp», antwortete ich.

Wir tranken, und mein Bourbon rann mir warm die Kehle hinunter und hinterließ seinen angenehmen Nachgeschmack zwischen Brennen und Süße.

Nicole sagte: «Das klingt, als hättest du doch Zweifel an Laurett.»

«Ich weiß nicht. Ich möchte ihr glauben, aber ihre Geschichte ist auf ihre Weise genauso glatt und sauber wie die von Branco, und seine Sicht der Dinge kann ich nie akzeptieren.»

Nicole sagte: «Laurett hat aber doch schon einen Anwalt, Stanley. Chaz setzt sich voll dafür ein, daß sie freikommt.»

«Aber hält er sich an das, was wirklich geschehen ist, an die Wahrheit?»

«Der Schuft, als den du ihn immer hinstellst, ist er wirklich nicht.»

«Nikki, daß er ein Schuft ist, hab' ich ihm nie unterstellt. Ein arroganter, chauvinistischer, habgieriger Typ vielleicht, das schon, aber kein Schuft.»

«Chaz war gut für mich, Stanley, außerdem ist er einverstanden, Laurett kostenlos zu verteidigen.»

«Wahrscheinlich nur, bis sie raus ist. Danach wird er vermutlich die Stadt Boston verklagen, daß er ihretwegen Schaden erlitten hat.»

Nicole nickte. «Und den Staat Massachusetts gleich hinterher ... Aber ich persönlich würde es sehr schätzen, wenn du ihm ein bißchen hilfst.»

Ich trank meinen Bourbon aus. «Dank dir, daß du Tobias nimmst, Liebes. Ich ruf' später an, um zu hören, wie es ihm geht.»

«Brauchst du nicht, Schätzchen. Außerdem wird Chaz heute nacht bei mir sein.»

«Na ja, vielleicht sollte ich mal mit ihm reden.»

«Wozu?»

«Soll ich ihm nicht helfen?»

Nicole schwieg. «Ich glaube nicht, daß das jetzt schon notwendig ist. Chaz ist sehr kompetent. Wenn er dich braucht, wird er's dir bestimmt sagen.»

Dasselbe wie bei Branco. Warum war Nikki plötzlich so kühl zu mir? Normalerweise war sie wie eine mütterliche ältere Schwester, die ihrem kleinen Bruder nichts abschlagen konnte. Aus irgendeinem Grund kam aber neuerdings Distanz auf. Ich hatte den Verdacht, daß Charles die Ursache davon war. Obwohl er sich gern als smarten jungen Profi darstellte, der tolerant handelte und progressiv sprach, fühlte ich, daß er insgeheim bis ins Mark bigott war. Und in meinem Lexikon ist bigott so viel wie homophob.

Nicole fuhr fort: «Vergiß nicht, daß morgen *ich* frei habe, und ich habe nicht vor, Tobias den ganzen Tag bei mir zu behalten.»

«Aber ich arbeite ja hier.»

«Ich werd ihn dir mit dem Taxi vorbeischicken.»

«Ist es nicht vielleicht besser, wenn ich früh vorbeikomme, zum Frühstück, und ihn selber mitnehme?»

Sie schwieg wieder. «Naja, ich denke, das läßt sich machen», sagte sie dann offensichtlich widerstrebend.

«So gegen acht?»

Nicole zog eine Grimasse. Ich hatte den Verdacht, daß sie eigentlich nichts anderes als einen ungestörten Morgen mit Charles wollte. Dann wurde sie nachgiebiger.

«Na, wenn der Junge da ist, sind wir wahrscheinlich sowieso alle wach. Und da du ja zum Frühstück kommst, könntest du ein bißchen was aus Sally's Küche mitbringen? Chaz liebt deren Zeug.»

Sally's war eine hervorragende Bäckerei, die Butter,

Zucker, Sahne und Schokolade – die Grundnahrungsmittel des Lebens – in so einfallsreiche Verbindungen brachte, daß zukünftig verstopfte Arterien gegenüber dem samtigen oralen Genuß ihrer Backwaren völlig in Vergessenheit gerieten.

«Ja, Ma'am», sagte ich salutierend. «Als Gegenleistung für eine Nacht Babysitten bringe ich eine Sahnetorte mit Pistazien mit.»

Ich stand auf, wickelte mich wieder ein wie eine Zwiebel und zog meine Eskimostiefelchen an – schon wieder mal. Dabei fühlte ich mich auch wie Nanook der Eskimo, der in den Wintersturm hinauszieht. Ich gab Nicole einen Abschiedskuß, umarmte Tobias fest und verließ den Laden. Schon jetzt freute ich mich darauf, nach dem Besuch bei Dan Doherty bei mir zu Hause abendzuessen und ein bißchen auszuruhen, danach wollte ich vielleicht nochmal ausgehen und mich etwas amüsieren und entspannen. Es war noch keine vierundzwanzig Stunden her und schon hatte ich einen Horror vor Elternschaft. Aber schließlich, da ich ein Zwilling war mit dem Ungestüm der Zwillinge, würde mich niemand festketten, schon gar kein kleiner Junge, oder?

8.
Retour zu Kafka

Draußen auf der Straße hatte es zu schneien begonnen. Aber das waren nicht die Graupelschauer, die es im Februar oft gab und die einem wie mit tausend Nadeln ins Gesicht stachen. Stattdessen bestand dieser Schnee aus den großen, feuchten, schweren Flocken, die man leicht auf der Zunge fangen konnte. Es war freundlicher Schnee, was ich als gutes Omen deutete. Ich erwischte sogar ohne Schwierigkeiten ein Taxi, und so fuhr ich zu Dan Dohertys Wohnung. Ich hatte ihn vorher nicht angerufen, was unhöflich wirken mochte, aber andererseits hat es seine Vorteile, wenn man unangemeldet auftaucht und jemanden unvorbereitet erwischt. Natürlich ist es auch möglich, daß man den Weg umsonst macht, aber dieses Risiko ging ich ein.

Dan lebte in einem schicken Neubaukomplex, der «Nouveau Coté du Sud» genannt wurde, obwohl manche für die Gegend noch den Namen South End Reihenhäuschen im Gedächtnis haben. Ein ganzer Block der ehemals winzigen Häuser war eingeebnet und von einer abgeschlossenen Siedlung urbaner Bungalows ersetzt worden. Eine neue, über drei Meter hohe Ziegelmauer umschloß den gesamten Block, sicherte den zufriedenen neuen Bewohnern ihre Ungestörtheit und schirmte sie gleichzeitig gegen die Schrecknisse der wirklichen Stadt da draußen ab. Am Haupteingang saß ein uniformierter Wachmann in einer geheizten Kabine. Ich sagte ihm, zu wem ich wolle, und er rief in Dans Domizil an, um mich zu melden. Nach einigen kurzen Bemerkungen am Telefon wandte er sich zu mir und sagte: «Sie können reingehen.»

Ich betrat das Areal und lief durch ein Labyrinth von ziegelsteingepflasterten Wegen, die von immergrünen Pflanzen gesäumt wurden. Sie waren schneefrei und trocken, da sie durchs Pflaster beheizt wurden. Diese Leute hier hatten keine Plage mit dem Schnee, jedenfalls nicht auf ihrem geheiligten Grund und Boden. Ich kam zu Dans Wohneinheit und drückte auf die Türklingel. Als sich die Tür öffnete, stand da ein braungebrannter blonder Fremder in Shorts und T-Shirt – was eigentlich für Neuengland nicht die üblichen Wintersachen sind.

«Hallo», sagte ich und ging in Charme-Offensive. «Ich möchte zu Dan Doherty.»

Der Fremde musterte mich von oben bis unten und sagte dann ausdruckslos: «Dan ist nicht hier.»

«Erwarten Sie ihn bald zurück?»

«Nein.»

«Wissen Sie, wo er ist?»

Er sah mich mißtrauisch an.

«Das geht schon in Ordnung», sagte ich. «Ich bin sein Friseur.»

«Worum geht's?»

«Das ist vertraulich.»

Er begann die Tür zuzuschieben, deshalb blockte ich sein Vorhaben mit meinem starken slawischen Fuß ab.

«Hören Sie», sagte ich, «wer auch immer Sie sind, schließlich haben Sie dem Wachmann gesagt, er könne mich reinlassen. Warum also sagen Sie mir nicht, wo Dan ist?»

Er kniff ein Auge zu und sah mich an. «Ich dachte, Sie bringen die Pizza, die ich bestellt habe.»

Wenn man mich schon für einen Pizzalieferanten halten konnte, bedurfte meine Winterausstattung ja dringend der Aufbesserung. Was aber wichtiger war: auf was für einen Trick würde dieser «Freund» Dan Dohertys hereinfallen? Ich überlegte rasch und sagte: «Ich schulde Dan etwas Geld, und das wollte ich ihm zurückzahlen, aber wenn er nirgends zu finden ist ...»

Als Geld erwähnt wurde, überlegte er es sich noch einmal.

«Sie können es mir geben. Ich geb's ihm ganz sicher.»

«Ich will Sie nicht beleidigen, aber es ist ein Haufen Geld, und ich kenne Sie ja nicht.»

«Fuck», sagte er. «Dann suchen Sie ihn halt selber. Er ist in Abigail.»

«Abigail-by-the-Sea?»

«Gibt 's noch ein anderes?» antwortete er sarkastisch.

Dann zog er die Türe auf, aber ich merkte, daß er sie gegen meinen Fuß schmettern wollte. Mir ist es jedoch lieber, mit unzerschmetterten Füßen anzutreten, vielen Dank, also zog ich meinen Fuß zurück. Jetzt, wo das Hindernis weg war, knallte er die Tür zu, aber immerhin hatte er mir meinen nächsten Hinweis gegeben. Wenn Dan Doherty in Abigail war, dann vielleicht bei Prentiss Kingsley in dessen Sommerhaus. Abigail war zu klein, als daß etwas anderes in Frage gekommen wäre. Tatsächlich ist es so abgeschottet, daß man fast schon eine Erlaubnis braucht, nur um durchzufahren.

Ich verließ den Schutz der ummauerten Wohnburg und kehrte zurück auf die Straße, wo der Schnee jetzt stärker fiel, unangenehm und deutlich auf die Härte des Winters verweisend. Ich dachte, ich würde später vielleicht doch nicht mehr ausgehen, bei diesem Schnee und diesem Wind, der immer heftiger wurde. Vielleicht konnten ein heißes Kräuterbad und ein noch heißeres Video die kalte, leere Wohnung wettmachen, wo es keine Liebe gab, die mich in einer stürmischen Winternacht warmhalten könnte. Trotz des Wetters beschloß ich aber, nach Hause zu laufen, um schnell noch ein paar von den überflüssigen Kalorien zu verbrennen, die sich mittschiffs angesetzt hatten. So gegen neun war ich zu Hause.

Vor meiner Wohnungstür hatte der Hauswart das übliche wöchentliche Päckchen meiner Mutter aus New Jersey abgestellt. Durch die Verpackung hindurch roch ich das Buttergebäck. Ich wußte, daß sie es während der Woche selber gemacht, dann vorsichtig wie Porzellan verpackt und mit Paketversicherung an mich geschickt hatte. Jedesmal wunderte ich mich, warum sie ihren selbstgebackenen Kuchen versicherte. Was konnte sie für einen Wert angeben, wo er für mich doch unbezahlbar war?

In der Wohnung begrüßte mich Sugar Baby ein wenig vorsichtig. Sie wollte erst sicher sein, daß die Luft rein war und kein Tobias da, ehe sie einen raffinierten kleinen Willkommenstanz für mich vollführte – zwei Achter, dann zwei Kreise, ein Niederfallen, eine langgestreckte Drehung, und schließlich ein Rückenroller, dem ein paar sehr undamenhafte, wurmartige Windungen auf dem Teppich folgten, bei denen Bauch und Pussy schamlos entblößt waren. Sugar Babys Wortschatz umfaßt hauptsächlich kehlige Vokale aus dem gesamten Bereich menschlichen Hörvermögens. Zur Abwechslung fügt sie hie und da ein G oder W oder K hinzu. Ein Freund, der einmal bei mir zu Besuch war, behauptet, daß Sugar Baby eines Abends «Beowulf» zu ihm gesagt habe, aber das kann ich nicht bezeugen. Heute abend bedeutete ihr kleiner Fandango, daß sie hocherfreut war, mich wiederzusehen. Vielleicht fühlte sie, daß ich nach meinen letzten Abenteuern ein wenig Extra-Zuwendung brauchte und nicht so einen hochmütigen und verächtlichen Schnüffler, der besagen soll: «Wer will schon was von dir, du Mensch?»

Während ich mich aus den beengenden Schichten meiner Winterklamotten herausschälte, rollte sich Sugar Baby noch immer auf dem Teppich herum und schnurrte laut. Ich nahm sie auf den Arm, während ich meine Post durchging: Rechnungen und Wurfsendungen heute, und, in einem schlichten braunen Umschlag, die unverlangte Kopie der Bedienungsanweisung für Springs Hygiene-Wasserspeichersysteme. Bei irgend jemand war wohl die Zielgruppenkartei etwas außer Kontrolle geraten.

Ich hörte meinen Anrufbeantworter ab. Nach ein paar der üblichen unwichtigen Durchsagen erkannte ich eine mir liebe Stimme, die sagte: «Stan, hier ist Tony. Erinnerst du dich an mich? Ich bin heute in der Stadt und wollte gern wissen, ob wir uns treffen könnten. Wenn du da bist, dann geh' bitte mal ran ... Hallo? Ich glaube, du bist doch nicht zu Hause. Ich versuch's später nochmal. Hoffentlich sehen wir uns heute abend noch.»

Ob ich mich an ihn erinnerte? Sollte das ein Witz sein? Einst hatte ich mich vor lauter An-ihn-denken und Von-ihm-träumen so verausgabt, daß man mich anschließend zum staatlichen Dürregebiet erklären mußte. Ich traf ihn vor Jahren, als er noch Kirchenorganist und Chorleiter in Maine war. Schon damals war ich überzeugt, daß er einen Ein-Mann-Kreuzzug führte, um das seriöse Image seiner kirchlichen Pflichten neu zu definieren.

Tony war, wie man salopp sagen würde, ein heißer Typ, eine

super Mischung aus einem italienischen Vater und einer polnischen Mutter. Er hatte auch sehr viel musikalische Begabung – Weltklasse-Begabung sogar – und es war nur eine Frage der Zeit, wann die Welt ihn entdecken würde. Zur Zeit lebte er in London und dirigierte Opern in allen großen Häusern Europas.

Gelegentlich kehrte er zu Gastspielen in die Staaten zurück. Und heute abend wollte er doch tatsächlich mich kleines Würstchen sehen. Und ich brauchte nichts anderes zu tun, als auf seinen Anruf zu warten und dann mein Herz ganz festzuhalten, wenn ich sagte: «Herein.»

Noch eine belanglose Nachricht, und dann hörte ich Nicoles ernste und alarmierte Stimme.

«Ruf bitte sofort bei mir an!»

Ich kümmerte mich nicht weiter um den Anrufbeantworter, sondern rief sie auf der Stelle an.

«Nikki?»

«Tobias ist weg. Wir können ihn nirgends finden.»

«Seit wann?»

«Seit ungefähr einer halben Stunde. Er war im Wohnzimmer. Chaz und ich bereiteten in der Küche das Abendessen vor. Als wir rauskamen, war er fort.»

«Habt ihr überall gesucht?»

«Natürlich! Der Wach- und Schließdienst sucht immer noch im ganzen Gebäude.»

«Was ist mit der Polizei?»

«Chaz hat sie schon angerufen»

«Bin schon unterwegs, Nikki.»

«Stanley, wart mal. Chaz meint, du solltest zu Hause bleiben, für den Fall, daß Tobias zu dir zu kommen versucht.»

Das ließ mich innehalten. «In Ordnung, ich bleib hier. Aber ruf mich sofort an, wenn sich was ergibt.»

«Du mich auch.»

Dann legte sie auf.

Ich goß mir einen Drink ein – mein zeremonieller Wintertrunk, Bourbon und etwas Bitter – und hatte gerade einen großen Schluck genommen, als ich jemanden laut an meine Wohnungstür klopfen hörte. Konnte das Tony sein, war er schon so ungeduldig? Wie war er ins Haus gekommen? Ich schaute durch den Spion und sah zwei uniformierte Polypen draußen stehen. Ich öffnete.

Der größere Bulle sagte: « Mr. Kraychik? »

« Ja », antwortete ich.

« Wir möchten gerne, daß Sie zur Polizeistation mitkommen und ein paar Fragen beantworten. »

« Können wir uns nicht hier unterhalten? »

« Wir haben Befehl, Sie mitzubringen. »

« Warum denn? » fragte ich beunruhigt.

« Verhör. Kommen Sie bitte. »

« Okay, aber ich muß erst noch kurz telefonieren. » Nikki würde bestimmt wissen wollen, wo ich war.

« Sie können auf der Polizeistation telefonieren, wenn es nötig ist. »

« Aber ich – »

« Los jetzt. »

Was würden Sie machen, wenn zwei bewaffnete Bullen Ihnen einen Befehl erteilen? Gehorchen würden Sie. Also wieder rein in die feuchten Wintersachen. Sugar Baby gab einen traurigen kleinen, fragenden Ton von sich – Gwow? – als ich schon wieder die Türe schloß und sie allein ließ.

Da war ich also wieder auf Station E. Sie denken vielleicht, daß es mir ganz recht war, Branco wiederzusehen, ihn und seine langen italienischen Liebesschenkel. Aber ich hatte wirklich anderes im Kopf, zum Beispiel Tobias zu finden und mich dann endlich zu entspannen und für die Nacht aufzuwärmen. Branco seinerseits schien auch nicht erfreut, mich zu sehen. Er saß mit verschränkten Armen an seinem Schreibtisch, als mich die zwei Bullen, die mich abgeholt hatten, grob in sein Büro stießen. In Sekundenschnelle nahm ich die klassischen Proportionen und Linien von Brancos ganzem Körper in mich auf. Obwohl ich nicht aus eigener Anschauung wußte, was sich unter dem Kleiderstoff verbarg, fühlte ich doch, daß dieses Muskeln es wert waren, in Marmor verewigt zu werden.

« Es ginge auch einfacher, mich herbeizuzitieren, Lieutenant. »

«Setzen Sie sich, Kraychik.» Seine Augen blitzten mich ärgerlich an. «Wir haben hier ein Problem.»

«Ich hab auch eins. Ich mag nicht so hergeschleppt werden –»

«Was Sie mögen, ist mir egal.» Er stand vom Schreibtisch auf und ging mit schweren, angriffslustigen Schritten, die für ihn gar nicht typisch waren, im Büro auf und ab. Endlich blieb er stehen, und zwar, als er genau hinter mir war. «Wir haben Tobias Cole gefunden.»

«Wo? Ist alles in Ordnung mit ihm?»

«Er lief beim Regierungsgebäude herum ... alleine.»

«Aber ist alles mit ihm in Ordnung?»

«Außer daß er Angst hatte, ja. Aber das hat er nicht zugegeben. Er sagt, es gehe ihm gut.»

«Mein tapferer kleiner Tiger», sagte ich, erleichtert, daß Tobias gefunden und in Sicherheit war, vor allem, weil das Wetter jetzt so scheußlich war. «Was hat er denn dort gemacht?» fragte ich.

Branco antwortete in einem für die Umstände zu strengen Ton. «Er hatte sich verirrt, also bat er jemanden, der gerade auf der Straße vorbeiging, bei uns anzurufen. Dann sagte er im Streifenwagen, daß er seine Mutter sehen wolle. Meine Leute haben ihn stattdessen hierher gebracht.»

«Vielen Dank, daß Sie mich gerufen haben, Lieutenant. Ich werde ihn sofort nach Hause bringen.»

«Genau da liegt das Problem, Kraychik.» Seine Worte knisterten vor Ärger.

«Lieutenant, von was für einem Problem sprechen Sie denn da dauernd?»

Branco kam herum und sah mir direkt ins Gesicht. Er setzte sich auf die Schreibtischkante und verschränkte die Arme vor der Brust. Der Pinienduft, der ihn umgab, milderte seine streitlustige Haltung ein wenig. Seine Hemdsärmel waren für die Arbeit aufgerollt, so daß die gestärkten weißen Baumwollmanschetten seine kräftigen Unterarme umschlossen – olivbraune Haut in einem Schleier von glänzendem dunklem Haar.

Er sagte: «Der Kleine sprach von etwas, das mich beunruhigt.»

« Er sagt 'ne Menge beunruhigende Sachen, für einen Vierjährigen ist er verdammt frühreif. »

« Aber was er da gesagt hat, macht mir wirklich Probleme. » Branco schaute mich fast haßerfüllt an, und ich fragte mich, womit ich das diesmal verdient hatte.

« Lieutenant, sagen Sie's mir jetzt, oder wollen Sie mich noch länger auf die Folter spannen? Was hat das Kerlchen denn gesagt? »

« Drängen Sie mich nicht, Kraychik. » Branco stand auf und beugte sich zu mir vor, so daß sein Gesicht ganz nah vor meinem war. « Er hat gesagt, und ich zitiere wörtlich: ‹Mein Onkel Stan hat einen hübschen Pimmel›. » Dieses letzte Wort sprach Branco so heftig aus, daß ein wenig Spucke aus seinem Mund spritzte und auf meinem Jackett landete, was ich als das Geschenk eines zürnenden Gottes auffaßte. Ich spürte, wie mir das Blut ins Gesicht und in die Ohren schoß.

« Lieutenant, ich glaube, das kann ich Ihnen erklären – »

« Ich pfeif' auf Ihre Erklärung. Jedenfalls im Augenblick. Ich sag' Ihnen erst mal, was ich denke. » Er setzte sich und legte eine Hand an die Stirn, offenbar fehlten ihm im Augenblick die Worte. « Sie wissen, Kraychik, daß ich Leuten wie Ihnen Verständnis entgegenzubringen versuche. Ich weiß, daß Sie das Recht haben, eine andere Lebensform zu wählen, obwohl ich nicht begreife, warum Sie das tun. Aber ich weiß auch, daß diese Lebensform manchmal ... Probleme ... mit sich bringen kann, wie sie bei normalen Menschen nicht auftreten. »

Die Haut um meine Brustwarzen herum zog sich zusammen.

« Lieutenant, meine Vorliebe für Männer ist für mich kein Problem. »

« Aber für manchen von uns ist es eins. »

« Damit müssen Sie sich selber auseinandersetzen. »

« Das tu' ich auch. » Ein verächtlicher Blick von Branco schoß zu mir herüber. « Aber wenn Sie anfangen, mit Kindern rumzumachen, liegt das nicht mehr in Ihrer freien Wahl. Es verstößt gegen jede Moral. Es ist schlicht strafbar. »

« Ich hab mit ihm nicht rumgemacht. »

«Woher weiß er dann was über Ihren ‹Pimmel›?»

«Verdammt nochmal, er war letzte Nacht bei mir. Mußte er ja, nachdem Sie so ungeschickt waren, seine Mutter in den Knast zu bringen. Als ich früh aufwachte, dachte ich nicht daran, daß er da war, und ging ohne Bademantel in die Küche. Ist das auch gegen Ihre Moral?»

Branco verzog den Mund, während er bedachte, was ich gesagt hatte.

«Ich lebe allein, Lieutenant. Manchmal vergeß ich einfach, mich anzuziehen. Ist Ihnen das noch nie passiert?»

«Lassen Sie mich aus dem Spiel.»

«Tobias sah mich und machte seine Bemerkung. Glauben Sie's mir, mir war das auch schrecklich peinlich.»

«Für ein Kind in diesem Alter ein merkwürdig überzogenes Interesse an Sex.»

«Nein, Lieutenant. Überhaupt nicht. Es ist sogar völlig natürlich. In diesem Alter ist Sex eben einfach auch ein Teil der Welt, ohne all die religiösen und gefühlsmäßigen Fallen, mit denen die Erwachsenen das Ganze so gerne belasten.»

«Wenn so ein kleiner Junge jemals so etwas von mir sagen würde, würde ich ...»

«Was würden Sie, Lieutenant? Ihn prügeln? Ihm Gottesfurcht eintrichtern? Sein Verhältnis zum Geschlechtlichen für alle Zeiten kaputt machen?»

Keine Antwort von dem Supermann.

«Haben Sie manchmal Kinder um sich?» fragte ich.

«Ich bin nicht verheiratet.»

«Das ist dazu nicht unbedingt erforderlich.»

«Wenn man an Gott und an die Familie glaubt, schon.»

«Wieso, es gibt doch Neffen und Nichten. Als Italiener müßten Sie das ja wissen.»

Branco fegte meine Logik mit einer ärgerlichen Handbewegung weg. «Ich kann mir nicht vorstellen, warum der Junge das sagen sollte, wenn Sie nicht versucht hätten, sich ihm zu nähern.»

«Ach was, Lieutenant. Ich bin's, Stan Kraychik. Ich bin doch kein so gottverdammter Kinderschänder. Ich bin vielleicht einsam, aber so nötig hab ich's auch nicht.» Er blickte mich an, während ich ihn weiter zu besänftigen versuchte. «Schaun Sie, Tobias' Mutter hatte einen Freund, der sich dem Jungen oft nackt zeigte.»

«Meinen Sie den Toten?»

«Ähm, ja ... Aber, Lieutenant, das ist nur eine Phase bei Tobias, daß er sich so für männliche Geschlechtsorgane interessiert. Sogar Freud hat behauptet, daß Mädchen Penisneid haben.» Ich zuckte die Schultern und fügte hinzu, «vielleicht haben Jungen Penisneugier». Am liebsten hätte ich ihn gefragt, wie ist denn Ihrer? Aber ich ließ es lieber.

Branco legte sein Gesicht in nachdenkliche Falten. Offensichtlich erreichte meine Version von Küchenpsychologie ganz weit hinten bei ihm einen Zugang zu den Bahnen seines logischen Denkens. Schließlich sagte er: «Ich wünschte, ich könnte Ihnen glauben, daß Sie nichts Perverses tun würden, Kraychik.»

«Das kann ich Ihnen nicht versprechen, Lieutenant, aber ich kann Ihnen versichern, daß ich keinen Sex mit Kindern will. Schafe, Ziegen und Hühner, das vielleicht, und gelegentlich die berühmte mit Wackelpudding gefüllte Plastiktüte, aber keine Kinder. Also, kann ich jetzt Tobias bitte mit nach Hause nehmen?»

Branco brummte, was hieß, daß ich endlich zu ihm durchgedrungen war. «Schaun wir mal, was er dazu sagt», sprach er, dann telefonierte er und veranlaßte, daß jemand Tobias in sein Büro brachte.

Als Tobias hereinkam und mich sah, schrie er: «Onkel Stan!» Dann stürzte er auf mich zu und umarmte mich. «Ich hab's nicht gemacht. Ich bin nicht weggelaufen. Ich wollte nur meine Mama sehen.»

Ich hielt seinen kleinen Körper fest an mich gedrückt und sagte: «Jetzt ist alles wieder gut.»

Natürlich mußte sich Branco nochmal einmischen. «Mein Sohn, möchtest du bei diesem Mann bleiben?»

«Ich habe einen Namen, Lieutenant.»

«Sie halten den Mund.» Dann kniete er sich nieder und sprach direkt zu Tobias. «Möchtest du mit Stan nach Hause gehen?»

Als ich meinen Namen von seinen Lippen hörte, machte mein Herz einen kleinen Sprung.

Tobias nickte energisch.

«Und fühlst du dich auch sicher bei ihm?»

Tobias nickte wieder.

«Du hast also keine Angst?»

Tobias schüttelte den Kopf und sagte: «Onkel Stan beschützt mich doch.»

Selbst wenn ich ihn bezahlt hätte, hätte er nicht besser antworten können. «Können wir jetzt gehen, Lieutenant?»

«Ich denke schon», sagte er müde. «Aber noch eine Frage: Wie kommt es überhaupt, daß Sie den Jungen haben?»

«Seine Mutter hat mich gebeten, mich um ihn zu kümmern.»

Branco nickte zu meiner Antwort, als hätte er nun glücklich doch noch ein Hintertürchen gefunden. «Sie wird uns eine eidesstattliche Erklärung unterschreiben müssen, wenn sie das so beibehalten will. Ansonsten wird der Junge unter gerichtliche Vormundschaft gestellt.»

«Nein», sagte Tobias, «ich bleibe bei Onkel Stan und Nick.»

«Er meint Nicole», fügte ich rasch hinzu. «Ist das jetzt bereinigt, Lieutenant?»

«Offiziell noch nicht. Gute Nacht, Kraychik.»

Ich führte Tobias aus Brancos Büro hinaus, als mir noch etwas einfiel. «Lieutenant, wissen Sie vielleicht, wo ich Dan Doherty finden kann?»

«Weshalb?»

Ich log: «Seine Gesichtspflegemittel sind heute eingetroffen, und ich weiß, daß er schon darauf wartet, aber bei ihm zu Hause erreiche ich ihn nicht.»

«Und?»

«Er würde ja sicher die Stadt nicht verlassen, ohne Sie zu verständigen, und deshalb dachte ich, vielleicht –»

«Ich kann Ihnen nicht weiterhelfen», unterbrach mich Branco.

«Ist er in Abigail?»

«Wenn Sie 's sowieso wissen, wieso fragen Sie mich dann?»

«Seine Adresse dort hab' ich nicht.»

«Ich bin sicher, daß Sie die schon rauskriegen.»

«Ich dachte halt, ich frag' mal.»

«Denken Sie lieber dran, sich zuhause zu bedecken.»

«Überwachen Sie jetzt wohl auch noch mein Schlafzimmer?»

«Raus hier!»

Tobias und ich wurden in einem Streifenwagen zurückgebracht, und trotz der Straßenglätte waren wir um zehn Uhr vor meiner Wohnung. Als ich die Haustür öffnete, fragte mich Tobias, ob wir uns einen Videofilm ansehen könnten.»

«Natürlich», stimmte ich bereitwillig zu, da ich hoffte, damit alle eventuellen weiteren Fluchtgedanken in Schach halten zu können. Außerdem hatte ein Film sowieso zu meinem alternativen Plan für heute abend gehört, für den Zeitpunkt, zu dem ich es mir warm und gemütlich gemacht hätte und allein gewesen wäre.

Nein, nicht allein. Mit Tony. Tony! Und wenn er jetzt angerufen hatte, während ich weg war? Hatte ich meine Chance vertan? Und jetzt war ja Tobias bei mir. Wie sollte ich diese Szene nur über die Bühne bringen?

Der Videoladen war gleich um die Ecke von meiner Wohnung, und da der Schnee ein wenig nachließ, marschierten Tobias und ich gemeinsam hin. Als wir drin waren, wandte ich mich sofort dem Regal mit Kinder- und Zeichentrickfilmen zu, aber Tobias hatte anderes im Sinn.

«Wo gehst du denn hin, Tobias?»

«Ich möchte *Spiele der Liebe* sehen.»

«Tobias, das ist doch nur für Erwachsene.»

«Trek schaut den immer an. Wenn er und Mama ins andere Zimmer gehen, lasse ich ihn in Zeitlupe laufen.»

Was ist denn jetzt wieder los, fragte ich mich. Noch vor ein paar Minuten hatte ich mit Branco darüber gestritten, daß man ein Kind in seinen sexuellen Erfahrungen nicht einschränken dürfe, und hier weigerte ich mich selber, einen Sexfilm auszuleihen, den Tobias sehen wollte. Wenn ich nein sagte, würde das Tobias Einstellung zum Sex negativ beeinflussen? Wenn ich ja sagte, wäre ich dann zu nachgiebig?

Vielleicht hatte Branco in manchem am Ende doch recht. Ich löste das Problem rasch, indem ich Tobias erklärte, daß wir, wenn wir uns gemeinsam einen Film ansehen wollten, doch einen aussuchen sollten, der uns beiden gefiele. Und ehrlich gesagt steht *Spiele der Liebe* tatsächlich nicht auf meiner Top-Ten-Filmliste. Schließlich einigten wir uns auf *Bambi Teil 2*, was keine Fortsetzung des Klassikers war, sondern eine ‹Zeichentrick-Sensation für Erwachsene›, wie auf der Box stand.

Wir gingen heim, und natürlich hatte Tony inzwischen angerufen und eine traurige kleine Nachricht hinterlassen.

«Na ja, Stan,» sagte er betrübt, «sieht so aus, als würdest du wieder mal irgendwo rumhuren. Zu schade, daß ich dich nicht erreicht habe. Vielleicht klappt's, wenn ich das nächste Mal in der Stadt bin.»

Das war's also für heute mit meiner Romanze. Während ich Sugar Baby fütterte und eine Tiefkühlpizza in die Backröhre schob, rief ich Nicole an. «Nikki, ich hab ihn. Er war auf der Polizeiwache und wollte Laurett besuchen.»

«Für einen Vierjährigen kommt der Junge ja ganz schön rum.»

«Er hat auch eigene Ansichten über Film.»

«Hast du mit Dan Doherty gesprochen?»

«Nein.»

«Das ist vielleicht auch ganz gut so. Mach dir's heute nacht gemütlich und ruh' dich ein bißchen aus.»

«Du auch, Liebes», sagte ich mit einem neidischen Unterton.

Klick.

Ja, ich war ein bißchen neidisch auf Nikki und ihren glühenden, gutaussehenden, finanziell erfolgreichen, jungen Liebhaber. Ich fühlte mich alt, unbegehrt, ungepflückt verwelkend. Tobias zog an meinen Hosen.

«Ich habe Hunger», sagte er.

Zurück zur Realität.

Während die Pizza buk, mixte ich schnell einen Salat zusammen. Zumindest ein Teil unseres Abendessens würde also den Diätvorschriften entsprechen. Tobias aber wollte von dem Grünzeug nichts wissen. Seine Vorstellung von Gemüse waren Kartoffelchips. Ich sagte ihm, wenn er welche wolle, müsse er sie sich selber im Laden an der Ecke holen. Als er daraufhin zu seinem Mantel ging, hielt ich ihn auf.

«Du hast heute abend schon genug angerichtet, du Strolch. Ich hole die Chips. Und du bewegst dich hier nicht von der Stelle. Ist das klar?»

«Ja.»

Als ich zurückkam, hatte dieser höllische kleine Terrorist bereits *Bambi Teil 2* eingelegt. Der entpuppte sich als greulich erotischer und eindeutiger Film, in dem erwachsene Zeichentricktiere freiwillig in eindeutigen Posen im Frieden eines Waldes herumhüpften, um zwei unbedeutende meuschliche Voyeure zu unterhalten. Nachdem wir gegessen hatten – und ich einen doppelten Bourbon getrunken hatte – schliefen wir beide auf der Couch ein, während die Tiere weiterspielten.

Ich wurde plötzlich von dem Rauschen geweckt, das das Schneien auf dem Bildschirm begleitete, als der Film aus war. Ich packte Tobias zum Schlafen auf die Couch und ging in mein Bett. Diesmal legte ich mir meinen Morgenmantel quer über die Bettdecke, in der Hoffnung, daß mich das morgen früh daran erinnern würde, ihn anzuziehen. Sugar Baby kam kurz danach zu mir ins Bett. Während sie sich an meinen Schenkel quetschte und ihr Schlaflied zu schnurren begann, fragte ich mich: So ist das also, wenn man ein Kind hat? Mir kam es vor, als sei man nur immerzu mit tausend zuwendenden Aktivitäten beschäftigt, die letztlich nichts bedeuteten.

Dann dachte ich wieder an den mysteriösen Giftmord von gestern abend. Ich dachte an Dan Doherty und Prentiss Kingsley. Waren sie zusammen in Abigail? War Liz Carlini bei ihnen? Und was sollte man von diesen anderen beiden in den Gladys Gardner Werken halten, von Mary Phinney und John Lough? In was für einer seltsamen Verbindung standen die? Morgen würde ein arbeitsreicher Tag werden. Vielleicht würde ich sogar ein bißchen was herauskriegen.

9.
Das ist aber nicht die feine Art

Früh am nächsten Morgen brachte ich Tobias zu Nicoles Wohnung in den Harbor Towers. Oh ja, ich wußte, daß das heute ihr freier Tag war und daß sie vorhatte, ihn mit Charles allein zu verbringen. Ich wußte auch, daß ich eigentlich nichts bei ihr zu suchen hatte, da ich ja Tobias jetzt nicht bei ihr abzuholen brauchte, wie wir es ursprünglich gestern abend geplant hatten. Aber ich hatte für den heutigen Tag meine Pläne, wozu keinesfalls gehörte, die ganze Zeit einen kleinen Jungen mit mir herumzuschleppen. Also mußte ich Nicole dazu bringen, auf Tobias aufzupassen.

Ich hatte vor, ihr zu erzählen, was Branco gestern abend gesagt hatte, und alles noch ein bißchen aufzubauschen, damit die Drohung, daß das Gericht eingreifen könnte, stärker wirkte.

Auf dem Weg zum Hafen fiel mir auf, daß ich guter Laune sein mußte, da ich den herrlichen Anblick dieses Wintertags in der Stadt sehr genoß. Der Sturm von gestern abend war längst vorbei, und die ganze Marlborough Street hinunter hoben sich die kahlen Bäume mit ihrer schwarzen Rinde kräftig von dem blauen Himmel und dem blütenweißen Neuschnee ab. Als wir in die Gegend von Nicoles Wohnung kamen, wirkte sogar der verkommene Hafen, dieser oft geknipste Postkartenblick auf die Docks, in dem klaren Licht der Morgensonne sehr anziehend.

Es war erst kurz nach acht, so würden sie und Charles sicher zu Hause sein, womöglich noch im Bett. Invasionstruppen wissen um den Vorteil, den es bringt, wenn man den Feind im Schlaf überrascht. Der Portier erkannte mich, nickte mir freundlich zu und ließ Tobias und mich eintreten. Allerdings wäre es auch nicht schlimm gewesen, wenn er das nicht getan hätte. Nikki und ich haben die Schlüssel voneinander.

Als ich an der Tür klopfte, antwortete Nikki von innen. «Ja bitte?»

«Ich bin's.»

Sie öffnete und sah Tobias und mich.

«Du meinst wohl, wir sind's», sagte sie mit finsterem Gesicht. Tobias lächelte charmant. «Hallo, Onkel Nick.»

«Tut mir leid, wenn wir dich geweckt haben, Liebes.»

«Was gibt's?» fragte sie kühl.

«Können wir reinkommen?»

Sie beäugte Tobias und mich und argwöhnte wohl schon meine Gründe, also würde mein «Leidender Stanley» sehr überzeugend ausfallen müssen. Zum Glück war wohl Charles bereits unter der Dusche, nach allem, was ich im Hintergrund hörte, mein Timing ließ somit nichts zu wünschen übrig.

«Nikki, ich hab' Schwierigkeiten. Nach dem gestrigen Abenteuer in der Stadt mit unserem kleinen Ausreißer ...» ich blickte vielsagend auf Tobias, um ihr zu verstehen zu geben, daß er mein neuestes Dilemma verursacht habe. «Lieutenant Branco hat mir eine Bewährungsfrist gesetzt. Er sagt, wenn sowas nochmal passiert, tritt das G-E-R-I-C-H-T in Aktion.»

«Und was soll ich dabei tun?»

«Nikki, du weißt, wie hektisch es im Laden zugehen kann, vor allem, wenn du nicht da bist, um den Verkehr zu regeln.»

Nicole überlegte einen Moment und sagte dann: «Ja, Stanley, und heute wird es noch besonders hektisch, Leslie hat mich nämlich gerade angerufen.» Mit besonderer Betonung fügte sie hinzu: «Was der einzige Grund ist, warum ich an meinem freien Tag um diese Zeit schon auf bin.»

«Was hat Leslie gewollt?»

«Sie kommt heute nicht.»

«Wieder mal ein hypochondrischer Anfall?»

«Ihr Auto springt nicht an, bei dem Schnee und so.»

Diese Ausrede hatte ich schon oft gehört. Wann immer Leslie im Winter keine Lust hatte, in die Stadt zu fahren, sprang passenderweise ihr Auto nicht an, obwohl es einer von diesen schwedischen Schlitten war, die angeblich sogar unter Gletschern und in Eisbergen noch fahren. Leslie hatte Mißhelligkeiten und Unannehmlichkeiten gegenüber die Attitude, « darum sollen sich die Leute in der Stadt kümmern ». Ich fragte mich oft, warum Nicole sie behielt, wo sie doch so unzuverlässig war. Vielleicht lag es daran, daß sie mit der Schere einfach genial umging. Wenn Leslie schneidet, ist da ein Wirbel von fliegenden Haaren und Kämmen und Clips. Man sieht fast den Kunden nicht mehr vor lauter Pirouetten rings um den Stuhl. Aber das Ergebnis ist jedesmal erstaunlich. Schließlich schneidet sie ja auch mir die Haare.

Nicole sagte: « Ich fürchte, heute wirst du Doppelschicht fahren müssen, wo weder Leslie noch ich da bin, um dir die Hand zu halten. »

« Da *sind*, Liebes. » Aber Leslies unerwartete Abwesenheit würde meinen Plan sehr erschweren, mir zwischendurch freizunehmen, um meine eigenen Runden für diesen Tag zu machen, doch das wollte ich Nicole nicht sagen.

« Um so wichtiger wäre es, daß du als Babysitter einspringst, nur für den Vormittag. Bitte! »

« Stanley, fang nicht schon wieder an! «

« Nikki, eigentlich wolltest du ihn ja heute nacht nehmen. Tu einfach so, als würdest du mir diesen Gefallen eben jetzt, ein bißchen später, tun. »

« Chaz und ich haben Pläne. »

« Habt ihr die nicht schon weitgehend ausgeführt? »

Sie runzelte die Stirn. « Ich versuche, eine gute Gastgeberin zu sein. »

« Ich würde sagen, für ihn war ja heute schon Tag der offenen Tür. »

« Spar' dir das. »

« Nikki, ich brauche jetzt deine Hilfe. Chaz kann sie zu jeder Zeit haben. »

« Ich werde ihn fragen. »

Das gab mir den Rest. « Du willst Charles fragen, ob du *mir* einen Gefallen tun kannst? »

Ohne zu antworten, ließ sie Tobias und mich in der Diele stehen und stieg hinauf in ihr Schlafzimmer auf der oberen Ebene der Wohnung. Ich schlenderte mit Tobias in das riesige Wohnzimmer mit seinem abgesenkten Fußboden und der stratosphärischen Decke. Der ganze Raum war im

Grunde die Nordostecke des Gebäudes, und man hatte einen uneingeschränkten Blick über die Stadt und den offenen Hafen. Ich hörte Nicoles und Charles' gedämpfte Stimmen durch die offene Tür des Badezimmers, das in einer entfernten Ecke des Penthauses lag.

Nicole kam zurück und sagte leichthin, « Chaz glaubt, daß es tatsächlich besser ist, wenn wir Tobias heute vormittag bei uns behalten. »

« Besser als was, Liebes? Befürchtet er, daß ich Tobias in einen Schwulen verwandle? Die Polizei befürchtet das auch. Da sieht man's wieder mal, Bullen und Rechtsanwälte sind aus dem selben Holz geschnitzt. »

« Stanley, soll ich jetzt den Jungen nehmen oder nicht? »

« Ja, ja, natürlich. »

Wir einigten uns darauf, daß sie Tobias nach der Mittagspause in den Laden bringen sollte. Bis dahin würden sie und Charles ihn beschäftigen. Ich ging schnell weg, ohne noch einen Kaffee zu trinken, da ich ja den Laden aufschließen mußte. In Wirklichkeit wollte ich einfach Charles nicht begegnen, so rosig und sauber und schlank nach seiner Dusche. Ich fühle mich oft unbehaglich in Gegenwart des Bettgenossen einer Freundin, vor allem, wenn sie vorher gerade wie die Böcke gerammelt haben, und noch mehr, wenn ich diesen Bettgenossen sowieso nicht besonders mag, und am allermeisten, wenn er auch noch auf potent markiert und das andauernd raushängen läßt. Irgendwie läßt das die Paarungen zwischen Freundinnen und ihren Sexhäschen geschmacklos erscheinen. Wahrscheinlich geriet ich nur wieder in meine alte Beschützerrolle Nicole gegenüber, nämlich, daß sie eigentlich etwas besseres verdient habe als diesen aufgeblasenen jungen Anwalt, mit dem sie's da seit ein paar Monaten trieb. Mein einziger Trost war, daß ihre Winteraffären nie den ersten Tau des Frühlings überdauerten und daß Charles, genau wie die anderen, vielleicht doch keine dauerhafte Einrichtung in unser beider Leben würde.

Auf dem Weg zum Salon Snips fühlte ich wieder die große Erleichterung, Tobias nicht auf dem Hals zu haben. Ich öffnete den Laden und rief als erstes den Telefonservice an. Es war mir eine freudige Überraschung, zu hören, daß alle Kunden, die von auswärts hätten kommen sollen, ihren Termin an diesem Tag abgesagt hatten, und zwar alle wegen des gestrigen Sturms. Selbst das Winterwetter schien mir beizustehen, damit ich später ohne allzuviel Ärger verschwinden konnte. Natürlich würde ich dadurch heute weniger Geld verdienen, aber das konnte ich ein andermal wieder reinholen.

So um zehn Uhr, als das Geschäft sich langsam zu beleben begann, kam ein Kunde, der zu Leslie wollte, der abwesenden schneeabhängigen Friseuse. Ich erklärte, daß sie heute nicht da sei, aber da ich in ihm einen früheren Kunden erkannte, der immer regelmäßig gekommen war, bot ich ihm an, ihn selbst zu bedienen. Er zögerte und fragte dann, wer nach Leslie der beste Coiffeur des Salons sei. Ich sagte ihm, daß ich der führende Stylist des ganzen Salons sei, *vor* Leslie. Als ich ihm vorschlug, daß er sich vielleicht lieber einen neuen Termin bei Leslie geben lassen sollte, beschloß er, sich die Haare von mir machen zu lassen. Das war eine vernünftige Entscheidung, da sie dringend gefärbt werden sollten.

Was dabei gemacht werden mußte, war für einen Meister des Fachs simpel: Perfekt gemischte Farbe auf seinen weit herausgewachsenen braunen, ergrauenden Haaransatz auftragen. Das weiche, bernsteinfarbene Blond würde genau zu dem Ton der bereits gefärbten restlichen Haare passen, der sich recht gut gehalten hatte, wenn man bedachte, wie lange es her war, daß er zuletzt hier gewesen war. Leslies exzellenter Haarschnitt hatte sich auch sehr gut gehalten, bis auf zwei «Löcher» auf beiden Kopfseiten. Leslie konnte so eine Ungeschicklichkeit unmöglich passiert sein, und ich wunderte mich, wodurch sie in die Frisur des Mannes geraten sein konnten. Als ich das Haar abteilte, um die Farbe aufzutragen, bemerkte ich ein paar kleine rosarote Narben in dem kürzeren Haar, eine schräg nach vorne über jedem Ohr, und eine weitere hinter jedem Ohr, genau hinter dem Hinterhauptbein. Jede Narbe war ungefähr drei Zentimeter lang. Als ich erkannte, was das bedeutete, fragte ich ihn so ganz nebenbei, ob er im Urlaub gewesen sei, da er so gut erholt und, wie ich mir nicht verkneifen konnte hinzuzufügen, irgendwie jünger aussehe. Mit chirurgischer Akribie beschrieb er die wundervolle Zeit, die er in einem Kurort in den Tropen am Meer verbracht habe, aber das schön ausgeführte Face-Lifting, das er vor kurzem hatte machen lassen, erwähnte er mit keiner Silbe.

Am späten Vormittag summten bei uns genügend Arbeitsbienen herum, um den Strom der örtlichen Kundschaft in den Laden im Griff zu haben. Ich war zwar auch ausgebucht, aber zufällig nur von lauter Kunden aus meiner B-Liste, nämlich solchen, die ewig jammern, und solchen, die mit dem Trinkgeld knickrig sind. Ich nutzte den Augenblick und übergab meine Kunden an Ramon, der immer drauf aus war, sich vom Haarwaschbecken aus eine eigene Klientel heranzubilden. Der einzige Pferdefuß an der Sache, wenn ich Ramon meine Kunden überließ, war, daß ich hinterher so viele Fehler wieder ausbügeln mußte. Uns küßte ganz offensichtlich nicht dieselbe Muse.

Ich ging los, um den ersten Posten auf meiner Interviewliste dieses Tages abzuhaken, nämlich einen Besuch bei Liz Carlini. Auch hier rief ich vorher nicht an, weil ich hoffte, sie unvorbereitet anzutreffen. Da Liz Kundin war, fand ich ihre geheimgehaltene Adresse in dem privaten Adressbuch, in dem alle meine Kunden stehen. Sie und Prentiss lebten am Chestnut Hill, also nahm ich die Riverside-Bahn, die selbst im Winter eine der zuverlässigeren Linien des Bostoner Verkehrssystems ist, eines veralteten und ganz zu Unrecht so genannten Schnellbahnsystems, das Bostons Innenstadt mit seinen vielen Vororten verbinden soll. Von der Station Chestnut Hill aus war es nur noch eine kurze Taxifahrt bis zu ihrem Haus. Sie wohnten in einem kleinen Herrenhaus – was eigentlich ein Widerspruch in sich ist – das mit Pilastern und Portici überladen war. Aber auf dem Chestnut Hill zeigte man eben seinen Reichtum und nicht seinen Geschmack. Doch heute tröstete die Natur darüber hinweg, mit eisglänzenden Baumstämmen und weichem Neuschnee auf dem Boden. Die Einfahrt und der Gehweg waren blitzblank und knochentrocken. Offensichtlich wurde bei beiden das Pflaster geheizt. Nein, diesen Leuten hier hätte man nicht mit so einem lästigen lauten Schneegebläse kommen dürfen. Hier mußte man nur einen Schalter drücken.

Ich hoffte, es sei jemand zu Hause, da es schon fast elf Uhr war. Ich trat an den Portikus und läutete, woraufhin drinnen ein großer Hund zu bellen begann. Sofort verspannte sich mein Körper. Ein Hund und ich, das ergibt selten ein liebendes Paar. Hunde neigen dazu, mich zu beißen, auch wenn der Besitzer eben noch gesagt hat: «Aber sie beißt *nie.*» Und dann, Sekunden nachdem Fido oder Fidina mein zartes slawisches Fleisch probiert hat, höre ich den Besitzer völlig entgeistert sagen: «Das hat sie noch *nie* gemacht.» Zum Glück bleiben weder auf meiner Haut noch auf meinen Nerven leicht Narben zurück, aber trotzdem fühle ich mich zu Hunden nicht direkt hingezogen.

Liz kam selber an die Tür. Sie war schon tiptop für den Tag gekleidet, ganz flott und fesch, um dem Leben ehrlich ins Gesicht zu sehen, was eventuell gar nicht allzu schwierig ist, wenn man Geld hat. Der große Hund, der neben ihr stand, wedelte heftig mit dem Schwanz, während er an meinen Händen schnüffelte und leckte und knabberte. Ich zog sie instinktiv zurück. Schließlich ernähren mich meine Hände ja. Liz schien sich zu freuen, mich zu sehen.

«Vannos, was für eine Überraschung. Ist irgend etwas?»

«Alles in Ordnung, Liz. Warum auch nicht?»

«Na ja, nachdem es neulich abends so ein Fiasko gegeben hat ...» sie schwieg. «Und ... also, ich bin einfach überrascht, Sie in eigener Person hier zu sehen. Sie waren noch nie hier, stimmt's?»

«Nein, Liz, und ich muß mich auch entschuldigen, daß ich vorher nicht angerufen habe, aber ich fuhr heute vormittag mit dem Zug – Sie wissen ja, es kommt nicht oft vor, daß wir im Februar so ein schönes Wetter haben – und da dachte ich, ich komm' einfach mal vorbei, um zu sehen, wie es *Ihnen* geht, vor allem nach diesem Fiasko von neulich abends.» Ich benutzte absichtlich ihre Worte, eine List, um Vertrauen zu schinden. «Ich hoffe, ich störe nicht.»

«Überhaupt nicht. Treten Sie doch ein. Ich wollte mir

grade noch einen Espresso machen. Möchten Sie vielleicht auch einen?»

«Aber ja.» Ich liebe Espresso.

Sie führte mich in die Küche, und der große Hund tollte zwischen uns herum. Liz bemerkte, daß ich von dem Biest Abstand hielt. «Ich tu' ihn 'raus, wenn er Sie ängstigt.»

«Danke», sagte ich. «Hunde sind nämlich ganz wild auf mein Blut.»

«Oh, er würde *nie* beißen», sagte sie und ließ ihn hinaus. Aber als das Hundchen sich ohne mich, den es sich doch schon zum zweiten Frühstück erkoren hatte, draußen fand, bellte und winselte es, um wieder hereingelassen zu werden, und kratzte und pfötelte an der Glasschiebetür.

«Pech gehabt, du Köter», sagte ich und beobachtete ihn durch die sichere Tür. «Heute gibt's kein warmes Blut.»

Liz' Küche war vor kurzem neu eingerichtet worden, mit teuren europäischen Küchengeräten und Möbeln, und zu meiner Freude war sie eher *funktionell* eingerichtet als nur auf Protz angelegt. Während Liz den Kaffee zubereitete, schaute ich hinaus in den spektakulären Garten hinter dem Haus, für den ‹Park› wohl der angemessenere Ausdruck gewesen wäre.

Als ich mich wieder der Küche zuwandte, bemerkte ich zufällig, zwischen ein Wandbord mit Kochbüchern und die Unterseite der Hängeschränke eingequetscht, eine Schachtel mit dieser unverkennbaren Verzierung ringsherum. Die violetten Schwertlilien darauf zeigten eindeutig, daß es eine Schachtel von *Le Jardin Chocolatier* war. Nach dem mörderischen Vorfall neulich abends konnte ich verstehen, daß die Schach-tel weggesteckt worden war, aus den Augen, aus dem Sinn.

«Ist Prentiss zu Hause?» fragte ich.

Liz ließ den Kaffeefilter ungeschickterweise auf den Tisch fallen, wodurch das feine dunkle Pulver überall auf die handglasierten Kacheln schneite.

«Er ist gerade nicht da», sagte sie kurz und verzog das Gesicht, als sie den verschütteten Kaffee wegwischte. «Er hatte einen wichtigen Termin. Wollten Sie ihn sprechen?»

«Äh, ja ... und Sie auch. Wie gesagt, ich bin nur vorbeigekommen, um Guten Tag zu sagen und zu sehen, wie es Ihnen geht. Dieser Abend vorgestern, das war für uns alle, die dabei waren, ziemlich schlimm. Manchmal hilft es, wenn man sich über seine Gefühle mit anderen ausspricht, die dasselbe erlitten haben.» Ich klang wie der Leiter einer ‹Recovery›-Gruppe.

Sie nickte. «Das stimmt, Vannos. Ich hab' viel darüber nachgedacht.» Dann machte sie ein geheimnisvolles Gesicht: «Und ich glaube, ich weiß, wer's war.»

«Ach wirklich?»

«Ich hab' da einen Verdacht.»

Das war ja klar. Bei all dem Erfolg, den sie im Leben hatte, hielt sich Liz Carlini wahrscheinlich auch noch für eine brillante Detektivin. Sie füllte den Kaffeefilter neu und setzte ihn in die Espressomaschine ein, während sie erklärte:

«Es gibt da so eine Frau, die in den Gladys Gardner Werken die Herstellung leitet. Sie heißt Phinney, Mary Phinney.»

«Ich hab sie gestern gesehen.»

«Ach ja?»

«Ich hab' mit meinem Neffen einen Rundgang durch die Fabrik gemacht.»

«War es amüsant?»

«Eigentlich gab's eher ein bißchen Ärger, und zwar wegen Mary Phinney.»

«Die sollten dort wirklich jemand anderen nehmen, um diese Rundgänge zu führen.»

«Da muß ich Ihnen zustimmen. Aber warum glauben Sie, daß sie etwas mit dem Mord zu tun hat?»

Liz schaltete die Kaffeemaschine an. Ich sah zu, wie der dicke Kaffee in zwei kleine Tassen lief, die sie unter den Doppelhahn gestellt hatte. Ich bemerkte auch, daß sie vergessen hatte, die Tassen vorzuwärmen. Nachdem die Maschine zu surren aufgehört hatte, sprach sie wieder.

«Als Danny und ich Laurett fragten, ob sie den neuen *Le Jardin* Laden leiten wolle, erhob Mary Phinney heftige Einwände. In der gesamten Geschichte der Gladys Gardner Schokoladenwerke hatte noch nie eine Farbige im Laden gestanden, um Kunden zu bedienen. Deshalb war das für uns bei *Le Jardin* ein echtes Novum, als wir uns für Laurett entschieden hatten.»

So kann einem also Geschäftstüchtigkeit auch noch soziale Pluspunkte einbringen.

«Aber was hat das mit dem Mord zu tun?»

«Ich denke, Mary Phinney schmuggelte die vergiftete Trüffel ein, um Laurett verdächtig zu machen, da sie ja die Trüffel an jenem Abend arrangierte.»

«Aber dann wäre der Mord ja völlig ungezielt geschehen», sagte ich.

«Ich glaube nicht, daß Mary jemanden töten wollte – sie wollte nur, daß jemandem schlecht wurde. Wenn das dazu führte, daß Laurett Cole unter Verdacht geriet, angeklagt wurde und diesen Job nicht bekam, wäre Mary Phinney zufrieden gewesen.»

«Liz, haben Sie das der Polizei erzählt?»

Sie schüttelte den Kopf. «Das ist nur so eine Idee. Ich habe keine Beweise.»

«Erzählen Sie's trotzdem. Lassen Sie die Polizei entscheiden, was zu tun ist.» Ich dachte mir, daß ihre weit hergeholte Geschichte Branco vielleicht dazu bringen würde, Mary Phinney zu befragen, auch wenn sonst nichts dabei herauskam. «Aber sprechen Sie nur mit Lieutenant Branco. Er bearbeitet den Fall.»

«Soll ich Ihren Namen erwähnen?»

«Lieber nicht.»

Sie machte sich daran, ein wenig Milch zu erhitzen, aber plötzlich geriet ihr der Dampfdruck außer Kontrolle, und sie spritzte kochende Milch über die ganze Arbeitsplatte. «Verdammt!» sagte sie und knallte den kleinen Krug auf den Tisch, wobei sie noch mehr heiße Milch verspritzte.

Ich als Sauberkeitsfanatiker ging ganz automatisch zum Ausguß und nahm einen Schwamm, um das Verschüttete aufzuwischen. Während ich die Milch aufputzte, fragte ich: «Haben Sie sich verbrannt?»

«Sie müssen hier nicht hinter mir herwischen. Wir sind nicht in Ihrem Salon.»

Ihre plötzliche Grobheit ließ mich innehalten. Als sie sah, was ihre Worte angerichtet hatten, änderte sie rasch den Ton.

«Tut mir leid, Vannos.»

«Ist ja nur vergossene Milch.»

Sie atmete ein paar Sekunden tief durch und fing sich wieder. «Mir geht so viel im Kopf herum. Ich wollte Sie nicht so anfahren.»

«Manchmal verdien' ich's nicht anders.»

«Nein, es war mein Fehler.» Dann blickte sie mich hilfesuchend an. «Würde es Ihnen etwas ausmachen, wenn ich Sie etwas Persönliches frage?»

«Wenn ich helfen kann, Liz, nur zu. Unsere Beziehung beginnt und endet ja nicht am Waschbecken.» Jetzt war der verschlagene Stanley am Werk.

Nachdem ich die Milch aufgewischt hatte, erhitzte Liz, was sich noch in dem kleinen Krug befand. Es blieb trotzdem eine klägliche Sache. Die Blasen waren zu groß, und der Schaum fiel gleich wieder in sich zusammen. Um das Maß voll zu machen, stäubte sie kein Kakaopulver, sondern *Zimt* oben drauf – igitt! – und schob mir eine der Tassen zu. «Ich fürchte, er ist heute nicht so besonders», entschuldigte sie sich.

«Wenn man mit den Gefühlen durcheinander ist, überträgt sich das meist auch auf alles andere.» Ob sie nun durcheinander war oder nicht, eines stand fest: den Kick, wie man guten italienischen Kaffee macht, hatte sie nicht drauf. «Also – sprechen Sie», sagte ich, faltete die Hände vor mir und sah Liz Carlini mit freundlichen Augen teilnahmsvoll an. «Wo liegt das Problem?»

Einen Augenblick lang zupfte sie unnütz an ihren manikürten Fingernägeln herum. Dann merkte sie, daß das ja ein ‹unprofessionelles› Benehmen war, und ballte Daumen und Finger in ihrer Handfläche zusammen, was ich als klassische Geste der Verteidigung erkannte.

«Prentiss und ich haben eine Meinungsverschiedenheit», sagte sie unsicher, wobei sie diesen Euphemismus für das einfache, direkte Wort *Streit* verwendete.

«Was war los?» fragte ich und wunderte mich, daß der so

überaus feine Prentiss Kingsley überhaupt mit jemand in Konflikt geraten könne.

«Ich glaube, es hängt mit dieser Sache von neulich abend zusammen.»

Ich dachte: Oft genügt doch schon ein kleiner Mord dafür, daß die Leute Farbe bekennen.

Liz fuhr fort: «Natürlich sind wir beide sehr erregt durch diesen furchtbaren Unfall auf dem Fest. Aber er beharrt darauf, daß das nicht die Ursache ist.»

«Was meinen Sie denn?»

Sie nippte an ihrem Kaffee und zog dann ein Gesicht, wie um zuzugeben, daß er scheußlich schmeckte. Sie holte tief Luft, sah mir gerade in die Augen und sagte: «Ich *weiß*, was es ist. Ich will es nur nicht wahrhaben. Prentiss möchte, daß ich meinen Anteil an *Le Jardin* an die Gladys Gardner Gesellschaft verkaufe.»

«Aber ich dachte, Le Jardin gehöre bereits zur Firma.»

«Wer hat Ihnen das erzählt?»

«Rafik erwähnte es gestern in der Fabrik.»

Liz ließ ein gekonnt diskretes Kichern hören. «Da hat Rafik Sie irregeführt. Woher sollte er es auch wissen? Er fährt ja nur den Lieferwagen. Nein, Vannos, steuerlich gibt es da nicht die geringste Verbindung. Prentiss stellte einen Teil des Kapitals zur Verfügung, aber den Rest brachte ich selbst auf, *Le Jardin* ist hundertprozentiges Eigentum von Prentiss, Danny und mir.»

«Dan Doherty ist Mitinhaber?»

Liz nickte. «Er hat kein Geld eingebracht, aber Prentiss und ich waren uns einig, daß es nur anständig wäre, ihm Geschäftsanteile zu übertragen.»

«Das ist sehr großzügig.»

«Das dachten wir auch, obwohl Dannys künstlerische Kreativität für *Le Jardin* fast unbezahlbar ist.»

«Wie ist das Geschäft aufgeteilt?»

Liz sah mich neugierig an. «Das ist nicht der Grund, warum es Probleme gibt.»

«Sondern?»

«Danny und ich haben zusammen sehr hart gearbeitet,

um *Le Jardin* ins Leben zu rufen. Danny hat sogar einmal gewitzelt, es sei, als würden wir zusammen ein Kind kriegen.» Sie errötete. «Manchmal war's wirklich fast so. Aber sobald das Geschäft dann weit genug gediehen war, daß es offiziell eröffnet werden konnte, wollte Prentiss, daß ich alles aufgab und verkaufte, als wäre das Ganze nur so etwas wie eine akademische Übung gewesen. Ich soll mich jetzt wieder zurückziehen und das devote Eheweib werden.»

«Und das wollen Sie nicht.»

«Natürlich nicht. Ich hab in dieser Ehe meinen eigenen Namen behalten, und ich werde auch ganz bestimmt meinen eigenen Laden am Leben halten. *Le Jardin* hat durchaus die Fähigkeit, ins internationale Geschäft hineinzuwachsen. Wir hatten schon Anfragen von europäischen Großhändlern, ob wir unsere Produkte nicht auch dort verkaufen wollten.»

«Das sind ja tolle Aussichten.»

«Aber bestimmt keine, mit denen Gladys Gardner umgehen kann.»

«Warum können Sie nicht einfach mit Ihrer Firma so weitermachen wie bisher und sie separat halten?»

Liz schüttelte den Kopf. «Prentiss behauptet, daß Danny bereit ist, seinen Geschäftsanteil an Gladys Gardner zu verkaufen, wodurch ich allein einen zu kleinen Anteil an *Le Jardin* hätte. Im Prinzip würde ich dann überhaupt keinen Einfluß auf den Gang der Firma mehr haben.»

«Ich kapier' nicht, warum *Le Jardin* an Gladys Gardner angeschlossen werden soll. Was ist denn da der Vorteil?»

«Na, das liegt doch auf der Hand, oder? Wenn die Gesellschaft meines Mannes meine Firma besitzt, gewinnt er wieder Kontrolle über mich, sein Eigentum.»

«Liz, das können Sie doch nicht ernst meinen. An dem Abend neulich hörte ich zufällig mit, wie Prentiss sagte, daß er die größte Hochachtung vor Ihnen und Danny habe, nach allem, was Sie geleistet haben.»

«Geleistet haben, wohlgemerkt, aber nicht leisten. Er möchte, daß alles wieder so wird, wie es war.»

«Aber würde Dan sich nicht weigern zu verkaufen – Sie wissen schon, um der künstlerischen Integrität willen und so?»

Liz kicherte ein bißchen, fing sich aber gleich wieder. «Danny hat diese ganze gestalterische Arbeit für *Le Jardin* einzig und allein gemacht, um groß rauszukommen. Darüber hinaus interessiert ihn das Geschäft nicht. Er würde auf der Stelle verkaufen. Er plant schon sein nächstes Projekt und muß flüssig sein.»

«Dann war's also nix mit Ihrem Kind.»

Sie warf mir einen total entsetzten Blick zu. «Was soll das heißen?»

«Sie haben doch gesagt, das mit dem Geschäft war, als würden Sie und Dan zusammen ein Kind kriegen.»

«Ja, dieses Gefühl ist jetzt auch nicht mehr da. Unsere Freundschaft hat sich auf einmal verändert.»

«Vielleicht, wenn der ganze Ärger von dem Fest vorbei ist –»

«Nein, Vannos. Prentiss wollte schon vor dem Fest, daß, ich *Le Jardin* verkaufe. Wie gesagt, sobald es Realität geworden war, wollte er, daß ich nichts mehr damit zu tun hätte.»

«Aber Sie haben doch sicher einen Vertrag, nicht wahr? Und Anwälte?»

«Natürlich. Aber ich hätte nie gedacht, daß ich einmal dem klassischen Problem der Ehefrau gegenüberstehen würde, die sich zwischen ihrem eigenen Leben und den Forderungen ihres Ehemannes entscheiden muß. Ich hätte Prentiss nie in dieses Projekt mit hineinnehmen dürfen.»

«Und warum haben Sie's getan?»

«Weil er die finanziellen Mittel und die Erfahrung hatte. Es ist nach außen hin nicht bekannt, aber die Schokoladen von *Le Jardin* werden tatsächlich in den Gladys Gardner Schokoladewerken hergestellt.»

Ich nickte. «Das hat mir Rafik auch erzählt.»

Liz sah mich wieder argwöhnisch an. «Ich weiß, er ist ein hübscher Kerl, Vannos, aber glauben Sie nicht alles, was er sagt. Wir haben dort nämlich unser eigenes, hochqualifiziertes Personal, und das arbeitet einzig und allein für unsere Produkte. Es war nur eben einfacher, am Anfang die schon vorhandenen Einrichtungen zu benutzen. Warum sollte man das Rad noch einmal erfinden, noch dazu, wo die Maschinen zum Mischen und Gießen heutzutage so teuer sind?»

« Aber ist der Anspruch bei den beiden Firmen nicht ganz unterschiedlich? »

Liz' Lächeln zeigte mir, daß ich da eine naive Frage gestellt hatte.

« Beide Geschäfte existieren, um Profit zu machen. Ganz offensichtlich sind sie auf unterschiedliche Zielgruppen ausgerichtet, aber das Ergebnis ist das gleiche – Geld. »

So unverblümt ausgedrückt beunruhigte mich das. Selbst die himmlischen Schokoladen von *Le Jardin* waren für mich nicht mehr so anziehend wie bisher, und zwar wieder einmal dank meiner unglücklichen Neigung zu moralischer Sauberkeit, die mir schon jede Menge von Erfahrungen verdorben und ruiniert hat, und zwar einfach wrgen der pekuniären Motive hinter den meisten Unternehmungen.

« Wo ist Ihr Mann jetzt? » fragte ich.

« Keine Ahnung », antwortete sie schnell – ein bißchen zu schnell, dachte ich.

« Vielleicht können Sie mir dann bei einer anderen Sache helfen, Liz. Ich hab Dan Doherty zu finden versucht, aber er ist nicht in der Stadt. Wissen Sie zufällig, wo er sich aufhält? »

Ich wußte es ja schon, aber würde sie es mir sagen?

Sie zuckte die Schultern. « Wenn er nicht zu Hause ist, kann ich wahrscheinlich nicht weiterhelfen. »

Ich rührte gedankenverloren in meiner Kaffeetasse auf der gefliesten Arbeitsplatte. « War Danny schon einmal in Ihrem Haus in Abigail? »

« Was? »

« Ich würde nur gern wissen, wie nahe er Ihnen und Ihrem Mann steht. »

Sie antwortete vage. « Wir haben eine freundschaftliche Geschäftspartnerschaft. »

« Sie sagten, es wäre, als hätten Sie ein Kind zusammen. »

« Danny hat das gesagt, nicht ich. »

« Liz, ich hab' es aus zwei Quellen, daß Dan Doherty jetzt, während wir hier sprechen, in Abigail ist. Wohnt er da in Ihrem Sommerhaus? »

« Hat Rafik Ihnen das auch gesagt? » fragte sie und schüttelte kokett eine Welle aus dem Gesicht.

Liz schien sich aufs Leugnen verlegt zu haben und mehr an ihr Geschäft zu denken als an ihren Mann oder an den Mord von vorgestern abend. Es war an der Zeit, sie über Fragen von Leben und Tod aufzuklären.

« Liz, nach allem, was ich inzwischen mitgekriegt habe, ist es sehr wahrscheinlich, daß die vergiftete Schokolade von Sonntag abend für Ihren Mann bestimmt war. »

Liz erbleichte. « Was soll das heißen? »

« Laurett Cole hat mir erzählt, daß sie die Trüffel in letzter Minute ausgetauscht habe, und daß die, die Trek Delorean getötet hat, eigentlich für Prentiss bestimmt gewesen sei. »

« Das glaube ich nicht. » Liz schüttelte ärgerlich den Kopf. « Warum erzählen Sie mir so etwas? »

« Weil ich glaube, daß Ihr Mann in Gefahr schwebt. Und trotz dieses neu aufgetauchten Problems zwischen Ihnen beiden braucht er jetzt Ihre Hilfe. »

Liz zupfte wieder an ihren Fingernägeln herum, aber diesmal unterbrach sie sich nicht gleich wieder dabei. « Wer sollte wohl Prentiss töten wollen? *Wer* denn? Sagen Sie mir das. »

« Das versuche ich ja eben herauszukriegen. »

« Hat die Polizei auch diesen Verdacht? »

« Nein, auf der Polizei wollen sie Laurett Cole verurteilen und damit den Fall abschließen. In der Zwischenzeit ist da aber jemand unterwegs, der Ihren Mann an den Kragen will. »

« Das ist doch absurd. Sie haben mich ganz durcheinander gebracht, Vannos. »

« Tut mir leid –»

« Vielleicht sollten Sie jetzt lieber gehen. »

« Aber sagen Sie doch Ihrem Mann –»

« Verschwinden Sie jetzt bitte! »

Ihre gereizte Stimme aktivierte « Klauen-und-Zähne », den hungrigen Mastiff, der draußen laut bellte und an der Hintertür kratzte, um wieder eingelassen zu werden. Als Liz aufstand, um ihn hereinzulassen, setzte ich mich rasch auf die Vordertür zu in Bewegung, bevor er Gelegenheit hatte, von meinen kraftvollen, doch zarten Schenkeln zu kosten.

Als ich sicher draußen angekommen war, ging – oder besser rutschte – ich den vereisten Hügel wieder hinunter, bis ich an die verkehrsreiche Kreuzung der Route 9 kam, wo ich die U-Bahn zurück in die Stadt nahm. Aber anstatt dann dort auszusteigen, blieb ich sitzen und fuhr weiter bis zur North Station, wo ich einen Nachmittagszug nach Abigail-by-the-Sea erwischte.

10.
Nicht gerade wie im Holiday Inn

Von der North Station aus rief ich den Laden an, um Ramon zu sagen, daß ich möglicherweise erst spät zurückkäme. Ich sagte ihm nicht, wo ich war, noch sagte ich etwas darüber, daß Nicole später Tobias zum Laden bringen würde. Meinen Berechnungen nach war sie sogar schon da, und je weniger Ramon wußte, desto besser. Und wenn sich Nicole über meine Verspätung ärgerte, so konnte sie doch nicht sehr viel machen, da ich bald zwanzig Meilen entfernt sein würde, im schönen Abigail.

Ich schaffte es gerade noch zu dem frühen Nachmittagszug, der eine von diesen verwahrlosten alten Bahnen war, die noch aus den goldenen Tagen der Eisenbahn von Boston und Maine stammen. Die Nostalgie und Romantik der Schiene fand man indessen wahrlich nicht in diesem alten Blechhaufen, der nach Dieselrauch und getrockneter Pisse stank. Nach einer wackeligen und holpernden Fahrt durch das industrielle Ödland der Bostoner Hinterhöfe schlängelte sich der schäbige Zug auf die nördliche Küste zu. Ich verlor jedes Zeitgefühl, während ich die Vororte an den Fenstern vorbeigleiten sah, die so schmutzig und verkratzt waren, daß man kaum noch hindurchschauen konnte. Trotzdem erkannte ich kleine, hüttenartige Häuser, unbelaubte Wälder, zugefrorene Flüsse, in denen sich Schrott häufte, verrostete Autowracks, und schließlich, in stärkstem Gegensatz zu allem, was vorangegangen war, einen wiederbelebenden Blick auf das Meer. Zehn Minuten später marschierte ein hübscher junger Schaffner, der einen Schnurrbart und eine Uniform trug und dadurch fast militärisch streng wirkte – was in dem rußigen, stinkenden Umfeld des Wagons auf jeden Fall eine Regelwidrigkeit darstellte – den Gang entlang und verkündete: «Aaaab-gail! Ab-GAYLE!» Da ich empfänglich für Männer in Uniform bin, hätte ich ihm fast auf der Stelle einen Heiratsantrag gemacht, trotz des Eherings an seiner linken Hand und des Geruchs von billigem Tabakrauch, der ihm folgte.

Ich stieg aus dem Zug und fand einen städtischen Taxistand am Bahnhof. « Ich will zum Haus der Kingsleys », sagte ich zum Fahrer.

Er beäugte mich mißtrauisch, dann startete er. Wir fuhren durch ein Gebiet, daß das Ortszentrum zu sein schien – ein Pizzaladen, eine Tankstelle, eine Eisenwarenhandlung, ein kleines « Surfer-und-Reiter »-Restaurant und ein Anglergeschäft – das ganze Drumherum einer kleinen Küstengemeinde, allerdings mit einer bemerkenswerten Ausnahme: ich sah keine einzige Bar.

« Wo kriegt man denn hier einen Drink? »

« Bißchen früh für sowas, oder? »

« Frag ja nur. »

« Sind wohl fremd hier, was? »

« Ich will 'nen Freund besuchen. »

« Kennen Sie die Kingsleys? »

« Ja klar. »

« Dann können Sie doch dort 'nen Drink kriegen. »

« Ich will ja gar keinen. Ich seh hier bloß nirgends 'ne Bar oder 'nen Schnapsladen. »

« Gibt's auch nicht. Wenn Sie Schnaps wollen, müssen Sie nach Gloucester fahren. Abigail ist trocken, und so wollen wir's auch haben. »

In so einer Stadt würde ich nicht lange überdauern. Ich konnte mir die Einwohner richtig vorstellen, wie sie ach so ungestört und friedlich herumsaßen und auf ihren Zehntausend-Dollar-Dividendescheck warteten. Blitzblank, zuckersüß, sauber und ordentlich war das hier alles. Und hinter verschlossenen Türen und heruntergezogenen Jalousien war es vielleicht so, daß dieselben Leute sich betranken, sich prügelten und sich gegenseitig erbarmungslos mißbrauchten. Aber so lange die Häuser sauber aussahen und die Wagen tiptop in ihren geheizten Garagen standen, war alles in Ordnung. Auch die Bewohner selbst, natürlich alles Weiße, sahen frisch und vergnügt aus, wie sie da so über den Gehsteig spazierten in ihren leuchtend bunten Winterklamotten. Das war genau die Sorte Leute, die gerne sagt: « Ich würde nie in der Stadt wohnen wollen. » Sie betrachten das Stadtleben als erbärmlich und verkommen und in Sünde und Korruption versunken, außer wenn sie *selbst* gerade in die Stadt einfallen, um andere auszusaugen und auszubeuten. Mich überkam direkt das Bedürfnis, hier irgendwo ein Zeichen für meine Zugehörigkeit zur Arbeiterklasse zu hinterlassen und vielleicht an einen Hydranten zu pissen.

Das Taxi fuhr eine schmale kurvenreiche Straße hinauf, und ich sah, wie das Städtchen unter uns zurückblieb. Von so weit oben und so weit weg betrachtet sah es gar nicht so übel aus. Der Ort und der kleine Hafen verschwanden schließlich, als wir auf die gebirgige Landzunge hinausfuhren, und meine Stimmung veränderte sich im Nu, als jetzt das Meer in Sicht kam. Selbst ich kann nicht allzu griesgrämig bleiben, wenn ich an die Küste komme. Es herrschte gerade Flut, und die See war rauh und bot dem Blick eine Unmasse von wildbewegtem blaugrünem Wasser und weißem Schaum, was nach der Klaustrophobie, die man in der Luft des winzigen Ortes bekam, erfreulich befreiend wirkte. Wir fuhren an zwei stattlichen Häusern auf dem Vorgebirge vorbei, die so weit voneinander entfernt lagen, daß sie voneinander fast nicht zu sehen waren. Das Taxi bog in die baumgesäumte Auffahrt des dritten ein. Das war ein riesiges altes, dreistöckiges Haus, mit grauen Holzschindeln verkleidet und einem Ziegeldach bedeckt, und mit Giebelchen, Mansardenfenstern und Schornsteinen wild überladen. An einigen Fenstern im Erdgeschoß leuchteten Ausschnitte des Meeres gleißend hell von der Rückseite des Hauses her durch.

Als er die Auffahrt leer sah, sagte der Taxifahrer:

«Sieht aus, als wäre niemand zu Hause.»

«Ich bin ein bißchen zu früh. Sie erwarten mich jedenfalls.»

Ich bezahlte ihn und fragte nach seiner Geschäftskarte und seiner Telefonnummer.

«Wozu?» fragte er.

«Ich muß später wieder zurück zum Bahnhof, es sei denn, Sie wollen sich das Geschäft mit der Konkurrenz teilen.»

«Gibt's hier keine. Gibt nur mich. Zwei Wagen, ich und meine Frau.»

«Dann kann's ja passieren, daß ich Ihre ganze Familie kennenlerne, während ich hier bin.» Ich gab ihm ein großzügiges Trinkgeld, weil ich mir dachte, daß sein dörflicher Anstand ihn dazu bestimmen würde, später prompt aufzutauchen, da ich ihm praktisch die Rückfahrt vorausbezahlt hatte.

Ich stieg aus dem Taxi aus und ging auf die Vordertüre des weitläufigen Hauses zu. Der Fahrer verschwand nicht so schnell, wie er sollte. Ich spürte, wie er mich beobachtete. Und auf ein saftiges Extrastückchen Skandal hoffte, das er in der Stadt verbreiten konnte. Ich hörte ihn fast, wie er seiner Frau erzählte: ‹Heut' hatte ich vielleicht 'nen Typen zu fahren, einen aus der Stadt, ich kannte ihn nicht. Wollte doch glatt mitten am Nachmittag was saufen gehen. Ich hab ihn zum Haus von den Kingsleys gefahren. Wahrscheinlich war das so ein Strichjunge oder so was ähnliches.› Verflixt nochmal, wenn die Tatsachen allein nicht interessant genug sind, muß man sie eben ändern.

Noch immer fühlte ich die Augen des Taxifahrers auf mir, deshalb drehte ich mich um und winkte ihm zu. Dann steuerte ich von der Vordertüre weg und folgte einem Steinplattenweg, der mich hoffentlich zu einem anderen Eingang auf der Rückseite des Hauses führen würde. Endlich hörte ich das Taxi davonfahren und fühlte mich etwas erleichtert. Ich fand auch tatsächlich einen Seiteneingang, also klopfte ich laut. Aber wie der Taxifahrer vorhergesagt hatte, war niemand zu Hause. Was nun? Ich ging den Weg weiter, bis ich zur Rückseite des Hauses kam. Eine weite ebene Fläche führte zu dem etwa fünfzig Meter weit entfernten Riff. Die nicht geschlossene Schneedecke war typisch für die Küstenregion, da die Meeresluft gerne Schnee in Regen verwandelt. Aber der Schnee, der noch lag, war sauber und weiß und unberührt. Ein grauer, von der Sonne ausgebleichter Staketenzaun lief in einer geraden Linie die ganze Länge des Grundstücks entlang, und zwar ungefähr drei Meter vor dem Abgrund – als dezenter Hinweis für gelegentliche Spaziergänger, daß es zu der donnernden Brandung und den schroffen Klippen über vierzig Meter tief hinunterging.

Da ich trotz allem annahm, daß Prentiss Kinsley und Dan Doherty zur Zeit zusammen hier draußen seien, dachte ich, ich könne einfach hier herumhängen, bis sie auftauchten. Ich hatte bis dahin nichts zu tun und nirgendwohin zu gehen – Snips war ja weit weg – also setzte ich mich und genoß das Tosen der Brandung und das Wehen des Windes. Die strahlende Sonne vermittelte ein Gefühl von Wärme, aber die kalte Brise vom Meer herüber vertrieb diese Illusion rasch wieder.

Ich saß lange Zeit mit geschlossenen Augen da und ließ mich von dem gleichmäßigen Rauschen in einen Zustand von Ur-Bewußtsein einlullen. In diesem Wachtraum fühlte ich, daß jemand sich mir näherte, und ich nahm voller Freude an, mein lebhaftes Unterbewußtes habe wieder einmal meinen Inkubus herbeigeführt. Aber anstatt mich wie sonst in einen erotischen Akt zu überwältigen, entschloß sich mein liebevolles Alter Ego diesmal, mit mir zu sprechen.

«Hast du gemocht die Schokolade?» fragte es mit französischem Akzent.

Ich öffnete die Augen und wandte den Kopf. Die Sonne blendete mich einen Moment, aber ich erkannte trotzdem Rafik, in all seiner Größe, Schönheit und Glorie. Er trug einen grauen Jogging-Anzug ohne Mantel oder Jacke. Der Wind schmiegte den weichen Jersey an seinen Körper und ließ eine schlanke, gutgebaute Gestalt erkennen, die sehr viel von einem Tänzer hatte.

«Hi», sagte ich, vielleicht etwas zu enthusiastisch. «Ich hab mir doch gleich gedacht, daß du die geschickt hast.»

«Du hast nischt gemocht?» Er schlug traurig die Augen nieder.

«Ich hab sie zur Polizei gebracht, um sie auf Gift untersuchen zu lassen.»

«Ah, *non*, ich will dich nischt vergiften.» Dann fragte er mit einladendem Lächeln, «Du willst mich besuchen?»

«Ich wollte Prentiss Kingsley besuchen. Aber es interessiert mich trotzdem, warum du hier bist.»

«Isch bin hier mit Dahnie.»

«Und Mr. Kingsley? Ist der auch da?»

Mit einem Zwinkern schüttelte Rafik den Kopf. Was für ein Charmeur! Wie leicht müßte es einem fallen, ihm jede Bitte zu erfüllen.

Ich fing schon an, «Ich wollte eigentlich, ähm ...» Halt deine Zunge in Zaum, Stanislav. Erzähl diesem hinreißenden Typ nicht, daß du hergekommen bist, um Prentiss Kingsley zu warnen, daß jemand ihn ermorden wolle. «Ich wollte eine kleine Überraschung für Liz und Danny vorbereiten, und deshalb dachte ich, Prentiss könnte mir dabei vielleicht helfen. Aber erzähl' Dan nichts davon, okay?»

«Wir also haben Geheimnis?»

«Ja, genau. Ein Geheimnis.»

«So wir vielleischt auch noch haben andere Geheimnis?» fragte er mit durchtriebenem Gesichtsausdruck.

«Was für eins denn?»

«Wollen wir ins Bett gehen?» Er schob seine rechte Hand unter sein Sweatshirt und lüftete es etwas, so daß ich ihn seinen straffen Bauch und die kurzen schwarzen Haare darauf streicheln sah.

Verdammt nochmal! Warum war dieser Typ so scharf auf mich, erst auf der Party, jetzt hier draußen an der Küste?

«Und Danny?» fragte ich.

«Dahnie? Er ist nischt da.»

«Aber seid ihr zwei nicht ...»

Rafik schüttelte den Kopf. «Wir sind nischt mehr ein Paar.»

«Ich dachte, du sagtest, du seist mit ihm hier?»

«Isch bin mit ihm, aber nischt zusammen.»

«Aber warum bist du dann hier?»

Rafik grinste selbstzufrieden. «Mr. Kingsley misch eingeladen.»

«Aber du hast doch gerade gesagt, er sei nicht da», sagte ich und versuchte, aus seiner Geschichte klug zu werden.

«Ja, er ist nischt. Isch arbeite für ihn, fahre Auto, du weißt?»

«Ja, ich weiß, aber wird dir allein deswegen gestattet, dich in seinem Sommerhaus aufzuhalten, noch dazu mitten im Winter?»

« Oh ja. » Seine Hand schob das Hemd höher und entblößte eine wohlgeformte Brust. « Also möchtest du hinein? »

« Ich würde gerne ins Warme gehen. »

« Ich habe gute Idee », sagte er und zog plötzlich sein Sweatshirt aus. Über seine muskulöse Brust breitete sich eine sauber gestutzte, fächerförmige Matte von kräftigem Haar, das kurz und rauh zurechtgeschnitten war. In der kalten Luft sträubte es sich jetzt, und auch die übrige Haut wurde im Wind zur Gänsehaut. Seine Brustwarzen grüßten die Frostluft mit einem kecken Salut unter dem dunklen Haar. »Komm«, sagte er und zog auch noch die Trainingshosen herunter. Er rannte mir davon, blieb dann aber kurz stehen, um sich die Trainingshosen ganz auszuziehen, woraufhin er nur noch seinen himmelblauen Tanga trug. Ich hatte recht gehabt. Er sah wie ein Tänzer aus und bewegte sich auch so, als wäre das alles eine vertraute Schrittfolge, die er schon tausendmal geübt und aufgeführt hatte. Aber ich muß gestehen, daß seine behaarten Glieder vor dem ungleichmäßigen Schnee trotzdem sehr anziehend wirkten. Er wandte sich um und winkte mich zu sich. « Wir gehen jetzt in Bett. » Dann rannte er auf das Solarium zu, das hinten an das große Haus angebaut war.

Da ich ja schließlich nichts als ein einsamer Haufen von Fleisch und Knochen war, wäre ich doch ein Idiot gewesen, wenn ich mir eine solche Chance hätte entgehen lassen. Ich stand von der Bank auf und ging auf das Haus zu, wobei ich auf dem Weg Rafiks verstreute Kleider auflas – ich war bereits sein Eheweib. Als ich zum Haus kam, erschien Dan Doherty auf dem Pfad, der von der Vorderseite des Hauses hierher führte.

« Was zum Teufel machen Sie denn hier? » fragte er. Dann sah er Rafik fast nackt im Solarium verschwinden, während ich mit seinen Klamotten dastand. Dan runzelte die Stirn und sagte: « Sieht so aus, als hätten Sie's bei ihm geschafft, Vannos. »

« Ääääähhhh ... »

« Keine Sorge », sagte er verärgert, aber resigniert. « Ich

bin daran gewöhnt. Er taugt nichts.» Dan beobachtete, wie Rafik aus dem Solarium energisch winkte. «Ich nehme das zurück. Rafik taugt auf jeden Fall zu der einen Sache.»

«Danny, ich bin nicht hierher gekommen, um mit ihm ins Bett zu gehen. Ich wollte mit Prentiss und mit Ihnen sprechen. Ich hab sogar versucht, Sie gestern abend in Ihrer Wohnung zu erreichen. Denn ich fürchte, ich hab sehr unangenehme Nachrichten für Sie.»

«Vannos, sparen Sie sich das. Sie brauchen keine Entschuldigung, wenn Sie mit Rafik Sex haben wollen. Wirklich, bei uns hier draußen geht einfach alles.»

«Ich will mich ja gar nicht entschuldigen, Danny. Und Sie können mich jetzt Stan nennen. Vannos ist nur für den Laden, aber das hier hat ja mit dem Laden nichts zu tun.»

Sein Gesicht entspannte sich ein wenig. «Sie meinen das ernst, stimmt's», sagte er mit nun weniger ärgerlicher Stimme. «Sie meinen es ernst.»

«Ja, es ist ernst.»

«Dann sollten wir lieber reingehen.»

Wir kamen am Solarium vorbei. Rafik stand drin, stellte sich zur Schau und wirkte in seinem gläsernem Käfig sehr anziehend. Scheiße, da hatte ich gerade meine trägen Säfte beinahe wieder in Gang gesetzt, und nun mußte ich ihren Fluß schon wieder unterbrechen. Ich weiß nicht, warum meine Eltern mich nicht einfach Frust genannt haben.

Im Haus zog Dan seinen daunengefütterten Parka aus und hängte ihn in eine anspruchsvoll gestaltete Garderobe. «Ziehen Sie Ihren Mantel aus, machen Sie's sich bequem», sagte er. Ich warf mein Jackett über einen Stuhl, aber Danny nahm es und hängte es – arangierte es – neben seinen Mantel in den Schrank – er war eben Designer, in jeder Lebenslage. Dann führte er mich in ein großes helles Zimmer mit zahlreichen Fensternischen mit Fensterbänken und chintzbezogenen Kissen, von wo aus man hinausschaute auf die Steilküste und das Meer dahinter. Im Kamin brannte Feuer, obwohl es mitten am Nachmittag war. Durch eins der Vorderfenster sah ich Dannys Auto, das man leicht an seinem Wunschkennzeichen erkennen konnte: DDDESIGN.

Danny warf sich auf eins der Sofas. Ich setzte mich in einen hochlehnigen Sessel, in dem ich luxuriös versank, als die daunengefüllten Kissen die Luft von sich gaben. «Ist Prentiss hier?» fragte ich.

«Nein», sagte er, während er sich provozierend zurücklehnte und sich räkelte. Ich hoffte, daß dieses Spiel nicht mir galt.

«Danny, es ist sehr wichtig, daß Sie beide das erfahren. Versprechen Sie mir, es ihm zu erzählen?»

«Kommt drauf an.» Seine Augen schienen zu flirten, und bald erkannte ich ein Verhaltensmuster, das ich auch bei anderen Paaren schon oft erlebt hatte: liebst du meine Braut, dann lieb auch mich.

Ich sagte, «Kommt drauf an genügt mir nicht, Danny. Ich habe etwas über die vergiftete Schokolade herausgefunden, die vorgestern nacht diesen Mann umgebracht hat».

«Die Laurett Cole ihrem Freund gegeben hat?»

«Das ist es ja. Es war ein Irrtum. Die Trüffel, die den Typen getötet hat, war eigentlich für Prentiss Kingsley bestimmt.»

Danny setzte sich auf und schaute mich in plötzlichem Schrecken an.

«Woher wissen Sie das ?»

«Laurett hat in letzter Minute was ausgetauscht, weil die ursprüngliche Trüffel Schaden genommen hatte.»

«Aber woher wissen Sie, daß sie für Prentiss bestimmt war?»

«Weil es die mit Mandelgeschmack war. Laurett sagte, die sei für ihn gewesen. Und der Mandelgeschmack überdeckte ohne weiteres den Geschmack des Zyanid.»

Dan verfiel in nervöses Lachen, das immer heftiger wurde, bis es an Hysterie grenzte. Er stand auf und goß sich einen Schluck Whiskey aus einer Kristallkaraffe ein. Den trank er mit einer einzigen großen Geste aus, als wäre er hier in einem schlechten Theaterstück. Dann wandte er sich mir zu und sagte ausdruckslos: «Die Mandeltrüffel war nicht für Prentiss. Sie war für mich. Prentiss ist auf Mandeln allergisch.»

«Sind Sie sicher?»

Danny grinste einfältig. «Ich muß es doch wissen. Er würde nie eine Mandeltrüffel essen. Die Geschmackswünsche wurden offensichtlich durcheinandergebracht.»

Rasch ließ ich die Szene auf der Party vor meinem geistigen Auge ablaufen. «Also deshalb hat er an dem Abend die Schokolade ausgespuckt. Er hatte Angst vor einer allergischen Reaktion.»

«Stimmt.» Dannys Stimme bebte jetzt. «Und da ich die Mandeltrüffel bekommen sollte, heißt das, daß an dem Abend jemand mich umbringen wollte.»

«Aber wer? Und warum?»

Ohne zu antworten schenkte sich Danny noch einen Drink ein und bemerkte erst dabei, daß er mir noch nichts angeboten hatte. Er hielt mir die Karaffe entgegen und fragte: «Scotch?»

Ich antwortete: «Bourbon, pur bitte.»

Er goß drei Finger breit feinsten Bourbon in ein Kristallglas und reichte es mir. Dann setzte er sich in den anderen Lehnsessel und sprach: «Prentiss hat einen Halbbruder, John Lough. Der haßt mich.»

«Warum?»

«Er denkt, daß ich Prentiss verderbe, daß ich einen Schwulen aus ihm mache.»

«Und stimmt das?»

Dan wand sich in seinem Sessel. «Prentiss und mich verbindet eine tiefe Freundschaft. Er vertraut mir.»

«Das ist alles?»

Mit einem ärgerlichen Blick sagte Dan: «Zwischen uns gibt es nichts Sexuelles.»

«Wessen Entscheidung war das?»

«Das geht Sie einen Scheißdreck an.»

«Ist es nicht ein bißchen übertrieben, zu glauben, daß John Lough Sie umbringen will, weil Sie Prentiss nahestehen?»

«Und weil ich schwul und darum schlecht bin.»

«Aber warum sollte er das gerade jetzt machen?»

«Die Gelegenheit war vielleicht gerade günstig.»

«Das klingt zu einfach, Danny. Es muß was anderes sein.»

Er stand auf, um sich das Glas noch einmal zu füllen. Jedesmal hatte er sich mehr als drei Zentimeter eingeschenkt, aber der Alkohol schien keine Wirkung auf ihn zu haben. «Also, wo Sie offenbar so klug sind, Vannos – Entschuldigung, wollte sagen Stan – was glauben denn Sie?»

Ich sah ihm in die Augen. «Ich glaube, es geht um Geld.»

Danny schlenderte zurück zum Sofa, legte sich nieder und hob seine bestrumpften Füße auf die Kissen. «Geld, Geld, Geld. Auf das Geld!» sagte er und erhob sein Glas zu einem Toast. «Sie haben natürlich recht. Sie haben immer recht, stimmt's?»

«Keineswegs.»

Danny schloß die Augen und sprach, als zitiere er aus dem Gedächtnis ein bestimmtes Schriftstück. «Prentiss erbte das Geld von seiner Mutter, Helen Kingsley.»

«Und sein Bruder John?»

Danny schüttelte den Kopf. «Halbbruder. Er ist nach Prentiss geboren, als ihr Vater sich wieder verheiratet hatte, also hat er nichts gekriegt. Im übrigen wird das Kingsley'sche Vermögen immer schon über die Frauen vererbt, und zwar bis zur letzten Helen Kingsley. Da aber Prentiss ihr einziges Kind war – sie starb bei seiner Geburt – erbte er alles, das Geld, die Firma, den Besitz, eben alles, was normalerweise an die älteste Tochter ging.»

«Also deshalb hat Prentiss den Namen Kingsley behalten, zum Gedächtnis an seine Mutter?»

Danny schüttelte den Kopf. «Zum Gedächtnis nicht. Aus Schuldgefühl. Alles aus Schuldgefühl. Stellen Sie sich vor, Sie töten Ihre Mutter einfach durch die Tatsache, daß Sie auf die Welt kommen, und kriegen dann auch noch das ganze Geld.»

«Zumindest kann er sich ein angenehmes Leben machen.»

«Prentiss hat eine Menge Probleme, das können Sie mir glauben.»

Ich zuckte die Schultern. Die Neurosen der Wohlhabenden erweckten in mir nur selten großes Mitgefühl.

Schließlich bekam Dan nun doch eine etwas schwere

Zunge. «Er versucht, John gegenüber großzügig zu sein. Er hat sogar extra für ihn diese Position in der Firma eingerichtet, so einen Scheinjob in der Firmenverwaltung. Wenn Sie wüßten, was er dafür einsackt, würde Ihnen das Kotzen kommen.»

«Also müßte John eigentlich zufrieden sein und keine Mordgedanken hegen.»

«Aber er will mehr. Er will's noch fetter. Er will alles. Und jetzt ist auch noch Liz da, und John hat Angst, daß sie was davon abkriegt.»

«Und wie passen jetzt Sie in die ganze Sache mit rein?»

Danny sah mich mit wässrigen, stieren Augen an. «Mensch, was soll denn das, ist das hier verdammt nochmal ein Quiz mit all diesen Fragen?»

«Jemand hat neulich Sie oder Prentiss zu ermorden versucht. Ich versuch nur ein Motiv zu finden.»

«Wunderbar. Also, basteln Sie sich ein Motiv zusammen». Dan stürzte den letzten Whiskey hinunter und torkelte dann hoch, um sich noch einen einzugießen. Er beugte sich taumelig über die Karaffe. «Wenn ich tot bin, bekommt John mehr. Da haben Sie Ihr Motiv. Und er wird besser schlafen, wenn er wieder eins von uns dreckigen Ungeziefern vom Angesicht der Erde vertilgt hat.»

Ich konnte mir nicht vorstellen, daß John Lough die Fähigkeit zu so viel Leidenschaftlichkeit haben sollte. Inzwischen war Rafik leise ins Zimmer getreten. Er sah düster und niedergeschlagen aus, obwohl er einen farbenfrohen neuen Jogginganzug trug.

«Hör auf, in mein'n Klamottn rumßulaufn», rief Danny mit etwas lallender Aussprache.

Rafik sah mich traurig an, als hätte ich einen Treueschwur gebrochen, so, als wollte er sagen, «Da siehst du, wie es mir ohne dich ergeht!»

«Dan», sagte ich, «wo ist Prentiss jetzt?»

Er zuckte die Schultern. «K'neahnung.» Dan wandte sich plötzlich Rafik zu. «Hey! Geh doch raus in-n Schnee zum Spieln, Rafi-Baby. Vielleicht machst du 'n Purzelbaum über das Kliff runter und läßt mich in Ruhe.»

«Isch habe nichts getan dich zu verletzen, Dahnie.»

«Daß du da bist, quält mich schon.»

«Isch gehe jetzt.» Er drehte sich zu mir herum und sprach fast flehentlich: «Du kommst zum Solarium später?»

Ich kratzte mich hinterm Ohr. «Ich finde, du könntest deine Stelldicheins etwas diskreter ausmachen, Rafik.»

«Ah, du bist *romantique*, was? *L'assignation, alors!*»

«Ich schau noch kurz rein und sag' dir auf Wiedersehen, bevor ich gehe.»

Als Rafik uns allein gelassen hatte, fragte ich Dan: «Haben Sie der Polizei an dem Abend etwas davon erzählt?»

Die Unterbrechung durch Rafik schien Dan wieder nüchtern gemacht zu haben, zumindest für ein paar Minuten. «Können Sie sich vorstellen, was die zur aufgeregten Sorge einer Schwuchtel sagen würden?»

«Aber Sie glauben doch, daß John Lough Sie töten will.»

«Wenn ich das der Polizei erzähle, dann unternehmen die doch deshalb nicht das Geringste. Sie würden mich höchstens als hysterische Tunte abschieben.»

Ich blickte Dan an. Vielleicht hatte er ja recht. Er verkörperte tatsächlich ziemlich genau den Typ des amerikanischen schwulen Designers in der Großstadt.

«Dan, versprechen Sie nur, daß Sie Prentiss informieren, worüber wir heute gesprochen haben? Es ist ganz wichtig, daß er weiß, daß der Mord vorgestern abend kein Zufall war, und daß das Opfer eigentlich entweder er oder Sie hätten sein sollen. Sie haben gesagt, er vertraut Ihnen. Sie sind es ihm schuldig, ihm das zu erzählen.»

«Sie brauchen mir keine Anweisungen zu geben.»

Mehr Information war, glaube ich, nicht mehr drin, und mein Willkommensbonus war offensichtlich aufgezehrt, zumindest hier im Haupttrakt des Hauses. Ich fragte, «Kann ich Ihr Telefon benutzen, um mir ein Taxi zu rufen?»

«Sie können vom Solarium aus anrufen, wenn Sie und Rafik fertig sind.»

Ich stand auf und streckte Danny die Hand hin.

«Wozu das jetzt?» fragte er.

«Um Ihnen zu zeigen, daß ich's ehrlich meine.»

« Sparen Sie sich das lieber für einen anderen Idioten auf. »

Ich verließ ihn und begann durch die Gänge des riesigen Hauses zu wandern, wobei ich zuerst mein Jackett mitnahm, als ich daran vorbeikam, und mich dann in Richtung Solarium in Bewegung setzte. Ich fand es, weil mich das starke Licht leitete, das aus dem offenen Durchgang kam, der zu ihm hinüberführte. Obwohl wir kaum erst Februar hatten, war es in dieser Glaskonstruktion warm – fast zu warm. Auf jeden Fall warm genug, um sich nackt in die weißen Korbmöbel zu legen und zu spüren, wie einem die willkommene Sonnenhitze das erstarrte Winterfleisch durchdrang und die durchfrorenen Winterknochen auftauten. Rafik lag in einem der gepolsterten Liegestühle. Er hatte sich diskret ein Handtuch über den Schoß gelegt, aber darunter spitzelte springlebendig ein Hügel aus Fleisch und Blut hervor.

Er hatte die Augen zu, aber er wußte, daß ich es war, der die beheizte Anlage betrat. « Leg disch zu mir », sagte er.

Ich setzte mich auf den Rand des prallen Kissens.

« Rafik? »

« Mhm? » Er öffnete die Augen nur einen Spalt.

« Wer könnte Danny töten wollen? »

Jetzt gingen seine Augen blitzartig ganz auf und funkelten. « *Isch* möchte ihn töten. »

« Du? »

« Er macht uns so elend. Warum er kann nischt sagen *fini* und lassen mich? Wir lieben uns nischt. »

« Warum bist du dann hergekommen? »

« Isch war hier. Er kam mich zu sehen. »

Ich wußte, daß er log, da die Fakten, so weit ersichtlich, genau umgekehrt waren. Dannys Klamotten und Dannys Auto hatten hier ihren angestammten Platz – gar nicht zu reden von seinem vertraulichen Verhältnis zu Prentiss Kingsley, was immer das bedeuten mochte. Aber, verdammt nochmal, er war so hübsch! In der heißen Sonne roch seine Haut süß und würzig. Und ich war liebeshungrig. Der Duft und die Hitze und sein Anblick ließen mich ohne zu überlegen herausplatzen: « Wie schaffst du es nur, so auszusehen? »

« Ist meine Familie », sagte er und genoß meine Bewunderung. «Und war isch Tänzer», fügte er mit selbstzufriedenem Lächeln hinzu, während sich seine Augen wieder schlossen.

«Aber jetzt?»

«Isch mache noch immer *barre.*»

Keine der Bars, in die ich je gegangen bin, hat je eine solche Wirkung für meinen Körper gehabt.

«Kannst du mir helfen, Rafik?»

Seine Augen gingen wieder auf, diesmal mit so einem Na-komm-schon-Blick. «Natürlich isch dir helfe.»

Ich fragte: «Du arbeitest doch in der Fabrik, stimmt's?»

«Ja ...», antwortet er, enttäuscht, was für eine Art von Hilfe ich suchte.

«Ich möchte rausfinden, wer die Schokolade gemacht hat, du weißt schon, die für das Fest letzten Sonntag abend.»

Er überlegte einen Augenblick, dann zog er meinen Kopf zu seinem hinunter, küßte mich auf den Mund und schmuste richtig liebevoll mit mir. «Isch sage dir, Stani.»

«Du weißt es also?»

«Isch weiß alles.»

«Wer war's denn?»

«Bleibst du bei mir?» Seine dunklen Augen hatten es wirklich drauf, einem süße Lügen zu erzählen.

Ich schüttelte den Kopf. «Nicht hier. Nicht, wenn Danny da ist.»

«Dann isch hüte mein Geheimnis», sagte er grinsend.

In einer lahmen Imitation Brancos grunzte ich: «Dann geh' ich eben.»

Ich bestellte ein Taxi und fragte dabei nach dem weiblichen Fahrer. Danach legte ich auf und drehte mich zu Rafiks warmem hingestrecktem Körper um. Ich kniff ihn leicht in die linke Brustwarze und sagte, «*A toute à l'heure, diable!*» Dann stand ich auf und ging hinaus. Wenn Rafik nicht so verdammt attraktiv gewesen wäre und meine ganzen Körpersäfte nicht so sehr in Bewegung gesetzt hätte, hätte ich ihn als schamlosen Aufreißer und üblen Nassauer abgetan. Aber die Wärme seines Körpers und seine zuvorkommenden europäischen Manieren schienen seine sämtlichen üblen Züge völlig außer Kraft zu setzen. Als das Taxi kam, um mich zum Bahnhof zurückzubringen, sagte mein dummes Teil da unten immer noch ja.

Mancher denkt vielleicht, daß ich sexsüchtig bin, daß Sex in meinem Leben das Zentrale ist. Aber in Wirklichkeit gehöre ich nur zu den Unglücklichen, die Sex und Liebe immer durcheinanderbringen. Ich fühle mich furchtbar einsam, und die einfachste Möglichkeit, dagegen etwas zu tun, ist immer noch, nach dem passenden Bettgefährten Ausschau zu halten. Für Außenstehende sieht das wie unersättliche Libido aus, aber in Wirklichkeit ist es nur ein unbefriedigtes Bedürfnis nach Nestbauen und Kuscheln. Wie ich das beweisen will? Legen Sie mir einen Pornovideo ein, und Sie sehen mich zwei Minuten später den Haushalt erledigen. Laden Sie mich hingegen einmal zu einem romantischen Wochenende ein, und ich bin der Ihre für den Rest meines Lebens. Oder sagen wir mal, zumindest für drei Tage.

Deshalb hatten all die Tumulte, die Rafik in meinem Inneren auslöste, mehr damit zu tun, daß in meinem Leben so oft der himmlische Satz fehlte – ‹Liebling, ich bin wieder zu Hause›, als mit seinen kräftigen Muskeln, seinem wohlgeformten Gesicht und seinem großen Schwanz.

Ich kam ungefähr um halb sechs wieder an der North Station an und ging direkt zum Salon Snips. Wahrscheinlich wartete Nicole dort schon mit Tobias, um sich auf mich zu stürzen und mich auszuschimpfen. Und so war es auch. Sie las ihm ruhig im Wartebereich vor, aber sobald ich eintrat, sprang sie auf und zerrte mich ins Hinterzimmer, wo sie die Türe zuschmetterte.

«Wo warst du?» fragte sie.

«Es war sehr wichtig. Ich mußte hin.»

«Der Job ist auch wichtig, Stanley. Als ich dir die Schlüssel gab, habe ich ein bestimmtes Maß an Verantwortungsbewußtsein erwartet, aber das scheinst du völlig verloren zu haben.»

«Nikki –»

«Nenn mich nicht Nikki. Ich hab diese ‹Tapferer kleiner-

Amateurdetektiv-Nummer› satt. Du hast mich heute morgen angelogen, Stanley. So was hasse ich.»

«Aber –»

«Und bei Charles machst du damit auch keine Punkte. Er überlegt sich, ob er Lauretts Fall nicht lieber sausen läßt.»

«Aber das ist ja vom ethischen Standpunkt her unmöglich. Er kann doch nicht sie im Stich lassen, nur weil er mit mir nicht einverstanden ist.»

«Er ist Anwalt. Er weiß schon selber, was er kann.»

«Und ich weiß, daß er ein Hornochse ist.»

«Schluß jetzt! Ich hatte einen anstrengenden Tag.»

«Ich auch, Liebes.»

Sie zog eine Zigarette heraus und zündete sie nervös an. Es kam bei Nicole selten vor, daß sie bei einer Zigarette Halt suchte, denn normalerweise war Rauchen für sie nur reines Vergnügen.

«Und der Junge ist auch ein ganz schönes Kaliber, Stanley. Glaubst du wirklich, daß du der Sache gewachsen bist?»

«Er ist gar nicht so übel, wenn man sich erst mal an ihn gewöhnt hat.»

«Als wenn ausgerechnet du das beurteilen kannst. Na, du wirst jedenfalls genug Gelegenheit haben, es herauszufinden, denn ich nehm' ihn jetzt nicht mehr.»

«Warum nicht?»

«Chaz möchte mit mir allein sein.»

«Tarzan hat gesprochen.»

«Er glaubt, daß du auf den Jungen einen schlechten Einfluß haben könntest.»

«Ein Hirn wie ein Neanderthaler.»

«Als Chaz heute früh aus der Dusche kam, versuchte Tobias, ihm unter das Handtuch zu schauen.»

«Na und?»

«Was glaubst du, hat er da gesucht?»

«Das dürfte doch wohl klar sein, Liebes.»

Nicoles Augen sprühten vor Zorn.

«Nikki, er möchte sich nur versichern, daß er genauso ist wie andere Männer.»

«Aber das war noch nicht alles. Wir sind mit ihm in den

Zoo gegangen. Du weißt doch, daß man normalerweise davon ausgehen kann, daß Kinder den Zoo mögen?»

Ich nickte und ahnte schon, was jetzt kommen würde.

«Und die Tiere dort haben ihm ein Pornoshow vorgeführt?»

«Nein, schlimmer. Er fand ein paar Steine und warf sie auf die Löwen. Es gab einen Höllenlärm. Dieses entsetzliche Gebrüll von den Löwen! Am Ende warfen uns die Zoowärter raus.»

«Armer Charles. Das muß ihn tief gedemütigt haben.»

Nicole blitzte mich an. «Stanley, ich war sogar selber beunruhigt über das Verhalten des Jungen, und ich bin doch bestimmt keine Tiernärrin.»

«Nikki, Tobias ist wütend über das, was mit seiner Mutter passiert. Für ihn ist es besser, den Ärger rauszulassen, als ihn zu unterdrücken.»

«Quatsch. Er ist einfach ein ungezogenes kleines Monster.»

«Er ist doch erst vier Jahre alt. Man kann nicht erwarten, daß er ein Musterbeispiel vorbildlichen Benehmens abgibt.»

«Chaz denkt, er ist so verdorben, daß sich da nichts mehr machen läßt, und er glaubt, du bist teilweise daran schuld.»

«So ein Unsinn.»

«Vielleicht nicht, Stanley.»

Schweigen. Paff-paff. Rauchwolke.

«Auf wessen Seite stehst du eigentlich, Schwesterherz?»

Nicole zögerte ein kurze Sekunde lang. «Hier gibt es keine Seiten. Chaz ist ein sehr guter Liebhaber, Stanley, auch wenn du noch so viele Charakterfehler an ihm zu sehen glaubst.»

«Er versucht einen Keil zwischen uns zu treiben, Nikki. Homophobe Menschen neigen da sowieso dazu, und die gebildeten, smarten, tun es fast unmerklich, so wie Charles.»

«Stanley, ich möchte ihn nicht verlieren. Jetzt noch nicht. Aber gleichzeitig möchte ich auch nicht zwischen euch beiden wählen müssen.»

«Und was glaubst du, wie ich mich dabei fühle? Glaubst du, mir macht es Spaß, wenn ich mich immer mit so einem olympischen Teppichbeißer messen muß?»

Nicole stieß ihre Zigarette achtlos aus, nicht mit der sonst üblichen Sorgfalt. «Du hast wirklich 'ne Art, alles in den Dreck zu ziehen.»

«Das reinigt die Atmosphäre.»

«Es ist unverschämt.»

«Ist doch im Grunde sowieso alles.»

«Du klingst auf einmal wie ein Mann.»

«Ich bin ein Mann.»

«Ja, das vergeß' ich manchmal. Also, ich kann dir nicht länger helfen, für den Jungen zu sorgen. Er gehört jetzt ganz dir, Stanley. Und wenn du damit nicht zurecht kommst, sollte doch das Gericht eingreifen.»

Verflixt, auch wenn Tobias uns mit unserem niedlichen kleinen Leben manchmal *tatsächlich* etwas durcheinandergebracht hatte, war doch ein Pflegeheim darauf sicher nicht die richtige Antwort, nicht, solange Nikki und ich ihm einen vertrauten und liebevollen Platz bieten konnten. Außerdem hatte ich Laurett versprochen, daß ich mich um ihn kümmern würde. Das war allerdings unter der Voraussetzung geschehen, daß es nur für eine Nacht sein würde.

«Nikki, ich geb' das Kind nicht her, bis die Polizei kommt und es mir wegnimmt.»

«Viel Spaß.» Sie schloß gewaltsam ihre Tasche und warf sie sich über die Schulter. «Und was das betrifft, daß du dich heute von deiner Arbeit gedrückt hast – also, ich verlange noch nicht die Schlüssel von dir, aber du darfst dich für einen Monat auf Bewährung fühlen.»

«Aber –»

Nicole hob die Hand, um mich zum Schweigen zu bringen, ganz so, wie es Branco auf dem Fest neulich abends getan hatte. Ich überlegte mir daraufhin, ob die Lüge, die ich ihr heute morgen aufgetischt hatte, nämlich daß Branco mir eine Bewährungsfrist gesetzt habe, wohl der Grund dafür war, daß das jetzt mit ihr zur Tatsache wurde. Weil er's sagt, sagt's auch sie. Steckten die beiden am Ende auch gegen mich unter einer Decke?

Nicole sprach, als würde sie einen Wandel in der Geschäftpolitik verkünden.

« Ramon hat bewiesen, daß er sehr wohl fähig ist, den Laden zu führen. Wenn du diese Verantwortung nicht haben willst, wird er sehr gern für dich einspringen. »

Da hatten wir's wieder. Ramon verdrängte mich. Dieser miese kleine Speichellecker. Ich hatte ihm oder seiner Geschichte nie Glauben geschenkt. Er war angeblich aus Paris, und er hatte sich in den Salon Snips eingeschlichen, indem er ein paar Namen erwähnte, an die sich Nicole aus der Zeit, als sie dort Mannequin war, erinnerte. Aber ich hielt dagegen, daß ein junger Mann, der Leute aus ihrer Generation so gut kannte, möglicherweise nichts anderes als ein cleverer Opportunist war, der seine Jugend und sein Aussehen vermarktete. Nicole blieb dabei, daß er einfach kultiviert war. Ramon behauptete auch, bisexuell zu sein, was bei ihm nichts als ein modisches Statement war und auch seinen Trinkgeldern offensichtlich zum Vorteil gereichte. Aber der Punkt, in dem ich ihm wirklich mißtraute, war sein Interesse an meiner Kundenkartei und meiner ausgefeilten Technik. Er hatte nur wenig eigene Kunden und beneidete mich um meine Position als Snips führender Haardesigner. Außerdem sah Ramon abscheulich gut aus und hatte gute Manieren, was mir wirklich weh tat und meinen Arbeiterklassen-Hintergrund zum Vorschein brachte.

« Nein », sagte ich scharf und versuchte, so gut ich konnte, den männlichen Mann abzugeben.

« Also, dann werd' endlich erwachsen, Stanley, und tu' deine Arbeit. »

Sie verließ abrupt das Hinterzimmer und lief draußen vor dem Laden gleich weiter, sogar ohne sich den Mantel anzuziehen.

Nikki und ich hatten früher schon manchmal Streit gehabt. Während unseres schlimmsten hatte ich sogar gekündigt und in einem anderen Salon angefangen. Diese sechs Wochen waren für uns beide die Hölle gewesen. Ich hatte sogar vorgehabt, zu meinem ursprünglichen Beruf als Psychologe zurückzukehren. Aber glücklicherweise versöhnten Nikki und ich uns wieder, und wir versprachen einander, daß wir nie wieder so böse werden würden. Aber hier wurde ich jetzt abgekanzelt wie ein ungezogener Junge. Was hatte ich eigentlich so Schlimmes gemacht?

Als ich ein paar Minuten später aus dem Hinterzimmer kam, stand Tobias davor. « Onkel Stan, soll ich weggehen? »

Er hatte offensichtlich alles mitangehört.

« Nein, Tobias. Ich bin nur einfach nicht daran gewöhnt, einen kleinen Jungen um mich zu haben. Laß' mir ein bißchen Zeit, ja? » Wie konnte ich ihm erklären, daß er mir am meisten helfen würde, wenn er mir zeigen könnte, wo sein An/Aus-Schalter war. Dann könnte ich ihn ins Regal stellen und immer dann herunternehmen, wenn es mir gerade paßte. Elternschaft und ich – das ließ sich offenbar nicht miteinander in Einklang bringen.

Jetzt mußte ich mich wieder an die Arbeit machen. Der einzige Name, den ich noch im Terminkalender hatte, gehörte einem neuen Kunden. Er sah gut aus, war robust und muskulös und so an die Dreißig. Er erzählte mir, er sei Schauspieler und zu Proben für ein neues Stück in der Stadt. Während ich sein Haar schnitt, fragte er mich, ob ich Lust hätte, heute abend mit ihm ins Theater zu gehen, er habe Karten. Rafik mußte in mir wohl die erotischen Lockstoffe aktiviert haben, denn normalerweise krieg' ich nicht derartig leicht eine Einladung von einem so blendend aussehenden Mann. Leider mußte ich ablehnen, da ich an dem Abend selber meine Vaterrolle zu spielen hatte.

Als die Arbeit des Tages vorüber war, gingen Tobias und ich zurück zu meiner Wohnung. Ich fragte ihn: « Na, kann's jetzt losgehen mit dem Abendessen? »

Er nickte heftig.

« Wie wär's mit Suppe und Sandwiches? »

Reaktion negativ.

« Schon wieder Pizza? »

Reaktion genauso heftig negativ.

« Was dann, Tobias? »

« Hamburger. »

So viel zu meiner Diät. Wir gingen zur Filiale von Acme Burgers in der Innenstadt. Oh ja, einen solchen Ort gibt es, und er ist der Hamburger-Himmel. Ich wußte, daß es dort auch De-luxe-Salatteller gab, für die Gesellschaft der modebewußten Schlanken, bei denen Mitglied zu sein mir anscheinend nicht vergönnt war. Und als ich erst mal drin war, überzeugte mich der Geruch von gegrilltem Hackfleisch und Zwiebeln und Pommes frites, daß fünfzehn, oder sagen wir mal zwanzig zusätzliche Pfunde an einem 1,85 m großen, langbeinigen slawischen Chassis eigentlich kein Problem waren. Auch hatte ich mich um wichtigere Dinge zu kümmern. Zum Beispiel versuchten Mord.

11.
Eine verfolgte Unschuld

Am nächsten Morgen traf ich mit Tobias im Schlepptau bei Snips ein. Der Laden war schon geöffnet, und ich nahm an, daß hier bereits Ramon seine neue Schlüsselgewalt und seine Privilegien als Salon-Manager ausübte, wie kurz auch immer er in deren Besitz war. Ich begrüßte Nikki unbekümmert, als würde ich meine gestrige Herabsetzung nicht im geringsten krummnehmen.

«Guten Morgen, Liebes. Ist mir wegen gestern vergeben?»

«Vergeben schon, Stanley, aber du bist noch nicht wiedereingesetzt. Um neun Uhr hast du deinen ersten Kunden, und danach bist du voll ausgebucht.»

«Klingt, als gäbe es heute lauter Arbeit und überhaupt keinen Spaß.»

«Paßt gar nicht zu dir.»

Ich schaute mich im Laden um und sah meinen Konkurrenten nicht.

«Wo ist denn unser Hüftenschwinger?»

«Wer?»

«Ramon.»

«Der arme Kerl, er hat angerufen, daß er krank ist, also wirst du deinen Kunden auch noch die Haarwäsche machen müssen.»

«Sichtbar schwankt der Erbe unter dem Joch.»

«An die Arbeit, Stanley.»

Dann reichte Nicole Tobias eine große Schachtel, die in teures Geschenkpapier verpackt war. Seine kleinen Finger bohrten sich hinein wie die Pfoten eines jungen Hundes in eine Futtertüte. Drinnen lag eingebettet ein großer Plüschteddybär, ein Import aus Deutschland. Obwohl Nikki sich so sehr über den Jungen beklagte, bewies sie durch solche Dinge doch, daß sie ihn trotzdem mochte. «Unsinn», sagte sie, als ich eine Bemerkung über ihre Großzügigkeit machte. «Ich möchte ihn nur aus dem Weg haben.»

Mein erster Kunde war an diesem Tag mein Freund Kris, ein freiberuflicher Regieassistent aus Bostons Theaterwelt. Er sagte, er brauche eine grundlegende Verwandlung – was wir einen New Look nennen – irgend etwas, was seine Lebensgeister aus ihrer Winterflaute herausscheuchte. Ich schlug eine Tönung vor, aber eine ganz besondere, eine kranzförmig um den Kopf verlaufende Hervorhebung, bei der zwei oder mehr verschiedene Farbtöne kunstvoll mit lediglich gebleichtem Haar vermischt werden, so daß man am Ende einen ‹kronenartigen› Schimmer erhält. Die Vielschichtigkeit dieses Vorschlags sagte ihm zu, und ich stürzte mich in die Sache, eine echte Herausforderung. Der erste Schritt dabei war, das Haar in einzelne Sektionen zu unterteilen, die genau seinem natürlichen Wuchs entsprachen.

Da Kris ein Mann des Theaters war, fragte ich ihn, ob er von dem Stück gehört habe, das ich gestern abend verpaßt hatte, das Stück, zu dem mich dieser gutgebaute Schauspieler eingeladen hatte und das ich wegen meiner neuerworbenen Elternschaft hatte absagen müssen. Kris lachte.

«Telefonsex,» antwortete er.

«Ein Stück über Telefonsex?»

«Es hätte eigentlich um mehr gehen sollen, aber unsere werten hiesigen Dramaticos haben es ruiniert, weil sie sich auf die pornographischen Szenen statt auf die Charaktere und ihre Konflikte konzentriert haben. Und die Besetzung – also, ich hätte *liebend* gerne das Vorsprechen geleitet. Vergeßt die Schauspielerei, Leute, zeigt mir einfach nur, was so an euch dran ist. Ergo wurde daraus ein Stück über Telefonsex. Sehr schade.»

Vielleicht hatte ich letzten Endes mit meinem athletischen Typ gar nicht so viel verpaßt.

Als Kris' Haar sorgfältig unterteilt war, zog ich einzelne Strähnen daraus hervor und färbte sie mit einer der beiden Haarfarben ein oder bleichte sie. Dann wickelte ich jede behandelte Strähne extra in ein Stück Folie, das die entsprechende Farbe außen trug. Als ich mit dem Auftragen der Farben fertig war, wirkte Kris Kopf wie eine aztekische Pyramide aus flatternden vielfarbigen Folienstreifen. Als er sich im Spiegel sah, rief er: «Ich seh ja aus wie so ein Las Vegas-Showgirl.»

Während die Farbe in Kris' Haar ihre Wirkung tat, hatte ich gerade Zeit, dem sehr männlich wirkenden Kopf eines bekannten Fernseh-Nachrichtensprechers seinen allwöchentlichen Schnitt zu verpassen – er kam so regelmäßig, weil er dadurch perfekt frisiert wirkte, ohne frisch geschoren auszusehen. Dreißig Minuten später war Kris' Färbung so weit, daß ich die Abschlußarbeiten vornehmen konnte, und zwar drehte ich ihn dabei vom Spiegel weg, um den dramatischen Schlußeffekt noch zu erhöhen. Nach meinen letzten meisterlichen Handgriffen schwenkte ich seinen Stuhl herum, sodaß er sich im Spiegel sah. Er schien von der Wirkung überwältigt: Die beiden neuen Blondtöne und dazu die gebleichten Strähnen mischten sich mit seinem von Natur mausbraunem Haar und ließen es wie von innen erglühen und erstrahlen, es sah wirklich wie ein Heiligenschein aus. Er sagte kein Wort, also lobte ich mich selbst.

«Mir gefällt es», sagte ich. «Und das ist die Hauptsache.»

Am späten Vormittag begann Tobias nach der langen Zeit im Laden unruhig zu werden, deshalb machte ich eine kurze Pause und ging mit ihm zum Stadtpark, der nur einen halben Block von uns entfernt liegt. Sobald er im Park war, rannte Tobias in vollem Lauf auf die schneebedeckten Ufer des Schwanenteichs zu. Er ließ sich in den Schnee fallen und rollte wie ein großer Schneeball auf den leeren See zu. Als sein kleiner Körper schließlich zum Stillstand kam, spielte er im Schnee toter Mann, das Gesicht nach unten. Ich kniete mich über ihn und kitzelte ihn behutsam. Ich sah, wie sich sein Körper zusammenzog und er sich das Lächeln verbiß, aber ich machte weiter, bis er sich nicht mehr zurückhalten konnte. Er warf sich auf den Rücken, das Gesicht zu mir gekehrt, lachte lauthals, wühlte im Schnee herum und bewarf mich damit, bis ich ihn in den Schwitzkasten nahm, um ihn davon abzuhalten. Aber diese Einschränkung seiner Bewegungsfreiheit brachte ihn nur noch mehr zum Lachen.

«Wollen wir Schnee-Engel machen?» fragte ich über ihn gebeugt.

«Ist das wie Liebe machen?»

«Tobias, red' nicht immer so.» Ich hatte Angst, daß Vorübergehende uns hören und auf falsche Gedanken kommen könnten. Warum war dieses Kind nur so darauf aus, mich als Päderasten dastehen zu lassen? «Nein», sagte ich. «Es geht so.» Ich rollte mich von ihm herunter, legte mich an einen Fleck mit frischem, sauberem Schnee und machte mit Armen und Beinen die entsprechenden Bewegungen. Dann stand ich auf und zeigt ihm die prächtige Engelform, die ich im Schnee hinterlassen hatte und die wie eine Art umgekehrtes Bas-Relief aussah.

Tobias begutachtete den sauber niedergedrückten Schnee und bemerkte dann: «Warum hat er ein Kleid an?»

«Das ist ein heiliges Gewand.»

«Ich mach jetzt mal einen Engel-Mann», sagte er und begann, seine Hosen aufzuknöpfen. Ich begriff sofort, was er vorhatte, und packte seine kleinen Arme.

«Oh nein, junger Mann. Nicht mit mir.» Schleunigst versuchte ich den Exhibitionismus zu verhindern, zu dem er sich gerade anschickte, aber es war schon zu spät. Die Leute hatten genug gesehen und gehört, um sich sehr zu wundern, was ein rothaariger Mann Anfang Dreißig an den Hosen eines blonden braunhäutigen Vierjährigen herumzufummeln hatte. «Alles in Ordnung», hörte ich mich in die Runde erklären, aber ich merkte, daß Erklärungen nur nach Verteidigung klingen würden. Ich zerrte Tobias aus dem Park und eilte zum Laden zurück. Kaum war er drin, nahm er sich seinen neuen Teddybär und schlief sofort auf einem der großen Polstersessel im Wartebereich ein. Ich fragte mich, wie das kleine Monster es fertigbrachte, im Schlaf so friedlich und harmlos auszusehen, während es in wachem Zustand eine solche Herausforderung für Körper, Geist und Seele war.

Ich ging gerade den Terminkalender durch, um zu sehen, wer mein nächster Kunde sei, als das Telefon klingelte. Unsere Empfangsdame ging hin und sagte dann zu mir: «Für Sie, privat. Die Dame klingt ziemlich aufgeregt.»

Ich nahm den Hörer und erwartete, daß sich irgendeine Kundin beschwerte, weil ihr Haar nicht mehr so aussah wie nach meinen kürzlich vorgenommenen Handhabungen. Aber es war Liz Carlini, und zwar völlig außer sich.

«Vannos, Gott sei Dank, daß Sie da sind. Ich weiß wirklich nicht, an wen ich mich wenden soll.»

«Was ist denn passiert?»

«Etwas ganz Entsetzliches.»

«Ist *Ihnen* was passiert, Liz?»

«Ich bin nicht verwundet, falls Sie das meinen.»

Sie zögerte, dann sprach sie, als müßte sie einer Gruppe von Aktionären beibringen, daß es in diesem Vierteljahr keine Dividende geben werde. «Jemand hat versucht, mich zu erschießen.»

«Haben Sie die Polizei verständigt?»

«Natürlich. Die sind schon unterwegs.»

Ich fragte mich, warum sie dann mich angerufen hatte. Die Antwort folgte sofort.

«Vannos, können Sie jetzt gleich herkommen? Ich bin zu Hause.»

«Ich arbeite heute, Liz. Es geht leider –»

«Ach bitte. Ich brauch' hier jemanden um mich, dem ich vertrauen kann.»

Ich antwortete nicht. Es fiel mir einfach nichts ein.

Sie fuhr mit einer etwas ruhigeren Stimme fort: «Ich hoffe, Sie nehmen mir das von gestern nicht mehr übel. Ich hab' mich völlig idiotisch benommen.»

«So was passiert», antwortete ich und überlegte, warum sie wohl mich dort haben wollte und nicht ihren Ehemann.

«Vannos, kommen Sie doch bitte. Nehmen Sie ein Taxi, ich zahl's natürlich. Bitte beeilen Sie sich.»

Es schien ihr wahnsinnig wichtig, mich zu sehen. Außerdem könnte ich ja vielleicht sogar selber etwas herausfinden, wenn ich hinfuhr.

«Na gut, Liz. Bin schon unterwegs.»

Ich legte auf und ging an Nicoles Tisch. Sie schnitt gerade dicke Nagelhaut von den klauenartigen Nägeln einer würdevollen alten Dame vom Beacon Hill. «Liebes?» fragte ich vorsichtig.

«Nein, Stanley», erwiderte sie, ohne ihre Aufmerksamkeit von ihrer chirurgischen Tätigkeit abzuwenden.

«Liz ist in Schwierigkeiten.»

«Du aber auch, Stanley. Du hast bereits eine außerplanmäßige Pause gemacht, und deine nächste Kundin wartet schon.»

Was konnte ich also anderes tun als weiterzuarbeiten? Zum Glück war das nächste nur Waschen und Legen. Ich würde die Dame innerhalb von fünfzig Minuten wieder aus meinem Stuhl draußen haben, ganz so, als wäre ich wirklich noch Psychiater. Normalerweise hätte ich die Prozedur hinausgezögert und um das Haar der Dame viel Getue gemacht, um eine innigere Verbindung zwischen Kunde und Coiffeur entstehen zu lassen. Aber ich hatte im Moment Dringenderes vor, als meine Kunden zu päppeln.

Als ich fertig war, kündigte ich Nicole gegenüber an: «Ich muß einfach gehen. Es ist ein Notfall.»

«Na schön, Stanley. Geh nur. Ich nehme an, du möchtest auch noch, daß ich auf Tobias aufpasse, während du weg bist?»

«Würdest du das?»

Wortlos schrieb Nicole etwas in ein kleines ledergebundenes Buch.

«Was ist denn das jetzt wieder?» fragte ich.

«Ich führe Buch über sämtliche Gefallen, die ich dir tue.»

«Seit wann?»

«Das ist so ein bißchen eine Kontrolle, die eigentlich Chaz vorgeschlagen hat. Aber jetzt bin ich selber darauf gespannt, mal rauszufinden, wieviel Zeit und Energie ich auf dich verwende. Hier ist übrigens auch eine Spalte für die Gefallen, die du mir tust.»

«Warum willst du's denn so auflisten, Nikki? Unter Freunden ist das doch überflüssig.»

«Mal sehen, Schätzchen. Also, jetzt schieb ab, du edler Ritter, Leslie ist ja heute da, sie kann also deine Kunden übernehmen – was sie übrigens mit bemerkenswertem Erfolg tut.»

Leicht verärgert eilte ich nach draußen und nahm ein Taxi

zur Villa Kingsley-Carlini auf dem Chestnut Hill. Ich sagte zu der Fahrerin «Vollgas», und sie schaffte es bis da draußen in ganzen fünfzehn Minuten, die nur so an mir vorübersausten. Als ich ankam, sah ich, daß zwei Streifenwagen in der Straße standen, ich war also nicht zu spät dran, trotz meines verzögerten Starts. Dann bemerkte ich, daß seltsamerweise Lieutenant Brancos grüner Alpha Romeo auch in der Einfahrt stand. Typisch, in den Villenvororten gab's einen Overkill von Ordnungshütern, in der Innenstadt einen von bösen Buben.

Ich marschierte die trockene Auffahrt hinauf und versuchte dann den Beamten, der die Türe bewachte, zu überreden, mich reinzulassen. Nachdem er sich mit den anderen abgesprochen hatte, ließ er mich durch. Ich ging den Stimmen nach, zu einem Wohnraum, der so eingerichtet war wie die Empfangshalle einer Londoner Stadtresidenz. Liz Carlini saß auf der Kante eines cremeweißen, mohairbezogenen Sofas. Branco hatte sich in einem dazu passenden Sessel niedergelassen, sah ihr ins Gesicht und stellte Fragen. Außerdem waren zwei weitere uniformierte Beamte im Raum. Beide sahen gut aus, vielleicht waren sie deshalb für diese Sache am Chestnut Hill ausgesucht worden. Der eine stand hinter Liz, wie sie da auf ihrem Sofa saß, und führte Protokoll, der andere neben Branco.

Als ich den Raum betrat, sagte Branco: «Was machen Sie denn hier?»

Liz antwortete ihm schnell: «Ich hab ihn gebeten, herzukommen.»

Ich winkte Branco freundlich zu und bemerkte, daß er wirklich müde aussah. Er tat mir direkt leid. Vielleicht arbeitete er doch sehr viel. Branco stellte jetzt wieder seine Fragen an Liz.

«Denken Sie nochmal nach, Miss Carlini. Sind Sie sicher, daß Ihnen niemand einfällt, der Ihnen etwas antun möchte?»

Langes Schweigen.

«Nein ...»

«Wie steht's mit Ihrem Gatten?»

Liz warf mir einen vorwurfsvollen Blick zu, als hätte ich der Polizei erzählt, daß sie und Prentiss momentan getrennt lebten. «Wir hatten ein kleine Meinungsverschiedenheit, aber so etwas würde Prentiss nicht zu so extremen Reaktionen verleiten.» Dann fügte sie mit einem kleinen Lächeln hinzu: «Sonst übrigens auch nichts.»

«Es könnte sein, daß er wütender ist, als Sie sich vorstellen.»

«Nein, das ist einfach nicht sein Stil, Lieutenant.»

«Miss, jemand hat versucht, Ihnen etwas anzutun.» Dann wanderten Brancos Augen weiter nach unten, und ich bemerkte, daß er Liz Carlinis wohlgeformte Beine betrachtete. Sie war eine anziehende Frau – nicht grade wie ein Modell oder wie eine Göttin – aber attraktiv und gesund, und sehr gut in Form. Liz pflegte ihren Körper genauso ernsthaft wie ihre Karriere. Vielleicht sah Branco in ihr das willensstarke italienische Mädchen, das es geschafft hatte, aus der repressiven Familie auszubrechen und als glänzende Geschäftsfrau zu reüssieren. Das war möglicherweise sogar die Art von Frau, hinter der er her war: eine unabhängige Frau, die zu erobern eine Herausforderung wäre. Nicht sowas wie ich, der ich mich ihm auf den kleinsten Wink hin zu Füßen werfen würde. Erkannte Branco denn nicht, daß eine aggressive Partnerin bestimmt auch versuchen würde, den wilden Hengst in ihm an die Kandare zu nehmen, oder vielleicht sogar, einen Wallach aus ihm zu machen?

Liz bemerkte seine Bewunderung für ihre Beine und wechselte bescheiden die Stellung, um sie noch besser zur Geltung zu bringen. Kein Wunder, daß diese Untersuchung so lange dauerte.

«Lieutenant», sagte sie, «vielleicht mach' ich da auch viel zuviel Wirbel. Vielleicht waren es einfach nur ein paar Jugendliche, die auf Drogen waren oder sowas». Ich bemerkte einen leichten Wandel in ihrer Stimme, einen sanfteren Ton, eine einladende Modulation. «Vielleicht hätte ich es mir lieber nochmal überlegen sollen, ehe ich Sie anrief. Ich schäme mich direkt, daß ich so viel Theater mache.»

Aber ihre Körpersprache sagte: Komm, Kätzchen, kommkomm.

«Miss Carlini», sagte Branco unerschrocken, «Gewehrschüsse sind keine Sache, die wir leichtnehmen». Großer Mann beschützt hilflose Maid. «Haben Sie gesehen, was für eine Marke das Auto war?»

Liz schüttelte den Kopf. «Es ging alles so schnell. Ich kann mich nur erinnern, daß es eine große, kastanienbraune Limousine war.»

«Fällt Ihnen jemand ein, der so ein Auto besitzt?»

Liz überlegte kurz. «Nicht so auf die Schnelle», hauchte sie als Antwort.

Es war jetzt wirklich an der Zeit, in dieses kleine Menuett ein bißchen Jazz reinzubringen, also fiel ich ein:

«Was für ein Auto fährte denn John Lough?»

Branco sah mich finster an. «Kraychik, haben Sie nicht noch was zu tun, müssen Sie nicht vielleicht diesem Kind, das Sie da haben, die Windeln wechseln?»

«Er geht schon aufs Töpfchen, Lieutenant.»

Liz dachte kurz nach, dann antwortete sie beunruhigt: «Lieutenant, Vannos hat recht. Mein Schwager, John Lough, fährt eine große, kastanienbraune Limousine.»

Branco sprach in ein kleines Sprechfunkgerät, das er am Gürtel festgeschnallt trug. Ich wußte, daß das über einen Transmitter zu seinem Auto und von dort zur Polizeiwache übertragen wurde. Ich hörte, wie er einen ASB von John Loughs Wagen anforderte, was, wie ich wußte, im Polizistenrotwelsch Autosteckbrief bedeutete. Inzwischen fragte ich Liz, was passiert war. Sie erklärte, daß jemand vor einer Weile an ihrem Haus vorübergefahren sei und zahlreiche Schüsse auf die Vorderfenster eines selten benutzten Studios an der Seite des Hauses abgegeben habe. Dort war jetzt gerade ein weiterer Polizist, der die zerbrochenen Fenster und die Kugeleinschläge in der Wand untersuchte.

«Liz», sagte ich, «wie können Sie nur denken, daß das Jugendliche auf Drogen gewesen seien?»

«Ich weiß überhaupt nicht mehr, was ich denken soll. Ist John so etwas wirklich zuzutrauen? Er hätte mich ja umbringen können.»

«Oder Ihren Mann. Das könnte ein weiterer Mordversuch auf ihn sein.»

Als Branco seine Aufmerksamkeit wieder uns zuwandte, sagte ich: « Na also, Lieutenant, für diese Gewehrschüsse hier können Sie jetzt jedenfalls nicht Laurett Cole verantwortlich machen. »

Außer einem verärgerten Stirnrunzeln hatte Branco für diese Bemerkung keine Antwort übrig.

Liz sagte: « Lieutenant, da fällt mir was ein, ich bin aber nicht sicher, ob es wichtig ist. Mein Mann hatte tatsächlich etwas Ärger mit John Lough wegen der Firma. »

« Firma? » fragte Branco.

Liz lächelte höflich – oder war es kokett? – bevor sie sagte: « Meinem Mann gehören die Gladys Gardner Schokoladenwerke. »

« Die ganze Firma? »

Liz nickte.

Branco pfiff lautlos mit gespitzten Lippen.

Ohne zu überlegen platzte ich heraus: « Ein ordentliches Paket, was? »

Branco wirbelte zu mir herum. « Kraychik, ich will Sie hier nicht dabei haben! »

« Lieutenant –»

« Raus jetzt, bevor ich Sie rausschaffen lasse. »

Ich stand auf, schlürfte über den dicken Teppich und verließ den Raum. Im Vorzimmer schlenderte ich ein wenig auf und ab, weil ich hoffte, noch ein bißchen was aufzuschnappen, aber einer der uniformierten Beamten schob mich zur Tür hinaus. Dieser Plan war also mißglückt. Ich wollte noch mit Liz reden, daher beschloß ich, draußen zu warten, bis die Polizisten gingen. Ich wanderte zu Brancos Auto hinüber und lehnte mich an den vorderen Kotflügel. Die Sonne hatte das Metall erwärmt, und die Hitze drang mir angenehm durch meine Khakihosen. Mit der Fingerspitze rieb ich an der matten Farbe auf der Motorhaube. Nach kurzem Polieren kam ein leuchtender Farbton zum Vorschein, der nur unter der oxydierten Oberfläche verborgen lag. Also rieb und rieb und rieb ich da auf der Motorhaube von Lieutenant Vito Brancos Auto herum, bis ich den Umriß eines Valentinstags-Herzen gezeichnet hatte. Ich fuhr die Zeichnung immer wieder nach, bis die Form inmitten der matt gewordenen Farbe herausleuchtete. Ich malte sogar noch einen Pfeil, und dann seine Initialen – V. B. Als ich gerade dabei war, auch noch die fehlenden Initialen in dieses Valentinstags-Herz einzufügen, kam Branco aus dem Haus.

«Sind Sie immer noch da?» fragte er grob.

«Eigentlich bin ich hergekommen, um Liz zu besuchen, nicht um Sie zu ärgern, Lieutenant.»

«Woher kennen Sie sie?»

«Ich bin ihr Coiffeur.»

Er grunzte. »Da scheinen Sie ja gute Arbeit zu leisten.»

Ich nickte und sagte, «Danke». Also hatte er sie *tatsächlich* bewundert. «Tut mir aber leid, wenn ich im Weg gewesen bin.»

«Seit wann entschuldigen denn Sie sich?»

«Wenn ich jemandem versehentlich auf die Füße getreten habe.»

«Lassen Sie nur. Manchmal schadet es nichts, wenn man ein Stimme mehr hört.»

Das war Brancos Art der Vergebung. Er stieg ins Auto und startete. Durch die Windschutzscheibe sah ich ihn mein Kunstwerk auf der Motorhaube des Wagens begutachten. Sein sinnlicher Mund kräuselte sich in den Mundwinkeln zu einem winzigkleinen Lächeln, dann legte er den Gang ein und fuhr rückwärts aus der Einfahrt hinaus. Liz Carlinis Beine hatten seine Stimmung gehoben.

Ich kehrte zum Haus zurück, als gerade der Trupp uniformierter Bullen wegging. Liz sah mich und sagte: «Danke, daß Sie gekommen sind, Vannos. Ich hatte gehofft, daß Sie noch da wären. Ich kann ein bißchen Gesellschaft wirklich brauchen.»

«Nach allem, was gestern war, konnte ich mir da nicht sicher sein.»

«Das von gestern tut mir leid. Wirklich sehr leid.»

«Vielleicht hab' ich Sie ja auch ein wenig zu sehr bedrängt.»

«Ich hatte so viel Stress, mit dem Geschäft und mit meiner Ehe, daß ich anscheinend auf alles losgehe, sogar auf

Leute, denen was an mir liegt und die mir helfen wollen. Ich fürchte, ich habe den Boten für die schlechte Nachricht verantwortlich gemacht. Können Sie mir verzeihen, Vannos?»

«Betrachten Sie es als bereits geschehen.»

«Danke», sagte sie. Und nachdem sie diese kleine soziale Interaktion prompt und erfolgreich erledigt hatte, ging sie und zog ihren Wintermantel an. «Ich fahre jetzt nach Abigail, um Prentiss zu sagen, was hier los war, und um ihn zu warnen. Ich bin mittlerweile auch überzeugt davon, daß er in Gefahr ist. Ich weiß, daß es John war, der die Schüsse abgegeben hat, aber ich wollte es der Polizei nicht sagen.»

«Warum nicht?»

«Unsere Familienprobleme gehen sie nichts an.»

«Aber Sie hätten getötet werden können.»

«Jetzt liegt mir nur daran, Prentiss zu warnen.»

«Warum rufen Sie ihn dann nicht an?»

«Er spricht nicht mit mir. Er legt gleich auf.»

«Versuchen Sie's nochmal. Sie können doch jetzt nicht auf die Etikette achten, wenn es da jemanden gibt, der ihn umbringen will.»

Sie dachte kurz über meine Worte nach. «Vielleicht haben Sie recht», sagte sie und ging, um zu telefonieren. Nachdem sie die Nummer gewählt hatte, hörte ich sie reden, aber sie sprach ohne Unterbrechung, und ich vermutete, daß sie eine Nachricht auf dem Anrufbeantworter hinterließ. Als sie fertig war, kehrte sie zurück und sagte, «Er war nicht da, darum hab ich ihm eine Nachricht hinterlassen. Zumindest ist er jetzt also gewarnt. Ich hoffe nur, daß ich nicht zu spät dran bin». Sie geriet offenber immer mehr in Vezweiflung, fast so, als würde sie bei einem wichtigen Vertrag ausgebootet. «Vannos, könnten Sie nicht vielleicht mit mir da rausfahren?»

Ich überlegte ihre Frage kurz, dann schüttelte ich den Kopf. «Ich muß im Laden arbeiten, Liz.»

«Aber wenn Sie mitkommen, können Sie mir Schützenhilfe leisten. Und Prentiss wird vielleicht am Ende doch glauben, daß mir an ihm liegt.»

«Liz», sagte ich, in der Hoffnung, mich aus all diesen Verstrickungen elegant herausmanövrieren zu können, «ich denke, das Ganze ist wirklich eine Familienangelegenheit, etwas, was Sie beide zu Ende bringen müssen. Und falls Sie einen objektiven Beobachter brauchen, gibt's da ja Leute, die genau dafür bezahlt werden».

«Ich hab' nicht vor, einen Fremden zu bezahlen, damit er sich wie ein Freund benimmt. Ich hatte gedacht, Ihnen liegt was an mir.»

Toll, Stanley. Das hast du gut gemacht, sehr nett und herzlos und unsensibel. Mir ging plötzlich auf, daß der eigentliche Grund für Liz Carlinis Seelenzustand möglicherweise der soeben beendete Besuch von Lieutenant Branco war. Ich hätte das verstanden. Schon mehr als einmal stand ich selber vor der Hysterie, nachdem ich mit ihm zu tun gehabt hatte. Aber ich verstand es im allgemeinen, so etwas in positivere Bahnen umzulenken, indem ich z. B. ein halbes Pfund Schokoladennußcreme aß.

Ich gab nach, da sie mich offenbar so dringend brauchte. «Okay, Liz», sagte ich. «Ich ruf im Laden an und sag, daß ich mich verspäten werde. Dann können wir zusammen nach Abigail rausfahren.»

Sie nickte anerkennend. «Danke.»

Irgend etwas an der ganzen Sache war ein bißchen zu glatt gegangen. Ich merkte, daß ich eine Rolle spielte, die mir offenbar schon zugedacht war, und das beunruhigte mich. Aber trotzdem spielte ich mit.

Als ich Nicole anrief, nahm sie die Nachricht kühl auf. Ich hörte sie in ihrem Notizbuch der unerwiderten Gefallen eine Eintragung machen. Zum Spaß fragte ich, «Notierst du dir aber auch alle die Gefallen, die ich anderen tue?»

«Natürlich. Die zählen doppelt gegen dich.»

So fuhren Liz Carlini und ich los nach Abigail, um ihren Mann vor drohender Gefahr zu warnen. Was wäre besser geeignet als die rührende Besorgtheit einer liebenden Gattin, um ein eheliches Zerwürfnis zu bereinigen? Allerdings, wenn Dan Doherty oder Rafik an der Türe wären und nicht ihr Mann, wäre sie dann immer noch so besorgt?

12.
Die Katze beißt sich in den Schwanz

Eine Fahrt nach Abigail mit Liz Carlini in ihrer großen, englischen Limousine schlug eine Zugfahrt um Längen, sowohl was die Zeit, als auch, was den Komfort betraf. In dem schnellen Wagen fühlte man sich, als säße man in einem schallisolierten Banktresor. Und den Inhalt eines solchen kostete der Wagen wahrscheinlich auch. Aber er war auf alle Fälle das passende Gefährt für Liz Carlini, um höchst dramatisch davonzubrausen und den etwas entfremdeten Gatten vor drohendem Unheil zu bewahren.

Als wir losfuhren, fragte ich sie: «Wie lange ist Prentiss jetzt schon draußen in Ihrem Sommerhaus?»

Ihre Augen schossen zu mir herüber, kehrten aber gleich wieder zur Straße zurück, und das war auch gut so, denn sie fuhr fast hundertzwanzig.

«Warum sollte ich's Ihnen eigentlich nicht sagen, Vannos. Prentiss und ich leben zur Zeit getrennt.»

Darauf war ich schon selber gekommen. «Dann steckt also mehr dahinter als ein geschäftliches Problem, stimmt das?»

Liz zuckte zusammen, antwortete aber nicht.

Ich drang in sie. «Hat's was mit Danny zu tun?»

Liz' Gesicht verzog sich vor Seelenqual, aber sie gab keinen Laut von sich. Die verschneite Landschaft wischte vorbei, und das einzige Fahrgeräusch war der gedämpfte Fahrtwind draußen und ein höflich zurückhaltendes Summen unter der Motorhaube. Ein paar Minuten und viele Kilometer später gewann Liz nach ihrem geschmackvollen Zusammenbruch wieder Haltung und sagte, »Ich weiß nicht, an wen ich mich wenden soll. Ich hab' niemand, bei dem mir das lohnenswert scheint».

Ich schaute sie so mitfühlend wie nur möglich an, um sie in ihrem Vertrauen zu ermutigen, aber ich konnte diese verdammte innere Stimme nicht zum Schweigen bringen, die sagte, *lohnend*, nicht lohnenswert.

Sie fuhr fort. «Ich finde es gräßlich von mir, daß ich auch nur den geringsten Verdacht hege. Ich weiß, daß sie sehr gut befreundet sind, weil sie eben vergangenes Jahr so viel Zeit miteinander verbracht haben, mit dem Aufbau von *Le Jardin* und so weiter.»

«Aber Sie fürchten, daß es mehr als nur Freundschaft ist?»

«Nein, jetzt nicht mehr. Ich habe mich geirrt. Ich war verrückt – eine einfältige, eifersüchtige Närrin war ich. Das kam davon, weil andere mich eifersüchtig gemacht haben. Jeder glaubt anscheinend, daß eine sehr enge Freundschaft zwischen zwei Männern verdächtig ist. Aber ich kenne doch Prentiss, und ich kenne Danny. Prentiss liebt mich, trotz unserer momentanen Probleme. Und ich bin überzeugt, daß sein Interessse an Danny rein väterlich ist und sonst nichts.»

Ich unterließ es, Liz darauf hinzuweisen, daß so etwas ja trotzdem ein kleines Techtelmechtel – oder sogar ein großes – nicht ausschloß.

«Und Prentiss will unbedingt Kinder haben», fügte sie hinzu, als wolle sie damit ihren Gatten von jeder über das Platonische hinausgehenden Beziehung entlasten. «Er betrachtet Danny bestimmt wie einen Sohn.» Liz schüttelte den Kopf und seufzte tief, während sie das lederbezogene Lenkrad fester umgriff und den Wagen noch schneller fuhr. «Vielleicht ist das ja auch ein Fehler, jetzt einfach so hier aufzukreuzen. Vielleicht sollten wir umkehren. Prentiss und Danny geht's bestimmt gut. Sie sitzen wahrscheinlich gerade friedlich am Kamin, und da platze ich herein wie so ein besitzergreifendes, neurotisches Weib, das dem Ehemann keinerlei Privatleben gönnt. Oh Gott, bin ich eine Närrin!»

«Liz», antwortete ich beruhigend. «Das ist schon in Ordnung.» Aber ich dachte, Mensch, mach' doch mal halblang, Mädchen. Dieser Käfer hier fährt einfach zu schnell. Ich sprach weiter, «Ich weiß, daß Danny immer noch eine Beziehung zu Rafik hat. Und Sie haben ganz bestimmt recht – er sucht bei Prentiss wahrscheinlich Sicherheit, und genau das kann ihm Prentiss ja auch geben. Soweit ich Danny kenne, fängt er nie was mit Männern an, die nicht schwul sind. Ganz bestimmt gibt es nichts Sexuelles zwischen ihm und Ihrem Mann».

Aber je mehr ich sagte, desto schneller schien der Wagen zu fahren. Seine zwölf Zylinder waren kurz vor einem unhöflichen Aufheulen.

«Aber wirklich, Vannos, kommt's denn darauf überhaupt an, vor allem jetzt, wo irgend jemand Prentiss was antun will? Was bedeutet es denn schon, wenn er tatsächlich was mit einem Typen hat? Und was bedeutet es schon, wenn er ihn zum Erben einsetzen will?»

«Zum Erben?»

Liz nickte. «Er hat Danny in sein Testament aufgenommen. Ich protestierte, aber Prentiss hat nicht auf mich gehört. Wahrscheinlich liegt's daran, daß er immer noch Schuldgefühle hat, weil er das Vermögen seiner Mutter geerbt hat. Da er selber ja keinen leiblichen Erben hat, denkt Prentiss wohl, er müsse sein Geld weggeben.»

«Schließlich ist es *sein* Geld, und er kann damit machen, was er will, Liz.»

«Aber es ist Zeit, daß sich das ändert und daß er mit seinem Leichtsinn aufhört.»

Laß' dir das mal durch den Kopf gehen, Liz, und entspann' dabei den rechten Fuß ein bißchen. Aber sie fuhr nur noch schneller, während sie sagte, «Manchmal hab' ich das Gefühl, daß die Ahnenreihe der Kingsleys nur ein Dreck ist. Ich wollte Prentiss mit *Le Jardin* zeigen, daß sich alles irgendwann ändert, sogar die Tradition der Kingsleys.»

«Was wäre, wenn Sie und Prentiss ein Kind hätten? Würde das nicht die Kingsley-Linie fortsetzen?»

Liz lächelte, als wüßte sie ein reizendes Geheimnis. «Das würde allerdings einiges ändern», sagte sie. Ich fragte mich, um was für ein Geheimnis es sich handeln könnte. War sie vielleicht schwanger? Das würde zum Bild der modernen Frau, die alles hat, ja gut passen. Aber soweit ich sehen konnte, beruhte die Liebe zwischen Liz und ihrem Mann wohl eher auf Bilanzen, Finanzierungsplänen und Umsatzkurven als auf Satinlaken, feuchter Erwartung und Körpereinsatz. Allerdings gibt es auch Leute, die ihre größten Ekstasen erleben, wenn sie an Geld denken. Das mußte ich Liz Carlini überlassen. Sie war eine Frau, die sehr daran arbeitete, ihr Leben in Ordnung zu bringen und ihr Schicksal selbst in die Hand zu nehmen. Aber schließlich weiß jeder Narr, daß der kleinste Mord die solidesten Pläne unterminieren kann.

Plötzlich hörten wir ein leises Piepsen unter dem Armaturenbrett. Sie nahm sofort das Gas weg, und wir fielen wieder hinter die Schallmauer zurück. Ich sah alarmiert in ihre Richtung, aber sie lächelte zu mir herüber. «Ein Anruf», sagte sie, während sie das Autotelefon von der gepolsterten Lederkonsole zwischen unseren Sitzen aufnahm. Offenbar fand sie es glamourös, in ihrer britischen Limousine Telefongespräche entgegenzunehmen. Sie genoß es offensichtlich, aber Sekunden später schmiß sie den Hörer auf. «Falsch verbunden», sagte sie.

«Ist das schlimm?»

«Ich muß es trotzdem bezahlen.»

«Machen Sie keine Witze.»

«Irgendwann wird's rückgebucht, aber das dauert Monate.»

Wenigstens hatte der Anruf bewirkt, daß wir jetzt langsam fuhren. Ich fragte Liz, ob die Pläne zur Eröffnung von *Le Jardin* beibehalten werden sollten, da ja dieser Mord während der Galaveranstaltung womöglich als schlechtes Omen ausgelegt werden könnte.

«Das ist mittelalterlich gedacht. Man muß mißliche Umstände einfach in Vorteile umwandeln. Ich werde diese ganze Publicity benützen, um das Geschäft anzukurbeln. Man kann Geschäftspläne nicht von so einem bißchen Ärger mit der Polizei durcheinanderbringen lassen».

Als wir uns unserem Ziel näherten, verließ Liz den Highway und fuhr ins Ortszentrum von Abigail. Wie um unsere Ankunft zu verkünden, erklang ein feines Läuten vom Armaturenbrett, und ein bernsteinfarbenes Licht blinkte dezent auf: TANKEN.

Liz sagte: «Ich brauch' Benzin.»

Sie bog in die einzige Tankstelle von Abigail ein. Ein alter Seebär kam ans Autofenster und grüßte sie.

« Hallo, Mrs. Kingsley. Schon wieder da? »

Sie antwortete kurz angebunden: « Volltanken, Ben. »

« Läuft der Wagen jetzt wieder besser? »

« Ganz gut, Ben. »

« Na prima », sagte er und machte sich an die Arbeit.

Liz murmelte für sich, « Immer nennt er mich Kingsley ».

Währenddessen freute ich mich von Herzen, als ich sah, daß es tatsächlich noch an einigen Orten den guten alten freundlichen, englischsprechenden Service gab, besonders wenn man reich genug war, an diesen Orten zu wohnen.

Ich fragte Liz nebenbei, was mit dem Wagen gewesen sei, weil ich mich wunderte, wie ein Gefährt, das so teuer war wie mehrere Häuser zusammen, auch nur ein einziges Mal stottern konnte. Sie erklärte seltsam gereizt, daß es nur eine kleine Reparatur gewesen sei, und fügte hinzu, « Das sind immer noch die angesehendsten Sportwagen, die es gibt ». Ich nehme an, selbst ein hochgezüchtetes Vollblut braucht manchmal ein bißchen häusliche Liebe und Zuwendung.

Als er den Tank gefüllt hatte, sagte Ben: « Da ist ja heute ganz schön was los in Ihrem Haus, was? »

« Warum? » entgegnete Liz.

« Ooch, ich hab nur gesehen, daß Mr. Lough heute auch schon hier war. »

Liz sah plötzlich beunruhigt aus. « Danke, Ben », sagte sie, startete schnell und fuhr von der Zapfsäule weg. Dann jagte sie den Tiger durch alle Gänge und kurvte die gewundene Straße hinauf wie bei einem Slalomrennen – ein wenig zu sportlich für meinen empfindlichen Magen – zum Sommerhaus der Kingsleys. Endlich erreichten wir den höchsten Punkt der Landzunge, und zum zweiten Mal innerhalb von zwei Tagen konnte ich den Blick auf das Städtchen und den Strand von ganz hoch oben genießen. Das war in der Tat ein fulminanter Platz für ein Haus am Meer. Aber als wir oben ankamen, erwartete uns eine unangenehme Überraschung. Vor dem Haus war die Straße von den Streifenwagen der Polizei gesäumt, mit rotierendem Blaulicht und quäkenden Sprechfunkgeräten.

« Oh nein! » schrie Liz auf. « Prentiss! »

Wir hatten einiges zu tun, bis wir an den beiden Polizisten vorbei waren, die die Türe bewachten. Sie schienen in Liz Carlini nicht Prentiss Kingsleys Ehefrau zu erkennen. Sicherlich trug auch ihr schwuler rothaariger Begleiter nicht viel zu ihrer Glaubwürdigkeit bei. Aber da erschien Prentiss selbst in der Türe und löste das Problem. Liz klammerte sich in einer verzweifelten Umarmung an ihn. «Oh, Prentiss, Gott sei Dank, daß du lebst. Was ist passiert? War es John? Ist er hier auch hergekommen?»

Prentiss hielt seine Frau an sich gedrückt und befahl ihr leise, aber mit Nachdruck: «Elizabeth, sag nichts, bevor nicht unser Anwalt da ist.»

«Aber was ist denn geschehen?»

«Es ist Daniel», sagte er mit eisiger Stimme. «Er ist tot.»

Das warf uns beide um.

Ich wollte schon sagen, daß ich ihn noch gestern nachmittag hier im Haus gesehen hätte, verbiß es mir aber noch rechtzeitig. Das brauchte niemand zu wissen, vor allem nicht die Polizei. Nachdem Prentiss unsere Identität bestätigt hatte, durften wir ins Haus, aber es wurde uns auch gleich gesagt, daß wir uns für Fragen bereithalten müßten. Dann wurden wir drei ins Solarium gebracht. Es klingt vielleicht makaber, aber meine morbide Neugier wollte zu gerne wissen, was geschehen war. Ich fragte ganz beiläufig den Beamten, «Wo ist die Leiche?»

Er antwortete nicht.

Ich hakte nach. «War's ein Unfall?»

«Hören Sie mal, Sie», sagte er knapp. «Sie halten den Mund. Sie kriegen schon noch Gelegenheit zum Reden.»

Man ließ Liz und Prentiss und mich zusammen im Solarium. Obwohl es draußen eiskalt war, wirkte die Wintersonne unter den glänzenden Glasscheiben backofenwarm. Ich erinnerte mich an die kurzen sexy Augenblicke, die ich vor knapp vierundzwanzig Stunden hier mit Rafik erlebt hatte. Während ich dasaß und auf meine Vernehmung wartete, fragte ich mich, wo er wohl jetzt sein mochte.

Liz sprach sotto voce zu Prentiss. «John hat heute vormittag auf mich geschossen.»

«Lächerlich», flüsterte Prentiss.

«Ich dachte schon, er wäre hier hergekommen, um dir auch noch was anzutun.»

Prentiss sah seine Frau streng und kalt an. «Elizabeth», sagte er, «John ist mein Bruder, mein Halbbruder, eine Tatsache, die zu akzeptieren du dich stets geweigert hast. Er würde weder dir noch mir jemals etwas tun».

Liz sah mich erbittert an. «Vannos, erzählen Sie bitte meinem Mann, was bei uns zu Hause heute vormittag passiert ist.»

Dem kam ich höflich nach, indem ich sagte: «Ich war nicht da, als es geschah, aber ich kann mich für die zerbrochenen Fensterscheiben und die Einschüsse in der Wand verbürgen. Das war real. Genau wie die Polizisten, die dort Nachforschungen anstellten.»

Liz insistierte: «Ich bin überzeugt, daß John diese Schüsse abgegeben hat.» Sie sah ihren Mann direkt an. «Wer sonst könnte meinen Tod wünschen, wo er doch zum Erben meines Anteils eingesetzt ist?»

Prentiss antwortete ihr scharf, als würde er ein begriffsstutziges Kind belehren. «Niemand wird irgendetwas erben, solange ich nicht sterbe. Du beschuldigst da jemanden ohne wirkliche Beweise.»

«John verabscheut mich.»

«Das bildest du dir ein. Schon immer. Ich kenne John, solange ich lebe, und er würde keinem von uns beiden je etwas tun.»

«Er ist ein abscheulicher Schmarotzer.»

«Er ist mein Bruder.»

«Halbbruder», gab Liz zurück, wie zum Beweis, daß sie das richtige Wort gelernt habe. Dann wandte sie sich von ihrem Mann ab und war eingeschnappt.

Ein Polizeibeamter trat ein und bat sie, ihm zu folgen. Als sie das Solarium verließ, sagte Prentiss, «Elizabeth, denk' dran, keine Antworten, bevor unser Anwalt da ist.»

«Ich kann selbst denken, Prentiss», sagte sie, schob ihr Kinn vor und ging mit dem Beamten weg.

Der distinguierte Prentiss Kingsley schüttelte vor lauter

Bestürzung den Kopf, dann ließ er die Stirn in seine Handflächen sinken.

Ich fragte leise: «Wer hat Dannys Leiche gefunden?»

Er hob seinen Kopf nicht, während er sprach. «Ich kam gerade von meinem Morgenlauf zurück. Er lag auf dem Bett ...» Dann begann Prentiss Kingsley, der Erbe eines viele Millionen schweren Schokolade-Vermögens, leise zu schluchzen. Er hob den Kopf und blickte mich mit nassen roten Augen an. «Wissen Sie, wie er getötet wurde?» ächzte er. Sein Kinn zitterte, und seine Wangen waren tränenüberströmt. «Haben Sie's gesehen?»

Er tat mir leid. Er hatte offensichtlich versucht, vor seiner Frau und dem Polizisten Haltung zu bewahren, aber nun, da er allein bei mir saß, verlor er die Kontrolle. Das passiert übrigens den Leuten öfters mit mir.

«Tut mir leid», sagte ich. «Wollen Sie's mir erzählen?» Meine slawische Neugier hoffte auf eine detaillierte Beschreibung.

Er biß sich auf die Lippen, dann sprach er. «Sie haben einen Revolver genommen ...»

«Ja?»

«Und ihn ihm ...», er schwieg und unterdrückte einen neuen Anfall von Schluchzen, der sich in seinem Körper anstaute.

«Sprechen Sie weiter», ermutigte ich ihn. «Es ist das beste, wenn man's rausläßt.»

«Sie haben ihm den Revolver reingesteckt ...» dann siegte das Schluchzen, und er konnte nicht weiterreden. Ich rückte neben ihn und legte ihm den Arm um die Schultern – und bemerkte dabei schnell, daß Prentiss Kingsley, der große Herr kurz vor dem Ruhestand, der jetzt über den Tod eines jungen Freundes bis in die tiefste Seele erschüttert war, trotzdem nicht seinen kraftvollen Körper verleugnen konnte. Seltsam, wie manche Männer so sanft und verfeinert wirken, während doch unter ihrer Kleidung ein starker, männlicher Körper steckt. Bei meiner Berührung jedoch zuckte er zurück. Er keuchte und weinte und schluchzte noch ein paar Minuten, dann verstummte er.

«Meine Frau hört mich jetzt nicht einmal mehr an.»

Ich saß da und sah ihm ausdruckslos ins Gesicht, schon beinahe so wie der Psychiater, bevor er die typische Frage stellt: «Weshalb empfinden Sie das so?» Am Ende reden die Leute dann immer, bis sie entweder zu einem Entschluß oder zum toten Punkt kommen. Und natürlich sprach auch Prentiss Kingsley von selber weiter, ohne daß man ihn drängen mußte.

«Mein Bruder John – zwischen ihm und meiner Frau herrscht eine furchtbare Spannung. Er war immer so guter Dinge und so freundlich, aber als ich heiratete und als meine Frau dann Daniel anstellte, damit er ihr bei dem neuen Laden half, also da geriet John irgendwie ins Abseits. Nach und nach wurde daraus offene Feindschaft, so arg, daß es für meine Frau jetzt ein leichtes ist, John für alle Schwierigkeiten verantwortlich zu machen, die wir haben.»

Während er sprach, starrte ich ihn völlig sachlich an, mit genau dem Blick, der beim Therapeuten mehr als hundert Kröten pro Stunde kostet. Es schien zu wirken, und er redete weiter.

«Vielleicht hat Elizabeth einfach zu viel gearbeitet und ist deshalb dort, wo sie jetzt steht. Ich hab ihr klarzumachen versucht, daß das gar nicht mehr wichtig ist, daß sie nicht so ackern muß.»

Ich blieb still. Warum sollte ich mir die Chance verderben, daß möglicherweise ein ganzer Schwall von Informationen über mich hereinbrechen würde? Wenn die Leute gerade ein größeres Trauma hinter sich haben, erzählen sie oft dem nächstbesten Fremden die intimsten Dinge. Wieso würden wohl sonst die Herren vom Bestattungsinstitut so gut über die jeweiligen Bankkonten und Kapitalanlagen und Investitionspapiere Bescheid wissen?

Prentiss plapperte weiter, als spräche er mit sich selbst. «Wo bleibt denn eigentlich mein Anwalt? Es muß doch jetzt so viel erledigt werden.»

Ich merkte, daß sein Gedankenfluß zu den verschiedenen Tatsachen allmählich nachließ, und versuchte es daher mit einer direkten Frage. «Und wie steht es mit einem Erben?»

Prentiss' Augen funkelten verärgert. «Ich glaube, das geht Sie wirklich nichts an.»

Ich war zu weit gegangen, hatte die Grenzen des Privatbereichs überschritten. Ich hatte sozusagen unterstellt, daß Prentiss Kingsley und seine lebenssprühende junge Frau es nicht «miteinander trieben».

Wir saßen schweigend nebeneinander, bis Liz ins Solarium zurückkehrte, diesmal mit einem Polizeibeamten aus dem Ort, der sich für die Unannehmlichkeiten entschuldigte, die all diese unerfreuliche Fragerei ihr und dem werten Gemahl sicher bereitete. Über die Unannehmlichkeiten von Dan Doherty, wo immer er jetzt war, machte sich niemand Gedanken.

Derselbe Beamte bat mich, ihm zu folgen, um ein paar Fragen zu beantworten. Ich sagte, ich müsse erst noch auf die Toilette, das war aber nur eine Finte, damit ich mich noch ein bißchen umschauen konnte. Er war einverstanden und führte mich hin. Als wir an dem Schlafzimmer vorbeikamen, in dem Dannys Leiche lag, blieb ich an der offenen Tür stehen und schaute hinein, um schnell alles in mich aufzunehmen, bevor der Beamte merkte, daß ich ein Stück hinter ihm zurückgeblieben war. Was als erstes ins Auge fiel, war das Blut. Überall war alles rot, in Spritzern und Flecken und Pfützen. Man konnte fast nicht glauben, daß in einem einzigen Körper so viel Blut sein sollte. Dan Doherty lag mit dem Gesicht nach unten nackt auf dem Bett. Ich brauchte erst noch ein paar Sekunden, ehe ich begriff, was das Hackfleisch auf dem Bettlaken zu bedeuten hatte: der Revolver war ihm von hinten reingeschoben und abgefeuert worden. Mir hob sich der Magen, und meine Masche, nämlich daß ich die Toilette benutzen wollte, wurde zur dringenden Notwendigkeit. Ich rannte an dem Bullen vorbei und konnte meinen Kopf gerade noch rechtzeitig über das Waschbecken halten.

Die nachfolgende Vernehmung war einfach und routinemäßig, für den Moment jedenfalls. Die hiesigen Polizeibeamten wollten nur wissen, ob ich Danny gekannt habe und warum ich hier sei. Ich erklärte ihnen, daß sowohl Dan Doherty als auch Liz Carlini Kunden von mir seien, und daß

Liz mich eingeladen habe, heute mit ihr herauszufahren. Ich sagte absichtlich nichts über Liz' Verdacht John Lough gegenüber. Das war ja übrigens auch nur ihre Sicht der Dinge. Die Polizisten erschienen mir sehr freundlich und hilfsbereit, was wieder einmal meine Theorie bestätigte, daß in einer wohlhabenden Gegend sogar die Polizei nett ist.

Als ich zum Solarium zurückkehrte, blieb ich noch einmal an der Schlafzimmertür stehen. Dannys Körper war jetzt zugedeckt, wodurch es mir leichter wurde, etwas zu bemerken, was ich vorher nicht gesehen hatte. Auf dem Nachttisch neben dem Bett stand eine herzförmige Pralinenschachtel mit Trüffeln von *Le Jardin*, die mit Dannys Blut vollgespritzt war. Die Schachtel war offen, aber soweit ich sah, fehlte keine Praline. Wieder einmal fragte ich mich, wo Rafik steckte.

Ein paar Minuten später sagten die Polizisten nur, daß ich gehen könne, also ging ich mich von Liz und Prentiss verabschieden, die endlich mit ihrem Anwalt konferierten. Liz schien es jetzt besser zu gehen. Vielleicht hatte die allwissende Anwesenheit ihres Anwalts ihr Selbstvertrauen wiedererweckt. Sie bestand sogar darauf, mir das Taxi zurück nach Boston zu zahlen. Ich protestierte gegen diese Verschwendung, aber schließlich überzeugte sie mich doch mit der Bemerkung, sie habe mich ja am Anfang darum gebeten, sie hierher zu begleiten. Außerdem dachte ich mir, sie könne es sich schon leisten.

Obwohl ich also mit dem Taxi in die Stadt zurückkehrte, war es bereits zu spät, um Tobias noch im Laden abzuholen. Ich rief Nicole zu Hause an und entschuldigte mich, daß ich nicht eher gekommen sei, was ja schon wieder eins meiner gebrochenen Versprechen war. Sie schien es aber alles ganz heiter und gelassen zu nehmen. Ich fragte mich, ob vielleicht Charles da sei, um mein Sündenregister weiterzuführen? Und wo Nicole so nett war, warum spürte ich dann trotzdem den Boden unter meinen Füßen versinken?

«Nikki», sagte ich zögernd, weil ich nicht wußte, wo ich anfangen sollte mit dem, was ich ihr jetzt sagen mußte. «Dieses ganze Hin und Her mit Tobias wird jedenfalls sowieso bald vorbei sein.»

« Ach ja? » sagte sie ziemlich desinteressiert.

« Ja. Laurett Cole wird demnächst aus dem Gefängnis kommen, das verspreche ich dir. »

« Stanley, was redest du denn da? »

« Es ist noch jemand ermordet worden. Dan Doherty ist heute in Abigail umgebracht worden. Und Branco kann Laurett damit auf keinen Fall in Verbindung bringen. »

« Deswegen bist du also so spät! »

« Ja, Nikki. Das war heute wirklich das echte Leben. »

Ich erzählte ihr alles noch einmal, von meinem Besuch in Liz Carlinis Haus am Chestnut Hill bis zu meiner Rückkehr aus Abigail im Taxi. Wenn ich insgeheim die eine oder andere besonders grausige Einzelheit wegließ, fühlte sie instinktiv, daß da etwas fehlte, und sofort hakte sie nach und verlangte: « Erzähl mir alles. » Wenn man mit einem Klatsch-Vielfraß zu tun hat, darf man nie auch nur die geringste Kleinigkeit weglassen, notfalls erfindet man welche dazu.

Am Ende sagte Nicole: « Schätzchen, verzeih mir, daß ich an dir gezweifelt habe. Ich hatte ja keine Ahnung, was alles passiert ist. Möchtest du dir morgen eine Weile freinehmen, was du wirklich verdienst, obwohl du es dir nicht verdient hast? »

« Danke dir, Nikki, aber ich glaube, es geht schon. Ein bißchen belämmert fühle ich mich allerdings. Ich hab's noch nicht so ganz begriffen. »

« Ruf mich an, wenn's notwendig sein sollte. »

« Klar, Liebes. »

Sie legte auf, und ich wußte, wir waren wieder Freunde.

Als ich dann endlich allein war, ausgepumpt wie ich mich fühlte, genehmigte ich mir einen doppelten Bourbon, schrubbte mir unter der heißen Dusche fast die Haut ab und ging dann ins Bett. Ein paar Sekunden später schlief ich schon.

13.
Hausbesuch

Auf der Uhr ist es 2:40, als mich ein Geräusch weckt – das Geräusch einer schweren Lederjacke, die auf den Boden fällt. Sugar Baby setzt sich auf die Hinterbeine und schnurrt laut auf ihrem Daunenkissen neben meinem Kopf. Sie scheint aufgeregt zu sein, aber nicht erschrocken. Mir wird klar, daß die heruntergefallene Jacke nicht mir gehört, daß jemand hier in meinem Schlafzimmer ist. Ich erstarre und versuche den ungeladenen Gast zu erkennen, der undeutlich in der dunkelsten Ecke des Zimmers wahrzunehmen ist. Die Luft ist ruhig, und einen Augenblick hoffe ich, daß ich mir das alles nur einbilde. Aber dann höre ich ihn atemholen und erschrecke zu Tode. Ich bin ja völlig hilflos, wie ich da nackt in meinem Bett liege. Das Telefon steht zwar neben mir, aber wozu sollte das gut sein? Wie kann ich die Polizei rufen, wo doch derjenige, der hier im Zimmer ist, mich in dem schwachen Lichtschein sehen kann, der durch das Straßenfenster hereinfällt?

Seine Stimme durchbricht die Stille.

«Hab' keine Angst.»

Ich erkenne sofort den französischen Akzent. Es ist Rafik.

«Was willst du?» frage ich und lange zu der Lampe auf dem Nachttisch hinüber.

«Kein Licht.»

«Warum nicht?»

«Non!»

«Hast du Angst, daß ich dann das Blut auf deiner Kleidung sehe?»

«Ich habe nischt getan.» Er kommt näher zum Bett. «Ich habe Dahnie nischt getötet. Muß ich gar nischt. Er giebt mir alles was ich will.»

«Außer Sex.»

Rafik erwidert fast traurig: «Außer Liebe.»

Ich bemerke, wie er sich auszieht, mit all den vertrauten Geräuschen, die ein Liebhaber eben macht, wenn er sich im

Dunkeln entkleidet: das Pf-Pf von Hemdknöpfen, die aufgemacht werden, das Reiben von Baumwolle, die von den Schultern und über die Arme hinabgleitet, das Quietschen schwerer Lederstiefel, die abgestreift werden und – plopp – auf den Boden fallen, das Klicken einer sich lösenden Gürtelschnalle aus Messing, das leise Wispern eines Reißverschlusses, während er geöffnet wird, das leichte Schaben von Blue Jeans, die über muskulöse Beine herabgestreift werden, das Schnalzen eines Gummibunds. Hat er absichtlich seine weißen Socken angelassen, weil er weiß, daß das eine geheime Schwäche von mir ist?

Er kniet sich hin und zieht etwas aus seiner Jackentasche. Dann nähert er sich dem Bett und stützt ein Knie auf die Bettkante. Er legt den Gegenstand, den er aus seiner Jacke gezogen hat, auf den Nachttisch. In der Dunkelheit erkenne ich undeutlich die Form eines Revolvers. Die Luft zwischen uns pulsiert vor Angst meinerseits und Begierde seinerseits – und vielleicht auch meinerseits.

Er sagt: «Ich will mit dir zusammen sein.»

«Ich kann nicht. Nicht, wenn du so etwas getan hast.»

«Was habe isch getan? Isch will ihn lieben, aber er sagt nein. Sag nischt nein, Stani.»

Er ist mir gegenüber im Vorteil. Falls er ein Mörder ist, möchte ich nicht unbedingt auf den falschen Knopf drücken und mir damit das Hirn rausblasen lassen. Er hebt die Decke und schlüpft zu mir ins Bett. Sugar Baby verharrt auf ihrem Platz auf dem Kissen. Wenigstens ein Trost. Mein Haustier bleibt gleichmütig, auch wenn ich das Opfer eines Sexualmordes werde.

«Entspanne dich, *mon cher*», murmelt er. «Ich verletze dich nischt.»

Er berührt mich an der Schulter. Seine Hand ist warm und stark, nicht so, wie ich mir die Hand eines Mörders vorstelle. Ich bin sicher, daß er auch ein exzellenter Liebhaber ist, was nur leicht beeinträchtigt wird durch seine Neigung, seine Partner hinterher umzubringen. Dann geht etwas Seltsames in mir vor, und zwar im selben Moment, als mir klar wird, daß dieser nackte Mann in meinem Bett mir nach dem Leben trachten könnte. Das ist schon eine Ironie: ich habe keinen Liebhaber, und jetzt will ein Mörder mich haben. Und anstatt auf irgendwelche Möglichkeiten zur Flucht oder Selbstverteidigung zu sinnen, merke ich, wie ich mich ihm ergebe. Mit vollkommener Klarsicht und Ruhe denke ich: Wenn dieses flatterhafte, sinnlose, stupide, armselige Leben denn unter der Hand eines Sexualmörders zu einem unrühmlichen Ende kommen soll, dann nur zu. Rafik kann alles haben, was er will.

Er stützt sich auf einen Ellbogen und sieht mich an. Dann beugt er sich über mich und küßt mich sanft auf den Mund. Ich spüre seine wohlgeformten Lippen auf den meinen. Nur ein Mund zwar, und doch, was für ein wundersamer Stoff! Aber ich liege steif da und frage mich, was er als nächstes tun wird. Ich spüre, wie sich seine Lippen zu einem Lächeln verziehen.

« Ich überrasche disch, *hein*? »

Ich hole tief Luft und lasse sie dann in einem langen, lauten Seufzer heraus.

« Gut », sagt er, « jetzt habe ich disch ».

Ich bete, daß ich das, was nun folgt, überleben werde.

Unter der Daunensteppdecke hebt sich Rafik auf die Knie und hockt sich mit gespreizten Beinen über meinen Körper. Seine warmen Schenkel pressen sich fest um meine Hüften. Die Haare auf seinen Beinen kratzen über meine glatte Haut. Er beugt sich tiefer und leckt an meinen Brustwarzen, dann streift er leicht mit seinem Ein-Tages-Bart darüber, womit er ganze Kilowatts von Lust durch meinen Körper jagt. Er senkt seine Hüften sanft in meinen Schoß, und seine warmen bepelzten Lenden schmiegen sich an und drücken und schieben an mir. Starke Hände, heiße Hände kneten meine Schultern und Oberarme. Er schiebt seinen schweren Sack auf meinem Bauch vor und zurück. Ein kleiner Biß, und dann noch einer, an meinen Brustwarzen. Ein feuchtes Glied drängt sich zwischen meine Schenkel, meine zusammengepreßten Schenkel, die vom Druck seiner eigenen starken Beine von links und rechts zusammengehalten werden. Eine Hand findet die andere, eine Lippe die andere, ein Stöhnen das andere.

Er setzt sich wieder auf und preßt seine Hüften härter in meinen Schoß. Er preßt, quetscht, zieht und melkt mein Fleisch mit seinem Kolben. Auch als er darangeht, sich zu pfählen, umklammert er mich mit seinen kräftigen Gliedern.

« Ich hab keinen Schutz », sage ich. Da ist ein Mörder in meinem Bett, und ich sorge mich um sicheren Sex.

« Voilà », antwortet er und nimmt ein kleines Folienpäckchen vom Nachttisch, gleich neben dem Revolver.

Heiße, erwartungsvolle Hände finden ihren Weg über meine Brust und meinen Bauch. Er schlängelt sich in die andere Richtung und beugt sich nieder, um mich dort zu küssen, wo klarer Sirup aus mir hervorquillt. Er wühlt mit der Nase in meinem Busch, dann küßt er den Schaft rings um seine Spitze. Langsam arbeitet er sich hinab bis zur Basis, knabbert die ganze Länge hinauf und hinunter und folgt dem Weg seiner Lippen direkt mit der Latexmembran, die uns schützen wird.

Jetzt setzt er sich auf und beginnt den stürmischen Ritt. Er packt meine Schultern, um besser Halt zu haben, und schiebt sich über mich herab. Bei meinem ersten Eindringen, gerade nur mit der Spitze, zuckt er heftig zusammen. Er hält mich in jähem Schmerz fest an sich gedrückt. Ich blase ihm kühle Luft ins Gesicht. Wir atmen zusammen. Ich flüstere: « Es ist doch nur eine andere Art von Reiz. » Er senkt seinen Körper und preßt sich an mich. Sein kurzgeschnittenes Brusthaar kratzt mir die Haut auf und scheuert mich, während er sich weiter auf mich und über mich windet und dreht und uns immer mehr zu einer Einheit zusammenpreßt. Ich spüre seine Wärme um meinen Schwanz, und von der Haut über die Muskeln über die Knochen bis zur Seele ist alles Widerstreben weg und vorbei, alle Poren und Pforten sind offen. Wir galoppieren, wir rasen, wir jagen zu schnell dahin, wir springen durch einen dunklen Traum, zerplatzen zu Feuer und Steinen, zerstieben zu funkelndem Staub, fallen herab und sterben.

14.
– geht niemand was an

Am nächsten Morgen weckte mich Sugar Babys kühle feuchte Nase, die mich leise gegen das Kinn stupste. Ihre Nase und ihr lautes Schnurren. Rafik war nicht mehr da. Sogar sein Geruch war verschwunden. War er überhaupt da gewesen? Oder hatte ich mir das alles nur eingebildet, wie einen Film im Kopf, einen Film in Sensorama wohlgemerkt? Der einzige Beweis für unser nächtliches Abenteuer war ein trauriger, verschrumpelter Gummi auf dem Teppich und meine noch immer summenden Hinterbacken.

Ich stand auf und machte mir Kaffee. Das Telefon läutete, als ich Sugar Baby gerade Futter und Wasser hinstellte. Manchmal frage ich mich wirklich, ob ich nicht unbeabsichtigt in meiner Katze einen konditionierten Reflex geschaffen habe, und zwar den, daß ein Telefongespräch für sie Futter signalisiert, da ich beides so oft zusammen mache.

Ich nahm ab, und Nikki fragte: «Geht's dir einigermaßen?»

«Klar, Liebes. Warum denn?»

«Deine Stimme klingt heute so komisch, fast rauh.»

«Ich hab, ääh, also ich hab' heute nacht so ein bißchen Urschrei-Therapie gemacht.»

«Allein?»

«Ich hatte jemanden zur Anleitung ...»

«Das besprechen wir später», sagte sie. «Kannst du den Laden heute aufmachen? Wir sind hier nämlich alle ein bißchen spät dran.»

«Wer ist wir?»

«Kannst du, Stanley?»

«Heißt das, daß ich wieder Geschäftsführer bin?»

«Ich denke schon.»

Ich schwieg kurz. «Gut, dann sperre ich auf.»

«Danke», sagte sie und legte auf.

Ich hatte keine Gelegenheit, ihr zu sagen, daß ich heute morgen eigentlich als erstes Lieutenant Branco hatte aufsuchen wollen, bevor ich in den Laden ging. Ich wollte herausfinden, was er über den gestrigen Mord an Dan Doherty wußte. Aber das mußte jetzt eben eine Weile warten, bis ich den Salon Snips geöffnet hatte.

Mein Magen knurrte vor Hunger, wie immer am Morgen, vor allem nach einer wilden Nacht. Ich machte mir schnell Frühstück, und zwar fettfreie Vollkornsemmeln aus kontrolliertem biologischen Anbau mit einer extra dicken Schicht Butter darauf und frisch gemahlenen Kaffee ohne Zucker, aber mit einem Schuß Sahne. So war dieses Frühstück wenigstens halbwegs gesund. Dann duschte ich und zog mich an und eilte zum Laden.

Draußen war es beißend kalt bei grauem Himmel. Anscheinend stand noch ein Schneesturm bevor. Kalt, warm, bewölkt, sonnig, feucht, trocken – alles innerhalb eines Tages, typisches Neuengland-Wetter. Wie sich herausstellte, hatte ich an diesem Vormittag ununterbrochen zu tun, das heißt, es gab keine Gelegenheit, mal hinauszuwischen und wie geplant Banco zu besuchen. Nicole und Tobias kamen kurz nach der Mittagspause an. Sie wirkte ein bißchen verdrießlich, obwohl ich selber ganz besonders fröhlich strahlte. Während Tobias auf der Toilette war, fragte ich Nicole, ob Charles die Nacht bei ihr verbracht habe. Ich wollte nämlich gerne wissen, ob ihr Lover bis früh geblieben war, im Gegensatz zu meinem Succubus, der genauso geheimnisvoll verschwand, wie er aufgetaucht war.

«Nein, hat er nicht», entgegnete sie. Dann packte Nicole meinen Arm und zog mich ins Hinterzimmer. Sie sagte der Empfangsdame, sie solle Tobias im Auge behalten, bis wir zurückkämen. Sobald wir allein waren, schenkte sie uns beiden eine Tasse Kaffee ein und setzte sich. Sie zog die schwere goldene Zigarettendose aus ihrer kleinen Lederhandtasche und wählte aus ihrem pastellfarbenen Sortiment, das vollkommen geordnet in der Dose aufgereiht lag, eine blaß türkisfarbene Zigarette aus. Ein einziger Druck auf ihr rotlackiertes Feuerzeug entzündete die Zigarette und versetzte Nicole in eine glücklich gehobene Stimmung. Sie sprach durch die wohlriechende Rauchwolke, die sie soeben geschaffen hatte. «Also, ich will alles hören.» Sie nahm einen zweiten tiefen Zug und fügte hinzu, «Auf die Minute genau, wenn nötig.»

«Worüber, Liebes?»

«Über *deinen* Herrenbesuch, Stanley.» Eine Augenbraue ging hoch. «Ich nehme an, es war Rafik.»

«Stimmt.»

«Und?»

«Er ist sexy, geschickt und unheimlich einfallsreich.»

«Sicherer Sex?»

«Auch das.» Dann hatte ich plötzlich eine Erkenntnis. «Nikki, ich hab's! Dieses Kondom beweist, daß ich recht hatte. Rafik kann nicht der Mörder sein, wenn er so das Leben achtet.»

«Stanley, es hat schon Mörder gegeben, die Neuro-Chirurgen waren. Außerdem hat er dabei ja vielleicht nur an sich gedacht.»

«Nein, Liebes. Das war etwas anderes.»

Nicole grinste. «Natürlich, Schätzchen. Bei *dir* war es selbstverständlich Liebe.»

«Nicht so ganz. Ich bin, wie man so schön sagt, flachgelegt worden, aber nicht geküßt.»

«Er ist also nicht geblieben?»

«Nein. Aber die ganze Zeit hatte ich Angst, daß er Dan Doherty gestern ermordet haben könnte. Deshalb wollte ich mich ihm auch nicht widersetzen.»

«Stanley, das klingt ja wie eine Vergewaltigung.»

«Also, eigentlich nicht ...» Wie konnte ich das nur erklären? «Aber ich wollte eben nichts machen, wodurch ich einen potentiellen Mörder hätte gegen mich aufbringen können.»

«Du hast also mit ihm geschlafen.»

«Was hätte ich denn sonst machen sollen?»

«Stanley, ich bin überzeugt, daß es zumindest eine andere Möglichkeit gab.»

«Er hatte eine Pistole, Liebes.»

«Wie mit der Pistole traktiert siehst du aber nicht gerade aus.»

Voller Glück erinnere ich mich an unsere kurze Paarung. «Nein, eher wie von der Pussy traktiert.»

Ohne weiteren Kommentar machte Nicole ihre Zigarette aus, indem sie mit einer geschickten Drehbewegung die Glut von der restlichen Zigarette trennte und jeglichen Qualm im Aschenbecher damit vermied.

«Entschuldige, Liebes», sagte ich, da ich bemerkte, daß ich sie verletzt hatte.

«Anscheinend kannst du die männliche und die weibliche Anatomie nicht auseinanderhalten.»

«Na ja, männlich und weiblich ist ja in dem Fall auch nicht so exakt getrennt.» Dann fragte ich sie zum zweiten Mal heute morgen nach ihrer Nacht mit Charles.

Sie runzelte ärgerlich die Stirn. «Ich denke, vielleicht hat ihn Tobias abgeschreckt. Mir war überhaupt nicht klar, daß Chaz Kinder so wenig mag.»

«Weniger als du?»

«Mir machen sie nichts aus, Stanley, so lange es nicht meine eigenen sind.»

«Was war denn los?»

«Chaz und ich hatten einen Wortwechsel, weil der Junge so viel um uns rum ist. Tobias hörte uns zu und fing an zu weinen.»

In diesem Augenblick wurde mir klar, daß Tobias in der ganzen Zeit, die wir zusammen verbracht hatten, nicht ein einziges Mal seine Fassade des tapferen kleinen Soldaten fallengelassen hatte. Er weinte nie und sagte mir nie, daß ihm seine Mama fehlte. Ich hoffte nur, daß er nicht bereits damit beschäftigt war, ein Macho-Image aufzubauen, vor allem nicht mir gegenüber.

Nicole sagte: «Dem Kleinen fehlt seine Mutter viel mehr, als er je zugeben würde.»

«Er hat sich mir gegenüber nie etwas anmerken lassen.»

«Das erzählt er dir natürlich nicht, weil du ein Mann bist. Da ist schon eine Frau vonnöten, damit ein Mann wirklich ein ganzer Mann wird, Stanley.»

«Laß doch bitte die Platitüden, Liebes.»

Nicole nippte an ihrem Kaffee und sagte: «Ich

glaube, wir müssen langsam mal an Tobias' Sicherheit denken.»

«Glaubst du, daß er in Gefahr ist?»

«Ich glaube, daß *du* vielleicht in Gefahr bist, und da wäre es am Ende unklug, den Jungen bei dir zu lassen, falls wirklich irgendwas passiert.»

«Ach ja, super. Aber wenn ich drauf gehe, das ist schon okay.»

«Stanley, anfangs war ich ja auch der Meinung, daß der Junge nicht dem Gericht in Obhut gegeben werden sollte. Aber wenn ich bedenke, was dir letzte Nacht passiert ist, bin ich nicht mehr sicher, ob er bei dir bleiben sollte. Könnte ja sein, daß du genug zu tun hast, um auf dich selber aufzupassen.»

«Was ist denn schon groß Gefährliches passiert?»

«Na ja, wenn Rafik jetzt tatsächlich der Mörder ist? Wenn er noch einmal kommt und das nächste Mal vielleicht nicht mehr so liebenswürdig ist?»

«Liebes, er ist es aber nicht. Ich bin ganz sicher.»

«Also gut, wenn dann aber der wirkliche Mörder dir was tun will? Nein, Stanley, ich glaube, für Tobias ist es höchste Zeit, daß er an einen Platz kommt, wo er außer Gefahr ist, bis dann seine Mutter aus dem Gefängnis entlassen wird.»

«Bist du ganz sicher, daß du bei der ganzen Sache nur an Tobias denkst und nicht an Charles?»

Nicole erwiderte nüchtern: «Ja, da bin ich sicher, Stanley.»

«Na, das ist jetzt sowieso alles nicht mehr wichtig, denn Laurett muß ja nun irgendwann entlassen werden. Die Bullen können sie schließlich nicht wegen des Mordes an Danny festhalten.»

«Sie halten sie ja auch wegen des anderen fest.»

«Nikki, Laurett hat den Mann aber nicht umgebracht. Von Anfang an sollte Danny das Opfer sein. Darum muß Lieutenant Branco Laurett auch heute noch freilassen. Tatsächlich hatte ich grade vor, kurz bei ihm vorbeizuschauen, als du mit Tobias gekommen bist.»

«Hast du keine Termine?»

«Die nächste Stunde nicht.»

«Und wenn jemand unangekündigt hereinschneit?»

«Dafür haben wir doch Ramon, oder?»

«Niemand ist unentbehrlich, Stanley.»

«Ramon auch nicht.»

Nicole stand auf, um nach vorn in den Laden zurückzukehren. Sie sammelte die leeren Kaffeetassen ein und sagte: «Vielleicht solltest du Tobias mitnehmen, damit er seine Mutter sieht, während du Lieutenant Branco mit deiner phantastischen neuen Theorie beglückst.»

«Ich dachte, du hast Angst um seine Sicherheit.»

«Ich hab' gemeint, bei dir zuhause, nicht hier oder auf der Polizei.»

«Denkst du, im Gefängnis lassen sie ihn rein?»

«Schätzchen, ein einziger Blick auf den Knaben, und sie erlauben ihm alles. Schau doch nur, was er aus mir gemacht hat.»

«Ich hab' mir doch schon gedacht, ich hätte neuerdings so ein bißchen mütterliche Patina an dir entdeckt.»

Nicole zog eine Grimasse. «Ich hatte eigentlich mehr an ‹Flotte-Tante-Glamour› gedacht.»

Wir kehrten in den Laden zurück, wo Tobias gerade die Empfangsdame mit einer Geschichte unterhielt, wie er dem Geschäftsführer des schicken Cafés neben dem Salon eine Dose importierten Kakao abgeluchst hatte.

Ich rief ihm zu: «Komm, Tobias. Wir besuchen jetzt deine Mama.»

Er jauchzte laut auf, sprang vom Tisch und rannte zur Tür. Mit seiner Mütze, seinem Mantel und seinen Fäustlingen sauste Nicole hinter ihm her. «Das ziehst du sofort an, junger Mann.»

Er gehorchte, und gleich darauf saßen wir beide in einem Taxi Richtung South End zum Frauengefängnis, das ganz in der Nähe der Polizeistation E lag, wo Lieutenant Branco bald meine neueste Sensationsmeldung vernehmen würde.

Ich brachte Tobias in das Frauengefängnis, um ihn bei Laurett zu lassen. Wie Nicole vorhergesagt hatte, übte Tobias' elfenhafter Charme seinen Zauber auf die wachhabende Beamtin dort aus. Sie zeigte Tobias die Fotos ihrer kleinen Tochter aus ihrer Brieftasche und schien gerade einen Ehekontrakt zwischen den beiden ausarbeiten zu wollen, als eine Wärterin erschien, um uns zu Laurett hineinzuführen. Und da, als Mutter und Kind wiedervereint waren, stand ich schlicht im Wege. Ich sagte zu Laurett, daß ich in einer Stunde wiederkommen und Tobias abholen würde, dann verließ ich die beiden und machte mich auf zu Lieutenant Branco.

Bis in sein Büro auf der Polizeistation E vorzudringen war heute nicht ganz so leicht. Ich hätte die Schwierigkeiten ja am liebsten auf mein schlechtes physisches Karma zurückgeführt, aber seit meinem Zusammensein mit Rafik gestern nacht war jeder Nerv, jeder Muskel und jeder Knochen in meinem Körper ganz und gar an seinem rechten Platz. Nein, in Wirklichkeit lag es daran, daß der heutige wachhabende Beamte weder mich noch mein Auftreten leiden konnte. Ich versuchte, meine filigranen Schmetterlingsflügel einzuziehen, um seine Nervosität ein bißchen zu mildern, aber das wirkte auch nicht. Je mehr er mich ignorierte, desto flattriger versuchte ich seine Aufmerksamkeit zu erregen und seine Erlaubnis zu erhalten, in Brancos Sanctum sanctorum vorzudringen. Fast hätte ich ihm eine verkürzte Version des Tanzes der Fliederfee aus *The Sleeping Beauty* vorgeführt. Schließlich rief er aber doch einen zweiten Grobian, der mich in den Bürotrakt führen sollte. Wir kamen zu Brancos Tür, und ohne erst anzuklopfen, öffnete der Bulle sie und schob mich rein.

Show time!

«Was wollen Sie denn schon wieder?» knurrte der schöne Italiener.

Endlich wieder zuhause!

«Dan Doherty ist ermordet worden, sagte ich.

Branco grunzte.

«Sie wußten's also schon?» fragte ich.

«Natürlich, aber das ist nicht unser Fall.»

«Es steht ganz offensichtlich in Beziehung zu dem anderen Mord. Ich dachte, Sie würden jeden überprüfen, der mit dem ersten Mord zu tun hatte.»

«Haben wir schon.»

«Und – was haben Sie rausgefunden?»

«Nichts, was wir nicht schon gewußt oder erraten hätten, außer was Sie betrifft.»

Er dachte also tatsächlich an mich …

«Lieutenant, Prentiss Kingsley's Bruder John Lough mochte Dan Doherty nicht. Ist er nicht verdächtig?»

«Derjenige, den wir suchen, ist dieser Knabe Rafik. Haben Sie *den* nicht zufällig gesehen?»

Ich errötete. «Er hat nichts damit zu tun.»

«Woher wollen denn Sie das wissen? Oder sind Sie etwa sein Alibi?»

«Er hätte so was nicht tun können.» Ich wollte nicht, daß Rafik der Mörder sei, nicht nach der gestrigen Nacht.

«Was wissen Sie eigentlich über ihn, Kraychik? Oder ist *das* zu persönlich?»

«Bei Ihnen klingt das obszön, Lieutenant.»

«Das haben Sie gesagt, nicht ich.»

Branco blickte mich an. Was dachte er bloß? Ich war hergekommen, um über Dan Dohertys Tod zu sprechen, und plötzlich ging es um meine Sexualität. Haßte er mich, weil ich Männer mochte? Was sollte ihn das kümmern? Wenn man es logisch durchdachte, hätte er erleichtert sein müssen, daß manche Männer so wie ich waren, da das ja den Wettbewerb in der Arena ein wenig reduzierte, diese Suche nach der Mutter oder der Heiligen oder der Hure. Andererseits konnte es aber auch sein, daß er so viel Wettkampf wie nur möglich wollte, weil ihm das gefiel. Und wiederum andererseits war er am Ende auch neugierig auf sich selbst. Leute, die in dieser Hinsicht eine Leiche im Keller haben, verbergen ihre Schuld oft genug unter dem Deckmäntelchen des Schwulenhasses.

Branco sagte: «Ich verstehe einfach nicht, warum Leute wie Sie immer anonymen Sex glorifizieren müssen.»

Wenn er so sprach, mußte Branco kürzlich in der Kirche gewesen sein. «Lieutenant, anonym kann man das ja nicht gerade nennen, wenn man den Menschen kennt.»

Branco lachte höhnisch. «Das macht euch Typen doch

überhaupt erst an, wenn ihr's mit Fremden treibt, oder nicht?»

«Sie sind ja ganz schön naiv, Lieutenant.» Würde er mir glauben, wenn ich ihm die Wahrheit erzählte, nämlich daß für mich das Befriedigendste eine gefühlsmäßige Bindung war? Den Urgrund von alledem bildete, ganz ohne Witz, mein Verlangen nach romantischer Träumerei. Der sexuelle Aspekt an der ganzen Sache war das Einfachste, da eben *alles*, was man tat oder was an einem getan wurde, vollkommen war. Mußte es ja sein, da es alles nur im Kopf ablief. Aber würde ein praktisch veranlagtes, körperbetontes Tier wie Branco so eine Art von Erfahrungen jemals verstehen?

«Wann haben Sie ihn zuletzt gesehen?» fragte er.

Ich sah Branco direkt in die Augen und sagte: «Ich bin erst nach vier Uhr heute früh eingeschlafen. Als ich um sieben aufwachte, war er fort.»

«Sie würden alles tun, stimmt's?»

«Ich hab es nicht geplant. Es ist einfach passiert.»

«Wir werden ihn schon finden.»

«Aber Rafik war es nicht. Sie sollten John Lough verhören.»

«Kraychik, Sie reden zuviel.».

«Wie steht's mit Laurett Cole? Werden Sie sie jetzt freilassen?»

«Warum?»

«Sie kann doch Dan Doherty nicht getötet haben, wenn sie im Gefängnis sitzt.»

«Für diesen Mord halten wir sie ja auch nicht fest.»

«Aber es ist doch ganz offensichtlich, daß die beiden Morde miteinander zu tun haben, und genauso auch die Heckenschüsse gestern auf Liz Carlini! Es gibt jetzt keinen Grund mehr, Laurett festzuhalten. Außerdem würde sie die Stadt sowieso nicht verlassen, und sie könnte mit ihrem Sohn zuhause sein. Sie sind doch so für Familie, oder?»

Branco schwieg, bedachte, was ich gesagt hatte, preßte die Lippen fest zusammen und fragte mich dann: «Wo waren Sie gestern früh?»

«Hier bei Ihnen, nicht wahr?»

«Ich meine, vorher.»

«Da hatte ich Tobias Cole bei mir.»

Keine Antwort.

«Sie können ihn fragen, Lieutenant.»

«Ich muß wissen, wo Sie gestern am frühen Morgen waren, bevor Sie zu mir gekommen sind.»

«Warum?»

«Das dürfte doch wohl klar sein, oder?»

Mein Hirn brauchte länger, als man hätte annehmen können, ehe es begriff, worauf er aus war. Dann machte es klick. «Sie glauben also, daß ich mit Dan Dohertys Tod etwas zu tun haben könnte?»

Branco entgegnete kalt: «Die Tat hatte sexuelle Motive, und da Sie mit Dohertys Liebhaber zu tun haben, kann es meiner Ansicht nach doch genausogut sein, daß Sie auch mit dem Mord zu tun haben.»

«Lieutenant, diese Theorie ist so schwächlich, daß alles Haarspray von ganz Boston ihr keinen Stand geben könnte.»

«Sie haben mir aber immer noch nicht gesagt, wo Sie gewesen sind.»

«Ich habe Ihnen die Wahrheit gesagt. Wenn sie mir nicht glauben wollen, können Sie mir jetzt gleich die Handschellen anlegen.»

«Das möchten Sie wohl gerne?»

«Klar. Und wenn Sie schon dabei sind, machen Sie doch auch noch eine Leibesvisitation.»

«Das würden Sie wahrscheinlich zu sehr genießen.»

Ich stand auf und blickte ihm direkt in seine schönen, strahlenden Augen. «Sie vielleicht auch», sagte ich, ging aus seinem Büro hinaus und knallte die Tür hinter mir zu. Mit der Polizei, und speziell mit Branco, zusammenzuarbeiten, das war wirklich nicht leicht. Ich wünschte mir, ihn zu mögen, aber im Augenblick ging da überhaupt nichts, nicht, solange er den typischen Bullen mit zusammengekniffenem Arsch markierte, der sich stur an irgendwelche blöden Regeln hält und alles ausschließlich mit der Hälfte seines Gehirns sieht, über der «Verbrechen» steht.

Ich kehrte zum Frauengefängnis zurück, um Tobias abzuholen, aber auch Laurett noch kurz zu sprechen und sie über meine sogenannten Fortschritte zu informieren. Man hatte sie Tobias in ein großes, offenes Besuchszimmer bringen lassen. Die Wächterinnen standen zwar in der Nähe, in Hörweite, aber immerhin war dieses helle, luftige Zimmer keine Gefängniszelle. Laurett hielt Tobias in den Armen, sie hatte ihn in den Schlaf gewiegt. Er sah friedvoll aus, und ich hoffte, daß er da in den Armen seiner Mutter einen schönen und sicheren Traum hatte.

Laurett fragte mich leise, fast flüsternd: «Hast du die Schokolade aus meiner Wohnung entfernt?»

Ich nickte, da ich den gesunden Schlaf des Kindes nicht stören wollte.

Sie drang weiter in mich. «Hast du weggeworfen?»

«Noch nicht.»

«Warum nicht?»

«Weil sich jemand daran zu schaffen gemacht hatte.»

Lauretts Gesicht zeigte, daß sie meinen Argwohn ihr gegenüber merkte. «Vamos, ich habe es nicht getan. Ich habe gehaßt meinen Mann, aber ich habe ihn geliebt zu sehr, um ihn zu töten.»

Der Konflikt kommt mir bekannt vor, dachte ich. Neuerdings nannte man es anders – nicht mehr Hörigkeit, sondern ‹Codependency› – aber in Wirklichkeit war es einfach die gute alte, rein chemische Anziehungskraft, die ein bestimmter Mensch auf einen anderen ausübt, die Anziehungskraft, die genetisch nicht veränderbar ist, wie bei mir und Rafik. Oder Branco.

«Diese Pralinen sind Ausschuß», sagte sie und unterbrach damit meine geistigen Eskapaden. «Sie sind einfach nur beschädigt.»

«Warum hast du dann so Angst gehabt, daß die Polizei sie finden könnte?»

«Sie benutzen alles, sobald sie auf die Idee gekommen sind, daß du bist schuldig.»

Das alles wußte ich selber nur zu gut. Der Satz «unschuldig, bis zum Beweis des Gegenteils», bedeutet nicht viel, wenn die Bullen einen in Verdacht haben.

« Laurett, du kannst dich doch an diese besonderen Trüffel erinnern, die mit der Extraverzierung auf diesem Fest? »

« Natürlich ... » antwortete sie vorsichtig.

« Kann es sein, daß du die an dem Abend durcheinandergebracht hast? »

« Niemals. Ich habe dir gesagt, Mr. Kingsley bekommt die mit Mandel, und – »

« Ich weiß, aber vielleicht hat dich der Streit mit Mary Phinney etwas verwirrt. »

« Nein! » rief sie leidenschaftlich aus, worauf sich Tobias in ihren Armen ein wenig bewegte.

« Laurett, ich hab' rausgefunden, daß Prentiss Kingsley auf Mandeln allergisch ist. Er würde Mandelgeschmack niemals nehmen. Die Mandeltrüffel war für Dan Doherty. »

Sie starrte mich schweigend an. Nach ein paar Minuten der Überlegung fragte sie leise: « Willst du damit sagen, daß ich einen Fehler gemacht habe? »

Ich nickte. « Ich fürchte ja, aber das ist jetzt eigentlich gar nicht mehr wichtig. Ich glaube, du kommst hier bald raus. »

« Wie denn? »

« Gestern hat jemand auf Liz Carlini geschossen. »

« Auf Miss Lisa? »

Ich nickte.

« Haben sie sie erwischt? »

« Nein, aber später hat jemand Dan Doherty erwischt. »

« Der junge Danny ist tot? »

Ich nickte.

Diese Nachricht traf sie hart. Ich hatte unachtsamerweise vergessen, daß Laurett ja nichts von dem Mord wissen konnte, weil sie im Gefängnis saß. Und da ich gerade aus Brancos Büro kam, hatte ich im Augenblick das Zartgefühl eines Zehn-Tonnen-Müllcontainers. Wie sich herausstellte, hatte Laurett immer eine Schwäche für Danny gehabt und ihn ein bißchen beschützen wollen. Als sie nun von seinem Tod erfuhr, brach sie völlig zusammen und weinte leise vor sich hin. Einen ganz kurzen Augenblick überlegte ich, wie weit ihre Beschützerinstinkte wohl gegangen waren. Fest stand auf jeden Fall, daß sie die Trüffel im letzten Moment ausgetauscht hatte. Ebenso stand fest, daß sie den einen Geschmack mit dem anderen verwechselt hatte. Und schließlich stand auch noch fest, daß sie versehentlich Trek getötet hatte, weil sie ihm die vergiftete Trüffel dagelassen hatte. War es auch nur im Entferntesten denkbar, daß sie die Zyanid-gefüllte Schokolade an jenem Abend eigentlich jemand anderem hatte geben wollen? Aber das würde auf Liz Carlini oder Prentiss Kingsley verweisen. Hatte Laurett vorgehabt, einen von diesen beiden zu töten? Das war doch Unsinn, oder? Die gestrige Bedrohung für Liz Carlini und der Mord an Dan Doherty waren geschehen, als Laurett noch in Untersuchungshaft saß. Verflixt! Ich gierte so sehr nach Antworten, daß ich schon ganz aus den Augen verlor, wer ein Verdächtiger, wer ein Opfer und wer ein Freund war.

Als Laurett zu weinen aufhörte, fragte ich sie, was sie über John Lough wisse. Da mir Liz Carlini einige böse Gedanken über ihn eingeblasen hatte, wollte ich jetzt noch eine andere Meinung hören.

Laurett erwiderte: «Ich weiß nur, daß er sehr religiös ist.»

Worauf ich dachte, daß es vom Töten der Seele bis zum Töten des Körpers doch nur noch ein Schritt sei.

«Aber, mein Lieber, du jagst dem Rauch hinterher, wenn du John Lowe verfolgst.» Sie lächelte über ihren absichtlichen Versprecher. «Du mußt das Feuer suchen, und das ist Mary Phinney.»

«Ich weiß, daß du die nicht magst, Laurett, aber das genügt nicht.»

Laurett drückte Tobias fester an sich und lächelte noch breiter. «Sie ist es», sagte sie einfach, wie ein Prophet. «Sie ist die, die alles so haben will, wie es war die letzten fünfhundert Jahre. Sie will, daß alles gleich bleibt. Und sie haßt mich, weil ich weiß es besser. Ich habe diesen Job gekriegt.»

«Du brauchst aber Beweise», sagte ich und klang dabei schon wie Branco.

«Beweise? Beweise willst du haben? Erstens, warum glaubst du, sie ist mit John Lowe zusammen? Glaubst du, sie sind Romeo und Julia?» Sie lachte schallend über ihren eigenen Witz.

« Wohl eher Mr. und Mrs. Macbeth, würde ich sagen. »

« Wer? »

« Bei Shakespeare gibt es alle Arten von Paarungen. »

Laurett sah mich verwirrt an. « Es geht um Geld, Vannos. Und wenn du rauskriegen willst, wer da hat die Fäden in der Hand, dann schau' dir Mary Phinney mal an. Du mußt immer nach den Frauen gehen. »

Laurett hatte schon früher über sie geschimpft. Aber manchmal basiert auch das größte Vorurteil auf unanfechtbarer Wahrheit. Vielleicht erspürte Laurett etwas, was mir bisher entging. Oder aber sie versuchte vielleicht, mich auf eine falsche Fährte zu locken. Vielleicht sollte ich selber noch einmal zu Gladys Gardner gehen. Diesmal würde ich mich mit mehr Überblick behaupten, vielleicht sogar die Schokoladenrezepte der alten Dame in die Finger kriegen.

Vielleicht, vielleicht, vielleicht.

Ich verließ Laurett, nachdem ich ihr noch ein paar beruhigende Lügen über ihre kurz bevorstehende Entlassung aufgetischt hatte. Dann weckte sie Tobias, und ich fuhr mit ihm zum Laden zurück.

15
Cherchez la femme

Als wir im Salon ankamen, hatte Nicole schon wieder ein neues Spielzeug gekauft, einen ungewöhnlichen Baukasten ‹Räumliche Kreativität› aus Schweden. Er erinnerte in nichts an die Spielsachen aus meiner Jugend, wo die Baukästen beschränkt waren auf Haufen von kleinen Platikbausteinen oder Mini-Holzklötzchen oder Dübel und Kurbeln mit vielen Löchern, obwohl die harten und rauhen Jungs unter uns es immer wieder schafften, mit gelochten Metallstreifen und Schrauben und Schraubenschlüsseln zu hantieren. Was aber Nicole für Tobias gefunden hatte, war ein ganzer Behälter voller kleiner Plastikteile in unendlich vielen Farben und drei Grundformen: männlich, weiblich, und hermaphroditisch – so was wie eine auf den neuesten Stand gebrachte Version der alten Lego Steine.

Offensichtlich ging es bei dem Spiel darum, die Teile zu verbinden und netzartige dreidimensionale Gebilde in den verschiedensten Formen und Größen zustande zu bringen. Und was hat Tobias an diesem Tag daraus hergestellt? Einen großen dicken Kolben, der ganz genau in einen dazugehörigen Zylinder paßte. Als er sein Meisterwerk vollendet hatte, pumpte er den Schwengel hinein und heraus, so daß dessen Oberfläche aus Ringen sich lärmend am unebenen Innern des Zylinders rieb. Dem kleinen Monster machte es riesigen Spaß, sowohl die Kunden als auch die Arbeitenden im Salon zu ärgern und in Verlegenheit zu bringen. Und ich verstand endlich eine der sogenannten Gefahren der Sexualerziehung: die spielerischen und unschuldigen Phantasien eines kindlichen Gemüts könnten die verkalkten Erfahrungen der zynischen Erwachsenen zu sehr in Verwirrung bringen. Für mich naive Seele war das einfach das Walten der Natur. Wie sollte denn ein vielzelliger Organismus überleben, wenn seine genetische Programmierung nicht auch die Versuch-und-kein-Irrtum-Rechenmethode ‹Kolben im Zylinder› enthielt?

Als ich seine frühreife Geschicklichkeit im Umgang mit

Spielzeug sah, bemerkte ich zu Nicole: « Vielleicht sollte man ihm schon das Lesen beibringen. »

« Zu spät », war ihre rasche Antwort. « Er hat sich bei mir schon durch einige Bände durchgefressen. »

« Waren es Bilderbücher? »

« Einige davon. »

« Kann er tatsächlich lesen? »

« Er fährt mit dem Finger die Zeilen entlang, aber er bewegt die Lippen nicht. »

« Vielleicht tut er nur so. Manche Leute beherrschen sowas. »

« Er bemüht sich, Schätzchen, aber er folgt dem Text fast fehlerlos, wenn er laut liest. »

Ich fragte mich, ob man Tobias' Intelligenz nicht sorgfältiger anleiten und unterstützen sollte. « Vielleicht könnten wir ihn auf irgend so eine Hochbegabtenschule schicken? »

« Stanley, weißt du, was das kosten würde? »

« Könnte er nicht ein Stipendium aus dem Snip'schen Förderprogramm kriegen? »

« Förderung beginnt zu Hause, Stanley, und das ist im Augenblick *chez vous*. »

« Liebes, könntest du nicht wenigstens die Duzform benützen, *toi*? »

« *Toi vous* also », sagte sie. « Du hast eine Kundin. »

Ich ging an die Arbeit bei einem mir vertrauten Kopf lockiger, dunkelbrauner Haare. Die junge Frau, der er gehörte, hatte jahrelang versucht, ihre natürlichen Locken durch Chemikalien zu glätten. Als ihr das nicht gelang, entschloß sie sich, das Haar so kurz zu tragen, daß es sich noch nicht ringeln konnte. Als sie endlich zu mir kam, riet ich ihr zu einer anderen Lösung. Warum wollte sie gegen die Natur kämpfen? Ich schlug vor, daß sie auf alle Chemikalien verzichtete und das Haar herauswachsen ließ. Durch einen meisterlichen Stufenschnitt würde dann das Eigengewicht des Haares die gewünschte Form halten. Ein zusätzlicher Bonus war die Lebendigkeit und Spannkraft, die gesundes Haar ausstrahlt – Haar, das liebevoll gepflegt und nicht chemisch diszipliniert wird.

Während eines ruhigen Augenblicks überprüfte ich die Anmeldungen und sah am Nachmittag eine weitere kurze Unterbrechung in meinem Stundenplan, genau, was ich hatte sehen wollen. Ich wollte mich unbemerkt davonstehlen. In meiner Abwesenheit könnte Ramon alle zufällig eintreffenden Kunden bedienen. Es schadete ihm bestimmt nicht, wenn er lernte, die ganze Laufkundschaft zu bewältigen, vor allem, wenn er mich aus meiner Position verdrängen wollte. Als also Nicole Tobias zu einem späten Mittagessen ausführte, folgte ich ihnen kurz danach. Mein Ziel? Charlestown und das Werkhauptquartier der Gladys Gardner Schokoladenwerke.

Oh weh, kaum war ich ins Freie getreten, wurde meine Unternehmung auch schon unterbrochen. Vor dem Laden in der Newbury Street stand wartend, ein großes rotes Motorrad zwischen den gespreizten Beinen, kein anderer als Rafik. Er war ganz in Leder gekleidet – Stiefel, Hose, Jacke, Stulpenhandschuhe und Mütze – und zwar alles in glänzendem Schwarz, und das in dem silbrigen Nachmittagslicht des bedeckten Winterhimmels. Er winkte mich mit einer lederbehandschuhten Hand zu sich. Natürlich ging ich hin.

Er grinste. «Wann isch sehe disch wieder?»

«Du siehst mich jetzt.»

«Isch meine, zusammen, wie letzte Nacht.»

«Du wolltest so dringend fort –»

«Ist nischt wahr. Du siehst wie isch fühle?» Er legte die große schwarzbehandschuhte Hand innen an seinen Schenkel, wo das Leder von unten her indiskret ausgebeult wurde.

«Nicht hier, Rafik», sagte ich, war aber doch entzückt, daß sein Liebesbarometer schönes Wetter vorhersagte. Dennoch fühlte ich mich am hellen Mittag und direkt vor dem Laden nicht zu einem Liebesgeplänkel bereit.

«Rafik, wie ist das mit Danny passiert?»

Er startete das Motorrad. «Steig' auf.»

«Sag mir's.»

Er schüttelte den Kopf. «Steig' auf.»

Was soll man da schon machen? Ich stieg auf.

«Wohin du bist unterwegs?» fragte er.

« Charlestown, die Schokoladenfabrik. »

« Ich bring' disch », sagte er. « Halte hier fest. » Er legte meine Arme um seine Hüften und drückte sie fest an seinen Bauch. Er drehte den Kopf zu mir um, zwinkerte und fügte hinzu, « *Comme ça* ». Dann lenkte er ohne ein weiteres Wort die große rote Maschine in den Verkehr hinaus und fuhr uns nach Charlestown. Unmittelbar bevor wir in den Storrow Drive einbogen, an einer roten Ampel, schob er meine Arme etwas weiter nach unten, so daß ich ihn jetzt unterhalb der Gürtellinie umarmte. Alles, was ich in mich aufnahm – das Röhren der kraftvollen Maschine unter uns, die atemberaubende Geschwindigkeit, mit der er fuhr, die Festigkeit und Stärke seines Körpers in meinen Armen, der Geruch seiner Lederkleidung, die Erinnerung an ihn im Bett – das alles war ganz einfach Sex.

An der Fabrik ließ er mich außerhalb des Parkplatzes auf der Straße aussteigen. « Warum fährst du nicht rein? » fragte ich.

Er schüttelte den Kopf. « Vielleischt sie rufen Polizei. Vielleischt sie sagen ich habe gemordet Dahnie. »

« Und, hast du? »

« Nein. »

« Aber wie ist es dann passiert? »

« Wenn ich dir sage, du wirst misch hassen. »

« Was ich hasse sind Lügen, Rafik. »

Er starrte mich an. Er sah zu Boden. Er sah mich wieder an. Er schaute weg. Wieder auf mich. Öffnete die Lippen. Lächelte.

« Isch sage dir, Stani. Isch vertraue dir. »

Ach, dieser dunkeläugige Charmeur!

Er zögerte nochmal einen Moment, dann stieg er vom Motorrad. Er stellte sich vor mich, sah mir direkt ins Gesicht und sagte: « Isch mache Liebe mit Dahnie bevor sie morden ihn. »

Hatte ich das Recht, ihn nach dem Grund zu fragen? Hatte das irgend jemand?

« Isch will zeigen isch mag ihn noch immer, sogar wenn er haßt misch. »

Ein wirklicher Kuß des Todes.

«Dann mußt du doch wissen, wer ihn getötet hat, Rafik.»

«Nein. Wir gewesen allein. Mr. Kingsley war laufen.»

«Du hast niemanden gesehen?»

«Nein. Isch gehe nachdem wir machen Liebe.»

«Wie bei mir.»

Er schwieg und überlegte, wieviel er sagen sollte. «Nein», sagte er. «Nischt wie bei dir.» Dann knurrte er fast. «Dahnie sagt isch ihn vergewaltige.»

«Und – hast du?» Ich klang jetzt schon wie Nicole.

«Ich nischt vergewaltigte. *C'est fini!*»

«*C'est* tot, Rafik.»

Er zog mich dicht an sich und drückte seine Hüften hart gegen meine, da mitten auf der Straße in Charlestown, wo das Tageslicht und die Tagesgeräusche um uns einfach ausgelöscht wurden durch unsere Nähe, unsere Wärme, unseren Atem, unsere Münder, und den Geruch und das Gefühl von schwarzem Leder. Das einzige, was von der Außenwelt noch zurückblieb, war der Wind in unseren Ohren.

Als er sich mir entzog und der Zauber brach, sagte er, «Es tut mir leid.»

«Mir auch.»

Als ich ihn losließ, spürte ich unter seiner Jacke genau unter den Schultern einen harten, schweren Gegenstand. Mit einem Schaudern wurde mir klar, daß es eine Pistole war.

«Wozu hast du die bei dir?» fragte ich.

«Zu schützen uns.»

«Wovor?»

«Wenn sie morden Dahnie, vielleischt sie morden mich, oder dich.»

«Bist du sicher, daß du sie nicht kürzlich selber benutzt hast?» fragte ich, als würde er mir darauf die Wahrheit sagen müssen.

«Ah, *non*», sagte er mit diesem Lächeln, das sein Markenzeichen war. «Ich schütze dich, Stani.»

Dann schoß er auf seinem roten Stahlroß davon.

Ich schwankte etwas ziellos über den Parkplatz in Richtung Fabrik, weil mir von dem, was gerade geschehen war, alles vor den Augen verschwamm. Auf dem Weg entdeckte ich John Lough, der gerade in seinen Wagen stieg. Ich riß mich sofort wieder zusammen und rannte auf ihn zu, wobei ich laut rief. Er drehte sich um, blickte in meine Richtung, kniff die Augen zusammen, runzelte die Stirn und stieg dann doch in sein Auto. Vielleicht konnte er sich nicht an mich erinnern, aber das würde mich jetzt nicht davon abhalten, mit ihm zu reden. Ich kam gerade an seinem Auto an, als er eingestiegen war und den Sicherheitsgurt angelegt hatte. Ich klopfte ans Fenster. Er schaute durch das getönte Glas mit erschrockenen Augen zu mir heraus.

«Es ist wichtig», sagte ich.

Einen Moment starrte er mich an. Dann ließ er widerstrebend das Fenster herunter. Erst jetzt entspannte sich sein Gesicht. «Entschuldigen Sie», sagte er. «Ich habe Sie gar nicht mehr erkannt. Hier in dieser Gegend kann man gar nicht vorsichtig genug sein. Man weiß nie, wer da auf einen zukommt.»

«Ich würde mich gerne mit Ihnen unterhalten.»

Er schien es eilig zu haben. «Ich hoffe, nicht nochmal über den Vorfall neulich.»

«Kommt drauf an, welchen Vorfall Sie meinen.»

«Den mit Ihnen und Ihrem Neffen. Ich hab' mich bei Ihnen beiden entschuldigt, und was mich betrifft, ist die Angelegenheit erledigt.»

«Deshalb bin ich nicht hier, Mr. Lough.»

«Was wollen Sie dann? Ich hab nicht viel Zeit.»

«Hatten Sie Zeit für Mord?»

«Was soll das heißen?»

«Dan Doherty wurde gestern im Haus Ihres Bruders in Abigail getötet. Ich dachte, Sie wüßten vielleicht etwas darüber.»

«Selbstverständlich nicht. Außerdem, junger Mann, glaube ich Ihnen auch nicht. Wenn so etwas passiert wäre, hätte Prentiss mich sicher verständigt.»

«Es ist passiert, Mr. Lough, und der Automechaniker in Abigail sagte, er habe Sie gestern im Ort gesehen.»

Er startete und ließ den Motor aufheulen. Dann legte er

den Gang zu schnell ein, woraufhin das große Auto sich heftig gegen die Handbremse aufbäumte. Der Motor wurde abgewürgt.

Ich sagte: «Sie mochten Danny nicht so besonders, nicht wahr?»

«Für so was habe ich jetzt keine Zeit», murmelte er und startete den Wagen wieder.

Als er das Auto nun rückwärts aus seinem Parkplatz herausfuhr, ging ich nebenher, weil ich versuchen wollte, ihm noch ein paar Fakten aus der Nase zu kitzeln.

«Warum haben Sie Danny gehaßt? Waren Sie eifersüchtig auf Prentiss?»

Mit einem Ruck löste er die Handbremse. «Was haben Sie gesagt?»

«Vielleicht waren Sie eifersüchtig auf die Freundschaft Ihres Bruders mit Dan Doherty.»

John Lough zog die Handbremse wieder, dann stieg er aus dem Auto und kam auf mich zu. «Wenn Sie mich weiterhin beleidigen, werden Sie die Konsequenzen tragen müssen.»

«Wollen Sie mich auch noch umbringen?»

«Hören Sie auf, so zu reden. Ich habe niemanden umgebracht.»

«Warum benehmen Sie sich dann, als wären Sie schuldig?»

«Ich benehme mich überhaupt nicht, als wäre ich schuldig. Dieser junge Teufel jedenfalls hat ein Problem geschaffen.»

«Was für ein Problem?»

«Sie wissen genau, was ich meine.»

«Frischen Sie mein Gedächtnis etwas auf?»

«Er versuchte Prentiss zu zerstören. Und zwar methodisch und unbeirrbar. Kein Wunder, daß Prentiss den Verstand verlor.»

«Dan Doherty und Ihr Bruder waren Freunde, das ist alles.»

«Versuchen Sie ihn bloß nicht in Schutz zu nehmen. Ich weiß genau, wozu er Prentiss gebracht hat, was sie da draußen in dem Sommerhaus getan haben. Es ist mir ein Greuel.»

«Haben Sie sie gesehen?»

«Ja, habe ich.»

«Wo?»

«Überall. Wie sie immer zusammengegluckt haben, wie dieser junge Mann sich ... sich vor Prentiss in Szene gesetzt hat. Es war ... also, er *flirtete* richtig mit ihm ... wie eine Frau! Es war widerlich. Er wußte, daß Prentiss ziemlich verwirrt war, und er machte Jagd auf ihn. Kein Wunder, daß Prentiss am Ende dem Druck nachgab. Wenn der junge Mann jetzt tot ist, hat sich wenigstens dieses Problem gelöst. Alles kann wieder seinen normalen Lauf nehmen.»

Was auch immer das heißen mag, dachte ich. «Eine Sache ist allerdings noch nicht gelöst. Dan Doherty ist tot, und der Mörder läuft frei herum. Für mich sieht das so aus, als hätten Sie ein gutes Motiv.»

«Und Sie haben ein großes Maul.» Er machte die Autotür auf, um wieder einzusteigen, aber ich ergriff seinen Arm.

«Mr. Lough, ich habe heute morgen mit der Polizei gesprochen.»

Er drehte sich um und sah mich an. «Und?»

«Dort ist man der Meinung, daß der Mord an Dan Doherty ein psychologisches Motiv habe, daß es sich um ein Verbrechen aus Leidenschaft handle. Also haben Sie es vielleicht deshalb getan, weil Sie Danny selbst begehrt haben?»

«Wenn Sie nicht sofort den Mund halten, werde ich ...» aber er sprach die Drohung nicht aus. Stattdessen straffte er sich und holte zu einem Schlag aus.

Ich sprang so weit zurück, daß ich gerade außer Reichweite war.

«Sie sollten wirklich ein Geständnis ablegen, Mr. Lough. Das wirkt sich nämlich strafmildernd aus. Und ich denke mir, so wie Sie Danny ermordet haben, können Sie vielleicht auf unzurechnungsfähig plädieren. Dann sitzen Sie Ihre Strafe in einer psychiatrischen Anstalt ab und nicht in so einem scheußlichen Gefängnis, denn im Gefängnis würde es Ihnen bestimmt nicht gefallen. Sie wissen doch, was dort so alles passiert, nicht wahr? Sie könnten für jemanden die Braut spielen müssen.»

«Junger Mann, Sie hören in Kürze von meinem Anwalt. So wie Sie daherreden, sind Sie es, der in eine Anstalt gesteckt werden sollte.» Er stieg ins Auto und fuhr davon.

Währenddessen war ich sehr von mir überzeugt und glaubte, ich sei bereits im Endspurt und kurz davor, Dannys Mörder zu schnappen und Laurett zu befreien. Wieso aber hatte ich mich überhaupt nicht bedroht gefühlt? Wenn John Lough Danny ermordet hatte, dann hätte doch logischerweise irgendwas von einer schrecklichen Energie rund um ihn zu spüren sein müssen. Da war aber nichts gewesen. Können Mörder so gut täuschen? Etwas verwirrt ging ich auf die Fabrik zu. Hatte ich gerade Dannys Mörder davonfahren lassen? Oder war er nur eine Nebenfigur und lediglich aufgrund seiner familiären Beziehungen in die Sache verwickelt?

In der Fabrik sagte ich dem Sicherheitsangestellten, ich wolle Mary Phinney sehen. «Mary Phinney?» fragte er ungläubig. Ich nickte. Er schien überrascht, daß ich ausgerechnet sie sprechen wollte. Da ich das zweifelhafte Vergnügen bereits gehabt hatte, teilte ich seine Gefühle. Bei einem Beliebtheitstest unter Großmüttern und Pralinenherstellern würde Mary Phinney bestimmt keinen Preis machen.

Sie erschien prompt im Wachraum, mit ihrem zänkischen Gesicht «Wer will was?» fragte sie den Wachmann, der auf mich zeigte. Mary Phinney drehte sich um und erkannte mich auf der Stelle. Dann kam sie mit ihren schweren, dumpfen Schritten auf mich zu. Ich fragte mich immer noch, wie eine so kleine Person so viel Lärm machen konnte.

«Was wollen Sie?» keifte sie.

Ich übernahm gleich ihren ungehobelten Stil. «Dan Doherty wurde gestern umgebracht.»

«Wer?»

«Sie wissen, wen ich meine. Den Designer von *Le Jardin*.»

«Was geht das mich an?» Sie drehte sich um und wollte wieder gehen, aber ich hatte ja noch nicht mal angefangen. Ich mußte irgendetwas sagen, damit sie anbiß und wieder zurückkam, und es mußte schnell passieren.

Ich sagte: « Ich hab' gerade mit Ihrem jungen Freund gesprochen. »

Mary Phinney blieb ruckartig stehen.

« Ich meine Mr. Lough », sagte ich in spöttischer Entschuldigung. « Er hat zugegeben, daß er über Dannys Tod ganz genau Bescheid weiß. »

Mary Phinney sah sich um, ob der Wachmann uns zugehört hatte. Dann sagte sie: « Vielleicht sollten wir lieber da drin weiterreden. » Sie führte mich an den vollautomatischen Fließbändern entlang, die fröhlich Hunderte von Häschen und Hühnerchen und Eiern herstellten, aus einem tückischen braunen Schlamm, der mehr nach Industrieschlacke als nach Schokolade aussah.

Sie führte mich in John Loughs Büro, diesen Glaskasten, der nach allen vier Seiten fast die gesamte Fertigungshalle überblicken ließ. Durch die schokoladengesprenkelten Glasscheiben sah ich draußen all die Maschinen, die Unmassen von Osterkreationen mixten und drehten und verpackten, damit die am Ende schmelzen und Flecken machen und so manchem arglosen Käufer den Magen verderben konnten.

Hier im verhältnismäßig ruhigen Büro fragte sie: « Wann haben Sie mit John gesprochen? »

« Jetzt eben, draußen auf dem Parkplatz. Er wirkte ziemlich schuldbewußt, als er mich sah. »

« Wahrscheinlich ist ihm bei Ihrem Anblick schlecht geworden. »

« Warum tun Sie beide so, als wüßten Sie nichts von Dan Dohertys Tod? Stecken Sie unter einer Decke? »

« Sehr witzig. Da wird so ein schwuler Knabe getötet, und Sie versuchen, es mir in die Schuhe zu schieben? Wer hat Sie geschickt? »

« Na wer schon? » Ich zuckte die Schultern. « Die Polizei. »

« Wie bitte? »

Ich spann diese Lüge weiter aus. « Natürlich. Ich bin von der Bostoner Polizei als Detektiv beauftragt. Ich hab für diesen Fall einen Sonderauftrag. »

« Sie? »

«Natürlich. Um Ihre Worte zu gebrauchen, es wird ein Schwuler getötet, und die denken sich, vielleicht kann ein Schwuler mithelfen, den Mörder zu finden. Zu so was eignen wir Schwulen uns recht gut.»

Während dieser meiner Rede für die Schwulen öffnete Mary Phinney verstohlen eine der Schreibtischschubladen. Dann griff sie tief hinein und tastete unauffällig nach etwas, das sie darin zu finden glaubte. Aber ihre Suche war vergebens, und das erboste sie. «Wo ist er denn nur, verdammt nochmal?» sagte sie. Sie kauerte sich nieder und spähte in die fernen dunklen Ecken der großen Schublade. Dann stieß sie ihren kleinen Arm tief hinein, bis über den Ellbogen, fast bis zur Schulter. Immer noch nichts. Als sie sich wieder aufgesetzt hatte, öffnete sie eine andere Schublade und zog ein verschrumpeltes altes Päckchen filterlose Zigaretten heraus. Sie zündete eine an und paffte nervös – und erfüllte die Luft sehr schnell mit einer beißenden gelblichen Wolke.

«Wissen Sie», sagte sie durch die Rauchwolke, «solche Leute wie Sie oder dieser Doherty-Junge sind wirklich kein Verlust für die Menschheit. Ach ja, ich weiß natürlich, daß diese ganzen Liberalen einen Mordswirbel machen und immer das sagen, was ihrer Meinung nach von ihnen erwartet wird, und so tun, als würden sie das alles akzeptieren. Aber im Grunde seines Herzens weiß jeder Mensch, daß er auf der Welt ohne Sie und Ihresgleichen besser dran wäre.»

«Das ist aber nicht sehr christlich gedacht, Miss Phinney.»

«Mrs. Phinney. Ich habe Ihnen doch schon gesagt, daß mein Mann gestorben ist.»

Das begriff ich sofort. Eine Ehe mit Mary Phinney würde kein Sterblicher lange überleben.

Ich sagte: «Aber ist Ihnen denn nicht klar, daß Dan Doherty der ganzen Firma, und damit auch Ihnen, gute Dienste geleistet hat mit allem, was er für *Le Jardin* geschaffen hat?» Verteidigte ich da am Ende wirklich eine tote Tunte wegen ihrer Dekorationstalente?

«Reden Sie mir doch nicht von der Firma. Ich habe mein Lebtag lang hier gearbeitet, ich war schon hier, als Helen

Kingsley sie noch selber führte, und zwar so, wie es sich gehört. Ich weiß, was für die Firma gut ist, und das ist jedenfalls nicht irgendein hergelaufener Künstler, der sich einbildet, einfach alles ändern zu müssen. Wozu denn? Was war denn falsch daran, wie es früher war? Ich habe nie gekriegt, was mir zustand, und jetzt kommt ihr daher und versucht, alles an euch zu reißen. Aber wir brauchen hier nicht noch mehr Nigger und Tunten, also verschwinden Sie!»

Mary Phinney starrte in eidechsenhafter Reglosigkeit über ihre Zweistärkenbrille. Etwas in mir wollte sie anschreien, sie sogar schlagen. Aber dann hätte ich mich ja auf ihr Niveau hinabbegeben, nicht wahr? Ich schüttelte traurig den Kopf.

«Sie haben Unrecht», sagte ich.

«Nein, *Sie* haben Unrecht. Dieser kleine Homo hat sich in die Familie eingeschlichen und sich stillschweigend eingebildet, daß er von dem Geld was abkriegt, falls Mr. Kingsley stirbt. Aber dieses Geld sollte dorthin kommen, wo es von rechtswegen hingehört – zu John Lough, Mr. Kingsleys Bruder.»

«Halbbruder», korrigierte ich.

«Sie hatten denselben Vater. Dadurch sind sie Brüder.»

«Trotzdem hat Prentiss Kingsley das Recht, sein Vermögen so aufzuteilen, wie er es für richtig hält.»

«Nur, wenn er im Vollbesitz seiner geistigen Kräft ist. Wissen Sie nicht, mit welchen Worten jedes Testament anfängt? *Ich erkläre im Vollbesitz meiner geistigen Kräfte.* Man muß bei klarem Verstand sein, wenn man sein Testament macht. Und das bedeutet, daß man seine Firma nicht einem durchtriebenen jungem Gigolo ausliefert.»

«Gigolo ist vielleicht nicht –»

«Was glauben Sie denn, warum wir andauernd mit den Anwälten gesprochen haben? Wir hätten das auf keinen Fall zugelassen. Dieser Junge war schlecht, sage ich Ihnen, schlecht. Das seid ihr alle.»

«Wir sind nicht schlecht.»

«Eben doch, und alles, was euch passiert, geschieht euch recht.» Mary Phinney stand von ihrem Stuhl auf. «Verschwinden Sie jetzt, bevor ich Sie rausschmeißen lasse. Ich möchte Sie hier nie wieder sehen. Sie vergiften die ganze Luft, allein schon durch Ihre Anwesenheit.»

«Sie sollten lieber nicht von Vergiften reden, nach der Stümperei, die Sie am Sonntag mit den Trüffeln angestellt haben.»

«Ich werde ein Hausverbot für Sie erwirken. Sie und Ihr ‹gleiches Recht für alle›. Das hängt mir zum Hals heraus. Sie werden alle in der Hölle schmoren, das können Sie mir glauben. Da bete ich drum.»

Ich merke, wann ich nicht willkommen bin, deshalb verließ ich ihr Büro. Ich kehrte in den Laden zurück, aber die Rückfahrt mit der Orange Line der Bostoner Verkehrsbetriebe machte mich noch depressiver. Mary Phinneys irrationale Worte und ihr Haß klangen wie das Echo der schrecklichen Beschimpfungen und Kränkungen in meiner Jugend. Ich dachte, ich hätte endlich diese dunkle, ungewisse Phase meines Lebens hinter mir gelassen – mit einigen Narben natürlich, aber frei von all den Schuldgefühlen, die mir Kirche und Staat eingeimpft hatten. Und jetzt kam da doch wieder jemand daher, der mich anklagte, ein Verbrechen wider Gott und die Natur zu begehen, und all die alten Feuer wurden von neuem geschürt. Ich sagte mein Mantra vor mich hin, aber es hatte wenig Wirkung. Ich wollte nichts anderes, als alle meine sogenannten Verbrechen und Perversionen Mary Phinney ins Gesicht schleudern. Kein Wunder, daß die Kunst, die eine unterdrückte Kultur hervorbringt, oft so zornig ist.

Und die Fragen, mit denen ich aufgebrochen war, hatten sich auch noch nicht beantworten lassen: Wer hatte Dan Doherty getötet? War der Tod, der Trek Delorean bei dem Empfang ereilt hatte, in Wirklichkeit Dan Doherty bestimmt gewesen, oder gar Prentiss Kingsley? Warum benützte der Mörder jetzt eine Pistole anstelle von Gift? Könnte John Lough einen Menschen auf die Weise töten, wie Danny ermordet worden war? Wer könnte das überhaupt? Hätte er etwas so Schreckliches getan, nur um seinen Anspruch auf das Vermögen der Kingsleys zu untermauern? Für einen solchen Mord schien das kein ausreichendes Motiv. Mary Phinneys religiöse Leidenschaft kam mir da fast wie ein glaubwürdigeres vor, jedenfalls jetzt im Augenblick, wo ich noch nach Rache dürstete.

16.
«Oh mein Papa ist eine wunderbare Mann ...»

Als ich wieder in den Laden kam, waren Nicole und Tobias schon längst vom Mittagessen zurück.

«Wo warst du?» fragte sie ein wenig ärgerlich.

«Hab nur mal Pause gemacht, Liebes.»

«Es war Besuch für dich da, sehr sexy und mediterran.»

«Branco?»

«Nein, der andere – Lance Leder, mit seinem großen roten Motorrad.»

«Du meinst Rafik?»

«M-hm.»

«Er ist nicht mediterran. Er ist Armenier.»

«Ist das nicht das Gleiche?»

«Nein, Liebes, aber du würdest trotzdem Geschmack an ihm finden. Seine Familie hat ein Exportgeschäft in Paris. Und noch dazu lauter Sachen, die du magst – Kaviar, Gänseleber, Pasteten, Trüffel.»

«Dann heirate ihn doch, Stanley. Wenn er so delikat ist.» Nicole lächelte lasziv. «Und wenn man dann noch bedenkt, daß er ein erstklassiger Liebhaber ist, bis zu den Stiefeln hinunter.»

«Stiefel? Das haben wir bisher noch nicht ausprobiert.»

«Kommt schon noch. Ich spür's unter den Fingernägeln.»

«Ist *das* die Stelle, wo bei den Frauen die Intuition sitzt?»

Nicoles einzige Antwort war ein geheimnisvolles Lächeln.

Trotzdem wunderte ich mich, daß Rafik noch einmal in den Laden gekommen war, da er mich doch eben gerade gesehen hatte.

«Hat er eine Nachricht hinterlassen, Liebes?»

«Er hat gefragt, ob du mit jemandem zusammen seist.»

«Und was hast du gesagt?»

Nicole hob ein wenig den Kopf und sagte: «Ich hab' ihm erzählt, daß du und der Lieutenant ein Herz und eine Seele seid.»

Als wäre das sein Stichwort gewesen, erschien Brancos

vertraute hohe, dunkle und gutaussehende Gestalt durch die Vordertür des Ladens. Er begrüßte Nicole herzlich, mich dafür umso kühler.

«Ich habe gerade die Polizeireports von Abigail gefaxt bekommen. Die Kugeln, die Dan Doherty töteten, stimmen mit denen überein, die wir im Haus der Kingsleys am Chestnut Hill aus der Wand herausgeholt haben.»

«Es war also dieselbe Waffe?»

Branco grinste. «Sie sehen zu viel fern. Wir wissen, daß es dieselbe Waffenart ist, aber es ist uns nicht gelungen, herauszufinden, ob es auch dieselbe Pistole war.»

«Trotzdem ist das eine gute Nachricht, da sie beweist, daß Laurett an keiner der beiden Schießereien beteiligt war.»

Widerstrebend stimmte er zu. «Damit haben Sie recht.»

«Wann setzen Sie sie also auf freien Fuß?»

«Noch diese Stunde.»

«Endlich ist Ihnen doch ein Licht aufgegangen.»

Brancos Gesicht bewegte sich nicht. «Nein. Wir haben unsere Nachforschungen über sie beendet, und nach den neuesten Ereignissen ist die ursprüngliche Anklage fallengelassen worden. Sie hat Anweisung, die Stadt nicht zu verlassen.»

«Was hat Sie schließlich überzeugt, sie laufen zu lassen?» Ich hoffte, daß Laurett ihre Befreiung am Ende doch mir zu verdanken hatte und nicht Charles.

«Schauen Sie, Kraychik, darüber muß ich Ihnen überhaupt keine Auskunft geben. Ich dachte nur, Sie würden gern Bescheid wissen, damit Sie's ihrem Jungen sagen können, da Sie sich um ihn kümmern.»

Nicole warf ein: «Warum sagen Sie's ihm nicht gleich selber, Lieutenant? Er spielt im Wartebereich.»

«Hier lang», sagte ich und führte Branco dorthin, wo Tobias spielte – der war aber auf einem der großen bequemen Sessel eingeschlafen. «Also, Lieutenant, jetzt gehört er ganz Ihnen», sagte ich scheu. Ich bezweifelte, daß es zu Brancos Dienstvorschriften gehörte, einem kleinen Jungen die letzten Neuigkeiten über seine inhaftierte Mutter mitzuteilen. Einmal schaute ich rasch zu Nicole hinüber und bemerkte, daß sie ihre Aufmerksamkeit abwechselnd mir und Branco zuwandte, der auf Tobias zuging.

«Mein Sohn», sagte Branco weich, und ich spürte, wie sich mir die Kehle zuschnürte. Dann kniete er sich hin und legte Tobias sanft seine große Hand auf die Schulter. «Tobias, wach auf, mein Junge. Ich hab eine gute Nachricht für dich.» Tobias regte sich und öffnete verschlafen die Augen. Branco sagte: «Es geht um deine Mutter. Sie kommt heute nach Hause zurück.»

Tobias rieb sich die Augen, dann schlang er Branco die Arme um den Hals. Ich erwartete eigentlich, Branco in dieser Situation verlegen und ungelenk zu erleben, aber stattdessen hob er den Jungen hoch und drückte ihn in einer langen Umarmung fest an sich.

Nicole neben mir seufzte tief und murmelte: «Was für ein Schauspiel.»

Ich gab zurück: «Dieser kleine Scheißer ist vielleicht ein Glückspilz.»

«Eifersüchtig?»

«Ja.»

Branco setzte Tobias wieder ab, dann stand er auf und sah Nicole und mich an. «Wenn Sie wollen, nehme ich ihn gleich selber mit. Das ist für seine Mutter vielleicht einfacher.»

«Ja, in Ordnung, Lieutenant», sagte ich, und meine Stimme war vor lauter unausgesprochener Bewegtheit etwas rauh.

Branco nickte und sagte: «Gut.» Dann bemerkte er, daß die Kunden im Salon diesen rührenden Augenblick zwischen ihm und Tobias beobachtet hatten, und fragte: «Kann man hier irgendwo ungestört reden?»

«Natürlich, Lieutenant. Es gibt auch bei uns das unumgängliche Hinterzimmer.»

Als ich ihn davonführte, wandte er sich zu Nicole um. «Ich hätte gerne auch Sie dabei, Miss Albright.»

«Gerne, Lieutenant», sagte sie und trat munter an seine Seite. Ich fragte mich, braucht Branco einen Zeugen? Oder eine Anstandsdame?

Als wir im Innern des Lagerraums waren, fragte er uns:

« Hat einer von Ihnen vielleicht heute schon Rafik Panoussian gesehen? »

Nikki und ich antworteten gleichzeitig: « Wann, heute? »

Branco wandte sich direkt an mich: « Nachdem Sie und er die Nacht zusammen verbracht habt. »

« Na ja, also ... » ich stockte. Laß' ihn ruhig mal um die schreckliche Wahrheit betteln, vor allem, wenn er nicht mal die Grammatik richtig benutzen kann.

« Wo? »

« Hier beim Laden. Von draußen, auf der Straße. Sie hätten uns, wenn Sie dagewesen wären, Lieutenant, gleich in flagranti verhaften können. »

« Wann war denn das? » schrie Nicole.

« Gleich nachdem du mit Tobias zum Essen gegangen bist. »

« Du warst also mit Rafik aus? » fragte sie.

« Nein, Liebes. Er hat mich nur gefahren. Ich bin allein in die Schokoladenfabrik gegangen. » Aber ich sah ihr an, daß sie das bezweifelte. « Lieutenant, ich bin immer noch der Meinung, daß Sie den Falschen verfolgen. »

« Sie sollen mir nur sagen, wo ich Panoussian finde. »

Ich war fast versucht, ihn zu Neimann-Marcus ins ‹Feinkost Epicur› zu schicken, wo Rafiks Familienname auf den erlesensten Importwaren zu lesen stand. Stattdessen sagte ich: « Ich weiß es wirklich nicht, aber das spielt auch gar keine Rolle, Lieutenant. Er war es nämlich nicht. Sie sollten lieber mal diese beiden Leutchen in der Firma Gladys Gardner vernehmen, John Lough und Mary Phinney. »

« Aus welchem Grund? »

« Aus dem Grund, daß sie beide erleichtert waren, als Dan Doherty tot und, wenn ich zitieren darf, ‹aus dem Weg› war. Diese Worte haben sie alle beide gebraucht. » Ich wußte, daß sie es nicht ganz so ausgedrückt hatten, aber schließlich mußte ich Branco überzeugen, daß er sich um sie kümmerte.

Branco sagte: « Ich danke Ihnen für diesen Tip, aber wir haben ja einen Verdächtigen, und zwar den Mann, den Sie dauernd zu decken versuchen. Ich hoffe, ich muß Sie nicht noch abführen lassen, und zwar wegen Unterschlagung von Beweisen oder wegen Beihilfe zu einem Verbrechen.»

«Haben Sie das jetzt irgendwo abgelesen, Lieutenant?»

In Rafik hatte ich endlich jemanden gefunden, der wenigstens ein bißchen zu mir paßte, jemanden, mit dem sich vielleicht ein romantischer Valentinstag verbringen ließ. Und da stellte sich nun heraus, daß er von der Polizei gesucht wurde. Na ja, ich hatte ihn am Anfang schließlich selbst verdächtigt. Aber es sind einfach zwei Paar Stiefel, ob man sich nur vorstellt, daß der gerade erst gefundene Bettgenosse ein dunkles, geheimnisvolles Leben führt, wenn man nicht bei ihm ist, oder ob man tatsächlich erlebt, daß die Bullen ihn am Arsch kriegen wollen, und einen selber gleich mit, als Komplizen. War ich so einsam, daß ich mich mit einem Verbrecher eingelassen hatte? Wie die Franzosen sagen, steckte ich tief im Honig.

«Lieutenant, ich sage Ihnen doch wirklich alles, was ich weiß. Aber wenn Sie wollen, kann ich auch gerne was erfinden, was Sie gern hören möchten.»

Branco murrte: «Hören Sie schon auf.» Er drehte sich um und wollte gehen.

«Moment noch», sagte ich. «Da gibt's noch etwas, etwas, das Sie vielleicht doch noch überzeugt, in einer anderen Richtung zu suchen.»

Brancos Augen funkelten vor Ärger, aber das animierte mich nur noch mehr, mit meiner Miß-Marple-Nummer weiterzumachen. Wenn Branco mich nicht wie einen Ebenbürtigen behandelte – wie einen Mann – dann war ich gerne bereit, eine andere Rolle zu spielen.

Ich fuhr fort: «Ich weiß, sowas ist gegen die Regeln, aber kann man nicht mal einen Blick auf Prentiss Kingsleys Testament werfen?»

Branco schüttelte den Kopf und preßte die Lippen zusammen. «Wir sind nicht das FBI.»

«Seid ihr denn nicht wie Brüderlein und Schwesterlein?»

«Wir können nicht einfach so in die Privatsphäre von jemandem eindringen.»

«Nicht mal mit einem Gerichtsbeschluß?»

« Sie kriegen doch keinen Gerichtsbeschluß, nur weil Sie irgendwas schrecklich gerne wissen wollen. Sie müssen erst mal einen Richter überzeugen. Und dafür brauchen Sie einen guten Grund. »

« Es gibt einen guten Grund. Ich glaube, Prentiss Kingsleys Testament ist der Schlüssel zu dem ganzen Fall, und zwar hat es etwas damit zu tun, daß auch Dan Doherty als Erbe eingesetzt worden ist. Sogar John Lough und Mary Phinney wußten das. »

Branco sagte: « Sie haben zu viele Krimis gelesen. »

« Durchaus nicht », erwiderte ich. « Das erfinde ich alles selbst. »

Branco grunzte, dann verließ er das Zimmer und ging zurück in den Laden.

Nicole machte tztztztz zu mir. « So wirst du sein Herz nie erobern, Stani. »

« Sein Herz kann mir gestohlen bleiben. Wahrscheinlich ist es sowieso hart und schwarz wie Kohle. »

« Das heißt, daß mit der Zeit, wenn genügend Druck ausgeübt wird, ein Diamant daraus werden könnte. »

« Liebes, du wirst mich noch zum Kotzen bringen. »

Aber nachdem ich vorhin die Szene zwischen Branco und Tobias mitangesehen hatte, wollte etwas in mir Nicoles Vorhersage glauben. Mein optimistisches, romantisches, brautkleidverliebtes Ich dachte: wer weiß, wer weiß ... ... Dann riß ich mich zusammen und war wieder zynisch und nüchtern. « Komm, wir sagen noch Tobias Lebewohl. »

Wir gingen in den Laden zurück und sahen, wie Lieutenant Branco Tobias gerade in seinen Mantel und seine Stiefel half. Doing! machte mein Herz sofort wieder. Branco stand auf, dann hob er Tobias in einer einzigen kraftvollen, geschmeidigen Bewegung hoch und setzte ihn sich auf die Schultern, wobei er sich die Beine des Jungen um seinen starken Hals legte. Pappi! Er drehte sich zu Nicole und mir herum und nickte uns ganz leicht zu. Das war Brancos Version eines liebenswürdigen Abschieds. Währenddessen kicherte Tobias und winkte uns von seinem hohen Aussichtsplatz aus zu. Ruhmreiches Roß und junger Ritter verließen den Laden durch die Vordertüre, während die Kunden ihnen nachwinkten. Ruhige See und erquickliche Reise, dachte ich. Tobias' Stimmchen gellte: « Tschüs, Onkel Stan. Tschüs, Onkel Nick. »

Nikki schielte zu mir herüber. « Onkel Nick? »

« Er ist ganz demokratisch, was das Geschlecht betrifft. »

« Warum dann nicht Tantchen Stan? » fragte sie und mit einen Stups: « An die Arbeit. »

Der Rest des Nachmittags verflog schnell, und ich hatte jede Minute zu tun. Meine Freundin Francesca, die das Chez-Chez leitet, ein Cabaret in der Stadt, kam vorbei und lud mich ein, mir mit etlichen anderen Schnattergänschen heute abend eine Show zum Valentinstag anzusehen. Ich zögerte, aber dann wurde mir klar, daß ich kein Pflegevater mehr war. Ich war wieder frei. Das würde ich feiern. Sogar meine Verkleidungen als Rafiks einsamer Liebhaber oder als Brancos mißverstandener selbsternannter Hilfssheriff würde ich fallenlassen. Ich würde mich ganz als ich selbst vergnügen.

Nachdem wir den Laden geschlossen hatten, setzten sich Nicole und ich ins Hinterzimmer, um schnell noch was zu trinken und eine Zigarette zu rauchen. Das heißt, die Zigarette rauchte sie. Ich hatte schon vergebens versucht, zu rauchen. Mochte das Image, das es einem verlieh, auch noch so großartig sein, mir war es einfach zu mühsam, mich an die ganzen Begleiterscheinungen zu gewöhnen – den Husten, das Schwindelgefühl und den schalen Atem danach.

Nicole zündete sich eine schlanke Zigarette in zartrosé an und inhalierte tief. Tatsächlich beneidete ich sie um diesen ersten Zug und den offensichtlichen Genuß, den er ihr verschaffte. Während sie den Rauch über ihre Lippen strömen ließ, sagte sie: « Jetzt, wo Laurett und ihr Sohn wieder glücklich vereint sind, brauchst du dich ja nicht mehr um den Fall zu kümmern, stimmt's? »

« Das kannst du laut sagen, Liebes. Für mich heißt's jetzt wieder, an die Arbeit und ins Vergnügen. Und zurück zu der einzig verläßlichen Liebe und Anhänglichkeit einer Birmakatze. Zurück zum einfachen Leben. »

«Wie steht's denn mit ein paar Einkäufen?»

«Gibst du mir wohl eine Gehaltserhöhung?»

Das ignorierte Nicole. «Und was ist mit Rafik? Willst du den nicht mehr retten?»

Ich zögerte. «Nichts da.»

«Läßt der Ruf der Liebe dich kalt?»

Ich schüttelte den Kopf. «Das war nur mal so 'ne Sache.»

«Er steckt aber in Schwierigkeiten.»

«Hat er sich selber zuzuschreiben.»

Wieder ein Zug an der Zigarette, ein Schluck Cognac, dann fuhr Nicole fort: «Also willst du auch dem Lieutenant jetzt nicht mehr beweisen, daß du recht hast und er nicht?»

«Nein. Ist mir jetzt egal. Ich hab' Laurett diesmal geholfen. Das reicht.» Ich trank von meinem Bourbon. «Ich hab' ihr doch geholfen, oder etwa nicht?» Ich versuchte mich zu erinnern, was ich denn nun eigentlich gemacht hatte, um sie freizukriegen. Aber ich hatte eine Mattscheibe.

Nicole zuckte die Schultern. «Spielt das denn überhaupt eine Rolle?»

«Heute abend nicht. Heute will ich nur, daß alles wieder ganz normal ist. Keine Bullen, keine Mörder, keine kleinen Kinder mehr. Nur ein bißchen Spaß für mich und für den Augenblick.»

Nicole sah mich wissend an. «Na ja, das wird heute bestimmt ein Spaß, wenn du mit den Jungs ausgehst.»

«Oder den Mädels.»

«Seid ihr im Fummel?»

«Nur die, die auftreten. Sie spielen Szenen aus *The Boyfriend*, und zwar für die Valentinstags-Gala in einer reinen Männerbesetzung. Was mich daran erinnert, daß ich jetzt lieber gehen sollte.»

«Viel Spaß, Schätzchen. Bis morgen früh.»

Wir gaben uns ein Küßchen, und ich verließ den Laden. Es war fast acht Uhr, ehe ich heimkam. Als ich die Treppen hochstieg, roch es durch die Tür meines Nachbarn nach Abendessen. Mir knurrte der Magen, und im Kopf drehte sich mir alles, als ich den Duft von frischem, in Olivenöl sautiertem Knoblauch einsog. Ich war halb verhungert, und heute abend würde ich nur Zeit haben, die Pizzareste zu essen, die von Tobias vorgestern übriggeblieben waren. Soviel wieder mal zu meiner Schlankheitskur. Und ich mußte auch noch die Verheerungen beseitigen, die die Arbeit bei mir angerichtet hatte. Das ist zwar nicht gerade dasselbe wie, sagen wir mal, bei einem Lastwagenfahrer, der die ganze Nacht auf der Straße war, aber wenn man an all die Chemie denkt, die ein Friseur während so eines voll ausgebuchten Tages einschnüffelt, wird einem klar, daß sein Körper hinterher oft ganz schön ausgelaugt ist.

Ich machte die Türe auf und pfiff. «Liebling, ich bin wieder da!» Sugar Baby begrüßte mich mit einem mißtrauischen Blick, als würde sie schon wieder Quälereien von Tobias erwarten. «Keine Angst, Baby», sagte ich. «Jetzt sind wir wieder allein. Die Wohnung gehört ganz dir.»

Ich hob sie hoch, und sie leckte mir mit langen, rauhen Zungenschlägen die Wange. Während ich den Anrufbeantworter abhörte, behielt ich sie auf der Schulter. Francesca hatte angerufen und irgendeinen unklaren Grund angegeben, warum das Theaterfest später anfangen würde als geplant, aber mir paßte das ganz gut. Es ließ mir etwas mehr Zeit, mich zu entspannen und sogar die Pizza heiß zu machen. Ich legte das kalte Pizzaeck in die Backröhre – meine Mikrowelle ist nämlich kaputt – und fand einen Sender mit feuriger Tangomusik. Sugar Baby auf dem Schoß, machte ich meine Post auf: VISA hatte mein Dispolimit um tausend Dollar erhöht (ihr Pech); der Club der schwulen Ehemaligen meines alten Colleges plante eine luxuriöse Winterkreuzfahrt (vielleicht das nächste Mal, Leute); ein Psychiater, mit dem ich früher mal in einer städtischen Klinik gearbeitet hatte, was zu einer kurzen, außerordentlich heißen sexuellen Affäre geführt hatte, zeigte zusammen mit seiner Frau aus dem rauhen Norden des Bundesstaates New York die Geburt seines zweiten Kindes an; und eine gelbe Karte benachrichtigte mich, daß ein Paket aus New Jersey am Paketpostschalter der Back-Bay-Post bereitliege. Vielleicht war das eine Valentinstags-Extra-Überraschung von meiner Mutter, der einzigen mich unbeirrbar und treu liebenden Seele in meinem Leben.

Mein Körper verlangte jetzt eine lange, heiße Dusche. Erst fütterte ich noch Sugar, dann ging ich ins Bad, das neben dem Schlafzimmer liegt, und drehte das Wasser auf, damit es warm wurde. Das kann hier im obersten Stockwerk manchmal fünf Minuten dauern, und weil ich durch die heißen Tangos schon wieder besser gelaunt war, überkam mich ein Drang, irgendwas Verrücktes zu machen, etwas, das mich von allem, was in den letzten paar Tagen passiert war, befreien würde.

Von Takt zu Takt des markerschütternden Tangos stellte ich mir eine andere Frage. Wozu soll schon der Valentinstag überhaupt gut sein? Wozu Romantik? Wozu Rafik? Wozu Branco? Wozu Elternschaft? Wozu Kunden? Wozu Leichen? Wozu überhaupt irgendwas? Und so gönnte ich mir vor dem großen Spiegel an der Tür des Schlafzimmereinbauschranks eine kleine Strip-Show.

Zuerst wurden Schuhe und Socken ausgezogen, verführerisch graziös und genau im Takt – ein Prelude für das, was kommen sollte. Ich knöpfte mir das Hemd auf und drehte meinen Oberkörper hin und her, daß die gestärkte Knopfleiste des Baumwollstoffs über meine Brustwarzen streifte. Das tat ziemlich lange gut, während einer ganzen Refrainlänge. Dann ließ ich Ärmel für Ärmel das Hemd über meine Schultern herabgleiten, bis es mir um die Taille hing. Ich knöpfte mir die Hosen auf und ließ sie mit dem Hemd zusammen nur durch die Schwerkraft meine Beine entlang bis auf den Boden rutschen, während ich zur Musik mit den Hüften wogte. Ich stieg aus dem zusammengeknüllten Haufen und tanzte durchs Schlafzimmer. Sugar Baby sah etwas verwirrt mit großen Augen zu, als wollte sie sagen: «Was geht denn hier vor?» Mein Striptease war wohl so grotesk, daß er sogar ihre Aufmerksamkeit von der Futterschüssel in der Küche hatte ablenken können. Jetzt war es Zeit für den großen Moment der Unterhosen. Erst machte ich ein paar kleine Neckereien, zog jede Seite ein bißchen runter, um eine Hüfte oder Arschbacke zu entblößen, und deckte sie dann wieder zu. Schließlich drehte ich meinen Hintern zum Spiegel und sprang regelrecht aus den Unterhosen heraus. Ich warf sie in die Höhe und machte eine Pirouette, die ich mit dem Gesicht zum Spiegel beendete. Mein stämmiger Körper sah ganz okay aus, er machte den Eindruck, daß er trotz der ‹winterlichen› Extrapfunde noch das Jahr über halten würde. Die glatte rosige Haut zeigte noch ganz leicht die letzte Sonnenbräune. Obwohl ich kein Krafttraing mache, ist meine Muskulatur doch wohlgeformt und straff. Ich tue aber auch den ganzen Tag über immer wieder ein bißchen was dafür, zum Beispiel ziehe ich jedesmal den Bauch ein, wenn ich einem Kunden die Haare wasche. Dadurch bleibt er flach. Die Beine sind gut – tatsächlich sogar das, was bei mir am besten aussieht – obwohl ich sie eben so geerbt habe, also kann ich sie nicht zu meinen Gunsten verbuchen. Es sind einfach die echten slawischen Glieder mit fleischigen, wohlgeformten Waden, die sich über Füßen mit hohem Rist erheben. Die vollen Schenkel sind gerundet und modelliert wie die eines Tänzers und nicht so sehnig wie die eines Läufers.

Im Rhythmus der Musik schlug ich mich auf dem Hintern und johlte, « Olé! » Meine Arschbacken wurden rot, wo ich draufgeschlagen hatte. Und mein Bruno, dieses höchst persönliche Kuscheltier, erwachte zwischen meinen Beinen zu neuem Leben. Ich blickte mir im Spiegel ins Gesicht. Die frisch geschnittenen Haare standen in die Höhe wie eine Bürste, und die grünen Augen glitzerten fröhlich. Mein albernes Grinsen bewies, daß ich reif für den heißen, dampfenden Strahl war. Dann brach das alles unter einer Woge slawischer Melancholie zusammen. Konnte dieser Hang zum Rumalbern der Grund dafür sein, daß ich so allein war? Wirkte ich so exzentrisch, daß andere nicht wagten, sich privat mit mir einzulassen? Hatte denn niemand die gleiche Vorstellung von Spaß wie ich?

Ich kam um halb neun aus der Dusche. Die Pizza war fast verbrannt, aber ich kaute trotzdem darauf herum, während ich mir das Haar trockenrubbelte, etwas, was ich meinen Kunden immer verbiete. Allerdings, wenn man so kurzes Haar hat wie ich, kann das fast alles vertragen. Als ich mit dem Abtrocknen fertig war, zog ich frische Klamotten an und machte mich auf zum Chez-Chez, um einen fröhlichen und ausgelassenen Abend zu erleben.

Aber es funktionierte nicht.

Ich war mit Freunden zusammen, die ich mochte und die mich mochten, und doch konnte ich nicht loslassen. Sogar die Vorführung mit ihrer Starbesetzung schien mir zu gewollt, zu hochgestochen, zu inhaltsschwer, um mich wirklich zu unterhalten, nicht wie mein unbefangener, naiver kleiner Striptease früher des Abends zu Hause. Ich trank ein Glas nach dem anderen, aber das nützte auch nichts. Ich fühlte mich zu meinem Ärger andauernd abgelenkt durch die Vorfälle der vergangenen Tage. Klar, Laurett war wieder frei, aber was geschah jetzt in Abigail? Irgend jemand war hinter irgendetwas her, und es machte ihm nichts aus, dafür Menschen zu töten. Aber wer? Rafik? John Lough? Mary Phinney? Liz Carlini? Prentiss Kingsley? So sehr ich es auch wollte, so einfach konnte ich die letzten Ereignisse nicht von mir abschütteln. Und ja, vielleicht war da doch auch noch der Wunsch, es Branco zu zeigen, ihm zu beweisen, daß auch ein Friseur wert ist, dieselbe Luft zu atmen wie der Rest der Menschheit. Vielleicht tat da auch der Alkohol das Seine.

Ich blieb bis zum Ende der Show, danach ging ich direkt nach Hause. Francesca machte sich Sorgen, daß ich irgendwas ausbrütete, und schlug dagegen noch etwas mehr Alkohol vor, aber ich wußte, daß es einfach seelische Erschöpfung war. Das geht bei mir ganz schnell. Ein paar Minuten, nachdem ich heimgekommen und ins Bett geplumpst war, schlief ich schon.

17.
‹Hast du eine Pistole in der Tasche oder freust du dich nur, mich zu sehen?›

Am nächsten Morgen, einem Freitag, als ich die Wohnung verließ, um in den Laden zu gehen, entdeckte ich vor meiner Türe schon wieder so eine große, herzförmige Pralinenschachtel. Diese samtüberzogenen Ungeheuer schienen langsam überall aufzutauchen, als ob der diesjährige Wahlspruch Sankt Valentins «Friß oder stirb» wäre, nur eben mit Schokolade. Ich dachte, Rafik habe sich wieder hereingeschlichen, und rief seinen Namen durchs Treppenhaus. Keine Antwort. Ich hob die Schachtel auf – Sugar Baby hatte schon angefangen, sie mit Schnuppern und Kinnreiben zu inspizieren – und trug sie hinein. Obenauf steckte ein kleines Kuvert. Ich machte es auf und las das Kärtchen. «Ich liebe dich», stand da, in kleinen, sauberen Druckbuchstaben. Keine Unterschrift. Ein erfreuliches, wenn auch nicht sehr originelles Gefühl. Wenn du mich wirklich liebtest, du da, dann würdest du nicht versuchen, mich derartig zu mästen. Die Schachtel schien besonders schwer zu sein, was mich auf ihren Inhalt besonders neugierig machte. Vielleicht war es ein Block feiner *Couverture*. Das ist nämlich die Schokolade mit der höchsten Qualität, die nur als Guß benutzt wird ... und zum Naschen für die ganz Dekadenten. Als ich die Schleife von der Schachtel nahm, versprach ich mir selbst, daß ich mit meiner Abspeck-Kur auf jeden Fall wieder anfangen würde, und zwar gleich am ersten März, oder zu Frühlingsanfang, oder am ersten April oder so.

In der Schachtel lag eine Pistole.

Da war's also nix mit meiner Leidenschaft für Kakaobutter. Ich rief Nikki an und erklärte ihr, daß ich ein bißchen später in den Laden kommen würde, da ich mein neues Beweisstück erst noch zu Branco bringen wollte. Sie klang fast erleichtert, weil ich nun doch wieder in den Fall verstrickt war. Zumindest würde uns das einen Anlaß zum Streiten geben, und das ist vielleicht die Basis unserer ganzen Freundschaft.

Ich brachte die geladene Pralinenschachtel zu Lieutenant Branco. Als ich eintrat und ihn sah, sagte ich ihm atemlos, daß ich etwas Wichtiges für ihn habe. Er warf einen Blick voller Zweifel auf die herzförmige Schachtel, dann sprach er mit kühlem, herablassendem Lächeln.

«Ich habe Ihnen doch schon gesagt, daß ich keine Geschenke annehmen kann. Das würde gegen die Vorschriften verstoßen.»

«Lieutenant, es war weder das letzte Mal ein Geschenk, noch ist es diesmal eins.» Da sich diese Vorstellung so in seinem Hirn verfestigt hatte, hoffte er am Ende etwa auf ein Geschenk von mir? Und wenn ich ihm eins machte, würde er es annehmen oder zurückweisen? Projizierte ich nur auf ihn? Vielleicht war das einfach nur Brancos Mutmaßung, daß *alle* Menschen dazu verdammt seien, ihn anzubeten.

Er preßte die Kiefer fest aufeinander und schwieg.

Ich fuhr fort: «Könnte sein, daß Sie heute eine Ausnahme von Ihren Regeln machen müssen, Lieutenant.»

«Kraychik, Ihre Spielchen ermüden mich langsam.»

Dieser arrogante Bastard! Ich hob den Deckel der Schachtel an, so daß der sorgfältig eingepaßte Inhalt sichtbar wurde. Branco sah die Pistole, behielt aber die Fassung.

«Wo haben Sie das her?»

«Lag heute morgen vor meiner Wohnung, einfach so, in der Schachtel. Ich dachte, Sie würden darüber ganz gerne Bescheid wissen.»

Branco nahm die Schachtel und studierte die darinliegende Pistole ohne ein Wort – und ohne sie zu berühren natürlich.

Ich sagte: «Das ist vielleicht die Pistole, mit der Dan Doherty getötet und auf Liz Carlini geschossen wurde.»

Schweigen. Mit Hilfe eines Stifts hob er die Pistole heraus und schnupperte am Lauf. Ein winziges Nicken. «Seltsamer Zufall, sagte er, «gerade hat jemand angerufen, um zu melden, daß er eine Pistole vermisse».

«Wer?»

Keine Antwort.

«Mary Phinney?» fragte ich. «John Lough?»

Branco grunzte. «War da sonst noch was dabei?»

Widerstrebend zeigte ich ihm auch das Liebesbriefchen. Er begutachtete es sorgfältig, mehrere Minuten lang, dann hob er die Brauen und sagte: «Sieht so aus, als hätten Sie einen Bewunderer.»

«Jaja, meine Anbeter schicken mir entweder Pistolen oder Gift.»

Branco rief im Labor an, damit jemand das Päckchen abholte, und wandte sich dann wieder mir zu. «Jetzt, wo Sie die Waffe rausgerückt haben, können Sie mir doch auch sagen, wo er zu finden ist.»

«Wer?»

«Ihr Liebhaber.»

«Ich habe keinen Liebhaber.»

«Sie wissen schon, wen ich meine.»

«Es läßt sich überhaupt nicht nachweisen, daß Rafik die Pistole da hinterlegt hat.»

«Wer war denn sonst noch vor kurzem bei Ihnen in der Wohnung?»

«Tobias Cole zum Beispiel, aber das war zu der Zeit, als ich noch Päderast war.»

«Ich möchte Tatsachen von Ihnen hören, keine Sarkasmen.»

«Wenn Sie die Zusammenarbeit mit mir wünschen, Lieutenant, dann müssen Sie mich dabei in Kauf nehmen.»

Branco grunzte wieder. Ich vermute, daß in diesen wütenden Grunzern bei ihm sehr oft der Impuls, jemandem eine einzuschenken, begraben lag. In der Kunst der Verbalinjurien war er noch nicht so recht zu Hause.

«Zu Ihrer Information, Kraychik ...» Er legte eine Pause ein, als würde er sich an einem Geheimnis weiden. «Es hat noch ein Opfer gegeben.»

«Wen?»

Branco spähte zu mir herüber. «Erraten Sie's nicht?»

«Oh toll, wir versuchen's mit zwanzig Fragen rauszukriegen. Also schau'n wir mal, männlich oder weiblich?»

«Schlau, wirklich sehr schlau, wenn man bedenkt, wer das Opfer ist.»

«Wenn Sie's nicht schlau haben wollen, Lieutenant, warum sprechen Sie dann nicht auch so geradeheraus, wie Sie es von jedem anderen erwarten?»

«Also gut dann. Prentiss Kingsley wurde heute früh von der Polizei in Gloucester gefunden.»

Das versetzte mir einen Schlag. «Wo?»

«In seinem Auto an einer Raststätte, an so einer Stelle, die bekanntermaßen häufig von ...»

Langes Schweigen.

Ich hakte nach: «... von großen bulligen Lastwagenfahrern aufgesucht wird?»

Branco nickte. «Zu so was geht Ihr Typen doch immer gerne hin.»

«Sie brauchen nicht zu denken, daß wir alle dieselbe Tour haben.»

Branco lehnte sich im Stuhl zurück und verschränkte die Arme hinter dem Kopf. Er grinste sadistisch. «Die Pistole war direkt in seinen Mund gesteckt und abgedrückt worden.» Er wartete auf eine Reaktion von mir, aber ich saß stumm da. «Hat uns der Mörder damit vielleicht etwas sagen wollen?»

«Was denn zum Beispiel?»

«Mir kommt es vor, als wäre in beiden Morden nach einem ähnlichen sexuellen Motiv vorgegangen worden.»

«Sie meinen, weil eine Pistole in eine Körperöffnung eingeführt worden ist?»

«Das klingt doch nach Sex, meiner Ansicht nach», sagte er mit einem Aufblitzen von Grausamkeit in den Augen.

«Machen's die Bullen denn so?»

Er fuhr hoch, setzte sich kerzengerade hin und schob den Unterkiefer vor – durch und durch Mann, kein Quatsch bitte. «Sie wissen schon, was ich meine.»

«Nein, weiß ich nicht. Ich dachte immer, daß an Sex mehr dran ist, als irgendwo was reinzustecken.» Er ließ ein spöttisches kleines Schnauben hören: «Vielleicht», sagte er, wobei er es vermied, mich anzusehen.

«Könnte es sich um Selbstmord gehandelt haben?»

«Komisch, daß Sie fragen. Es war ein Zettel dabei.»

«Und deshalb haben Sie die Karte, die bei der Pistole war, so sorgfältig studiert.»

«Ihnen entgeht nicht viel, stimmt's?»

«Lieutenant, für den Inhalt konnten Sie ja nicht so lange gebraucht haben, also mußte es um die Handschrift gehen.»

«Was glauben denn Sie, Kraychik? Daß es Selbstmord war?»

«Prentiss Kingsley schien über Dannys Tod sehr verzagt zu sein.»

«So sehr, daß er sich umgebracht hätte?»

«Vielleicht hat er Danny wirklich geliebt.»

Branco schüttelte den Kopf. «Ich kann's mir einfach nicht vorstellen.»

«Was? Daß man für jemanden so starke Gefühle hat?»

«Nein. Sondern wie sich das anfühlen muß, wenn man sich das Hirn aus dem Schädel pustet. Sein ganzer Hinterkopf –»

«Warum genießen Sie eigentlich den Gedanken an all das Blut so, Lieutenant?»

Branco setzte sich wieder auf und starrte mich kalt an. «Ich genieße das nicht. Es ist mein Job. Ich habe mich daran gewöhnt. Es gibt im Leben eben nicht nur all die hübschen Mädchenköpfe, mit denen Sie den ganzen Tag herumspielen.»

«Es sind nicht nur Mädchen, Lieutenant, und ganz bestimmt sind sie nicht alle hübsch. Und zu Ihrer Information, das ist halt *meine* Arbeit. Ich hab' einen Platz, wo ich das machen kann, und ich mach' es gut. Zumindest wird im Snips-Salon niemand schikaniert.» Also, fast niemand, dachte ich, weil mir gelegentliche Sadomaso-Trockenhauben-Sitzungen mit bestimmten Kunden einfielen.

«Kraychik, ich weiß, daß Sie Rafik Panoussian decken. Allein schon deswegen könnte ich Sie festnehmen, aber im Augenblick nützen Sie uns mehr, wenn Sie auf freiem Fuß sind, weil Sie uns zweifellos zu ihm führen werden. Schließlich haben Sie uns gerade die mutmaßliche Mordwaffe übergeben.»

«Sie sagten doch, Sie konnten die Waffe nicht eindeutig identifizieren.»

In diesem Augenblick erschien eine Frau aus dem Labor, um Pistole und Päckchen zur Analyse mit hinunterzunehmen.

Als sie ging, sagte Branco mit einem schiefen kleinen Grinsen: «Ich nicht, aber das Labor schon. Und nur zu Ihrer Information, wir haben einen ordentlichen Haftbefehl für Ihren Liebhaber, wenn Sie also wissen, wo er ist, sind Sie verpflichtet, es uns zu sagen.»

«Er ist nicht mein Liebhaber! Wir waren zusammen im Bett, das ist aber auch alles. Sie tun ja, als wären wir schon verheiratet.»

«Ist das nicht sowieso alles ein- und dasselbe?»

«Das klingt aber, als wären Ihnen die Bedeutungen von Sex, Liebe und Ehe ein bißchen durcheinandergekommen, Lieutenant.» Sieh mal an, wer da spricht.

Branco schlug mit der Faust auf den Schreibtisch. «Sie Idiot! Sie finden sich natürlich ungeheuer smart, weil Sie mit einem Killer rummachen, oder nicht?» Er schüttelte verächtlich den Kopf. «Solche Leute wie Sie werden immer gleich übermütig, sobald man sie von der Leine läßt. Vielleicht sollten Sie mal auf den Boden zurückkommen, Kraychik.»

«Ich werd' mir's merken, Lieutenant.»

«Sie spielen mit einem Mörder rum.»

Das Telefon auf seinem Schreibtisch läutete. Branco nahm ab und hörte sehr aufmerksam zu. Dann leuchtete sein ganzes Gesicht in einem einzigen hämischen Grinsen auf. Er legte auf und verkündete seinen Sieg.

«Wir haben ihn, und nicht dank Ihnen. Sie können jetzt gehen.»

«Wo ist er? Kann ich ihn sehen?»

Branco entließ mich mit einer brüsken Handbewegung.

«Gehen Sie. Und zwar sofort.»

«Ich war sowieso gerade im Aufbruch, Lieutenant, um zurück in den Laden zu flattern und im Blondhaar des einen oder anderen hübschen jungmädchenhaften Sexualobjektes herumzuspielen.»

Dazu grunzte der Bulle.

Ich verließ die Polizeistation E und kehrte zum Snips-Salon zurück. Jetzt, wo Rafik geschnappt worden war, fühlte ich plötzlich den Drang in mir, ihm zu helfen. Meine eigene Unklarheit zwischen Sex und Liebe wurde rasch zur Unklarheit zwischen Sex und Verbrechen. Als ich im Laden ankam, hatte sich mein Ärger bereits so weit gesteigert, daß ich hineinstampfte und Nicole damit begrüßte, daß ich schrie: «Dieser gottverdammte Branco und sein saublödes Macho-Hirn!»

Nicole erwiderte ruhig: «Das scheint ansteckend zu sein.»

«Verflucht nochmal, Nikki, er macht mich noch wahnsinnig. Man könnte wirklich meinen, er hat Zement im Kopf. Er hat manchmal so Ideen, und wenn die mal bei ihm festsitzen, kommt da dran nichts mehr vorbei bis zu dem, was von der weichen grauen Masse noch übrig ist. Er denkt einfach nicht.»

Nicole gurrte besänftigend. «Schon gut, schon gut, Schätzchen. Diese supermännlichen Brutalos sind doch alle gleich. Ich sag' dir ja immer, du sollst dir lieber einen sensiblen Typen aussuchen, aber du hörst eben nicht auf mich.»

«Solche wie Charles, meinst du?»

«Also, Stanley, du brauchst jetzt nicht auch noch mich niederzumachen, bloß weil du wütend bist.»

«Tu ich ja nicht. Ich mache Charles nieder. Sein Hirn kann nicht verkalken – es ist nämlich aus rostfreiem Stahl.»

Ohne darauf zu antworten, setzte sich Nicole ihre Lesebrille wieder auf ihre kunstvoll begradigte Nase, die noch aus der Zeit stammte, als es begabte Chirurgen gab, aus der Zeit, als man sich seine neue Nase noch nicht per Computerbild aussuchte. «Du hast eine Kundin», sagte sie kühl.

Ich beugte mich zu ihr und flüsterte: «Prentiss Kingsley ist heute morgen ermordet worden.»

Nicole kreischte auf. Und wie am Tag zuvor zog sie mich zum Hinterzimmer, damit wir ungestört blieben. Kaum waren wir drin, fragte sie mich, was geschehen sei, und ich erzählte von meinem Besuch bei Branco vorhin. Ich glaubte keineswegs, daß Prentiss Kingsleys Tod ein Selbstmord gewesen sei, und Brancos blasierte Haltung gegenüber den Schrecken des Todes hatte mich gestört.

Nikki bemerkte: «Das bringt der Beruf so mit sich, Schätzchen, es ist genau wie bei dir mit dem Stilgefühl deiner Klienten.»

«Der Unterschied ist nur, Liebes, daß ich *tatsächlich* besser weiß, was ihnen steht und was nicht.»

Sie fragte: «Und wirst du jetzt Rafik retten?»

«Was denn sonst? Branco will ihm natürlich die Hölle heiß machen. Ich dagegen möchte einfach nur unsere Import-Export-Geschäfte weiterlaufen lassen.»

«Das klingt ja, als wärst du verliebt.»

Ich sah sie direkt an. «Nein, Liebes. Bin ich nicht.»

«Gut.»

«Wie schön, zu sehen, daß du mir immer noch glaubst.»

«Ich will dir eben glauben, Stanley. Dadurch geht es ganz leicht.»

Das gab mir zu denken. War das etwa dieselbe Logik wie meine Rafik gegenüber? Ich *wollte*, daß er unschuldig sei, dadurch wurde es für mich leicht, auch tatsächlich daran zu glauben, trotz jedes gegenteiligen Verdachts.

Nicole schien meine wirren Gedanken zu lesen. «Weißt du, was ich denke, Stani? Ich denke, du solltest dich jetzt wieder an die Arbeit machen und dich nur darauf konzentrieren. Forciere nichts. Laß die Dinge sich einfach entwickeln.» Dann fügte sie hinzu: «Und das ist auch sicherer für dich.»

«Ich dachte, du wolltest, daß ich mich wieder mit dem Fall befasse.»

«Ich hab' eben die Meinung geändert. Widersetze dich nicht. Laß dich von der Strömung tragen.»

Ich lächelte Nicole an, dann umarmte ich sie. «Weißt du was, Liebes, wenn du so redest, kommt es mir vor, als wolltest du am Ende den Laden verkaufen und nach Kalifornien gehen, um dort eine Klinik für Selbstfindung aufzumachen.»

«Chaz hat das tatsächlich erwähnt.»

«Oh nein!» wimmerte ich. «Laß mich ans Waschbecken, schnell.»

Den Rest den Nachmittags hatte ich zu tun, nur einmal wurde meine Arbeit von einem überraschenden Besuch Liz Carlinis unterbrochen, die gerade von Abigail zurückkam. Sie stürmte atemlos in den Laden und verlangte mich dringend zu sprechen. Glücklicherweise war ich gerade beim Haareschneiden, nicht bei irgendeiner kniffligen Arbeit mit Chemikalien. Ich nahm sie mit in eine etwas stillere Ecke des Ladens, in der Nähe der Umkleidekabinen. Mir fiel auf, daß sie schlecht aussah, mit dunklen Augenringen. Sie überbrachte mir die schreckliche Nachricht vom Tod ihres Ehemanns, und daß sie Angst habe, sie werde die nächste auf der Liste der Todesopfer sein. Aussehen und Stimme zeugten von Verzweiflung und Angst – sie war an der Grenze zur Hysterie.

« Liz, ich glaube, Sie sollten mit Lieutenant Branco sprechen. »

« Vannos, ich war stundenlang in Abigail auf der Polizei. Ich bin völlig am Ende. »

« Trotzdem, hören Sie auf mich. Branco kann Ihnen helfen, kann Ihnen Schutz bieten. Suchen Sie ihn persönlich auf. Erzählen Sie ihm alles. Hören Sie? Alles. »

« Was meinen Sie damit? »

« Ich mein' den ganzen Ärger um Prentiss' Testament, mit Danny und John Lough und Mary Phinney. »

« Aber das geht ihn doch gar nichts an. »

« Jetzt schon, Liz. Sie sind in Gefahr. Ich habe Branco zu sagen versucht, was ich weiß, aber mir glaubt er ja nicht. Vielleicht dringt's durch, wenn er es von Ihnen hört. »

Sie sah mich zweifelnd an. « Sind Sie sicher? »

« Vertrauen Sie mir ruhig », sagte ich feierlich. « Und bestehen Sie auch auf einen Leibwächter. Er kann das alles arrangieren. » Ich gab ihr seine Nummer.

Dann atmete Liz schnell und flach ein und zog die Schultern fest hoch. In dieser Stellung blieb sie ein paar ungeduldige Sekunden lang, dann stieß sie die Luft kurz und heftig aus. Das war wahrscheinlich ihre Version von tiefem, entspanntem Atmen. So ein unnützes Mantra konnte Liz nicht brauchen. Sie wollte ihre Entspannung sofort.

«Ich fühle mich schon etwas besser, jetzt, wo ich nur mit Ihnen gesprochen habe», verkündete sie, aber ich merkte deutlich: alles nur leere Worte. Sie verströmte noch immer ganze Gigavolts von nervöser Energie.

«Sagen Sie Branco nicht, daß ich Sie geschickt habe. Lassen Sie's so aussehen, als sei es Ihre Idee, daß Sie sich an ihn erinnerten, weil er doch neulich draußen war am Chestnut Hill.»

Sie lächelte, als habe sie eine angenehme Erinnerung, vermutlich die, wie Brancos Augen ihre Beine bewundert hatten. «Warum soll ich Sie nicht erwähnen, Vannos? Würde mir das nicht eher helfen?»

Ich schwieg. «Ich glaube nicht.»

Sie zögerte, dann sagte sie: «Na ja, wenn Sie sicher sind.»

«Bin ich. Und wenn Sie wollen, können Sie mich auch anrufen, entweder hier oder zuhause.» Ich gab ihr die Telefonnummer von mir zu Hause. «Vielleicht sollte ich für Sie eine Reservierung in Alaines Studio machen. Sieht so aus, als könnten Sie's vertragen, ein bißchen gehätschelt zu werden.»

«Davon könnte ich 'ne ganze Woche vertragen.»

«Ich werde Sie für das ganze Wochenende anmelden. Auf diese Weise können Sie sich wirklich erholen, und allein sind Sie dann auch nicht.»

«Vannos, was würde ich ohne Sie bloß machen?»

Ich wollte schon sagen: Sich einen anderen Friseur suchen. Stattdessen sprach ich: «Sie wissen ja, wo Alaines Studio ist?»

«Gleich hier an der nächsten Querstraße, oder?»

«Genau. Ruhen Sie sich dort ein bißchen aus, Liz. Aber denken Sie daran: zuerst zu Lieutenant Branco.»

«Danke, Vannos.» Plötzlich stürzte sie auf mich zu und umarmte mich linkisch. «Oh, danke!» sagte sie und flüsterte mir dann ins Ohr. «Ich schulde Ihnen so viel.»

Ihr Abgang aus dem Laden war genauso dramatisch wie ihre Ankunft. Nicole hatte die ganze Unterhaltung belauscht.

«Das ist doch eigentlich nur eine Kundin, Stanley.»

«Manchmal muß unser Service halt weiter gehen als nur bis zum Waschbecken und zum Frisierstuhl, Liebes.»

Nicole entgegnete: «Und da in deinem Frisierstuhl noch jemand sitzt, wirst du vielleicht vollenden wollen, was du dort angefangen hast.»

Ich ging an meinen Platz zurück und frisierte meine Kundin fertig. Sie war für heute die letzte, und ich freute mich auf einen frühen Cocktail mit Nicole im Hinterzimmer.

Wir schlossen, dann gingen wir und setzten uns ins Hinterzimmer. Mit der brennenden Zigarette in einer Hand und dem Cognacschwenker in der anderen fragte Nicole: «Und jetzt?»

«Glaub' mir oder nicht, Liebes, ich weiß es selber nicht. Plötzlich verfüge ich wieder ganz und gar über meine Zeit.»

«Was ist mit Rafik?»

«Wenn ich ein weißes Roß und eine schimmernde Rüstung hätte, würde ich ihn zu retten versuchen. Aber er sitzt im Gefängnis, und ich müßte gegen die gesamte Gerichtsbarkeit in den Kampf ziehen, um ihn zu befreien.» Ich sah sie hoffnungsvoll an. «Ich kann ja nicht annehmen, daß Charles ...»

Nicole schüttelte den Kopf.

«Hab' ich sowieso nicht gedacht», sagte ich mit ersterbender Stimme.

«Nein, Schätzchen. Die Arbeit für Laurett hat seine pro bono quota voll befriedigt.»

«Jetzt kann er seinen pro bono dir zuwenden.»

«Sei nicht so frech.»

«Dazu hat mich dein neues Vokabular inspiriert.»

«Du wirst es nicht glauben, aber Chaz und ich reden sogar manchmal in diesen seltenen ruhigen Augenblicken zwischen den Orgasmen.»

«Das mußt du mir nicht so reinreiben.»

«Stanley, manchmal hab' ich das Gefühl, daß du es genießt, so einsam zu sein, und offen gestanden ist das auf die Dauer ganz schön ermüdend.»

«Da kann ich doch nichts dran ändern.»

«Oh doch. Du erwartest nämlich zu viel. Du mußt lernen, dich mit dem zufriedenzugeben, was du kriegen kannst.»

«Du mußt es ja wissen.»

«Warum haßt du Chaz bloß so?»

«Weil er dich mir wegnimmt.»

Nicole saß unbeweglich da. Die einzige Bewegung im Zimmer kam von dem Rauch, der in Spiralen von ihrer Zigarette aufstieg. «Bist du da nicht etwas unvernünftig?» fragte sie.

«Ödipal trifft es vielleicht eher», entgegnete ich. «Aber seit du ihn kennst, geht's doch andauernd Chaz-dies und Chaz-das. Du bist jede freie Minute mit ihm zusammen. Und jetzt spuckst du schon genau dieselben Töne wie ein Anwalt und prahlst mit eurem Sexualleben herum. Du hast den morbus juvenalis.»

«Den was?»

«Das ist, wenn so eine High School-Debütantin aus feinem Elternhaus plötzlich nur noch mit dem so wahnsinnig attraktiven Quarterback zu sehen und daher für den Rest der Welt verloren ist, einschließlich Familie und Freunde. *Incommunicado in todo.*»

«So komme ich dir vor?» fragte sie wirklich betroffen.

«Ach, laß nur, Nikki. Ich bin halt einfach allein und hab' nur Scheiße im Hirn.»

Ich trank meinen Bourbon aus und schickte mich an, zu gehen.

«Wenigstens ist Liz in Alaines Studio in Sicherheit. Wer auch immer in diesen Blutrausch verfallen ist, in einem New Age-Schönheitssalon hier in der Stadt wird er wohl nicht sein nächstes Opfer suchen. Und inzwischen wird Liz die Welt der Sterblichen vergessen und sich mit Mineralbädern und Schlammpackungen, Ganzkörpermassagen, Vollwertkost, europäischer Kosmetik und High Tech-Spiritualität päppeln lassen.»

«Und was hast du vor?»

«Liebes, auf mich wartet der Alltag. Ich werde wieder mit meiner Schlankheitskur anfangen, ich werde mich in Form bringen, und ich werde mir einen Mann suchen.»

«Vergiß nicht, trotzdem morgen zur Arbeit zu kommen.»

«Nach der Ekstase folgt der Waschsalon», antwortete ich und verließ den Laden.

Nachdem ich jetzt nicht mehr für Tobias verantwortlich war, konnte ich ja vielleicht wirklich wieder mit dem Abspecken anfangen. Keine Pizza und Calzone mehr, keine schokoladeüberzogenen Eierschaumplätzchen mehr, keine Nachos und Burritos mehr, keine faulen Ausreden mehr, warum man zur Zeit Gemüsestäbchen und Vollkornknäckebrot leider meiden mußte. Ich versprach mir, daß ich nach einer letzten Völlerei dieses Wochenende wieder ganz brav werden würde.

Am nächsten Tag fand das Leben wieder zu seinem sogenannten normalen Gang. Ich hatte Termine mit Kunden, ich verschönerte sie, sie dankten mir, und ich verdiente etwas Geld. Es gab keinen Rafik, der mich provozierte und verfolgte, keinen Tobias, der Aufmerksamkeit beanspruchte und Unterhaltung wünschte, keine Laurett, die auf ihre Haftentlassung hoffte, keinen Branco, der nein-nein-nein sagte. Ich verabredete mich an diesem Abend sogar mit Freunden. Der großartige Peter Arden aus San Francisco war auf einer Tournee hier in der Stadt; er hatte seinen eigenen Steinway dabei und gab im Copley Plaza ein Gastspiel. Alle fünf Abende waren ausverkauft, aber ein paar von meinen Kunden sitzen in hohen Positionen, und so war es für mich ein Klacks, einen Tisch in der ersten Reihe zu bekommen. Eine besonders herausragende Sache in seinem Programm war die Dekonstruktion des berühmten «Frühlingsstimmenwalzers» von Johann Strauß. Maestro Arden versuchte sich immer wieder an dem kleinen Thema, mit dem jeder Satz des Walzers beginnt, stolperte dann aber absichtlich über seine eigenen Finger und sprang für ein paar Takte in ein völlig anderes Stück hinüber. Dann probierte er es wieder mit dem Anfangsthema, kam aber gleich wieder durcheinander, und zwar jedesmal noch gekonnter. Dieser musikalische Scherz rang den Zuhörern höchste Bewunderung ab, besonders dann später noch einmal, als das kleine Thema ohne Vorwarnung hie und da mitten in einer Ballade von Gershwin oder einem Stück von Cole Porter auftauchte. Es war ein fröhlicher und glänzender Abend, mit Cocktails und gestärkten Kragen und Manschettenknöpfen und romantischer Musik – genau das, was dazugehört zu so einem geordneten, regelmäßigen, stabilen Leben, wie es die meisten anstreben – einem normalen Leben eben.

Aber schon innerhalb der nächsten vierundzwanzig Stunden wurde ich unruhig und langweilte mich. Daß ich immer wieder an Rafik denken mußte, deprimierte und erregte mich gleichzeitig. Ich sehnte mich nach ihm, aber ich hätte es nicht ertragen, ihn zu besuchen. Außerdem trieb er vermutlich wüsten Sex mit den anderen Häftlingen.

Am Sonntagabend war ich vor lauter Unentschlossenheit und Zweifel schon fast katatonisch. Da rief Liz Carlini an und bat mich um einen Termin am Montag in der Frühe.

Das war eigentlich mein freier Tag, aber sie bestand darauf, da es sich um einen Notfall handle. Sie ging sogar so weit, mir zu versprechen, daß es sich «für mich lohnen» würde. Widerstrebend stimmte ich zu. Ich würde dadurch immerhin rauskommen und etwas Geld verdienen.

18.
Good Bye, Mr.Chocolate Chips

Früh am nächsten Morgen, noch bevor der Laden regulär geöffnet war, erschien Liz Carlini direkt von ihrer kurzen Erholung in Alaines Studio. Sie wurde von einem gewaltigen Brocken aus festen, aber formlosen Muskeln begleitet, den sie als ihren Leibwächter vorstellte. Kein Name, nur Leibwächter. Er hatte undurchsichtige braune Augen und einen winzigen Kopf auf einem dicken Hals sowie sehr große Ohren, so daß er vermutlich auf den Namen Elch hörte.

Liz hingegen sah blendend aus, vor allem für eine frischgebackene Witwe. Ich fragte mich daraufhin, ob ich nicht vielleicht versuchen sollte, genauso fürstliche Summen zu verlangen, wie Alaine sie für die königliche Behandlung in seinem Studio berechnete. Doch trotz des ultraexklusiven Service', den Alaine bot, wollte Liz, daß ich ihr die Haare frisierte. Ich fühlte mich ganz geschmeichelt, daß ich so etwas wie die ‹Hausmannskost› für sie war.

«Für Prentiss' Trauerfeier», sagte sie sanft, als ich sie zur Umkleidekabine führte.

«Wann ist die?» fragte ich.

«Heute nachmittag.»

«So bald schon?»

«Ich habe das alles noch am Freitag Spätnachmittag arrangiert, nachdem ich hier von Ihnen weggegangen war.»

«Aber gibt die Polizei die Leiche denn schon frei?»

«Das ist nicht wichtig. Es gibt sowieso kein Begräbnis, auch später nicht. Prentiss hatte den Wunsch, verbrannt zu werden, und anstatt alles noch bis zu dem Zeitpunkt hinzuziehen, wollte ich es lieber so schnell wie möglich erledigen.»

Ein perverser Gedanke: Lagen Danny und Prentiss in der Leichenhalle nebeneinander?

Ich sagte: «Manchmal ist es besser, wenn man dem Schmerz Zeit läßt, anstatt ihn eilig loswerden zu wollen oder ihn zu unterdrücken.»

Liz seufzte traurig. «Bei mir nicht. Ich kann das nicht ertragen. Das ist alles ein Alptraum, und den möchte ich jetzt schleunigst beenden. Dann werde ich für eine Weile verreisen und versuchen, alles wieder auf die Reihe zu kriegen.»

«Nehmen Sie Ihren Leibwächter mit», warnte ich sie.

«Ist schon alles geregelt», sagte sie.

Da wir allein im Laden waren, wusch ich ihr selber die Haare, was ein seltenes Privileg ist, das normalerweise nur bei besonderen Gelegenheiten oder besonderen Kunden vorkommt. Bei Liz Carlini konnte man den Tod ihres Mannes und ihres Geschäftspartners sicherlich als besondere, wenn auch traurige Gelegenheit gelten lassen.

Sie fragte: «Haben Sie Rafik gesehen?»

«In den letzten Tagen nicht», erwiderte ich, während ich ihr Haar üppig einschäumte. Ich wunderte mich, warum sie mich nach ihm fragte. «Wissen Sie überhaupt schon, daß die Polizei ihn wegen der beiden Morde verhaftet hat?» sagte ich.

«Er kann es nicht gewesen sein, Vannos.»

«Der Meinung bin ich auch», antwortete ich, dabei erinnerte ich mich aber an die potentielle Gewalttätigkeit, die ihn ständig zu umtanzen schien und eigentlich mit Brancos Aura eine gewisse Ähnlichkeit hatte. «Wie gut kennen Sie ihn denn, Liz?»

«Natürlich hat Danny ihn am besten gekannt. Als ich einen Fahrer brauchte, brachte Danny ihn an, und ich hab' ihn eingestellt. Es ist wirklich ein Jammer, daß sie einander nicht vertraut haben. Sie waren ein hübsches Paar. Rafik würde Sie wahrscheinlich auch gerne mögen.»

Ich lächelte zurückhaltend. «Den Anfang haben wir ja schon gemacht.»

Bei dieser meiner Bemerkung hörte ich im Kopf eine altvertraute Stimme aufkreischen, daß mir von innen fast das Trommelfell platzte. «Bißttu noch gescheitt?» plärrte sie. Das war Tante Letta, die mich wie üblich einem strengen Verhör im Stil eines Großinquisitors unterwarf. «Stanislav Krecik, err rufft dich.»

Liz' Stimme brachte mich wieder in die Gegenwart zurück. «Heißt das, Sie werden ihm helfen?»

«Ich wüßte nicht wie. Wahrscheinlich kann ich ihm nichts

anderes anbieten als meine tiefsten Gefühle.» Und das meinte ich ganz wörtlich.

Ich spülte Liz das Haar aus und wickelte es in ein Handtuch, dann begaben wir uns zu meinem Arbeitsplatz, und sie setzte sich in den Frisierstuhl. Ich hatte mich schon entschieden, ihre Frisur so zu gestalten, daß sich darin untröstlicher Schmerz und ein Flair von Understatement vollendet verbinden würden. Während sie dasaß, legte ich ihr die Hände auf die Schultern und massierte sie sanft. So eine vertrauenserweckende Berührung kann die Bindung zwischen Friseur und Kunden stärken. Ihre Nacken- und Schultermuskeln waren weich und entspannt, die Zeit bei Alaine hatte also gefruchtet.

Ich unterteilte ihr Haar und begann zu schneiden. Irgendwann einmal erblickte ich ihre Augen im Spiegel, in diesem seltsamen Medium, über das Friseur und Kunde oft am besten kommunizieren. «Sie sind wirklich großartig in Form, Liz», sagte ich, um ihre Moral zu stärken. Aber gerade meine aufbauenden Worte schienen ihre Tapferkeit zu erschüttern, und sie stieß einen lauten Seufzer aus.

«Ich hab' solche Angst!» Ihre furchtgeweiteten Augen begegneten im Spiegel den meinen. «Der ganze Ärger hat angefangen, als ich bemerkte, daß ich schwanger war», sagte sie. Bei ihren Worten stockte ich mitten in der Bewegung; um ein Haar hätte ich ihr ein, wie man im Fachjargon sagt, ‹Loch› geschnitten.

«Darüber sollten Sie aber glücklich sein», sagte ich.

«Hätte ich sein sollen.» Sie starrte mir im Spiegel direkt in die Augen, den Kopf stolz aufgerichtet, als wolle sie unter keinen Umständen zusammenbrechen. «Wir waren natürlich beide ganz begeistert.»

«Und was war dann das Problem?»

«Prentiss' Testament.» Sie schüttelte den Kopf, als versuche sie aus einem bösen Traum zu erwachen. Dann erklärte sie mir die Hintergründe mit einer eisigen Klarheit, die sich weder von Schmerz noch von Angst überdecken ließ. Schließlich und endlich hatte Liz Carlini ja auch einen Abschluß in Betriebswirtschaft.

«Obwohl mein lieber Mann geschäftlich keinen großen Weitblick besaß, hatten in all den Jahren seine Aufsichtsräte ein paar mal sehr geschickt investiert und angekauft. So kontrollierte Prentiss, fast ohne es zu wissen, mit der Gladys Gardner Industrie ein gutes Stück multinationales Kapital.» Allein schon diese Bezeichnung rief einem eher die Schlacke von Schmelzöfen ins Gedächtnis als feine Nahrungsmittel. Liz fuhr fort: «Das Firmenvermögen hat also inzwischen einen ganz anderen Stand erreicht.»

«Na, das ist doch immerhin etwas», sagte ich ohne allzuviel Sympathie. «Aber ich hab' immer noch nicht kapiert, wo das Problem liegt, vor allem jetzt, wo Sie doch einen Erben haben werden.»

Darauf reagierte Liz Carlinis Körper so heftig, daß sich ihr buchstäblich das Haar sträubte. Während ich es durchkämmte, um es wieder zu entspannen, sagte sie: «Ich hatte letzte Woche eine Fehlgeburt.» Zum ersten Mal in diesen entsetzlichen vergangenen Tagen brach sie zusammen und schluchzte laut. Ich meinerseits unterbrach die Arbeit an ihrem Haar und legte ihr wieder die Hände auf die Schultern. Unter Tränen sagte sie: «Es geschah gleich nach Dannys Tod. Ich hatte für *Le Jardin* zuviel gearbeitet, und als er dann starb, das war für mich zuviel. Ich werde das Gefühl nicht los, daß ich daran schuld bin.»

«Niemand ist daran schuld, Liz.»

«Nach allem, was in letzter Zeit an Unglück über mich hereinbricht, kommt es mir vor, als laste ein Fluch auf mir. Früher hätte man mich vielleicht verbrannt oder mir den Kopf abgeschlagen.»

«Nicht, wenn man gesehen hätte, was für ein Kunstwerk ich darauf entstehen lasse.»

Liz kicherte trotz ihrer Tränen ein bißchen, und das half ihr, über das Schluchzen hinwegzukommen. Ohne Kommentar reichte ich ihr ein Taschentuch. Als sie ihre Fassung wiedergewonnen hatte, arbeitete ich weiter an meiner brillanten Neuschöpfung.

«Also muß ich jetzt wieder ganz von vorne anfangen», sagte sie.

«Aber kriegen Sie denn nicht alles, als Prentiss' Ehefrau?»

«Ich bin nicht die Alleinerbin. Das kann nur eine leibliche Tochter der Kingsleys sein.»

Es klang wie ein Markenname.

Liz fuhr fort: «Nach der Satzung einer alten Treuhandstiftung, die noch die erste Helen Kingsley errichtet hatte, wird das Vermögen, falls es bei den Kingsleys keine Erbin gibt, zwischen Erbe und Treuhandstiftung aufgeteilt. Nur ein direkter Nachfahre, und zwar eine Frau, kann das gesamte Vermögen erben. Das ist bisher auch immer gutgegangen.»

«Also war auch Prentiss nicht der Alleinerbe des Vermögens?»

Liz schüttelte unmerklich den Kopf, unmerklich aber nicht für mich, der ich einen Augenblick in gespannter Aufmerksamkeit mit dem Schneiden innehielt. Sie erwiderte: «Da er ein männlicher Erbe war, mußte Prentiss sich das Vermögen mit der Treuhandstiftung teilen, das kam aber auf das Gleiche heraus, da ja die Gesellschaft gerade durch die Stiftung wachsen konnte.»

«Das erklärt auch, warum John Lough von dem Vermögen nichts geerbt hat – weil er kein Kingsley-Blut in den Adern hat.»

«Stimmt. Die einzige Möglichkeit, an das Geld zu kommen, wäre für ihn gewesen, eine Kingsley-Tochter zu heiraten.» Ihre Stimme bebte. «Jetzt wird es keine Kingsley-Tochter mehr geben, *nie mehr*.»

Weil Prentiss tot ist, dachte ich.

Liz schniefte. «Aber trotzdem kann John einen Teil des Vermögens von einem vorherigen Erben zugesprochen bekommen.»

«Was auch durch Prentiss' Testament tatsächlich möglich ist.»

«Genau», sagte Liz.

Kein Wunder, daß dieses Kind so viel bedeutet hatte. Sie – oder er – wäre das große Los gewesen, die hundertprozentige Platzreservierung in dem Zug zu den Kingsley'schen Fleischtöpfen.

«Und was passiert jetzt?» fragte ich.

«Die Hälfte des Vermögens bleibt in der Treuhandstiftung, und die andere Hälfte wird nach Prentiss' letztem Willen verteilt.»

«Und diese Hälfte kriegen Sie.»

«Nein. Die kriegt John und ich gemeinsam.»

Ich unterdrückte meinen Reflex zur Grammatik wegen etwas Wichtigerem: einem möglichen Showdown in Bonbon City.

«Aber ist das nicht durch das Testament alles geregelt?»

«Sollte es eigentlich sein, Vannos. Ein Anteil von ein paar Millionen würde mir auch völlig genügen, aber John will meinen Anteil mit dazu. Er will alles. Er ist nie darüber hinweggekommen, daß er einen reichen Bruder hat.»

«Aber was kann er denn schon tun? Das Testament ist ja rechtsgültig, also kann er doch nichts machen, außer ...» Ich stockte, da ich einfach nicht fähig war, hinzuzufügen, «Sie umzubringen».

Liz antwortete: «Es ist noch nicht zu spät, Vannos. Bei einem Vermögen dieses Umfangs muß das Testament gesetzlich geprüft werden. Und die ziemlich große Verzögerung, die dadurch entsteht, würde John genug Zeit geben, um ... um mich loszuwerden.»

Diese Überprüfung, die doch gerade dazu gut sein sollte, ein Herumpfuschen an dem Testament zu verhindern, schuf in diesem Fall mehr Ärger, als sie verhinderte. Trotzdem war mir etwas bei der ganzen Sache noch nicht ganz klar. Sicher hätte doch irgendein schlauer Rechtsanwalt diese Lücken schon vor Jahren entdeckt. Andererseits waren es vielleicht gerade solche Schlupflöcher, die es so manchem möglich machten, riesige Reichtümer anzuhäufen, und zwar einzig durch Formalitätenkram – und durch Mord.

«Eins ist allerdings sicher», sagte sie. «Sie waren mir während der ganzen Zeit eine echte Hilfe. Wenn erst mal alles vorbei ist, werde ich mich Ihnen auch in finanzieller Hinsicht erkenntlich zeigen.»

«Das ist doch nicht nötig, Liz.»

«Warum denn nicht! Ich werde reich sein, sehr reich sogar.»

« Wie dem auch sei, wenn ich Ihnen sonst noch irgendwie helfen kann ... »

In Sekundenschnelle sagte sie: « Ja, da gibt es tatsächlich noch etwas. »

« Aber natürlich », sagte ich, etwas überrascht von ihrer schnellen Antwort. « Was denn? »

« Könnten Sie mich nicht zu den Trauerfeierlichkeiten heute nachmittag begleiten? Sie waren mir schon so ein Trost. Sie verstehen wenigstens meine Gefühle. »

Das klang, als könnte man bei mir alles gebührenfrei abladen.

Ich überlegte kurz. Wie weit wollte ich mich eigentlich auf diese Sache einlassen? Wie Nicole ganz richtig gesagt hatte, war Liz wirklich nichts anderes als eine Kundin. Andererseits war sie auch eine Witwe, die mich um Hilfe bat. Ich konnte doch ebenso gut wie Branco einer unglückseligen Maid zu Hilfe eilen. Außerdem wäre es ohnehin ganz einfach, da ich ja heute meinen freien Tag hatte. Und dann, wen hätte sie denn sonst fragen sollen? Und sie hatte eine mögliche Entschädigung für meine Hilfe in Aussicht gestellt. Ich beobachtete mich dabei, wie ich die Sache abwog, als handele es sich um eine finanzielle Investition. Tat ich jemandem einen Gefallen, oder war ich am Punktesammeln? Vielleicht unterschied ich mich gar nicht so sehr von einem Manager ... oder einem Bullen.

« Kein Problem », sagte ich nach einem kurzen Schweigen. « Sagen Sie mir nur, wann und wo. » Das tat sie.

Ich war fertig und half ihr aus dem Stuhl. Während sie ihren Wintermantel anzog, hatte ich Gelegenheit, sie von oben bis unten zu mustern: mit ihrer rosig schimmernden Haut, die Alaines Behandlung zuzuschreiben war, den traurigen, feuchten Augen, die sie Prentiss' Tod verdankte, und der strengen, fast geschlechtslosen Frisur, die ich ihr soeben kreiert hatte, sah Elizabeth Anne Carlini-Kingsley wie der Inbegriff der trauernden Yuppy-Witwe aus.

Ihr Leibwächter tauchte wieder auf, um mit ihr wegzugehen, und gleichzeitig kam auch Nicole in den Laden. Sie nickte Liz und dem Elch höflich grüßend zu und verabschiedete sich dann genauso schnell wieder von ihnen, als die beiden den Laden verließen.

«Schätzchen», sagte sie strahlend, «hast du nicht heute frei?»

«Sondertermin, Liebes.»

Nicole sagte: «Ich wäre da vorsichtig, Stanley. Bei der steckt mehr dahinter, als man auf den ersten Blick sieht.»

«Aus dir spricht doch nur dein weibliches Vorurteil. Liz hat mir gesagt, sie plane, mir für all meine Hilfe und meine trostreichen Worte ein anständiges Honorar zukommen zu lassen.»

«Stanley, du fällst den Listen schöner Frauen aber zu leicht zum Opfer.»

«Gehörst du da auch dazu?»

«Danke für das Kompliment.»

Die Trauerfeierlichkeiten für Prentiss Kingsley fanden in South End in der Bischofskirche statt – die eigentlich eine Kathedrale hätte sein können. Die etwa zweihundert Menschen füllten kaum die ersten Reihen des imposanten Kirchenschiffs. Offensichtlich war man von einer größeren Trauergemeinde ausgegangen, da der Gottesdienst in der Hauptkirche mitsamt ihren Glocken und Weichrauchdüften stattfand und nicht in der kleinen Kapelle. Ich hätte auch mehr Besucher erwartet, da Prentiss Kingsley ja der letzte Sproß einer alten Bostoner Familie war. Aber vielleicht aalten sich die oberen Schichten zur Zeit irgendwo in einem wärmeren Klima.

Liz und ich wurden an unsere Plätze in der ersten Reihe geführt. Das asthmatische Pfeifen einer Beerdigungsorgel begleitete uns auf unserem Weg durch den Mittelgang der Kirche. Da ich nur Hinterköpfe sah, konnte ich nicht erkennen, wer sonst noch alles da war, außer, ich hätte mich umgedreht und der Versammlung direkt ins Gesicht gestarrt. Allerdings schloß ich aus der unmodischen Kleidung, daß man bei Gladys Gardner heute nachmittag die Fließbänder stillstehen ließ, damit die Arbeiter ihrem Chef die letzte Ehre erweisen konnten.

Als wir Platz genommen hatten, bemerkte ich John Lough und Mary Phinney, die jenseits des Mittelgangs ebenfalls in der ersten Reihe saßen. Sie schauten zu uns herüber und erkannten uns eindeutig, aber anstelle eines höflichen Begrüßungsnickens erhielten Liz und ich nur einen ausdruckslosen Blick. Wieder einmal wunderte ich mich, daß die beiden dauernd zusammensteckten.

Was den Gottesdienst betrifft, so wurde hier auf das ganze «Steh-auf-und-bezeige»-Brimborium verzichtet, bei dem einzelne Mitglieder aus der Gemeinde stolz ihre persönliche Erinnerung an den Verstorbenen zum besten geben. Solche Gemeinschaftsduselei kam hier nicht in Frage, nicht für einen echten Kingsley. Das einzig würdige Zeugnis konnte nur aus dem Mund des Stellvertreter Gottes kommen, des Bischofs der anglikanischen Hochkirche. Er trug eine peinliche Lobeshymne über Prentiss Kingsleys heroisches Leben vor und endete mit irgendwelchem Geschwätz über die Glorie des Todes. Ziemlich bald wurde meine Aufmerksamkeit durch den Zickzackflug einer kleinen schwarzen Fliege abgelenkt, die um die komplizierten, handgeschnitzten Verzierungen unserer Bank herumsummte. Was kümmerte sie dieser Unsinn hier? Sie wollte nur raus aus diesem Mahagoni-Irrgarten und den treibenden Weihrauchschwaden.

Während des ganzen Gottesdiensts behielt Liz Carlini die Fassung und zeigte ihren Kummer so dezent wie eine schöne und kultivierte First Lady für ihren, bei einem Attentat umgekommenen Gatten. Nach dem Gottesdienst gingen wir alle noch zum Leichenschmaus, der im selben Saal im Copley Plaza abgehalten wurde, in dem vor wenig mehr als einer Woche der Gala-Empfang von *Le Jardin* stattgefunden hatte – und der erste Mord. Während der kurzen Fahrt dorthin in der Limousine erzählte mir Liz, daß sie vorhabe, in dem Haus in Abigail zu bleiben, bis die Vermögensangelegenheiten geregelt seien.

Ich gab zu bedenken: «Wäre es woanders nicht günstiger, wenn man bedenkt, was da draußen in letzter Zeit alles passiert ist?»

«Das Haus gehört jetzt mir, und ich hab ja meinen Leibwächter», antwortete sie mit einem etwas ärgerlichen Blick auf den Elch. «Die Polizei in Abigail hat mir ihre Hilfe zu meinem Schutz angeboten, und ich habe eine einstweilige Verfügung gegen John Lough erwirkt. Er darf ohne meine Zustimmung den Ort nicht betreten. Da die Polizei in Boston nicht das geringste tun würde, um mich zu beschützen, habe ich eben das nächstbeste Angebot angenommen, und das kam aus Abigail.»

Die Polizei in Boston hatte vielleicht doch ernstere Probleme, als sich um eine reiche Witwe zu kümmern, die behauptete, ihr Schwager wolle sie ermorden. Außerdem glaubten sie ja, sie hätten in Rafik den Mörder gefaßt.

Als wir am Copley Plaza ankamen, warteten der Elch, Liz und ich im Innern der Limousine und beobachteten, wer alles hineinging. Als John Lough und Mary Phinney vorbeikamen, faßte Liz bei ihrem Anblick mit angstvollem Druck meinen Arm.

«Sie verabscheute Danny so sehr», sagte Liz. «Ich hab' sie einmal sagen hören, daß alle Schwulen Sünder seien und bestraft oder eingesperrt gehörten.» Darauf schnappte sie plötzlich nach Luft und hielt inne, bis ihr Atem wieder normal ging. «Entschuldigung», sagte sie kurz darauf. «So etwas habe ich noch nie einem Homosexuellen gegenüber erwähnt.»

Ich dachte: Tja, die Wahrheit verschlägt einem oft den Atem.

Auch Laurett Cole und ihren Sohn Tobias entdeckten wir unter der Trauergemeinde. Sobald alle drin waren, gingen auch Liz und ich hinein.

Es gab eine Menge zu essen und viel Schnaps, und die meisten aßen mit großem Appetit. Ihre Arbeit in der Fabrik warf vielleicht nicht so sehr viel ab, was die Befriedigung persönlicher Wünsche oder zusätzlicher Sozialleistungen des Arbeitgebers betraf, so daß sie bei diesem Anlaß endlich mal die Gelegenheit hatten, sich auf Kosten der Gesellschaft vollzufressen und vollzusaufen. Der Chef war tot, na und? Liz für ihre Person wollte lediglich ein Glas Wasser ohne Eis.

Verschiedene Gäste reihten sich auf, um Liz zu kondolieren. Darunter auch Laurett Cole mit Tobias neben sich. Ich hatte Laurett seit ihrer Haftentlassung weder gesehen noch gesprochen und erwartete jetzt eine freundliche Begrüßung. Aber bevor sie bis zu Liz und mir vorgerückt war, sah ich, daß Mary Phinney Laurett erwischt hatte und unablässig scharf auf sie einsprach. Laurett sah verächtlich auf die ältliche Frau hinunter, schwieg aber. Mary Phinney griff Laurett weiter an, bis John Lough schließlich auftauchte, um den Schwall von Beleidigungen zu unterbrechen und sie aus der Reihe wegzuführen. Er entschuldigte sich nicht bei Laurett, die während der ganzen Sache völlig ruhig geblieben war. Als Laurett an der Reihe war, Liz ihr Beileid auszusprechen, verhielt sie sich mir gegenüber überraschend kühl und behandelte mich fast wie einen Fremden, der nur zu Liz' Begleitung angestellt worden war. In gewisser Weise war ich das ja auch. Laurett sprach sehr schlicht mit Liz, ohne Gefühlsausbruch und ohne die übliche absichtliche Namensverwechslung.

«Ms. Carlini, herzliches Beileid. Ihr Mann und der junge Danny waren beide feine Menschen.»

Währenddessen zupfte Tobias an meinen Hosen.

«Onkel Stan, diese Dame hat gesagt, Mama hat vergiftet.» Er zeigte auf Mary Phinney, die jetzt weit weg von der Reihe stand, aber nach wie vor bei John Lough, immer bei John Lough.

«Du meinst, sie war verhaftet.»

Ich schaute ihn mißtrauisch an. Hatte Mary Phinney wirklich vergiftet gesagt, oder hatte er es sich nur eingebildet? Ich fragte mich, ob all dieses schreckliche Gerede darüber, daß Laurett als Mörderin angeklagt war, sich so in sein kleines Kinderhirn eingebrannt hatte. Oder war es etwas Einfacheres und mir Vertrautes, etwas, das Tobias und ich vielleicht gemein hatten? – nämlich die Neigung, sich Dinge einzubilden, die gar nicht geschehen waren.

Tobias wandte sich an Laurett. «Mama? Mama, sie hat doch grade gesagt, daß du ihn umgebracht hast.»

In einer einzigen raschen, geschmeidigen Bewegung kniete Laurett sich nieder und packte Tobias an seinem Ärmchen. Sie schüttelte es tüchtig und sagte: «Sag so etwas ja nie wieder, junger Mann.»

Liz blickte auf die beiden hinunter, dann wieder auf mich. «Vannos, könnten Sie mich bitte nach draußen bringen?» fragte sie.

«Jetzt? Wollen Sie denn schon gehen?»

«Ja.»

Ich nahm Liz' Arm und brachte sie rasch nach draußen zu der wartenden Limousine. Der Elch blieb uns auf den Fersen. Ich ließ zuerst Liz einsteigen, dann hielt ich die Türe für den Elch auf. Gerade wollte ich die Wagentür schließen, als sie mich mit großen feuchten Augen fragte: «Fahren Sie denn nicht mit?»

«Würde es Ihnen was ausmachen, wenn ich noch bliebe? Ich möchte gern noch mit Laurett sprechen.»

«Natürlich, kein Problem», sagte sie, sah dabei aber traurig aus.

«Wenn Sie irgend etwas brauchen, Liz, rufen Sie mich bitte an.»

«Danke für alles, Vannos.»

Ich ließ die schwere Tür zufallen, und mit einem leisen Surren zog die Limousine davon. Das lauteste Geräusch kam von den geschmeidigen Gummireifen, die durch den harten Schnee am Straßenrand knirschten.

Ich rannte wieder nach drinnen, um Laurett und Tobias zu finden. Ich wollte unbedingt wissen, was sie verärgert hatte und warum sie sich mir gegenüber so abweisend verhielt. Aber sie waren beide verschwunden. Ich rannte wieder nach draußen und sah sie gerade noch in ein Taxi steigen.

«Laurett, warte!» rief ich. Aber das Taxi fuhr los, und weg waren sie.

Wieder ging ich nach drinnen, diesmal, um Mary Phinney und John Lough zu suchen. Während ich so zwischen den Gästen umherstreifte, hörte ich zwei Leute reden, offensichtlich ein Ehepaar, das sich vor Jahren in der Gladys Gardner-Fabrik kennengelernt hatte. Sie waren der alten Garde und einander seither treu geblieben. Für sie hatte Prentiss Kingsley als Arbeitgeber den idealen Wohltäter verkörpert, der beharrlich den Weg fortgesetzt hatte, der von den großen Frauen der Kingsleys, allesamt wahre Göttinnen in ihren Augen, vorgezeichnet war. Solcherart waren also die reinen und heiligen Gefühle, die die Arbeiter in einem Schokoladenwerk empfanden, das mittlerweile in seinen Produkten hauptsächlich billige chemische Ersatzstoffe verwendete.

Endlich fand ich Mary Phinney, die neben John Lough stand. Wie Pat und Pattachon schienen die beiden unzertrennlich, als bestünde zwischen ihnen eine seltsame Ehe. Ich näherte mich von der Seite, so daß sie mich nicht sehen konnten. Mary verschlang gerade ein riesiges Stück Schinken. John hielt sich an ein großes Glas mit einer bernsteinfarbenen Flüssigkeit und Eis. Mir fiel auf, daß Mary für diese Gelegenheit ein besonderes Make-up trug. Sie hatte sich wie eine groteske Porzellanpuppe angemalt, mit einem fast weißen Fond, der durch knallrotes Rouge und ebensolchen Lippenstift noch hervorgehoben wurde. Aber Hals und Kinnpartie hatte sie nicht bedacht, so daß nun dieses gespenstische, faltige Gesicht ohne Verbindung zum übrigen Körper in der Luft zu schweben schien.

Ich sprach die beiden laut an. «Es heißt ja, daß ein Mörder immer wieder an den Schauplatz seines Verbrechens zurückkehrt.»

Mary blickte mich aus ihrer gepuderten Maske heraus an. «Was machen denn Sie hier?» fragte sie.

Anstatt ihr zu antworten, fragte ich John Lough: «Wer hat denn Ihre Pistole genommen?»

«Woher wissen Sie das?»

«Ich hab' noch vor Augen, wie Mary sie in Ihrem Schreibtisch suchte, als wir in ihrem Büro waren. Meiner Meinung nach haben Sie sie benutzt, um Dan Doherty und dann Ihren Bruder zu töten. Anschließend haben Sie sie als Geschenk an mich geschickt, aber das war nicht sehr überzeugend, Mr. Lough.»

John Lough stotterte: «Wie können Sie es wagen!»

«Das nennt man freie Meinungsäußerung.»

«Sie können jemanden doch nicht einfach so anklagen.»

«Die Frage ist jetzt nur, haben Sie auch noch vor, Liz umzubringen, damit Sie das Testament Ihres Bruders nicht anfechten müssen?»

«Hat sie Ihnen das erzählt?» John Loughs Augen hellten sich plötzlich auf, und er gluckste, dann brach er in fröhliches Gelächter aus. «Meine Schwägerin ist wirklich eine zwanghafte Lügnerin. Sie würde Ihnen alles erzählen. Und Sie glauben ihr auch noch wie ein Idiot. Hah!»

Mary fügte hinzu: «Sie haben keine Ahnung, worauf Sie sich da einlassen. Kümmern Sie sich doch lieber um Ihren eigenen Kram, verdammt nochmal.»

«Ich weiß nur, daß Sie beide auf jeden Fall dran sind, wenn Liz Carlini auch nur das Geringste zustößt. Mr. Lough, Sie sollten sich wirklich mit Ihrem Anteil des Vermögens begnügen und Ruhe geben.»

«Junger Mann, Sie müssen zum Psychiater.»

«Na hören Sie mal, ich bin bereits diplomierter Therapeut.»

John Lough sagte zu Mary Phinney: «Komm, wir gehen.» Und so ließen sie mich da in der großen Halle unter all den fröhlichen und hungrigen Trauernden stehen. Bevor ich ging, nahm ich selber noch einen Bissen. Warum auch nicht? Liz Carlini hatte keine Kosten gescheut, um den ausgewählten Gästen Grande Cuisine anzubieten, zum Andenken an ihren reichen, toten Ehemann.

Ich verließ das Copley Plaza und ging heim, aber ich war zerstreut und abgelenkt von einem immer wiederkehrenden Bild vor meinem geistigen Auge, dem von John Lough und Mary Phinney, die unentwegt zusammen waren. Die Art und Weise dieses Zusammenseins machte mich stutzig, das «Verheiratete» daran, so als wären sie zwei Teile eines synergetischen Ganzen. Dabei waren sie doch gar nicht verheiratet, zumindest soviel ich wußte. Dann dachte ich an Prentiss Kingsleys Testament. Wie könnte ich darüber was rauskriegen? Wo könnte ich mehr Informationen darüber bekommen? Wenn ein Esel stolpert, fällt er über die Lösung – ich stand plötzlich genau gegenüber der alten Fassade der verehrungswürdigen Öffentlichen Bibliothek von Boston. Und Glück hatte ich auch, denn sie war noch geöffnet.

Ich sprang die Stufen zu dem Eingang in der Dartmoor Street hinauf, an den beiden majestätischen Löwen aus Granit vorbei, und betrat das Gebäude. Ich benutze immer diesen Eingang, weil man da durch die alte Bibliothek kommt, die richtige, in diese düsteren Hallen mit ihrem milchigen, grauen Licht, in denen der Geruch nach uraltem, zerfallendem Papier schwebt. Im Gebäude war ich wieder einmal überwältigt vom Anblick der Mamortreppe, die eine der großartigsten ist, die je von Menschenhand entworfen und geschaffen wurden. Wundervolle Proportionen, anmutige Linien und Schwünge, Holz- und Marmorflächen in unterschiedlichsten Oberflächengestaltung, riesige Wandmalereien sowie das helle Licht, das durch die Fenster fällt und sich ständig je nach Tages- und Jahreszeit in Ton und Einfall höchst dramatisch verändert – das alles sind Facetten eines wahren Juwels, was die architektonischen Details betrifft. Wann immer ich hier bin, und ganz gleich, was ich vorhabe, mache ich einmal die Runde diese Treppe hinauf und hinunter. Das ist ein kurzer, höchst reizvoller Ausflug in Zeit und Raum.

Ich wußte, daß die Bibliothek Zugang zu einer dieser allgemeinen Datenbanken für Zeitungsinformationen hatte, in der alles, was je in einer Zeitschrift oder Zeitung erschienen war, gespeichert ist und über Computer abgerufen werden kann. Vielleicht konnte mir ja ein Computer helfen, wo menschliche Bemühungen versagt hatten. So fragte ich mich zu dem Büro durch, wo man den Suchauftrag einreichen konnte. Ich öffnete die Türe zu einem kleinen Zimmer, wo mich der Geruch von abgestandenem Zigarettenrauch empfing. Am Computertisch hinter einer Bürotheke saß der Bibliothekar, ein bulliger, blonder Holzfällertyp in den frühen Vierzigern. Zahllose halbvolle Kaffeebecher standen auf seinem Schreibtisch herum, und mittendrin ein großer Keramikaschenbecher, in dem sich Asche und Zigarettenstummel türmten. Er blickte mit mißbilligendem Stirnrunzeln vom Bildschirm seines Computers auf. «Ich bin gerade dabei, in die Pause zu gehen», sagte er.

«Es ist wichtig», erwiderte ich.

Er raunzte verärgert: «Füllen Sie das Formular da aus», sagte er und deutete auf einen Stapel von Vordrucken auf der Bürotheke.

Ich nahm ein solches Formular in Augenschein; es sah aus wie ein ‹Computergrundkurs in zwölf Schritten›. Ich sagte: «Können Sie nicht einfach eingeben, daß er was für mich raussuchen soll?»

Er entgegnete: «Sie müssen Ihren Suchauftrag genau formulieren.»

Ich schwieg und studierte das Formblatt noch einmal. Viel zuviele Worte. Ich schaute ihn «hilflos aber willig» an und sagte: «Das können Sie sicher viel besser als ich.» Aber dieser Trick, ihn mir geneigter zu machen, verfing nicht.

«Sie füllen das Formular aus», sagte er, «und nach meiner Pause erledige ich dann Ihren Auftrag». Er schob seinen Stuhl vom Computer zurück und stand auf.

«Warten Sie», sagte ich. «Ich brauch' diese Information ganz schnell. Wenn Sie mir helfen können, werde ich mich revanchieren.»

Er beäugte mich mißtrauisch mit seinen großen blauen Nordländer-Augen. «Wie denn?»

«Ich bin Haardesigner im Salon Snips gleich beim Ritz. Sie kriegen einen Haarschnitt und ein Styling umsonst.»

Er kam zu mir herüber an die Bürotheke. Auf seinem Namensschildchen stand: Thor. «Wenn Sie so schachern», sagte er, «müssen Sie die Daten aber wirklich dringend brauchen».

«Stimmt.» Sollte ich es wagen, ihm zu sagen, daß es um Leben und Tod ging?

Er nahm ein leeres Formular vom Stapel. «Was brauchen Sie?»

«Ich muß herausfinden, was im Testament von Prentiss Kingsley steht.»

Er rollte seine blauen Augen und blickte mich an. «Wir haben hier keine juristische Datenbank, und außerdem fiele das sowieso unter den Datenschutz.»

«Ich hab' gedacht, darüber wird immer in der Zeitung berichtet, wenn jemand gestorben ist.»

«Nur, wenn so ein Testament gerichtlich überprüft worden ist.»

Ich überlegte kurz. «Und wie ist es, wenn man einfach

sonst irgendeinen Artikel über die Familie Kingsley finden will? »

Er nickte, dann schrieb er das Wort « Kingsley » in zwanghaft sauberen Druckbuchstaben auf das Formular für meinen Suchauftrag, was einen scharfen Kontrast zu dem Saustall bildete, den er auf seinem Computertisch angerichtet hatte.

« Was sonst noch? » fragte er.

« Einfach nur Kingsley. Genügt das nicht? »

« Sie müssen es mehr einengen, sonst kriegen Sie viel zuviel Information. »

Ich entgegnete: « Wie kann man denn zuviel Information kriegen? Ich will alles! »

« Dann müssen Sie aber ein paar Tage warten. Ein Auftrag dieser Größenordnung müßte außer Haus gedruckt und uns dann zugeschickt werden. »

« So lange kann ich aber nicht warten. »

« Dann müssen Sie eben ein bißchen Stromlinie in Ihr Gesuch bringen. Geben Sie mir noch ein paar Kriterien. »

« Ich dachte immer, *Stromlinie* bedeute weniger, nicht mehr. »

« Bei Computern nicht. »

Ich überlegte noch eine Weile. Mir wurde allmählich klar, daß meine innere slawische Datenbank und die realen elektronischen nur sehr wenig gemein hatten. « Können Sie in dem Gesuch John Lough und Mary Phinney hinzufügen? »

« L-O-U-G-H? » fragte er, indem er den Namen buchstabierte. « Wie *Schaf*? »

Ich nickte. « Gut geraten. »

« Überhaupt nicht geraten. Ich bin Spezialist für Computersuchaufträge. Wir haben was drauf mit Namen. »

Er fügte die beiden Namen auf dem Formular hinzu, so daß jetzt da stand:

KINGSLEY UND (LOUGH / JOHN ODER PHINNEY MARY)

« Daten? »

« Wie bitte? » antwortete ich. Sah man mir so deutlich an, was mir fehlte?

«Sie müssen sich auf eine bestimmte Zeit festlegen. Sonst kriegen Sie Ausdrucke von der Zeitenwende bis heute.»

«Das wäre ja prima», sagte ich eifrig. «Ich brauch nämlich auch das Zeugs von früher.»

Widerstrebend xte er einige Kästchen des Vordrucks, dann drehte er ihn zu mir herum. «Hier unterschreiben, bitte», sagte er und gab mir den Stift.

«Warum?»

«Ist so die Regel. Ohne Unterschrift such' ich Ihnen nichts raus.»

«Brauchen Sie wohl auch einen Ausweis?»

«Nur wenn Sie Student sind. Sonst genügt die Unterschrift.»

Also unterschrieb ich mit Dan Doherty.

Thor nahm das Formular und setzte sich an seinen Computer. Er tippte das Gesuch ein, überprüfte nochmals sorgfältig die Zeile, die er getippt hatte, und schlug dann sadistisch auf die Taste ‹Eingabe›».

«Dauert ungefähr eine Minute», sagte er.

«So kurz?»

Er nickte stolz. «In dieser Datenbank sind fünf X-3 Super Banks zusammengeschlossen. Dagegen wirkt eine DBM wie ein Zigarettenautomat.»

«Was kriegt man hier denn sonst noch raus?»

«Sie müssen's nur sagen, wir finden's. Hab' heute vormittag ein Gesuch über Yma Sumac bearbeitet. Das Ergebnis hat den Typen glatt in Ekstase versetzt.» Thor gluckste. «Schon komisch, was manche Leute so anmacht.»

Da füllte sich der Computerbildschirm auch schon mit bernsteinfarbenem Text.

«Na bitte», sagte er. «Hier sind ja ein paar ganz nette dabei, aber das meiste ist ziemlich kurz. Und ziemlich alt alles. Ich weiß nicht, ob Ihnen das viel nützt.»

«Wie alt denn?»

Thor betrachtete den Bildschirm. «Dreißig, vierzig Jahre.»

Scheiße, dachte ich. Damals war ich noch nicht mal ein Ei – oder ein Spermium.

«Wollen Sie's trotzdem?»

« Klar. »

Er drückte auf seiner Schalttafel einen anderen Knopf, und ein kleiner Printer erwachte zu geräuschvollem Leben, summte und zingte Textzeilen auf Papier. Als er stoppte, trennte Thor das Papier ab, faltete es zu einem sauberen Stapel und brachte es an die Theke.

« Das sind jetzt nur Auszüge aus den eigentlichen Artikeln. Die Veröffentlichungen sind ziemlich alt, wenn Sie also den vollständigen Text brauchen, müssen Sie's in den Microfilmarchiven versuchen. »

« Das hier ist für den Anfang sicher ganz gut », antwortete ich.

« Eigentlich kostet es was, wenn man kein Student ist », sagte er, als er mir den kleinen Stapel Computerausdrucke überreichte. « Aber das hier geht auf Kosten des Hauses. » Ein einsames kleines Lächeln erschien auf Thors ernstem Gesicht.

« Danke », sagte ich. Ich nahm eine von meinen Visitenkarten heraus, kritzelte die Worte « Schnitt und Frisieren durch Vannos » auf die Rückseite und reichte sie ihm. « Am besten lassen Sie sich vorher einen Termin geben », sagte ich.

Er nahm die Karte in seine nikotingelben Finger, las sie und sagte: « Ist nicht nötig. Ich tue ja nur meine Arbeit. Außerdem hat's irgendwie Spaß gemacht. »

« Wie Sie wollen », sagte ich. « Aber ich brauch vielleicht irgendwann nochmal Ihre Hilfe. »

Thor steckte meine Visitenkarte zu der Sammlung von Bleistiften und Kulis, die er in seine Hemdtasche gestopft hatte. Ich nahm die Ausdrucke an mich, sagte « Wiedersehen » und verließ das kleine Büro. Kaum war ich draußen, suchte ich mir sofort einen Sitzplatz, um die neuen Hinweise zu verschlingen. Ich faltete die Blätter auseinander und legte den kleinen Stapel vor mich. Mein Herz hämmerte vor Erwartung, deshalb preßte ich beide Hände auf die Papiere, Handflächen nach unten, und sagte mein Mantra. Als sich Herzschlag und Atem wieder normalisiert hatten, sagte ich leise: « Bitte, bitte, bitte, gib mir eine Antwort. » Dann blätterte ich die erste Seite auf.

Wie Thor gesagt hatte, waren die meisten Notizen

an die vierzig Jahre alt. Während ich die Zeilen verschlang, dachte ich, daß es vielleicht irgendwo einen großen Datenbank-Gott gab, da mir die ersten paar Auszüge bereits mehr Antworten gaben, als ich je erwartet hätte.

KINGSLEY TESTAMENT ANGEFOCHTEN – über das Testament von Helen Kingsley, der letzten Magnatin der Gladys Gardner Schokoladenwerke, zerbrechen sich Bostons Anwälte die Köpfe. Frau Kingsleys Gatte, Jack Lough, der strahlende, gutaussehende Sohn einer angesehenen Bostoner Familie, hat das Testament seiner Frau angefochten, mit der Begründung, daß Mary Kingsley-Lough, die Tochter der beiden, die laut Testament das gesamte Vermögen erben soll, überhaupt keine leibliche Kingsleytochter ist, sondern als Kind adoptiert wurde. Eine gründliche Nachforschung ist anberaumt.

Die Einzelheiten überstürzten sich in meinem müden Gehirn. Alle Vermutungen, die ich angestellt hatte, wurden durch einen einzigen kleinen Absatz widerlegt. Helen Kingsley war gar nicht bei der Geburt ihres Sohnes Prentiss gestorben, wie Danny mir in Abigail erzählt hatte. Und nicht nur das, sondern sie hatte auch noch eine Tochter adoptiert. Branco hatte also in einem Punkt doch recht gehabt – ich glaubte die Lügen zu schnell, die man mir erzählte. Ich ging zum nächsten Auszug über.

ADOPTION AUFGEDECKT – Die Nachforschungen des Staatsgerichtshofs haben ergeben, daß die Kingsley-Erben Mary Kingsley-Lough (geborene Phinney) nicht berechtigt ist, das mehrere Millionen Dollar umfassende Kingsley'sche Vermögen von der verstorbenen Helen Kingsley zu erben. Mary Phinney war als Kind von Helen Kingsley und ihrem Ehemann, dem High-Society-Playboy Jack Lough, adoptiert worden. Nach der Satzung der Gladys Gardner-Treuhandstiftung, die vor drei Generationen festgelegt worden ist, kann nur eine leibliche Tochter der Familie Kingsley das gesamte Vermögen erben.

Diese Information bestätigte den ersten Auszug, nur mit einer weiteren, ganz unglaublichen Einzelheit: Mary Phinney war die Adoptivtochter von Helen Kingsley. Mir hämmerte schon wieder das Herz wie wild, als ich weiterlas.

KINGSLEY ERBE VERTEILT – Die Bedingungen zur Verteilung des Vermögens der verstorbenen Helen Kingsley, das sich auf viele Millionen Dollar beläuft, wurden heute von den Beauftragten der Gladys Gardner Treuhandstiftung öffentlich bekanntgegeben. Prentiss Kingsley (16), der leibliche Sohn von Helen Kingsley und Jack Lough, erhält von der Stiftung eine monatliche Zuwendung und erwirbt bei Volljährigkeit den Firmenvorsitz der Gladys Gardner Schokoladenwerke.

Auf der anderen Seite entschied das Gericht, daß dem Witwer Helen Kingsleys, Jack Lough, der das ursprüngliche Testament seiner Frau angefochten hatte, sowie der Adoptivtochter der Kingsleys, Mary, die nach Helen Kingsleys Testament das gesamte Vermögen hätte erben sollen, keinerlei Anteil am Vermögen zuerkannt werden kann, gemäß den Bestimmungen der Gladys Gardner Treuhandstiftung. Jack Lough wird diese Entscheidung anfechten.

Kein Wunder, daß Mary Phinney Dan Doherty verabscheut hatte. Ihr war ihr Erbe abgesprochen worden, und jetzt sollte es an ein Etwas gehen, das weniger als ein Mensch war, zumindest in ihrer getrübten Sicht – an einen Schwulen nämlich. Ich las weiter.

KINGSLEY-WITWER BEKOMMT SOHN – Einen strammen, elf Pfund schweren Jungen, John, bekamen vorige Woche Jack Lough, der bekannte Gentleman der Bostoner High Society und frühere Ehemann der verstorbenen Helen Kingsley, und seine Frau Myra (geborene Gorbitch).

LOUGH ZUM VIZEPRÄSIDENTEN ERNANNT – John Lough wurde vor kurzem zum obersten Vizepräsidenten der Gladys Gardner Schokoladenwerke ernannt. Sein Bruder, Prentiss Kingsley, ist Präsident und Vorstandsvorsitzender.

Für den Augenblick genügte das. Ich war mit neuen Fakten gerüstet und tatbereit. Kaum konnte ich es erwarten, die Schätze, die ich gehoben hatte, mit jemand zu teilen.

Salon Snips lag ganz in der Nähe, und es war kurz vor Ladenschluß, also wäre Nikki noch dort. Ich joggte den ganzen Weg bis zum Laden, die Newbury Street hinunter, und umklammerte dabei die Computerausdrucke wie die berühmten Papyrusrollen aus dem Toten Meer. Keuchend von meinem kurzen Lauf stürzte ich in den Laden. Nicole war überrascht, mich hier zu sehen, noch dazu in einem solchen Zustand.

« Wie war's auf der Beerdigung? » fragte sie.

Ich stürmte an ihr vorbei auf das Hinterzimmer zu und blieb nicht einmal stehen, als ich rief: « Du glaubst nicht, was ich alles rausgefunden habe. Komm gleich hinter, wenn du zugesperrt hast. » Ich schoß ins Hinterzimmer und plumpste schwer in einen Sessel, nicht einmal meine Jacke zog ich aus. Ich war viel zu beschäftigt. Rasch rief ich einen alten Beau auf dem Fernmeldeamt an, um die Adressen von Mary Phinney und John Lough zu bekommen. Mein Freund verschaffte mir die Information, und ich bot ihm im Gegenzug einmal kostenlos frisieren an. Soviel zur Wahrung des Datenschutzes beim Fernmeldeamt.

Als Nicole zu mir nach hinten kam, zeigte ich ihr, was ich in der Bibliothek gefunden hatte. Sie reagierte blasiert.

« Na und? » fragte sie.

« Nikki, ist dir denn nicht klar, was das bedeutet? »

« Nein, Schätzchen. »

« Es bedeutet, daß Mary Phinney und John Lough dieses ganze Ding gemeinsam geplant haben. »

« Stanley », sagte sie, nach einem tiefen Zug an ihrer Zigarette, « du kommst mir vor wie ein Idiot ».

« Das scheint in letzter Zeit mein Spitzname geworden zu

sein.» Ich schenkte uns beiden einen Drink ein. «Immerhin verstehe ich jetzt besser, warum Mary Phinney immer in so übler Stimmung ist. Sie ist zweimal von den beiden Elternpaaren fallengelassen worden und dann nochmal vom Gesetz.»

«Aber du verzeihst ihr nicht, stimmt's? Du klingst schon fast wie einer von diesen Wiedergeborenen.»

«Nein, Liebes. Ich finde sie trotzdem verachtenswert, aber jetzt kenne ich wenigstens die Hintergründe.» Ich schüttete den Bourbon in einem Zug hinunter, wie ein richtiger Mann. «Ich denke, ich ruf' jetzt mal meine Freundin Ruiko an und schau, ob ich mir ihr Auto ausleihen kann.»

«Wieso brauchst du denn ein Auto?»

«Mary Phinney wohnt in Dorchester, und John Lough in Forest Hills. Mit öffentlichen Verkehrsmitteln komm' ich da nicht hin.»

«Was willst du denn machen?»

«Ich will sie mit den Tatsachen konfrontieren und ihnen ein Geständnis abringen.»

Sie spürte die potentielle Gefahr bei meiner Unternehmung und sagte: «Weißt du auch ganz bestimmt, was du da machst?»

«Nein, das weiß ich doch nie.»

Ich rief Ruiko an und erfuhr zu meiner Freude, daß sie an dem Abend ihr Auto nicht brauchte, also konnte ich sofort zur Tat schreiten. Dann fragte ich Nicole: «Könntest du heute abend bei mir zu Hause vorbeigehen und Sugar Baby füttern?» Ich schwieg kurz. «Falls ich nicht heimkomme.»

«Was soll das heißen, nicht heimkomme?»

«Es könnte ja Schwierigkeiten geben.»

«Nämlich?»

Ich zuckte die Schultern. «Keine Ahnung. Verzögerungen. Ärger.»

Nicole wurde streng mit mir. «Stanley, wenn du wirklich glaubst, daß das zwei Mörder sind, warum bist dann ausgerechnet du hinter ihnen her?»

«Was soll ich denn sonst machen? Branco würde mir nicht helfen. Er hat nur eine Vorstellung im Kopf und weigert sich, eine andere Lösung überhaupt in Betracht zu ziehen. Er hat recht, und der Rest der Welt hat unrecht.»

«Klingt wie von dir.»

«Wir sind alle mal ein bißchen starrsinnig, Liebes.»

«Du und der Lieutenant, ihr kämpft um ganz was anderes, nicht um Starrsinn. Wenn du das nicht selber einsiehst, dann bist du einfach ... starrsinnig.»

«Nikki, ich hab' eigentlich jetzt keine Zeit für eine theoretische Debatte.»

Nicole knurrte unterdrückt, in einer ironischen Darstellung von Machismo. «Ein Mann muß tun, was ein Mann eben tun muß.» Dann drückte sie ihre Zigarette aus. «Ich werd' die Katze füttern, Stanley. Und dann bleib ich in deiner Wohnung, bis du mich anrufst oder höchstpersönlich einläufst. Wie lange wird's dauern?»

«Keine Ahnung.»

«Du mußt mir aber eine Zeit sagen, Stanley.»

«Warum?»

«Damit ich, wenn du bis dahin nicht zurück bist, den Lieutenant anrufen kann, daß er dich retten geht.»

«Hoffen wir, daß es dazu nicht kommt. Ich ruf' ihn selber an, wenn ich ihn brauche.»

«Dann könnte es aber zu spät sein.»

«Das soll dann ihm auf dem Gewissen lasten. Jetzt muß ich aber los.»

Ich stand auf, um zu gehen, und Nicole erhob sich auch und umarmte mich lange. «Warum mußt du denn bloß den Helden spielen?» fragte sie.

Ich überlegte eine Weile. «Ich weiß eigentlich auch nicht. Vielleicht nur, damit Rafik freikommt und wir am Valentinstag nochmal ein Rückspiel haben. Wer weiß? Wenn nicht so ein bißchen Gefahr mit im Spiel ist, ist er im Bett vielleicht auch nur ein gewöhnlicher Sterblicher.»

«Und wie steht's mit dem Lieutenant? Versuchst du dem auch etwas zu beweisen?»

«Vielleicht so ein bißchen.»

«Was du im Namen der Liebe alles tust.»

«Ich bin da nicht der einzige.»

Ich küßte sie und verließ den Laden. Auf meinem raschen Gang in die Nordstadt zu Ruikos Wohnung hatte ich Zeit, mich zu fragen, warum ich denn tatsächlich so verdammt starrsinnig war. Man hat mir oft einen Zwangscharakter vorgeworfen, ein neurotisches Bedürfnis, mein Leben in lauter einzelne, saubere und logische kleine Päckchen einzuteilen, fast wie bei einem Computer. Dazu kann ich nur sagen, wer so etwas denkt, hat mich offenbar noch nie bei der Hausarbeit gesehen oder meine Denkprozesse analysiert. Ich glaube, mein Starrsinn gehört einfach zu meiner gesunden, slawischen Zähigkeit, zu der Fähigkeit, angesichts von Gegnerschaft keinen Schritt zurückzuweichen, oder aber sich an jedes vorbeischwimmende Treibgut zu klammern und aus dem Sturm hinaustragen zu lassen.

Wenn Branco meinte, die Sache sei erledigt, ich aber nicht derselben Ansicht war, was blieb mir anderes übrig, als die Dinge auf meine Weise zu verfolgen, Leute absichtlich zu provozieren, den Schlamm der Lügen und Tatsachen und Ereignisse aufzuwühlen, bis die Wahrheit endlich an die Oberfläche stieg wie der Schaum, der abgeschöpft werden muß?

19.
Ein Mutsprung

Meine Freundin Ruiko lebt in den Fenway Studios in einem geräumigen Maisonette-Atelier mit Oberlicht, wo sie impressionistische Aquarelle malt, nach den Skizzen von ihren Sommerreisen um die ganze Welt. Ihre großartigen Arbeiten haben ihr schon Preise und Ausstellungen und Ruhm eingebracht. Unsere Verbindung datiert noch vor der Zeit ihrer großen Berühmtheit, und das Arrangement, das wir in Bezug auf ihr Auto getroffen haben – ich beteilige mich an den Kosten, und so kann ich es benutzen, wann immer es nicht gebraucht wird – besteht noch immer unangetastet fort. Ruiko ist einfach eine echte Freundin geblieben, trotz ihrer mittlerweile erfolgten Erhebung ins Künstler-Walhall.

Ich habe eigene Autoschlüssel, also stieg ich ein, nachdem ich dem alten Kombi den Schnee von der Motorhaube und den Scheiben gekratzt hatte, und wollte meine abendliche Tour beginnen. Ach, wie angenehm war es doch, ein privates Transportmittel zur Verfügung zu haben, aber ohne die Unannehmlichkeiten des Besitzers, dachte ich, naiv, wie man eben ist, wenn man im Winter nie Auto fährt. Drinnen hing am Armaturenbrett so ein selbstklebender gelber Notizzettel, auf den Ruiko in einer ihrer vielen charakteristischen Kalligraphien das Wort ‹ÖL› gepinselt hatte. Das war doch wieder typisch für sie, daß sie eine hochpolitische Mahnung hinsichtlich eines fossilen Brennstoffs so künstlerisch ausgestaltete.

Ich steckte den Zündschlüssel ins Schloß und drehte ihn herum. Da das Schloß eingefroren war, bedurfte es einiger Kraftaufwendung, bis er sich in die Startposition bringen ließ. Der Starter stöhnte gequält und brachte den Motor kaum zu einer Umdrehung. Die schwache Batterie schien meinen Angriff auf ihren Winterschlaf sehr übelzunehmen. Ob da noch genug Saft drauf war, um den Motor anzukriegen? Nachdem ein paar bange Minuten lang höchst dramatische Töne unter der Motorhaube hervorgekommen waren, raffte sich die Maschine doch noch zu stotterndem Leben auf. Mit schwarzen Rauchwolken hinter mir manövrierte ich das Auto aus der Parklücke heraus und auf die Massachusetts Avenue und fuhr nach Süden Richtung Dorchester und Forest Hills, wo Mary Phinney und John Lough wohnten.

Ich probierte es erst bei Mary Phinneys Wohnung, weil die näher lag; aber da war niemand zu Hause, also fuhr ich weiter nach Forest Hills. Inzwischen war das Auto warm und lief ruhiger, und auch ich fühlte mich zuversichtlicher. In Forest Hills fiel mir auf, daß ein Teil dieser Wohngegend sich sein etwas steifes Flair ‹weiße Mittelklasse‹ bewahrt hatte, mit gepflegten Häusern und schneefreien Gehsteigen. Ein paar der hübschen Landhäuser hatten sogar lange Eiszapfen vom Dach hängen, was sehr gut zu den geschlossenen Fensterläden und den verschneiten Hecken paßte. An der breiten, gutbeleuchteten Straße fand ich John Loughs Haus ganz leicht. Anstelle seines seriösen kastanienbraunen Wagens stand aber ein anderes Auto in der Einfahrt – eine ganz gewöhnliche 0-8-15-Karre. Ich konnte mir denken, wem die gehörte. Im Haus brannte Licht. Ich parkte Ruikos Auto an der Straße und ging zur Vordertür. Ich läutete, wartete, läutete wieder, wartete wieder, schließlich klopfte ich einfach gegen die Türe. Ich merkte, daß sich dahinter etwas rührte, dann hörte ich, wie mit einem deutlichen Klack der Türspion geöffnet und wieder geschlossen wurde.

«Ich weiß, daß Sie da sind», rief ich, dann merkte ich erst, wie verrückt ich im Grunde war. Wenn John Lough und Mary Phinney schon zwei Menschen vorsätzlich und einen dritten aus Versehen getötet hatten, warum hielt ich mich dann für unverwundbar? Was sollte sie daran hindern, mich auf der Stelle zu erschießen und dann zu behaupten, ich habe mir gewaltsam Eintritt zu verschaffen versucht? Genau wie Liz Carlini schien auch ich meinen Überlebensinstinkt verloren zu haben.

Da öffnete sich langsam die Türe. Ich bereitete mich innerlich darauf vor, aus der Schußlinie zu springen, wenn ein Revolver im Türspalt auftauchte, aber stattdessen erschien nur das Gesicht von Mary Phinney, wie üblich mit mißbilligend gerunzelter Stirn. Jetzt kannte ich wenigstens den Grund für diesen verärgerten Ausdruck: es war hauptsächlich Enttäuschung.

«Was wollen denn Sie hier?» kläffte sie. Das schien immer ihr erster Satz zu sein, egal, wo wir uns auch begegneten.

«Ich möchte mit Ihnen und John sprechen.»

«Er ist nicht da, und ich habe Ihnen nichts zu sagen.»

«Mary, ich weiß jetzt, warum Sie und John getan haben, was Sie getan haben, aber Sie sollten jetzt aufgeben. Machen Sie's nicht noch schlimmer.»

«Gehen Sie, bevor ich die Polizei rufe.»

«Nur los. Dann können Sie mit anhören, wie ich denen erzähle, was ich heute alles rausgekriegt habe, über Sie und Helen Kingsley, und Ihren Stiefbruder Prentiss, und daß Ihnen alles durch die Lappen ging, und –»

«Still!» schnappte sie. «Gehen Sie weg. Ich will Sie nicht hier haben.»

«Aber auch wenn die Polizei Sie und John festnimmt, kann man Sie nicht zwingen, gegeneinander auszusagen, da Sie ja verheiratet sind.»

Sie starrte mich an. «Wo haben Sie das gehört?»

«Stimmt doch, oder?»

«Das geht Sie einen Dreck an.»

«Ich glaube, das gehört alles mit zu Ihrem Plan, die Firma an sich zu reißen. Wenn Sie mit Ihrem Geschäftspartner verheiratet sind, bestehen doch bessere Chancen, daß Sie nicht wieder ausgeschmiert werden.»

«Das war nicht der Grund, warum wir geheiratet haben.»

«Sagen Sie mir nicht, daß es wegen Sex oder so etwas Schmutzigem war.»

«Sie halten jetzt Ihr Schandmaul.»

«Vielleicht war es eher eine ödipale Heirat. Sie sind die Mammi, und er ist der böse Junge.»

In Mary Phinneys Gesicht begann es zu arbeiten, während ich sie weiter provozierte.

«Es war jedenfalls schlau eingefädelt, wie Sie beide versucht haben, die Hälfte des Vermögens von Prentiss Kingsley und Liz Carlini und Dan Doherty einzustreichen. Zu dumm, daß Sie die rechtlichen Konsequenzen nicht besser bedacht haben, bevor Sie darangingen, Menschen zu ermorden. Sie hatten bisher nichts von dem Vermögen abgekriegt, und jetzt kriegen Sie wieder nichts, und mit dem Mord an drei Menschen kommen Sie bestimmt nicht so einfach davon, nicht, wenn ich noch was dazu zu sagen habe.»

«Sie wissen doch gar nichts über dieses Vermögen. Das hat alles lange vor Ihrer Geburt angefangen, was sollten Sie also schon wissen?»

«Ich hab' ein paar Nachforschungen angestellt, Mary, und ich weiß Bescheid über Sie und die Familie der Kingsleys, und ich weiß, daß drei Menschen tot sind und der Mörder noch frei herumläuft. Die Frage ist jetzt nur, wer der eigentliche Drahtzieher bei der ganzen Sache ist: Sie oder John?»

«Ich hatte mit den Morden nichts zu tun.»

«Dann war es also John.»

Mary starrte mich an. Ihre undurchsichtigen Pupillen schienen alles, was zu ihrem wirklichen Selbst gehörte, am Hervorbrechen zu hindern. «Vielleicht ist es so», sagte sie. «Vielleicht kümmert er sich jetzt endlich um eine alte Geschichte, die nie bereinigt worden ist.»

«Das heißt also, daß er unterwegs ist, um Liz Carlini zu erledigen?»

«Sie sollten besser verschwinden, bevor er zurückkommt und wirklich einen Grund hat, jemanden zu erschießen – wegen unbefugten Eindringens!»

Ihre Drohung gab mir genau den Hinweis, den ich brauchte. Ich war jetzt sicher, daß John Lough nach Abigail gefahren war, um Liz Carlini zu töten. Ich ließ Mary Phinney, die etwas verwirrt wirkte, in der Türe stehen. Vielleicht konnte sie es gar nicht fassen, daß sie mich tatsächlich in die Flucht geschlagen hatte. Hatte sie auch nicht, ehrlich gesagt. Es gab jetzt nur Wichtigeres zu tun. Ich fuhr schnell los und suchte eine Telefonzelle, was in diesem Stadtteil gar nicht einfach war; vor allem suchte ich eine, die funktionierte. Ach, was hätte ich jetzt für ein Autotelefon gegeben! Als ich endlich ein Münztelefon gefunden hatte, versuchte ich zuerst, Liz Carlini in Abigail zu erreichen, um sie vor John Loughs Auftauchen zu warnen. Dort meldete sich aber nur der Anrufbeantworter mit der Stimme von Prentiss Kingsley. Es war sehr merkwürdig, von der Stimme eines Toten zu hören, daß man eine Nachricht hinterlassen solle. Ich schrie auf das Band, daß John Lough bereits auf dem Weg zu Liz Carlini sei. Mitten im Satz fragte ich mich, war es etwa schon zu spät? Hatte er sein Vorhaben schon ausgeführt? Stand er vielleicht gerade in diesem Moment da, hörte den Anruf mit, hörte mich alles daherplappern, was ich wußte?

Ich legte schnell auf und rief Lieutenant Branco auf der Polizeistation an. Er war nicht da, also wählte ich seine Privatnummer, die er mir nur für den Notfall gegeben hatte, falls ich dringende Nachrichten für ihn hätte. Zum Teufel, das hier war dringend. Branco ging schon beim zweiten Läuten ran. Ich erklärte schnell, was geschehen war, aber wie immer wollte er mir nicht glauben. Er warf mir sogar vor, ich habe einen Dick Tracy-Komplex. Das gab mir den Rest, in Wirklichkeit ist mein Held nämlich Perry Mason. Ich hörte mich ihn per Telefon anschreien: «Verdammt nochmal, Vito, schicken Sie gefälligst jemanden raus!»

Dann knallte ich den Hörer auf und kam mir wie ein richtiger Mann vor, so einer, der auf du und du mit einem Oberbullen steht.

Ich stieg wieder in Ruikos Auto und fuhr zur Autobahn Richtung Norden. Die ganze Strecke bis nach Abigail übertrat ich die Geschwindigkeitsbegrenzung. Das war nur einer von vielen Fehlern, die ich an diesem Abend machte. Der alte Kombi hielt so hohe Geschwindigkeiten auf Dauer nicht aus. Dort auf der Route 128, als ich mich bereits meinem Bestimmungsort näherte, leuchtete das Armaturenbrett ohne Vorwarnung plötzlich wie ein Christbaum auf. Farbige Lämpchen in den verschiedensten Formen blinkten und piepsten mich an und gaben mir zu verstehen, ich solle den Motor abstellen und das sinkende Schiff verlassen. Auf einem der beleuchteten Felder stand: Motortemperatur überprüfen, und trotz der äußerst kritischen Lage, in der ich mich befand, war meine erste Reaktion, mich zu fragen, ob das richtig geschrieben sei. Man sollte doch nicht glauben, worauf sich das Gehirn in so einer Notsituation als erstes konzentriert. Ich fuhr auf den Seitenstreifen und schaltete den Motor aus. Dann wartete ich fünf Minuten, weil ich dachte, daß ich vielleicht wieder fahren könne, wenn das Auto etwas abgekühlt sei. Aber es dauerte fünfzehn kostbare Minuten, bevor ich den Motor starten konnte, ohne gleich wieder die Lightshow auf dem Armaturenbrett hervorzurufen. Als ich das Auto wieder in Gang hatte, fand ich bald heraus, daß die Lichter, wenn ich unter sechzig fuhr, – was auf der Route 128 nicht leicht ist – nur matt erglühten, statt hell zu blinken, und daß die ganzen Summer und Piepser schwiegen. Zu allem übrigen, was mir nach diesem Abend noch bevorstand, würde ich vielleicht auch noch für eine Generalüberholung des Motors aufkommen oder sogar Ruikos Auto ersetzen müssen.

Schließlich erreichte ich Abigail. Ich fuhr im Schneckentempo durch den Ortskern und bemerkte an einem Punkt im Hafengebiet ein Gewirr von Polizeifahrzeugen und eine Menschentraube. Hatte John Lough Liz Carlini bereits ermordet, und zwar hier unten am Wasser, nicht droben im Haus? Ich hielt an und fragte einen der Schaulustigen, was geschehen sei. Wie sich herausstellte, hatte es auf einer der großen Yachten eine Bombendrohung gegeben. Daraufhin fragte ich mich, ob Liz wohl versucht habe, Abigail per Schiff zu verlassen, um John Lough auf diese Weise zu entkommen. Vielleicht hatte er ihren Plan vorhergesehen und verhindert. Auch wenn gar keine Bombe da war, konnte ja die bloße Drohung ihre Fluchtpläne durchkreuzen.

Ich stieg wieder ins Auto und fuhr hinauf zum Haus der Kingsleys. Durch die Steigung begann es auf dem Armaturenbrett wieder zu glimmen, immer heller, je höher ich kam, bis der Motor schließlich, ohne groß ‹Knacks› oder ‹Peng› zu machen, abstarb und einfach völlig aus war. Ich stieg aus und konnte mit ansehen, wie eine farbenfrohe Mischung rauchender öliger Flüssigkeiten unter dem Chassis heraustropfte. Ruikos armes Auto hatte offensichtlich seinen letzten Atemzug getan, aber mir blieb keine Zeit, sein Verscheiden groß zu betrauern. Ich sagte ihm ein leises Dankeschön, dann marschierte ich den Rest des Weges bergauf.

Oben auf dem Kamm trabte ich die gewundene Straße entlang, bis ich endlich das Haus der Kingsleys vor mir sah. Da sackte mir der Magen nach unten. Dort in der Einfahrt stand John Loughs seriöse Limousine neben Liz Carlinis schniekem Tourenwagen. Die Lichter im Haus brannten, und alles schien ruhig und friedlich. Hatte er sie bereits umgebracht? Ich schlich mich auf die Rückseite des Hauses, wo sich Meer, Himmel und Festland so dramatisch vor einem ausbreiteten. Der Himmel war klar und sternenübersät – was man in der Stadt höchst selten zu sehen bekommt – und das bläuliche Mondlicht funkelte auf dem Wasser des Meeres. Wie konnten vor dieser Kulisse kaltblütige Morde geschehen? Aber dasselbe Mondlicht verbreitete über dem feuchten Rasen auch ein unheimliches Glühen. Ich hörte die Brandung gegen die zerklüfteten Felsen unter der hohen Klippe am Ende des Grundstücks dröhnen und tosen.

Ich schaute zum Haus. Aus dem Solarium heraus strahlte eine einladende Wärme, die zu sagen schien ‹Willkommen im Mordland›. Durch die Glaswände sah ich drinnen John Lough und Liz Carlini. Sie saß und wirkte noch äußerst lebendig, aber John stand hinter ihr und hielt ihr eine Pistole in den Nacken. Auf Katzenpfötchen schlüpfte ich leise durch eine der Seitentüren ins Haus. Drinnen schlich ich geräuschlos bis zum Solarium, wo ich ihr Gespräch belauschen konnte. John Lough versuchte Liz zu zwingen, etwas zu unterschreiben.

«Warum sollte ich das unterschreiben?» fragte sie smart. «Na los doch, John, erschieß mich. Aber was kriegst du dann?»

«Ich hab' dir doch gesagt, daß es nicht für mich ist. Es ist für sie. Für Mary hätte eigentlich ein Treuhandfonds da sein sollen, als Helen Kingsley starb.»

«Aber wo ist er denn, John? Vielleicht hat's ihn nie gegeben, und Mary hat sich das alles nur eingebildet. Oder vielleicht ist das Ganze sogar eine Lüge, und Helen Kingsley hatte nie vor, Mary zu versorgen, so wie Mary es behauptet.»

«Dann mußt eben du das jetzt machen.»

«Ich schulde Mary Phinney überhaupt nichts. Davon abgesehen kann ich gar nicht helfen. Es wird eine Testamentsprüfung geben.»

«Ich glaube dir nicht.»

«Das ändert auch nichts an der Sache. Du hast schon Danny und Prentiss ermordet. Willst du mich auch noch erschießen, nur um schließlich herauszufinden, daß ich die Wahrheit sage?»

«Den beiden trauere ich nicht nach. Mary hat schon recht, das waren sowieso nur Perverse. Es ist nicht schade um sie, daß sie tot sind.»

«Das heißt, jetzt gilt es nur noch einen Menschen zu beseitigen. Das denkst du doch, John, nicht wahr? Dann habt ihr beide, du und Mary, die ganze Firma in euren fetten Händen. Willst du das?»

«Es wäre nur verdient. Prentiss ist alles in den Schoß gefallen, während ich schuften und schuften mußte.»

«Er war ein Kingsley. Er hatte jedes Recht auf das Geld seiner Mutter. Er war ihr Fleisch und Blut.»

«Aber ich bin auch blutsverwandt. Ich bin schließlich sein Halbbruder. Du bist nur seine Frau. Ich hab mehr Anrecht als du.»

Liz wollte darauf gerade antworten, als ich hinter Johns Rücken hereinstürzte und meine slawischen Glieder ihr Zauberwerk verrichten ließ. Wenigstens meine Beine sind noch voll jugendlichen Elans. Es bedurfte nur eines schnellen Fußtritts unter seinen Arm, der den Revolver hielt, um den in hohem Bogen durch die Luft fliegen zu lassen. Die Kugel schlug in eine der großen Glasscheiben des Solariumdaches hoch über unseren Köpfen. Das Sicherheitsglas zersplitterte und regnete in tausend kleinen Kristallkörnchen auf uns herab. Im nächsten Augenblick trat ich John Lough von hinten in die Kniekehlen, und er stürzte zu Boden. Ich hockte mich mit gespreizten Beinen auf seinen Rücken und hielt ihn nieder.

Liz rief aus: « Gott sei Dank, daß Sie gekommen sind! »

« Wo zum Teufel steckt denn Ihr Leibwächter? » fragte ich. Liz stellte sich hinter mich. Ich sagte: « Worauf warten Sie denn noch, Liz? Rufen Sie die Polizei. »

« Unten am Hafen gibt es einen Noteinsatz », sagte sie ruhig. « Alle Leute von der Polizei sind im Moment dort unten. »

« Ganz ungünstig. Wir brauchen hier doch Hilfe. »

« Kommt ganz drauf an », sagte sie mit seltsam gleichmütiger Stimme.

Aus seiner Lage am Boden, mit dem Gesicht nach unten, kämpfte John Lough gegen mein Gewicht an. « Lassen Sie mich los », sagte er. « Sie haben das alles völlig falsch verstanden. » Er wandte das Gesicht nach hinten und sah zu mir auf. Dann glitten seine Augen zu etwas, was hinter mir vorging. Ich drehte mich um.

Liz hielt John Loughs Revolver in der Hand und zielte direkt auf uns beide da am Boden.

« Sie aufdringlicher kleiner Wicht », sagte sie zu mir. « Ich hab' den falschen Alarm drunten am Hafen gegeben, um die hiesige Polizei für heute abend beschäftigt zu halten. Ich wollte keinerlei Risiko eingehen. Eine Bombendrohung ist das aufregendste Ereignis, das es in den letzten fünfzig Jahren hier draußen gegeben hat. Ich hab' John zu einem kleinen Gespräch hierher eingeladen, zu einer endgültigen Bereinigung der ganzen Angelegenheit, aber ich hab' natürlich nicht damit gerechnet, daß er bewaffnet hier ankommt. » Sie ließ die Augen zu mir gleiten. « Aber jetzt bin ich dank Ihnen und Ihrem ungeschickten Eingreifen wieder Herr der Lage. Der Rest müßte einfach sein. »

« Sie wird mich umbringen », stieß John unter mir hervor.

« Stimmt », sagte Liz.

Endlich erkannte ich Dummkopf die Wahrheit. « Also Sie, Liz. Sie waren es. »

« Na, wer denn sonst? Wer hätte denn sonst gleich am Anfang so ein verdammtes Pech haben können? »

« Bei dem Gala-Empfang? »

« Dieser Fremde hat die Trüffel gegessen, die ich für Dan

Doherty vorbereitet hatte. Mein Gott, war das ein Durcheinander.»

«Warum wollten Sie Dan vergiften?»

«Um meine Ehe zu retten. Mein Mann hatte ja vollständig den Verstand verloren. Er hat Dan Doherty zum Erben eingesetzt. Können Sie sich das vorstellen? Ein ganzes Firmenvermögen sollte aufgelöst werden, nur wegen des Charmes so eines Jünglings.»

«Das wäre nicht das erste Mal», antwortete ich und dachte daran, daß ich Mary Phinney dasselbe Motiv für den Mord an Dan unterstellt hatte, nur daß sie es nicht getan hatte.

John Lough sagte: «Er sollte meinen Anteil bekommen.»

Ohne auf ihn zu achten, fuhr Liz fort: «Ich hab's mit Logik probiert, ich hab's mit Gefühl probiert, ich hab's sogar mit Lügen probiert – aber nichts konnte Prentiss umstimmen. Er war völlig vernarrt in Danny und durch seine Gefühle für ihn einfach blind. Deshalb war die einfachste Lösung, Danny zu töten.»

«Sie hätten auch auf das Geld verzichten können.»

Liz ignorierte mich. «Und es gab ja zwei ideale Verdächtige – Rafik, diesen charmanten Goldgräber, der sich einbildete, er könne von Dan alles haben, was er wolle, und John hier, den sein strenger Glauben und seine rasende Eifersucht auf Prentiss leicht so weit hätten treiben können, einen jungen Homosexuellen zu ermorden.»

«Ich habe nichts dergleichen getan!» plärrte John Lough. «Ich wollte es tatsächlich, aber ich hab's nicht getan.» Er schien den Tränen nahe, was mich überraschte, da er doch so stark wirkte. Liz befahl mir, von ihm herunterzugehen und ihn aufstehen zu lassen, und das tat ich. Aber John blieb am Boden kauern und zitterte vor Angst. Ich stand auf und sah Liz an.

«Aber dieser erste Versuch, Danny umzubringen, ging schief», sagte ich.

«Ja, und die Trüffel mit den verschiedenen Geschmacksrichtungen wurden außerdem durcheinandergebracht. Prentiss hätte versehentlich vergiftet werden können. Zum Glück glaubte die Polizei das Naheliegendste – daß Laurett Cole ganz stümperhaft ihren Geliebten beseitigen wollte.» Sie lächelte durchtrieben. «Da sieht man's wieder mal, nicht wahr? Es hat schon seine Vorteile, wenn man gebildet, berufstätig und weiß ist.»

«Aber Sie wollten ja noch Danny töten.»

«Ja, und das war auch nur eine Frage der Zeit. Ich wußte, daß er mit Prentiss hier draußen in Abigail war, und ich wußte auch, daß Prentiss jeden Morgen zum Joggen ging. Das war das einzige Laster, das der Gute hatte, mit seiner elenden, langweiligen Tugendhaftigkeit. Er lief jeden Morgen zwischen halb acht und halb neun, auf die Minute genau.»

«Wenn Sie also während dieser Stunde herkämen, könnten Sie ganz sicher sein, daß Prentiss nicht da wäre.»

«Ja. Und wenn Prentiss zufällig doch dagewesen wäre, na, ich hab' doch wohl das Recht, in mein eigenes Haus in Abigail zu kommen, oder? Außerdem hätte ich ihn ja auch nur vor Johns Drohungen warnen wollen.»

«Ich hab' dir nie gedroht», wimmerte John Lough.

«Aber das hätte Prentiss nie erfahren», antwortete Liz genüßlich.

John fing wieder an. «Du hast aber kein Recht dazu. Das Geld gehört uns.»

Mir selber war es im Augenblick mehr um Liz Carlini und den Revolver in ihrer Hand zu tun als um John Loughs Lamento wegen des Geldes. «Wie ist es Ihnen denn gelungen, Danny allein zu erwischen?»

«Das war vertrackt, da ich ja jetzt die Absicht hatte, den Verdacht von Dannys Tod auf Rafik fallen zu lassen. Als ich also im Ort ankam, rief ich vom Autotelefon aus zum Haus hinauf.»

«Deshalb also erinnerte sich Ben, daß Sie vorher schon mal dagewesen waren.»

«Ja. Er scheint alles zu behalten, nur meinen Namen nicht. Der Motor soff an diesem Morgen immer wieder ab, und ich mußte anhalten, um das reparieren zu lassen. Während Ben irgend etwas unter der Motorhaube richtete, benutzte ich das Autotelefon, um Rafik zu sagen, daß jemand von der Einwanderungsbehörde in der Fabrik gewesen sei und ihn suche. Und da er keine Arbeitserlaubnis besaß, wollte er natürlich nicht gefunden werden.

«Also hat ihn Ihr Telefonanruf lang genug vom Haus vertrieben, daß Sie hineingehen und Danny töten konnten.»

«Ja, es war tatsächlich so einfach. Wissen Sie, Vannos, wie jeder gewitzte Geschäftsmann bin ich in der Lage, mich veränderten Umständen anzupassen und eine Gelegenheit beim Schopf zu packen.»

«Aber wie haben Sie es geschafft, Danny auf so intime Weise zu töten?»

«Auch wieder so ein Glücksumstand. Er schlief gerade. Das Zimmer roch nach Sex. Ich stellte mir vor, wie Prentiss ihn bestiegen hatte, und der Gedanke, daß er sich lieber einen jungen Mann nahm als mich – der machte mich rasend.»

«Aber Sie wußten doch gar nicht, ob es Prentiss gewesen war.»

«Ich hatte den Verdacht, und das reichte. Als ich Danny da mit dem Gesicht nach unten auf dem Bett liegen sah, glänzte sein Körper noch vor Schweiß. Es ging ganz leicht. Der Lauf des Revolvers flutschte direkt hinein.»

«Mir graust es.»

«Erlauben Sie sich bloß kein Urteil über mich! Sie haben keine Ahnung, was ich durchgemacht habe. Meine Ehe war nur eine Fassade. Mein Leben hatte überhaupt keinen Sinn. Der neue Laden war meine einzige Hoffnung. Dann erschien Danny auf der Bildfläche, und Prentiss verlor den Verstand.» Liz lächelte höhnisch. «Und ich war auch noch so blöd zu glauben, daß Prentiss mich, wenn Danny erst mal tot war, wieder in sein Testament einsetzen würde.»

«Und das hat er nicht?»

«Nein. Er wollte tatsächlich diese hirntote Kreatur hier» – sie zeigte mit dem Revolver auf John Lough – «als seinen Erben benennen».

John warf ein: «Rechtmäßig bin ich das auch.»

«Nicht, wenn du tot bist», gab Liz zurück.

Ich fragte: «Warum hat Prentiss Sie aus seinem Testament gestrichen?»

Liz kicherte. «Er entdeckte etwas, das mich des heiligen Geldes der Kingsleys unwürdig machte.»

«Doch nicht einen anderen Mann?»

Sie lachte. «Was sind Sie einfältig, Vannos.»

John Lough blieb am Boden kauern. Er hielt sich die Ohren zu und schüttelte den Kopf. Offensichtlich war das Ganze zu viel für ihn.

Liz sagte: «Armer Kerl. Es ist fast nicht der Mühe wert, ihn umzulegen.»

«Warum tun Sie's dann?»

«Ihr beide wißt zuviel.»

«Es muß aber einmal aufhören, Liz. Sie werden garantiert geschnappt, wenn Sie uns umbringen.»

«Dann ist es ja auch egal, wenn ich's tu'.»

Es war ganz klar, ich mußte sie hinhalten, bis ... was? Hatte Branco die örtliche Polizei noch nicht alarmiert?

«Aber warum haben Sie Prentiss getötet, Liz?»

Sie lächelte bescheiden. «Sie versuchen Zeit zu schinden, stimmt's?» Sie zuckte die Schultern. «Warum soll ich's Ihnen nicht sagen? An diesem Punkt war es die einzige Möglichkeit, überhaupt noch irgendwas von dem Vermögen abzukriegen. Wissen Sie, obwohl mich Prentiss ausdrücklich als seine Frau von der Erbschaft ausgeschlossen hatte, hätte ich doch noch den für Danny bestimmten Anteil kriegen müssen, solange er keinen anderen Erben ernannt hatte.»

«Aber ich dachte, Sie sagten vorhin, daß John Lough der nächste Erbe sein sollte.»

«Das hatte Prentiss noch nicht eintragen lassen, und deshalb mußte ich schnell handeln.»

«Aber dann wären Sie ja die Hauptverdächtige.»

«Eigentlich nicht. Ich kam in dem Testament gar nicht vor. Rein technisch hatte ich überhaupt kein Motiv, meinen Gatten zu töten.»

«Aber würde Dan Dohertys Erbe nicht auf seine Erben übergehen?»

Liz ließ ein hinterhältiges Kichern hören. «Dan Doherty glaubte in seiner typisch jugendlichen Überheblichkeit, er werde ewig leben, oder zumindest länger als Prentiss. Er hinterließ Prentiss sein gesamtes Vermögen, in einer Geste von falscher Dankbarkeit. Beides hob sich also irgendwie gegenseitig auf.»

«Da haben Sie dann also Prentiss ermordet.»

«Ja, aber diesmal waren Zeit und Ort eine echte Herausforderung. Ich beschloß, es auf diesem Rastplatz an der Autobahn beim Dykes Pond zu machen. Ich hatte gehört, daß es dort einen Männerstrich gibt.»

«Wie haben Sie's angestellt, ihn dort tatsächlich zu treffen?»

«Ich beauftragte einen Taxifahrer in Boston, hier anzurufen und eine Nachricht auf dem Anrufbeantworter zu hinterlassen, in der er sagte, er wolle Danny auf dem Rastplatz treffen. Schon verrückt, was die Leute für Geld alles machen. Der Taxifahrer hielt das Ganze wohl für irgend so einen schrägen Witz.»

«Aber Danny war doch schon tot.»

«Ja, und ich wußte, daß das Prentiss' Neugier erregen würde. Auch wenn seine Beziehung zu Danny platonisch war, gab es da doch trotzdem Eifersucht. Das war etwas, was Prentiss sehr gut konnte ... eifersüchtig sein. Also zog ich mich an wie ein Schwuler, der zum Streunen geht – Jeans, T-Shirt, Lederjacke, Stiefel – und ging ihn dort treffen.»

«Wir haben doch nicht alle den gleichen Fummel an, um jemand aufzureißen, Liz. Aber war es nicht trotzdem riskant? Jemand hätte Sie beobachten können.»

«Hohes Risiko, wenn's um einen hohen Einsatz geht. Ich wartete, bis Prentiss' Auto das einzige auf dem Rastplatz war. Dann ging's nur noch darum, daß ich ihn dazu bringen mußte, das Fenster runterzulassen, und ihm dann den Revolver in den Mund steckte.»

«Versuchte er sich nicht zu wehren?»

«Es ist merkwürdig», sagte sie mit einem nachdenklichen Blick. «Überhaupt nicht. Er schien es fast so zu wollen.»

«Hat er Sie erkannt?»

«Ich kann's mir nicht anders vorstellen. Wir sahen uns in die Augen.»

Wer weiß, was einen Menschen dazu bringt, seinem Todeswunsch nachzugeben?

«Und die Schüsse, die auf Ihr Haus abgegeben wurden? Wie haben Sie das geschafft, ohne entdeckt zu werden?»

Liz lächelte. «Das war auch so eine Gelegenheit, die regelrecht danach schrie, genutzt zu werden. Alle drei Nachbarn, die unser Grundstück zumindest teilweise einsehen können, waren verreist. Es war zwar trotzdem noch riskant, aber niemand sah oder hörte etwas. Und es belastete John.»

«Warum denn mich?» jammerte John.

«Weil das für meine Zwecke nützlich war», entgegnete Liz.

«Liz, wo wird Sie all das am Ende hinführen?»

Sie lachte. «Ich werde die Genugtuung haben, zu wissen, daß ich nicht untätig herumsaß, darauf hoffte, daß sich doch noch alles ändern würde, und mein Los beklagte. Ich hab' was daran geändert. Ich bin aktiv geworden. Ich habe Stärke bewiesen.»

«Auch wenn das einschloß, Menschen umzubringen.»

Sie zuckte die Schultern. «Diesmal hat es das wohl bedeutet.»

Ich schüttelte den Kopf. «Sie tun mir wirklich leid.»

«Erzählen Sie das dem Dorfpfarrer. So und jetzt gehen wir. Wir drei machen nämlich jetzt einen kleinen Spaziergang. Ich hoffe, ihr genießt einen letzten Ausflug ans Meer.»

Sie hielt den Revolver weiterhin auf John und mich gerichtet und dirigierte uns aus dem Solarium hinaus und auf die Klippen zu. Ich versuchte, sie weiter am Sprechen zu halten, um mich vielleicht irgendwie aus diesem Schlamassel hinauszuwinden, wenigstens bis die Polizei eintraf. Wo blieben die aber auch so verflucht lange? Da kam mir ein höchst beunruhigenderGedanke: Wenn Branco sie nun gar nicht verständigt hatte?

Draußen am Kliff hoch über dem Privatstrand fragte ich Liz: «Was hatte Prentiss denn herausgefunden, daß er Sie enterbte? Daß Sie abgetrieben hatten?»

«Ganz schön schlau von Ihnen, da draufzukommen. Ja, ich hab's weggemacht. Ich hatte nicht vor, auch nur das Geringste mit meinem Nachkommen zu teilen.»

«Nicht einmal bei einer eventuellen Kingsley-Erbin?»

«Ich hatte es satt, dauernd von der Linie der Kingsleys zu hören. Ich wollte meinen Anteil frei und unabhängig von irgendwas oder irgendwem.»

«Aber Sie haben drei Unschuldige ermordet. Sie haben Dinge in die Hand genommen, die Ihnen nicht zustehen.»

«Ich wundere mich schon, daß Sie mich nicht auch noch des Mordes an dem Fötus beschuldigen, in Ihrer selbstgerechten Pietät.»

«Diese Entscheidung sollte der Frau überlassen bleiben.»

«Hah! Ihr scheißliberalen Hurensöhne hängt mir doch wirklich zum Hals raus. Sie haben gut reden – Sie sind ein Mann. Aber ich mußte den Kampf aufnehmen. Ich mußte Opfer bringen. Ich habe mein Lebensglück drangegeben, um das zu behalten, was mir gehört, und kein staubiger Geist einer Mutter und kein betrügerischer junger Designer würden mir das streitig machen.»

«Also hatten Prentiss und Danny doch ein Verhältnis.»

Liz schüttelte den Kopf. «Nein, nie», sagte sie. «Zwischen ihnen gab's nie was Sexuelles. Es war ganz einfach eine Vater-Sohn-Beziehung. Mußte es auch sein. Prentiss wollte Dan Sicherheit bieten, ganz einfach.»

«So einfach, daß Sie beide ermorden mußten.»

John Lough stieß hervor: «Ihr seid alle nur ein Haufen Perverse. Ihr werdet alle in der Hölle schmoren.»

«Lieber, trauriger John», sagte Liz Carlini. «Wenn es die gibt, finden wir uns dort alle wieder. Wenigstens werden wir so beweisen, daß es sie gibt. Das sollte zumindest eine Frage deines Glaubens beantworten.»

Sie drängte uns weiter bis an den Rand der Klippe. Wir blieben kurz vor dem Abgrund stehen, und sie sagte: «Jetzt möchte ich gerne, daß ihr beide euch umarmt, bevor ihr euch hinunterstürzt.»

«Oh nein!» wimmerte John Lough, als er auf die schroffen Felsen in der Brandung dort unten in über vierzig Meter Tiefe hinunterstierte. «Sie wird mich jetzt wirklich umbringen.»

«Das betrifft uns alle beide, mein Junge», sagte ich.

John flehte sie an. «Vielleicht können wir uns doch noch

einigen. Ich geb' jeden Anspruch auf das Vermögen auf. Ich vergeß' das mit der Stiftung für Mary. Alles. Ich versprech's. Nur laß mich leben, bitte, bitte.»

«Du Schwachkopf. Du hast doch gar nichts aufzugeben. Also jetzt umarmt euch endlich mal. Ich möchte, daß es wie so ein pathetischer Pakt zwischen Liebenden aussieht. Denkt doch an diese Tragödie. Die ganze Welt hat sich von euch abgewandt. Danny und Prentiss sind auch dahin. Ihr habt nichts mehr, wofür es sich noch zu leben lohnt. Also umarmt euch jetzt und springt. Es ist ganz einfach.»

Einfach, einfach, einfach.

«Ein anderes Wort bitte», murmelte ich und stieß John Loughs schweren Körper in sie hinein. Sie schoß, und er stürzte. Das schien sie zu überraschen. Bevor sie richtig auf mich zielen konnte, rannte ich sie nieder. Wir kämpften um den Revolver. Ich mühte mich ab, ihn ihr wegzureißen, während sie auf mich zu zielen versuchte. Sie war stark und listig, aber meine Schönheitssalonhände sind auch stark und clever. Schließlich konnte ich ihr den Revolver aus den Händen winden. Ich stand auf und schleuderte ihn über die Klippe auf die Felsen weit dort unten.

Als ich mich wieder umdrehte, rannte Liz schon. Ich sauste ihr auf meinen elastischen slawischen Beinen hinterher, holte sie ein und packte sie. Ich, der ich in meinem ganzen Leben noch nicht einmal Football gespielt hatte – hier jagte ich nun hinter Frauen her und warf sie zu Boden. Ich hielt Liz nieder. Sie biß und kratzte und stieß mich. Sie war wild und behende und, schlimmer noch, gefährlich. Aber daß ich so ein paar Pfunde zuviel mit mir herumtrage, traf sich jetzt gut. Mit meinem ganzen Gewicht preßte ich sie zu Boden. Dann nahm ich meinen Gürtel ab. Nach einem langwierigen und atemlosen Kampf gelang es mir schließlich, ihr Hände und Füße auf dem Rücken zu binden. Sado-Maso-Fesselungen kamen mir in den Sinn, und ich murmelte eine Entschuldigung dafür, daß ich die Frauenrechte derart mit Füßen trat.

Eines allerdings habe ich noch nie sehr gut beherrscht, nämlich Knoten zu binden, noch dazu mit einem Ledergürtel. Kaum lockerte ich den Druck meines Körpers, als Liz sich auch schon aus dem Gürtel herausgewunden hatte. Sie sprang auf und floh zum Rand der Klippe.

«Wenn Sie näherkommen, springe ich.»

«Nicht, Liz.»

«Ich hab' alles verpfuscht. Ich bin gescheitert.»

«Das ist nicht das Ende.»

«Was bleibt mir jetzt noch übrig?»

«Für Ihre Taten zu büßen.»

«Das ist ja schlimmer als der Tod!»

«Sie wollen sich also davonmachen, anstatt die Folgen auf sich zu nehmen?»

«Halten Sie mir hier keine Predigt!»

«Ich halte keine Predigt. Ich rede Karma.»

«Sie können sich Ihr kosmisches Bewußtsein in den Arsch schieben!»

«Liz –»

Aber meine Stimme wurde vom Wind verweht, ohne noch zu Elizabeth Anne Carlini-Kingsley zu dringen. Sie hatte sich über das Riff in die zerklüfteten Felsen der Brandung hinuntergestürzt. Ich stöhnte auf und schüttelte den Kopf. Dann fing ich an zu weinen.

Gleich darauf hörte ich durch das Brausen des Windes schwache Rufe von John Lough. Er war nur verwundet und hatte sich tot gestellt, um sich zu retten. «Sie sollten mir vielleicht einen Krankenwagen rufen», sagte er.

Ich unterdrückte die naheliegende Antwort.

Und nun kamen auch tatsächlich die Polizisten aus Abigail über den mondbeschienenen Rasen gerannt, die Branco von Boston aus verständigt hatte.

20.
Auskämmen

Am nächsten Morgen arbeitete ich wieder im Laden, als hätten die vergangenen Ereignisse zu einer ausgedehnten Fernsehserie gehört und nicht ins sogenannte wirkliche Leben. Nicole hatte mir angeboten, ich könne mir ein paar Tage freinehmen, aber ich lehnte das ab. Bei mir gehen die Kunden immer vor ... jedenfalls manchmal.

Laurett saß in meinem Frisierstuhl, und ich beendete gerade ihre Frisur für einen Gedächtnisgottesdienst für Dan Doherty, einen, den sie selber organisiert hatte.

«Kommst du später?» fragte sie.

«Ich glaube, ich hab' erst mal genug von der Kirche.»

«Er wird aber nicht wie anderer sein, Vannos.»

Ich schüttelte den Kopf. «Trotzdem vielen Dank.»

Ganz oben auf meinem Frisierwagen, unter all den Flaschen und Instrumenten meines Gewerbes, lag tatsächlich wieder eine, und hoffentlich die letzte, herzförmige Pralinenschachtel, gefüllt mit Trüffeln von *Le Jardin*. Sie war durch Boten gesandt worden, aber ich hatte sie noch nicht geöffnet. Daß sie vergiftet sein könnten, fürchtete ich allerdings nicht, denn all die anderen Trüffel, die vergangene Woche so geheimnisvoll aufgetaucht waren, hatten auch kein Gift enthalten. Ich hatte nur kein Interesse daran. Tatsächlich wurde mir allein schon bei dem Gedanken an Schokolade fast schlecht. Vielleicht war meine lebenslange Abhängigkeit von dem Zeug endlich kuriert, und meine Extrapfunde würden jetzt einfach wegschmelzen.

Tobias jedoch spähte nach der Schachtel, und ich sah, wie seine Fingerchen gierig zappelten, während er in Gedanken schon dabei war, jedes einzelne Stück da drin in Marmelade zu verwandeln.

«Vannos», sagte Laurett, «ich entschuldige mich, weil ich war böse auf dich. Ich dachte, du warst zu freundlich zu Miss Lisa. Ich wußte ja nicht, daß du warst hinter ihr her.»

«Schon gut», erwiderte ich. Ich konnte ja nicht die Wahrheit eingestehen – daß ich mich naiverweise mit Liz Carlini angefreundet hatte und ihr ernstlich helfen wollte, wenn auch mehr um des Profits willen als aus echter Betroffenheit. Ich fragte mich, ob meine Hände wohl jemals ihre Reinheit wiedererlangen würden, nachdem sie an einer Mörderin gearbeitet hatten und an einem ihrer Opfer? Sie fühlten sich genetisch verändert an.

Nicole marschierte munter auf meinen Arbeitsplatz zu und brachte mir den schönen Rafik, der heute früh aus der Haft entlassen worden war.

«Schau mal, wer wieder da ist», sagte Nicole.

«Jetzt laß mal wieder die Luft ab, Liebes.»

Rafik lächelte mich breit an. «Du bist Held, ja?» sagte er mit einem Zwinkern.

«Und du bist Ex-Knacki», sagte ich, wobei ich seinen Akzent imitierte und das Zwinkern zurückgab.

Während ich Laurett den Frisierumhang abnahm, bemerkte Rafik die ungeöffnete Pralinenschachtel auf meinem Arbeitswagen.

«Du öffnest nischt meine Geschenk?»

«Ich möchte gern schlank und attraktiv werden.»

«Mir ist egal dein Figur.» Er sagte «Fighuur». «Mir ist nischt egal daß du so tapfer.» Er legte den Arm um mich und zog mich an sich. Er streichelte den Rettungsring um meine Hüften herum, und ich wünschte nur, daß ich so schlank wäre wie er. Allerdings schien er es zu genießen.

Ich sagte: «Tapfer kann man eigentlich nicht sagen, Rafik. Es war alles mehr oder weniger Zufall.»

Nicole widersprach. «Wie kannst du so etwas sagen, Stanley? Einzig deinem Dranbleiben und Nachbohren und Hinterherjagen ist es zu verdanken, daß der Fall schließlich gelöst werden konnte und diese beiden hier wieder frei sind.»

«Da-hast-du-recht», sagte Laurett, als sie aus dem Stuhl aufstand.

«*Merci*», sagte Rafik. Er drückte mich noch einmal, bevor er von mir abließ.

Zu allen dreien sagte ich: «Aber erst John Loughs Aussage klärte gestern abend alles für die Polizei in Abigail. Mir wollten sie die ganze Geschichte natürlich nicht glauben.»

« Es klang ja auch alles reichlich melodramatisch, Schätzchen », sagte Nicole. « Vor allem das Finale mit dem Sprung von der Klippe. »

Ich schüttelte traurig den Kopf. « Liz Carlini war krank. Jetzt leidet sie wenigstens nicht mehr. »

Laurett bewunderte meine phantastische Arbeit an ihrem Haar – eine ultramodische Hochfrisur – während Tobias bereits die Pralinenschachtel von meinem Frisierwagen heruntergeholt hatte und aufmachte.

Nicole sagte: « Du hast vielleicht Glück gehabt, daß John Lough bei allem Zeuge war. Einem Mann wie ihm schenkt die Polizei Gehör und Glauben. »

« Ob er sich allerdings je wieder davon erholt, daß er mit mir so in Berührung gekommen ist, das weiß ich nicht. Was das Schlimmste war, er mußte ihnen wirklich alles erzählen, wodurch jeder Verdacht von mir genommen wurde. So hat er am Ende auch noch einen Schwulen gerettet, der arme Mann. »

« Arm ja nicht gerade », sagte eine wohlbekannte Baritonstimme hinter mir. Sie gehörte Branco. Er war gerade von draußen hereingekommen und hatte den Geruch klarer, kalter Winterluft mit hereingebracht. Nach einer etwas bemühten Begrüßung von uns Exverdächtigen und Exgefangenen sagte er: « Wir haben heute morgen das Testament von Prentiss Kingsley eingesehen. »

« Gab's schließlich doch noch einen ausreichenden Grund, Lieutenant? »

Grunzer. « Nach dem, was darin steht, erbt John Lough Prentiss Kingsleys Anteil des Vermögens. Der Rest bleibt als Treuhandstiftung bei der Firma. »

Ich tz-tz-tz-te. « Alle Intrigen von Liz Carlini umsonst. »

Laurett sagte: « Was sie am meisten fürchtete, wäre sowieso passiert. »

« Lieutenant », fragte ich, « wie war das jetzt mit diesem Treuhandfonds für Mary Phinney? Stand darüber etwas im Testament? »

« Nein, aber es klärte sich durch John Loughs Geschichte auf. Offensichtlich hatte sich die letzte Mrs. Kingsley, die

die Firma führte, eine Tochter gewünscht. Es dauerte lange, aber als sie dann schließlich ein Kind bekam, war es ein Junge.»

«Und zwar Prentiss Kingsley», warf ich ein.

«Stimmt», sagte Branco mit einem kleinen Stirnrunzeln – einem Stirnrunzeln, das mir nahelegte, jetzt mal den Mund zu halten. «Also entschloß sie sich, eine Tochter zu adoptieren, und das war dann Mary Phinney.»

Da ich die Tatsachen bereits kannte, fühlte ich mich berufen, die Geschichte, die Branco begonnen hatte, zu Ende zu führen. «Als Helen Kingsley also starb, hätte Mary Phinney eigentlich alles erben müssen, gemäß der Tradition mit der Kingsley-Tochter. Aber da sie keine leibliche Kingsley war, bekam sie nichts, nicht mal die Hälfte.» Ich verstummte. «Stimmt's?»

Grunzen. Diesmal immerhin ein zustimmendes.

Ich fuhr fort: «Als also Prentiss starb, hoffte Mary, von Liz Carlini einen Teil des Vermögens zurückzuerhalten, da man ja um die Sache mit der leiblichen Nachkommenschaft der Familie Kingsley jetzt nicht mehr kämpfen mußte.»

«Das dachte sie», sagte Branco. «Aber wie gesagt ging es an John Lough.»

«Und an seine Ehefrau, Mary Phinney», fügte ich hinzu.

«Was!» schrie Nicole.

Branco nickte. «Da hat er recht.»

Laurett nickte. «Ich hab's schon immer gewußt, daß da was ist.»

Rafik nickte. «Amerikaner eben.»

Tobias zerquetschte eine mit Erdbeerparfait gefüllte Praline.

Ich sagte: «Aus John Loughs Perspektive des Barmherzigen Samariters sah es so aus: wenn er schon ein zweitklassiger Kingsley war, dann war Mary eine Art blinder Passagier. Vielleicht hat er sie aus Schuldgefühl geheiratet.»

Nicole fragte: «Aber das hat niemand geahnt?»

Branco erwiderte: «Wer weiß?»

Ich schüttelte verwundert den Kopf. «Prentiss Kingsley hat seine Adoptivschwester nie anerkannt, also hat sein Halbbruder sie geheiratet. Das gibt ungeregelten Familienverhältnissen eine ganz neue Dimension.»

« So ein Durcheinander », sagte Nicole.

Ich fügte hinzu: « Und jetzt, wo John Lough und Mary Phinney am Ruder sind, kann Gladys Gardner zu ihren soliden alten Grundsätzen zurückkehren, der Traum aller Reaktionäre wird endlich wahr. Vielleicht ist die Zeit für ultraschicke Läden wie *Le Jardin* sowieso abgelaufen. »

« So wie die Zeit in Boston für mich und mein Sohn », sagte Laurett. « Wir gehen bald von hier weg und gehen nach Baltimore. Meine Schwester kommt von Jamaica, so wir machen alle dort eine neue Anfang. »

Rafik sagte: « Vielleischt wir gehen auch weg, Stani, *en vacances*, so isch kann sagen danke zu dir. Ja? »

Schluck.

« Ich weiß nicht, ob ich mir freinehmen kann, Rafik. »

Nicole flötete: « Ich bin sicher, daß sich das einrichten läßt. »

Rafiks Augen funkelten begierig, und ich überlegte, was für neue Tricks er wohl im Gefängnis gelernt habe.

Laurett flüsterte mir zu: « Mein Engel, der Mann liebt dich ja. »

Absurderweise schaute ich hilfesuchend zu Branco. Mit so einem seltsamen Kräuseln der Lippen sagte er: « Ich finde, das klingt ganz vernünftig, besonders wenn's wo hingeht, wo es warm ist. »

Ich blickte Rafik an, der noch auf Antwort wartete.

« Klar », sagte ich.

« *Bien.* »

Dann verließen Laurett und Tobias nach vielen Umarmungen und gegenseitigen guten Wünschen den Laden. Sogar Branco gab Tobias einen letzten Abschiedskuß auf die Backe. Wasch' dich da nie wieder, Junge.

Branco machte sich auf, zu gehen, und ich brachte ihn zur Tür.

« Lieutenant, aus einer Sache bin ich noch nicht schlau geworden. »

Branco wandte sich um. « Und die wäre? »

« Wessen Revolver war das denn nun in der Pralinenschachtel? »

« Er ist nicht registriert, aber es war derselbe, mit dem Dan

Doherty und Prentiss Kingsley getötet wurden und aus dem die Schüsse auf Liz Carlinis Haus stammten.»

«Dann war das also die Waffe, die Liz Carlini für alles benutzt hatte.»

Branco nickte. «Und John Lough hat gestern abend zugegeben, daß er seinen eigenen Revolver benutzt hat.»

«Den aus dem Schreibtisch in der Fabrik?»

«Genau. Den haben wir gestern abend unten zwischen den Felsen in Abigail in der Nähe des Hauses gefunden.»

Ich schüttelte den Kopf. «Ich kann es immer noch nicht glauben, daß Liz das alles, so weit wie sie es getrieben hat, nur um des Geldes willen getan hat.»

Mit einem Kennerblick sagte Branco: «Ihr Verhalten hatte wenig mit Geld zu tun. Diese Frau war völlig gestört.»

«Lieutenant, ich glaube, da sind wir doch endlich mal einer Meinung.»

Branco setzte seinen Hut auf und winkte Nicole und Rafik zum Abschied zu. Dann beugte er sich zu mir vor und sagte neun Worte, wobei er bei jeder Silbe den warnend erhobenen Zeigefinger bewegte.

«Und Sie begeben sich nicht nochmal so in Gefahr.»

«Ja, Sir.»

Und fort war er.

Ich kehrte zu meinem Arbeitsplatz zurück, an dem Nicole und Rafik eifrig plapperten. Als ich hinkam, versiegte ihr Gespräch, und sie schauten mich beide unschuldsvoll mit großen Augen an. Sie hatten offenbar über mich gesprochen. Nicole redete rasch weiter, als wolle sie die plötzliche Stille überspielen: «Was ist jetzt mit Ruikos Auto?»

«Da hat mir wieder mal mein Karma geholfen, Liebes. Es hat sich herausgestellt, daß sie den Motor sowieso generalüberholen lassen wollte, sie hat nur in der Stadt keinen guten Mechaniker gefunden. Im Grunde habe ich ihr also einen Gefallen getan, daß ich das Auto nach Abigail hinausgefahren habe, wo jetzt Ben, der letzte vertrauenswürdige Mechaniker von ganz Neuengland, daran arbeitet. Ihre Versicherung übernahm sogar die Abschleppkosten.»

«Wie schön», sagte sie, «also ist einfach alles wieder in

Ordnung. Jetzt können wir hier wieder zum normalen Leben zurückkehren.»

«Zum normalen?» sagte ich und grunzte dann wie Branco.

Nicole kehrte zum Empfangstisch zurück und ließ Rafik und mich an meinem Platz allein. Nachdem wir uns lange angeschaut hatten, nachdem sich unser Herzschlag beschleunigt hatte und der Laden um uns herum zurückgetreten war, weil es nur noch zwei Menschen auf der Welt gab, hörte ich mich sagen: «Wollen wir jetzt mal Pläne machen?»